LES OUBLIÉS DE Noël

Ce livre est une fiction. Les noms, caractères, professions, lieux, événements ou incidents sont les produits de l'imagination de l'auteur utilisés de manière fictive. Toute ressemblance avec des personnages réels, vivants ou morts, serait totalement fortuite.

Image de couverture : Shutterstock / ©123object
Couverture : Emmanuel Rohmer

34-36, rue La Pérouse
75116 Paris
www.hugoetcie.fr
Collection dirigée par Franck Spengler
Ouvrage dirigé par Marie Maublan

ISBN : 9782755684780
Dépôt légal : décembre 2020
Imprimé en Espagne à Black print

MANON KALJAR

LES OUBLIÉS DE Noël

Hugo Poche

NEW ROMANCE®

PROLOGUE

Mardi 27 novembre

Un nuage blanchâtre s'échappe de ses lèvres alors qu'elle court à perdre haleine, dirigée par un besoin viscéral de s'éloigner le plus possible de ces vautours qui la poursuivent. De ces faux-semblants qu'elle rejette. Dans un élan désespéré, elle s'engouffre dans une ruelle sombre et humide et se précipite derrière de gros containers, tout au fond.

Accroupie à l'ombre d'une benne à ordures, elle tente de prendre une grande inspiration et de calmer sa respiration saccadée. Elle ne sait si c'est sa course folle ou l'odeur nauséabonde qui l'entoure, mais son estomac se retourne. Dans sa tête, la soirée défile à vitesse grand V à la recherche de l'élément déclencheur d'une telle catastrophe. Comment les journalistes ont-ils su où la trouver ? Pourquoi tiennent-ils tant à connaître les moindres détails de sa vie ? Sa génitrice lui pourrit bien assez l'existence sans que les charognards qui la suivent en permanence se mettent aussi à ses trousses. Et surtout pas ce soir…

Qu'est-ce qui lui est passé par la tête ? Faire sa demande en plein milieu du restaurant devant tout un parterre d'inconnus ? Les paparazzi n'ont pas loupé une miette de ce désastre ! Ils devaient passer une soirée agréable, prendre enfin du temps pour eux et se retrouver. Pas se faire mitrailler de toute part. Leur complicité s'étiole depuis quelques mois, mais elle en est certaine, Tanguy n'est pas assez sournois pour avoir sciemment prévenu la presse de leur présence. Ça sent le coup monté maternel à plein nez.

Les larmes perlent au coin de ses yeux. Cette soirée n'a été qu'une énorme catastrophe ! Sans parler de cette désagréable impression qui ne la quitte plus depuis qu'elle a trouvé refuge dans cette ruelle morbide : elle va finir dans cet endroit terrifiant. Elle voit déjà les gros titres des journaux de demain matin.

Cassiopée Montrouge retrouvée morte
dans une rue insalubre de Londres.
Overdose ou suicide ?

Les jambes engourdies par sa position inconfortable, ses talons aiguilles lui cisaillant les pieds et ses fins collants la protégeant à peine du froid glacial de cette fin de mois de novembre, elle retient avec peine ses larmes de colère. Elle n'ose pas vérifier, mais l'humidité qui remonte le long de ses mollets via son manteau qui traîne sur le bitume souillé lui soulève de nouveau le cœur. Du dos de la main, elle efface ses larmes en reniflant.

Un bruit inquiétant attire son attention. Elle n'est pas seule. Sur sa droite, une tête hirsute apparaît de dessous des cartons, manquant la faire tomber à la renverse. La peur la paralyse et la fait trembler, alors qu'une vieille femme au visage ridé et aux lèvres gercées lui lance un regard noir.

– C'est mon spot, ici, p'tite, va te trouver un autre endroit à squatter, baragouine-t-elle d'une voix pâteuse.

– Pardon, je ne savais pas.

Elle se mord la joue, mal à l'aise. C'est la première fois qu'elle rencontre quelqu'un vivant dans une telle précarité.

– Je ne vais pas rester, mais j'ai besoin de me cacher pour échapper aux paparazzi, laisse-t-elle échapper dans un souffle.

Ses dents se plantent une nouvelle fois dans sa joue sous le regard acerbe de la femme.

– Qu'est-ce que j'en ai à faire de tes soucis de gosse de riches ? Laisse-moi dormir en paix. Est-ce que je viens dans ta chambre quand tu dors la nuit, moi ?

Le ton sec et tranchant de la vieille dame glace la jeune femme. Sa gorge se serre. Elle n'est à sa place nulle part. Ce n'est pas nouveau, elle n'a jamais été capable de faire comme tous ses amis : dépenser sans compter, passer ses journées à la plage ou devenir l'égérie d'une marque quelconque.

Incapable également de correspondre aux attentes de sa mère : sortir avec un acteur ou une actrice en devenir que tous les réalisateurs s'arrachent. Et maintenant, même incapable de laisser tranquille une sans-abri qui n'a rien demandé à personne. Tout serait plus simple si sa conscience ne lui avait pas soufflé de fuir, si un vent de liberté ne l'animait pas et que le désir de faire ses propres choix ne l'engageait pas sur ce chemin de rébellion.

– C'est ta première nuit dehors, p'tite ?

La voix éraillée de la vieille femme la sort de ses pensées. Elle s'est redressée et s'est adossée contre un mur de briques suintantes, tentant d'allumer un reste de cigarette. Le briquet n'émet que de faibles étincelles et refuse de fonctionner. Espérant obtenir un sursis dans sa cachette de fortune, Cassiopée fouille dans sa pochette en sequins et lui tend son Zippo, dernier cadeau d'anniversaire de sa rock star de père dépassée par la situation. Elle avait quatorze ans et c'est la dernière fois qu'elle l'a vu. Aucune cigarette n'a jamais franchi ses lèvres, et pourtant, dans un espoir enfantin, elle a conservé précieusement le feu sur elle. Comme si en allumer la flamme ramènerait un jour son père par magie.

Quelle idée !

– Tenez, gardez-le, lui propose Cassiopée en lui tendant l'objet.

La femme hésite un instant, la dévisageant une longue seconde, avant de le lui prendre des mains. Elle le fait rouler entre ses doigts, l'observant sous toutes les coutures avant de l'approcher de ses lèvres. La molette crisse sous ses doigts et la flamme embrase la cigarette, éclairant une fraction de seconde son visage abîmé par les ans.

– C'est un beau briquet que tu as là, p'tite, c'est un cadeau généreux pour une vieille lady comme moi. Merci, s'adoucit la vieille dame.

– Je ne m'en sers pas, autant qu'il soit utile à quelqu'un.

La femme hoche la tête sans rien répondre et expire une volute de fumée. Cassiopée se frotte les mains pour se réchauffer ; le froid mordant engourdit ses doigts et elle frissonne des pieds à la tête. Elle doit faire tous les efforts du monde pour retenir ses mâchoires de claquer et de perturber le silence environnant. Le regard acéré de sa compagne de fortune ne la quitte pas.

– Qu'est-ce qu'une jolie jeune femme comme toi fait dans la rue par un froid pareil ? Il n'y a personne qui t'attend chez toi ? l'interpelle la voix éraillée.

Non.

Sa mère est à une première en France ou peut-être à New York – impossible de suivre son planning ministériel –, et pas la peine de penser à Tanguy pour la tirer de ce guêpier. Une chose est certaine, après la manière dont elle s'est enfuie quand il a posé un genou à terre, il ne viendra pas à son secours ce soir.

C'est triste à dire, mais c'est la vérité.

Elle est seule.

CHAPITRE 1

D'un geste sec, je referme mon blouson aux couleurs de l'association et j'enfonce un épais bonnet en laine sur ma tête. Ma tignasse brune s'aplatit devant mes yeux, m'obligeant à écarter quelques mèches pour y voir clair. Il est urgent que j'aille chez le coiffeur, mais je n'ai pas le temps pour ces futilités. J'expire longuement devant la glace du vestiaire. Un dernier regard à mon reflet et je me dirige vers les cuisines.

Je grimace en slalomant entre les bénévoles. Ce soir encore, ils sont un peu plus nombreux que la veille. Je déteste cette période des fêtes de fin d'année où, pour se donner bonne conscience, une multitude de bons samaritains se dévouent pour nous aider à l'association. Bonne résolution qui disparaît dès le lendemain du repas de Noël. Tous les ans c'est pareil, on subit un taux record d'indigestion de dinde… et nos équipes s'en trouvent réduites de moitié. Cet engagement éphémère est une perte de temps et d'énergie dont je me passerais bien.

Je cherche le visage de mon meilleur ami du regard en entrant dans la salle de réunion.

– Enfin ! Je croyais que tu ne viendrais plus ! s'exclame Daniel en se dirigeant vers moi.

Le rouquin géant me donne une accolade puissante qui manque de me décoller un poumon et me fait grimacer de douleur.

– Daniel, grogné-je, ça serait presque un plaisir de te voir.

Il s'esclaffe et place un bras au-dessus de mes épaules pour m'entraîner au fond de la pièce.

– Soit dit en passant, ça ne te ferait pas de mal de prendre un peu de temps pour toi et de ne pas venir tous les soirs. Tu sais, avoir une vie sociale en dehors des maraudes. T'amuser, quoi !

– M'amuser ? Qu'est-ce que ça veut dire ?

Il lève les yeux au ciel.

– J'abandonne ! Tu es un cas désespéré, tu le sais, ça ?

– Tu dois me le répéter tous les jours, je pense que depuis le temps le message est passé.

– Tu sais que j'ai raison. À trente-deux ans, tu as une vie aussi exaltante que celle de mon grand-père de quatre-vingt-seize ans.

– J'ai passé l'âge de sortir jusqu'à pas d'heure. Et puis j'ai des responsabilités, maintenant.

– Il n'y a pas à dire, la trentaine te réussit, mon pote, tu respires la joie de vivre !

J'ignore son sarcasme et rejoins notre responsable. Une plaquette en liège entre les mains, elle donne des ordres à tous ceux qui s'approchent d'elle.

– Même Suzy prend une soirée de repos par semaine ! conclut Daniel.

En entendant son prénom, la petite brune d'un mètre soixante lève les yeux vers moi. Ses cheveux coupés à la garçonne et ses grands yeux noisette lui donnent un air de lutin. Surnom qu'elle exècre, mais que j'adore lui donner.

– Lutin des neiges, quel est notre parcours, ce soir ?

Elle fait mine de me frapper avec sa planchette à pince et me fait les gros yeux, mais le coin de ses lèvres se retrousse en un doux sourire.

– Elliott, attention à ce que tu dis, le lutin des neiges pourrait t'inscrire sur la liste des mauvais garçons du père Noël…

– Heureusement pour moi, je n'ai pas encore envoyé ma lettre, je pourrai lui raconter comment tu nous martyrises en son nom.

Suzy secoue la tête en riant puis plonge son regard sur la liste.

– Ce soir, vous allez du côté de Soho, vous connaissez bien le quartier et les habitués, peut-être pourrez-vous en convaincre certains d'aller passer la nuit dans des refuges. D'ailleurs, voici la liste de ceux qui ont quelques places pour la nuit. Comme d'habitude, je vous tiendrai au courant par radio de l'évolution de la situation.

– Parfait, je vais chercher Daniel.

– Prenez le premier fourgon, si vous êtes prêts.

Je hoche la tête et hèle mon ami à travers la pièce. Il ne lui a pas fallu longtemps pour trouver une nouvelle victime à terroriser avec son humour douteux : il est en pleine conversation avec une bénévole que je n'avais jamais vue jusqu'à ce soir. Je m'avance dans leur direction et je ne peux m'empêcher de ricaner quand je l'entends flirter avec la jeune demoiselle. Elle n'est pourtant pas son genre, grande blonde décolorée et trop apprêtée pour passer une soirée à sillonner les rues. Encore une nouvelle qui n'a aucune idée de ce qui l'attend.

– Si tu veux, je pourrai te faire visiter les locaux après la tournée, lui propose mon ami.

En irrécupérable don Juan, Daniel lui lance une œillade séductrice qui me fait lever les yeux au ciel.

– Merci, c'est très gentil, ça ne serait pas de refus. Je me suis déjà perdue cinq fois rien que pour trouver le vestiaire.

L'un comme l'autre se dévisagent en souriant et leur mièvrerie me donne envie de m'enfuir loin, très loin.

– Allez mon pote, fini de draguer, on a du boulot, l'interromps-je en posant une main sur son épaule.

Daniel me lance un regard noir, s'excuse auprès de la jeune femme et m'emboîte le pas en bougonnant.

– Je vais demander à Suzy de me changer de binôme, tu me casses toujours tous mes coups, râle-t-il en me pointant du doigt. Ce n'est pas parce que tu vis une vie de moine que je dois faire de même, conclut-il en claquant la portière.

– Qu'est-il arrivé à la petite rousse de la semaine dernière ? Je croyais que c'était le grand amour.

Il grogne en fixant la route devant nous, puis au bout de quelques secondes, il lâche le morceau.

– Elle est retournée avec son ex.

L'amertume et la déception que je perçois dans son ton me font de la peine. Daniel est de ces hommes qui cherchent le grand amour chez toutes les femmes qu'ils rencontrent. Je me rappelle son premier béguin à l'école primaire, elle s'appelait Charly et avait deux ans de plus que nous. Pourtant, ça ne l'a pas arrêté dans l'idée de lui écrire une lettre dans laquelle il lui avouait ses sentiments ; la peste n'a rien trouvé de mieux que de la lire à haute voix en plein milieu de la cour de récréation. Cet épisode peu glorieux, au lieu de le démoraliser, l'a encouragé dans sa recherche de sa moitié. J'ai perdu le compte de ses conquêtes depuis bien longtemps, mais maintenant qu'il a passé le cap de la trentaine, je le sens de plus en plus désespéré face à son célibat.

– Je crois que je vais encore passer Noël tout seul, cette année.

– Mais non, tu sais bien qu'Olivia et moi, nous t'accueillerons toujours à bras ouverts !

– Parfait, j'adore être la cinquième roue du carrosse, bougonne-t-il.

– Ne dis pas ça, je sais que tu adores les festins de Maggie. Et puis je te promets de me rattraper avec Blondie tout à l'heure.

Dans un silence presque religieux, j'engage l'utilitaire au logo de l'association dans les rues londoniennes. Ça fait dix ans que je parcours les rues pour *Food For Life*, et pourtant, chaque sortie est unique. Malgré les sacrifices et l'implication que ça demande, Daniel m'a rejoint dans l'aventure sans hésiter deux jours après mon adhésion et ne m'a jamais laissé tomber.

Je jette un rapide coup d'œil à mon ami sur le siège passager. Qui aurait dit que ce rouquin gringalet rencontré sur les bancs de l'école élémentaire serait toujours assis à mes côtés plus de deux décennies après ?

– Et ta promotion, c'en est où ?

Tentative peu subtile pour changer de sujet. Pas dupe, mon ami relève un sourcil narquois.

– Au point mort, je dois avoir un énième rendez-vous avec mon boss dans la semaine, mais à ce stade je n'y crois plus, râle-t-il.

– Pourquoi restes-tu chez eux ? Tu dis toi-même que c'est de l'exploitation !

– Parce que j'ai un loyer à payer et que je ne suis pas près de trouver un poste équivalent.

– Et ton projet de monter ta propre boîte ?

– Le problème reste le même, je n'ai pas les fonds.

– Si ce n'est que ça, tu sais que je peux te prêter de l'argent, tenté-je.

Je le sens se raidir à ma gauche.

– Elliott, tu as beau être mon meilleur pote, parfois j'ai l'impression que tu ne m'écoutes pas. Je veux y arriver par moi-même et ne rien devoir à personne.

– Tu sais que c'est complètement ridicule, comme réflexion. Vois ça comme le prêt d'une banque ou d'un investisseur quelconque !

– Non, il est hors de question que l'argent vienne se mettre entre nous.

Je hausse un sourcil. Je ne compte plus le nombre de fois où on a eu cette conversation ; sa réaction est toujours la même. Pourtant je ne désespère pas qu'un jour il accepte mon aide.

Je tourne sur St Regent Street et ralentis. Nous arrivons à la limite du quartier de Soho. Daniel se redresse sur son siège et se penche vers sa vitre, attentif. Quartier populaire de jour, avec toutes ses boutiques et ses théâtres, la nuit venue les rues cachent des sans-abri à qui l'on apporte des repas chauds et un peu de compagnie.

Quelques mètres plus loin, je repère un monticule de cartons formant un abri de fortune dans un renfoncement d'une devanture de magasin. Personne en vue, mais les années à aider ceux qui vivent sous notre nez m'ont appris à regarder plus loin que les apparences. Je me gare sur le trottoir, enclenche les warnings et descends du véhicule, Daniel sur les talons. Le froid humide de novembre me happe dès que je sors de l'habitacle.

– Bonsoir ! Nous faisons partie de l'aide alimentaire, nous avons des plats chauds, si ça vous intéresse, lancé-je.

Au début, rien ne se passe, puis un bras apparaît. Je m'approche à petits pas pour ne pas effrayer celui qui se cache dessous pendant que Daniel ouvre le coffre de la voiture et récupère les provisions.

– Elliott ?

Je souris en reconnaissant un de nos habitués, Patrick. Je lui tends la main pour l'aider à se relever.

– Patrick, tu as changé de rue ?

– Ouais, pas mal de drogués venaient m'emmerder dans mon ancien spot. Ici je suis un peu trop à découvert, mais au moins les gens qui passent préfèrent m'ignorer que me chercher des noises.

– Il y a des places en refuge pour cette nuit, si tu veux, lui propose Daniel tout en lui tendant un sachet repas tout droit sorti de nos contenants isothermes.

– Si c'est pour qu'ils me foutent dehors dès demain matin, c'est hors de question, je préfère encore rester ici.

Je lance un regard à Daniel pour qu'il demande à Suzy. S'il y a une place dans un refuge longue durée, c'est l'occasion ou jamais de le sortir de la rue.

– Tu es allé à tes rendez-vous avec l'assistante sociale ?

Patrick renifle avec un air dédaigneux.

– J'ai arrêté de perdre mon temps, il faut que je traverse toute la ville et chaque fois c'est le même refrain : il me manque un papier pour mon dossier, ou alors je dois avoir un travail pour avoir un logement, sauf que pour avoir un job, il me faut une adresse.

– Et ta famille ne peut pas t'aider ? T'héberger quelque temps ?

– Cette bande d'hypocrites ? Hors de question que je leur demande quoi que ce soit !

J'abandonne quand je remarque Daniel revenir vers nous, secouant la tête d'un air triste. Je serre les mâchoires, dépité.

– Dès qu'une place se libère, on te fait signe, dit Daniel, qui essaie de se faire rassurant.

Nous savons pourtant tous les deux qu'avec l'hiver qui arrive, ce type d'opportunité se fera de plus en plus rare.

– On a des couvertures en stock, si tu veux, lui proposé-je.

– Pour ça je ne dis pas non, les gars, on ne peut pas dire que mes cartons humides soient très efficaces contre le froid.

Je fouille dans le coffre de la voiture à la recherche de vêtements secs et de couvertures propres que je lui tends. Déjà Patrick se réinstalle avec sa gamelle à l'abri derrière ses cartons. On échange une poignée de main qui se veut reconnaissante de son côté et réconfortante du nôtre, et nous reprenons la route.

Chaque soir, nous parcourons les rues sans relâche à la recherche de ceux qui sont dans le besoin. Nous délivrons nos repas chauds, quelques paroles apaisantes, un peu de chaleur humaine et d'attention à ces invisibles qui emplissent nos rues. Le temps de quelques heures, je me sens utile.

La tournée est presque achevée et il ne nous reste plus que Margaret à livrer. Quand je suis dans ce secteur, je fais en sorte de terminer par elle. Ce n'est pas du favoritisme, mais cette vieille dame d'une soixantaine d'années à la forte personnalité me touche. J'aime discuter avec elle, et malgré ses airs revêches et son langage fleuri, je ne peux m'empêcher de discerner ce qui se cache sous sa carapace. Les épreuves de la vie ne l'ont pas épargnée et je ne désespère pas d'arriver à la sortir de la rue. À l'angle d'Endel Street, je ralentis avant de m'arrêter devant la ruelle qui lui sert de refuge.

Comme à son habitude, Margaret s'est protégée du froid et de l'humidité au fond de l'impasse. Un sachet de nourriture entre les mains, je m'avance à grands pas, Daniel en retrait à côté de la voiture. Il a l'habitude de me laisser seul avec celle qui pourrait être ma mère.

– Bonsoir, Margaret, comment vas-tu ?

– Toujours pareil, p'tit.

La même réponse à chacune de mes visites. Pourtant, je remarque ses yeux plus cernés que d'habitude et son regard terni par la fatigue, et l'inquiétude me gagne.

– Ce soir c'est ton plat préféré, soupe chaude de légumes et une part de tourte au poulet, lui annoncé-je en lui tendant le repas.

– Merci, p'tit, ça va me réchauffer pour bien dormir.

Je sais déjà ce qu'elle va me répondre, mais je ne peux pas m'en empêcher :

– Je préférerais te savoir dans un refuge, là-bas tu serais sûre de dormir au chaud.

– Tu sais que j'aime ma solitude, Elliott, et puis il n'y a que des voleuses dans ces abris ! grogne-t-elle. Je n'ai pas grand-chose, mais j'y tiens, alors ne remets pas ce sujet sur le tapis, veux-tu.

– Très bien, soufflé-je, exaspéré par son entêtement.

– Par contre, occupe-toi de la petite, elle ne va jamais survivre par ce froid, surtout pas dans sa tenue de princesse !

De qui parle-t-elle ? D'un signe de tête, elle me désigne le coin de la rue sur sa gauche. Je sursaute, surpris de ne pas avoir remarqué plus tôt qu'elle n'était pas seule. Un froissement dans la nuit me confirme qu'il y a bien quelqu'un caché pas loin. Trois pas me permettent d'apercevoir la silhouette d'une jeune femme terrée dans l'ombre d'une benne à ordures. Concentré sur Margaret, je n'ai pas prêté attention à ce qui m'entourait, et si ma tête de mule préférée n'avait pas vendu la mèche, j'aurais pu partir sans voir la jeune femme. J'avance en douceur pour ne pas l'effrayer, et quand enfin je la discerne, je manque de laisser échapper un hoquet de surprise.

CHAPITRE 2

Cette jeune femme n'a rien à faire là. Dans ses vêtements chics, elle détonne dans ce paysage lugubre. Mon regard s'accroche à ses prunelles bleues où je lis un mélange de peur et de malaise.

L'effet de surprise passé, je m'accroupis devant elle pour me mettre à sa hauteur sans l'effrayer. Son regard passe successivement de Margaret à moi au bout de la ruelle. Son hésitation est palpable. Son envie de fuir aussi.

– Ne t'inquiète pas, je fais partie de l'aide alimentaire de Londres, je ne te ferai aucun mal.

Son visage s'arrête sur le mien. Elle me dévisage en pinçant les lèvres, je lis dans ses yeux qu'elle pèse le pour et le contre. J'en profite pour la détailler : des boucles blondes en bataille, la tenue débraillée et du maquillage qui macule ses joues, tout chez cette jeune femme m'indique qu'elle est en fuite et désespérée. Elisabeth avait-elle le même regard désemparé lors de sa première nuit dehors ? Mon estomac se tord à cette idée.

– Je peux appeler quelqu'un pour qu'il vienne te chercher, si tu préfères, dis-je pour tenter de la rassurer.

– Non !

Son cri résonne contre les briques de la rue, j'en ai un sursaut de recul.

– Personne ne doit être au courant que je suis ici, reprend-elle avec hésitation.

Je fronce les sourcils. Qu'est-ce qu'elle fuit de la sorte ? Qui ?

– Écoute, le plus simple, c'est que tu viennes avec nous, nous te déposerons où tu le souhaites, mais tu ne peux pas rester ici. C'est bien trop dangereux et les températures vont encore baisser dans la nuit, tu es déjà en train de grelotter.

– Pas du tout, je vais très bien.

Sa diction est hachée par le claquement de ses dents. Je fronce les sourcils. Pourquoi refuse-t-elle mon aide ? Se croit-elle vraiment capable de résister à une nuit dans la rue en plein mois de novembre ?

– Ce n'était pas une suggestion, tranché-je. Il est hors de question que je te laisse ici ou rentrer seule en pleine nuit, les rues ne sont pas sûres.

– Si j'étais toi, je le suivrais, p'tite, y a pas plus têtu qu'Elliott sur cette terre, ajoute Margaret en riant.

– Si, toi, répliqué-je à l'intention de Margaret.

Je lui lance un coup d'œil grave, espérant la faire changer d'avis sur une place en foyer. Elle soupire un coup mais ne lâche rien.

– Pour l'instant, cette p'tite a plus besoin de ton aide que moi, alors filez et laissez-moi me reposer en paix !

– Je suis tout à fait capable de prendre soin de moi-même toute seule ! réagit enfin la jeune femme en se reculant un peu plus contre le mur.

Son dos se plaque contre les briques humides, dont l'eau semble traverser son fin manteau. Je retiens un ricanement lorsque son visage se déforme en une grimace dégoûtée.

– Je n'en doute pas, mais je ne pense pas que ta tenue de soirée y survive, alors considère-nous comme un taxi si ça t'arrange, mais il est hors de question que je t'abandonne ici.

Sans lui laisser le choix, je me redresse et m'approche d'elle. J'attrape son bras avec douceur et l'aide à se relever. Une fois debout, elle vacille sur ses talons hauts et manque de s'effondrer. Par réflexe, je la retiens en glissant un bras autour de sa taille. Elle frissonne et ses joues rougissent. Après quelques secondes, elle semble plus sûre de ses appuis et s'essaie à quelques pas.

– Merci pour ton aide, mais ça ira à partir de maintenant, dit-elle en me repoussant en douceur.

J'ignore quelle est la raison qui l'oblige à refuser mon assistance, mais ça ne fait qu'exacerber un peu plus ma vigilance. Elle n'a pas conscience des dangers qui rôdent la nuit dans les rues, encore moins en plein hiver. Son regard appuyé passe de mes mains, toujours sur sa taille, à mon visage. Je la relâche tout en restant à une distance raisonnable pour la rattraper en cas de nécessité, et je l'observe s'approcher de Margaret. La petite blonde tente un pas de plus, ses mains jouant avec sa pochette à sequins, elle hésite, je la vois chercher ses mots, et puis sa voix suave résonne dans le silence de la nuit froide.

– Merci, Margaret.

– Que je te revoie plus squatter mon spot, p'tite, râle ma sexagénaire préférée.

La jeune femme esquisse un sourire, comme si elle aussi avait compris que les mauvaises manières de Margaret n'étaient qu'un moyen de défense.

Depuis dix ans que je parcours les rues, j'ai tout vu ou presque, pourtant cette petite blonde au visage rond, aux grands yeux bleus et au sourire hésitant ne me laisse pas de marbre. Rien dans son attitude n'explique sa présence dans cette ruelle lugubre. Qu'a-t-il bien pu se passer pour qu'elle trouve refuge derrière une poubelle ?

– Bonne soirée, Margaret, et si jamais tu changes d'avis, tu sais où nous joindre, essayé-je de la convaincre une dernière fois.

– Qu'est-ce que je disais, une vraie tête de mule, celui-là. Et merci pour le briquet, tonne la voix éraillée de la vieille femme alors que la mystérieuse inconnue me dévisage.

Je lance un regard sévère à Margaret.

– Je croyais que tu avais arrêté de fumer ? la grondé-je. Tu sais que ça va finir par te tuer !

– La rue aura raison de moi bien avant, me lance-t-elle dans un rire caverneux. Allez, file, p'tit, tu as une charmante demoiselle à raccompagner.

Je secoue la tête tandis qu'à mes côtés la jeune femme rougit, sous les rires de Margaret. J'adresse un signe de la main à la vieille femme avant de retourner vers la voiture. L'inconnue m'emboîte le pas en silence.

– Au fait, je m'appelle Elliott, et toi ?

Le bruit de ses talons contre les pavés s'arrête, m'alarmant. Je me retourne en vitesse pour m'assurer qu'elle n'est pas tombée. Debout et immobile, elle me dévisage avec un air ahuri.

– Tout va bien ? m'inquiété-je en la rejoignant.

– Oui, oui, pardon, j'ai juste été surprise.

Ses yeux bleus me scrutent, étonnés, ses sourcils se froncent. Son attitude et sa réserve me perturbent. Parfois nous raccompagnons des mineurs qui ont fugué, mais avant ce soir, je n'avais jamais été confronté à une telle situation.

– Je ne sais pas ce que tu fuis, mais tu ne risques rien, lui affirmé-je.

D'un hochement de tête, elle acquiesce et semble se détendre. Son corps est pourtant parcouru de frissons et ses lèvres tremblent.

– Allez, viens te mettre au chaud, tu as l'air gelée.

– Non, je t'assure que tout va bien.

Je hausse un sourcil ; il est évident qu'elle est transie de froid, mais elle semble mettre un point d'honneur à refuser mon aide. Est-ce que je lui fais peur ? Je n'ai pas le temps de lui poser la question que nous sommes interrompus par Daniel qui s'approche à grands pas, un sourire jovial plaqué sur le visage.

– Alors, comment va Margaret ?

– Égale à elle-même : butée et contestataire !

– Voilà qui lui ressemble bien, s'amuse-t-il.

Le sourire de mon meilleur ami se fige alors que je me décale pour laisser apparaître l'inconnue qui grelotte de plus en plus. Je fronce les sourcils devant sa réaction ; les yeux ronds, il dévisage la jeune femme.

– Ah oui, au fait on va raccompagner…

Je prends conscience que je ne connais toujours pas son prénom. Mon regard se pose sur elle, l'incitant à terminer ma phrase, mais elle reste muette.

Perplexe, je hausse les épaules et adresse une grimace à mon meilleur ami. Je ne comprends pas la réserve de la jeune femme. Que cache-t-elle ? Daniel, lui, me lance un regard médusé avant de rire à gorge déployée. Pendant une fraction de seconde, j'ai peur qu'il ne soit en train de faire un AVC.

– Tu ne vas pas me faire croire que tu ne sais pas qui elle est ? arrive-t-il à articuler entre deux gloussements.

Je hausse un sourcil et me retourne vers la jeune femme, qui semble de plus en plus mal à l'aise.

J'ai beau me concentrer, son visage ne me dit rien et je suis certain que je me souviendrais d'elle si je l'avais déjà croisée. La mystérieuse inconnue rentre la tête dans les épaules et détourne le regard.

– On s'est déjà rencontrés ? lui demandé-je tout de même.

Le rire de Daniel redouble d'intensité et me fait lever les yeux au ciel, alors que la jeune femme marque un second mouvement de surprise. Je me sens ridicule.

– Tu ne sais vraiment pas qui je suis ? murmure-t-elle, déroutée.

– C'est Cassiopée Montrouge ! l'interrompt Daniel. Mon pote, il faut vraiment que tu sortes de chez toi ! C'est une actrice de renommée mondiale, me lance-t-il en me donnant un coup dans les côtes.

Je grogne de douleur et mon ami s'approche de Cassiopée en lui tendant la main.

– Je suis ton plus grand fan, c'est un honneur de te rencontrer ! s'exclame-t-il. Viens te mettre au chaud dans la voiture et n'hésite pas à me demander si tu as besoin de quoi que ce soit, surtout !

Je laisse Daniel lui ouvrir la portière arrière pendant que je m'installe derrière le volant, retrouvant avec plaisir la tiédeur agréable de la voiture. J'ai encore du mal à me rendre compte de ce qu'il se passe. Qu'est-ce qu'une actrice mondialement connue faisait dans cette ruelle ? Je me frotte les mains pour les réchauffer et j'allume le contact pour mettre le chauffage en route. Daniel me rejoint à l'avant et se retourne sur son siège dans la seconde ; lui ne semble pas se préoccuper des raisons qui ont poussé son idole à avoir besoin de nos services.

– Je n'arrive pas à croire que tu sois dans notre voiture ! Comment t'es-tu retrouvée là ?

Malgré moi, je tends l'oreille, curieux.

– Un concours de circonstances, élude-t-elle.

– Tu fuis les paparazzi ? poursuit-il, ignorant le malaise de notre passagère.

Au mot *paparazzi*, mes muscles se contractent. Ces vautours sont prêts à tout pour un bon scoop, et quand ils ont un os à ronger, ils sont plus voraces qu'un ours sortant d'hibernation. Rien d'étonnant à la présence de Cassiopée dans cette ruelle si elle voulait y échapper.

– Si on veut, répond-elle dans un souffle.

Daniel semble enfin comprendre qu'elle n'est pas disposée à faire la conversation car il change brutalement de sujet.

– À propos, moi, c'est Daniel, et l'ermite qui n'achète même pas le programme télévisé, c'est Elliott.

Cassiopée laisse échapper un rire discret alors que je lève les yeux au ciel.

– Je n'ai pas le temps, bougonné-je.

– Non, me reprend mon ami, soyons honnêtes, tu détestes tout ce qui pourrait être fun ! La preuve, tu ne sais même pas qui elle est ! ajoute-t-il d'un ton accusateur. Il faut vraiment que je te sorte de ta tanière de temps en temps, grommelle-t-il. C'est la fille de Rick Mortimer et de Sasha Montrouge, tu sais, le rockeur et l'actrice !

Le nom de son père me rappelle un vague souvenir, mais je serais incapable d'énoncer le titre d'une seule de ses chansons.

– Toute une culture à refaire, s'apitoie mon ami devant mon haussement d'épaules.

– Jusqu'à maintenant, mon manque de culture ne te dérangeait pas, grogné-je.

Daniel m'ignore sciemment et se retourne encore sur son siège pour faire face à la jeune femme.

– J'ai dû regarder tous tes films au moins deux fois ! Mais dis-moi, ça fait plus d'un an que tu n'as rien tourné, tu fais une pause dans ta carrière ?

– Plus ou moins, j'avais besoin de m'éloigner des caméras.

Le manque d'enthousiasme de Cassiopée ne semble pas atteindre Daniel, qui enchaîne :

– J'ai entendu dire que tu allais tourner un film avec ta mère, c'est vrai ?

Sérieusement, Daniel ? Pas besoin d'être extra-lucide pour ressentir le malaise qui s'empare de la jeune femme. Son regard s'échappe à travers la vitre et elle se mord la joue. Ce geste me fait remonter le temps. Le souvenir d'Elisabeth, les yeux larmoyants et les lèvres pincées dans une moue boudeuse, refait surface. Le même tic. Je ferme les yeux pour me vider la tête et effacer ces images de mon esprit.

– Où est-ce que l'on te dépose ? demandé-je pour changer de conversation, en enclenchant la première.

– À l'hôtel *The Kensington*, sur Queen's Gate, si ça ne vous dérange pas.

Je hoche la tête et m'engage dans la circulation. Daniel ne pose plus aucune question et se contente de se retourner toutes les minutes et de se pincer pour vérifier qu'il ne rêve pas. Son comportement d'ado pré-pubère me met mal à l'aise. À trente-deux ans, il exagère. On dirait qu'il n'a jamais vu une fille de sa vie. Pour détendre l'atmosphère, j'allume la radio.

Jingle bell, jingle bell, jingle bell rock
Jingle bells swing and jingle bells ring
Snowing and blowing up bushels of fun
Now the jingle hop has begun

Mes mains se crispent sur le volant. Ils ne sont pas en retard, cette année… Le regard rivé sur la route, je me concentre sur ma conduite en tentant d'occulter cet air qui me donne la nausée. Je déteste la période des fêtes ! Lorsque le refrain arrive, je ne tiens plus et change de station en vitesse. Daniel me lance un regard rieur et se tourne vers notre passagère.

– Excuse Elliott, il est allergique à Noël, s'amuse-t-il.

– Tout de suite les grands mots, râlé-je. Désolé de ne trouver aucun charme à cette fête commerciale ! On est mi-novembre, tu peux me dire quel est l'intérêt d'avoir déjà décoré toute la ville et de nous inonder de ces chants ridicules ?

Le gloussement de Cassiopée me surprend. Je jette un rapide coup d'œil au rétroviseur. Les yeux pétillants, la jeune femme tente de camoufler son hilarité derrière ses mains.

– Je crois que c'est la première fois que je rencontre quelqu'un qui est allergique à la magie de Noël, s'amuse-t-elle.

Son regard rieur capte le mien dans le miroir et, sous la surprise, je manque de griller un feu rouge. J'appuie sur la pédale de frein à la dernière seconde en grognant alors que Daniel me lance un clin d'œil goguenard. Il ne perd rien pour attendre, celui-là !

– La vengeance est un plat qui se mange froid, mon pote, me murmure-t-il.

C'est à mon tour de rire franchement : si ce sont ses représailles pour lui avoir cassé son coup avec Blondie, je m'en sors plutôt bien.

Alors que le feu passe au vert, je sens le regard de Cassiopée sur ma nuque. J'ai à peine le temps de me demander pourquoi elle m'observe que nous arrivons devant l'entrée de l'hôtel. De l'autre côté de la rue, l'impressionnante devanture blanche du bâtiment me rend nostalgique. Combien d'après-midi ai-je passés à jouer à cache-cache avec ma sœur dans les couloirs du palace pendant que ma mère prenait le thé avec ses amies ou que mon père participait à une énième conférence ?

Je ravale avec peine la boule qui s'installe au fond de ma gorge. Du mouvement devant les portes me tire de mes pensées. Je plisse les yeux avant de les écarquiller en comprenant qu'il s'agit de dizaines de photographes arpentant le trottoir. Involontairement, je m'enfonce un peu plus dans mon siège et rentre le cou dans mes épaules. Je déteste les journalistes, et me retrouver si proche d'eux m'inquiète. S'ils nous repèrent, la vie que je me suis construite ne sera plus qu'un vague souvenir !

CHAPITRE 3

Je lance un regard inquiet à Daniel, qui lui-même hausse les épaules, dépassé par la situation. Je me retiens pour ne pas lancer la voiture dans la direction opposée dans la seconde.

– C'est toi qu'ils attendent ? demande-t-il à Cassiopée.

– Je suppose.

La jeune femme laisse échapper un soupir désabusé alors que Daniel me regarde, incrédule.

– Ça arrive souvent ce genre de scène avec les journalistes ? poursuit-il.

– Quotidiennement.

L'inquiétude de mon ami résonne en moi comme un écho. Comment peut-on vivre de cette manière ? Supporter cette surveillance constante ?

– Et tu ne peux rien y faire ? Porter plainte ou demander une mesure d'éloignement ?

– Ce n'est pas comme si j'avais le choix… Tant qu'ils restent sur le domaine public, ils sont libres de me suivre autant qu'ils le souhaitent. C'est à moi de bien choisir les lieux où je sors.

– C'est pour ça que tu n'as rien tourné depuis longtemps ? Tu espères redevenir anonyme ?

Un rire moqueur échappe à la jeune femme.

– Je n'aurai jamais le droit à l'anonymat, mes parents s'en sont bien assurés.

Daniel se tortille sur son siège, mal à l'aise. À l'arrière, Cassiopée est perdue dans ses pensées, le regard plongé vers l'extérieur et les bras croisés. Sa lassitude me frappe. Et puis, comme si elle s'était fait une raison, elle se redresse sur son siège. Elle vérifie sa tenue d'un rapide coup d'œil, se recoiffe dans un geste inutile et pose sa main sur la poignée de la portière. Son visage détendu quelques minutes auparavant est désormais crispé, son sourire a disparu et l'étincelle dans son regard n'est plus qu'un souvenir. Son changement d'attitude m'interpelle. Pourquoi redoute-t-elle tant de rentrer ?

Avant que j'intervienne, Daniel pose une main sur son genou.

– Attends.

Cassiopée se retourne vers nous et pendant une fraction de seconde j'aperçois du soulagement dans ses iris bleutés. Daniel m'observe, pince les lèvres, et avant que je ne l'arrête, reprend :

– Viens avec nous.

Nous le dévisageons tous les deux, interdits.

– Mais oui, continue-t-il avec un grand sourire, le temps que l'on dépose la voiture à l'association, qu'on se change et qu'on fasse notre débrief à Suzy, les paparazzi se seront probablement lassés et tu pourras rentrer en toute discrétion à ton hôtel ! Et puis c'est sur ta route pour rentrer à ta tanière, rajoute-t-il à mon intention.

Cassiopée me dévisage, attendant mon aval. Je passe une main dans ma barbe de quelques jours tout en réfléchissant, mais je dois reconnaître que le plan de Daniel est cohérent.

– Si ça ne te dérange pas d'attendre encore un peu avant de rentrer chez toi, je peux te reconduire plus tard, confirmé-je.

– Ce n'est qu'une chambre d'hôtel, me répond-elle en haussant les épaules.

Son regard se voile de lassitude pendant un bref instant et ses doigts jouent avec nervosité autour de sa pochette. Quoi qu'il se soit passé ce soir, ça semble avoir été la goutte d'eau qui a fait déborder le vase. Étrange qu'une actrice a priori mondialement connue soit aussi distante avec les tabloïds.

– Ne t'inquiète pas, les bénévoles ne révéleront rien, la rassure Daniel d'un ton joyeux. Si tu savais ce que l'on voit parfois durant nos rondes, on est habitués à tenir notre langue. Ce qu'il se passe dans la rue reste dans la rue, comme on dit chez nous.

Avant de nous faire repérer par les journalistes, je reprends la route. Du mouvement dans le rétroviseur retient mon attention, d'un coup d'œil je vois la jeune actrice se baisser sur son siège lorsque nous passons devant le parvis de l'hôtel. Elle ne fait pas semblant, elle fuit vraiment les journalistes. Mais pourquoi ? Qu'a-t-elle pu faire pour les attirer de la sorte ?

– Merci, nous dit-elle dans un souffle en se redressant une fois la horde dépassée. Je suis désolée pour le détour et le temps perdu.

Quand je pense que j'ai presque dû la sortir de force de derrière cette benne à ordures !

– Nous aidons tous ceux qui en ont besoin, pas besoin de nous remercier.

– Ce qu'Elliott veut dire, me reprend Daniel, c'est que c'est un plaisir !

J'ignore le sarcasme de mon ami et me concentre sur le trajet. Il sait très bien que j'aurais agi de la même manière, que Cassiopée soit la reine d'Angleterre ou la caissière du coin de la rue. Si ça l'amuse de cirer les bottes de la jeune femme, grand bien lui fasse, mais qu'il ne compte pas sur moi. Je ne sais pas encore où placer Cassiopée dans ce cirque qu'est le jeu de la célébrité, mais une chose est certaine, j'ai bien l'intention de me tenir aussi éloigné que possible des feux des projecteurs ! Je suis bien trop conscient du revers de la médaille.

L'ambiance dans la voiture devient pesante, heureusement, j'aperçois les locaux de l'association au loin. Alors que je coupe le contact une fois dans le garage, je remarque Suzy se précipiter vers nous de l'autre côté de la fenêtre, furibonde.

– Une heure que je vous attends ! Où étiez-vous ? Et pourquoi vous ne répondiez pas à votre radio ? attaque-t-elle alors que j'ouvre ma porte.

– On a fait un détour, rien de grave.

Derrière moi, la portière claque et interrompt Suzy. Elle se décale et remarque Cassiopée. Ses yeux s'écarquillent, elle semble elle aussi reconnaître la jeune actrice.

– J'attends des explications !

Son regard se plante sévèrement dans le mien ; les poings sur les hanches, elle ferait presque peur. Daniel fait précipitamment le tour de la voiture et vient se placer à mes côtés, passant un de ses bras autour de mes épaules.

– C'est drôle que tu demandes ça, Suzy, parce que justement l'explication est très simple. Elliott a fait la charmante rencontre de cette demoiselle derrière une benne à ordures et tu connais notre gentleman, il n'a pas pu se résoudre à la laisser rentrer chez elle à pied avec tous ces fous qui traînent dehors, donc il s'est gentiment proposé pour la raccompagner après son service.

– Et me prévenir, c'était trop vous demander ? râle la cinquantenaire. J'ai cru que vous aviez fait une mauvaise rencontre, j'étais à deux doigts de prévenir la police !

– Pardonnez-les, intervient Cassiopée en s'avançant d'un pas, tout est ma faute.

– Ce n'est pas toi qui as coupé leur radio, à ce que je sache.

– Non, c'est ma faute, reconnaît Daniel, penaud. Je pensais que nous rentrerions après avoir apporté sa ration à Margaret, donc je l'ai éteinte, sauf que j'étais loin d'imaginer qu'Elliott rencontrerait Cassiopée entre-temps.

– Que cela ne se reproduise pas !

Les épaules de notre directrice s'affaissent et sa colère retombe comme un soufflé. Je la connais assez pour savoir que c'est l'inquiétude qui dicte ses paroles.

Puis, se tournant vers Cassiopée, elle lui fait signe d'approcher. Pendant une seconde, les iris bleutés de la jeune femme passent de Daniel à moi, cherchant un signe. Comme dans cette ruelle, lorsque je lui ai proposé mon aide, elle semble vouloir fuir. J'ai l'habitude de faire face à la méfiance de ceux qui vivent en marge de la société depuis un certain temps. Ils ont été tant rejetés qu'ils se méfient de tout et de tout le monde. Cassiopée n'est clairement pas une habituée des rues et pourtant elle réagit comme telle.

Daniel lui adresse un sourire rassurant alors que je croise les bras. Me tenant entre elle et la porte de sortie du garage, je lui lance un regard de défi. Nous sommes tous conscients qu'elle ne survivra pas à une nuit dehors, il est hors de question que je la laisse choisir cette solution, peu importe si elle me déteste pour cette décision que je prends pour elle. Je ne suis pas là pour être apprécié, juste pour éviter des morts inutiles. Qu'elle essaie seulement de s'échapper et je serai là pour la rattraper.

– Viens te réchauffer à l'intérieur, je suis certaine que ces idiots n'ont même par remarqué que tu grelottes de froid, s'exaspère Suzy en glissant son bras sous le sien et en l'entraînant à l'intérieur. Vous deux, vous rangez votre véhicule et vous nettoyez tout.

J'attends qu'elles disparaissent dans les locaux pour me remettre en mouvement. Daniel me regarde d'un air moqueur.

– Ça faisait longtemps que je ne t'avais pas vu utiliser ton regard tueur, c'est presque effrayant.

– Je ne vois pas ce qu'il y a de drôle.

– Rien, j'apprécie juste de ne pas en être le destinataire, pour une fois. C'est quand même dingue d'être tombé sur Cassiopée Montrouge derrière une benne à ordures ! Je n'en reviens toujours pas !

Je ne prends même pas la peine de lui répondre. À bien y réfléchir, si elle est si connue que ça, c'est vrai que cette rencontre est assez intrigante. Qu'est-ce qui a bien pu la pousser à se réfugier dans un tel endroit ? Comptait-elle y rester toute la nuit ? Et pourquoi ne semble-t-elle faire confiance à personne ?

Je me secoue pour me sortir de mes pensées, après tout, qu'est-ce que j'en ai à faire de ses raisons ? J'ai joué mon rôle, je l'ai sortie de ce bourbier et dès que je la dépose à son hôtel, je retourne à mes habitudes. Je n'ai pas besoin d'une princesse en mal de sensations fortes pour compliquer encore plus mon quotidien !

J'attrape le container isotherme à bout de bras et me dirige vers la cuisine. Mes muscles chauffent sous l'effort, m'obligeant à faire une pause à mi-chemin pour affirmer ma prise. Des rires venant de la salle de réunion m'interpellent. À cette heure tardive, les locaux sont censés être déserts. À travers les stores entrouverts, je repère Suzy et Cassiopée en pleine conversation. La jeune actrice a enfilé un épais sweat arborant le logo de l'association et tient une tasse fumante entre ses mains. Elle flotte dans ce vêtement bien trop grand pour elle. Elle me donne l'impression d'être une petite fille déguisée avec les habits de sa mère. Malgré moi, je m'approche de la pièce et l'écoute discuter avec Suzy. Elle déambule dans la pièce, son regard glissant sur les photos accrochées au mur. Leur discussion étouffée me parvient à travers la fine paroi.

– Vous faites un travail formidable.

Je me mords la joue pour ne pas entrer et la contredire. Il n'y a rien de sensationnel ou de glorieux à faire ce travail. C'est juste nécessaire. Preuve supplémentaire qu'elle n'est pas de notre monde.

– Qui sont ces gens ?

Elle pointe les images du doigt.

– Tous ceux que nous avons aidés, qui sont sortis de la rue. C'est un rappel que notre présence n'est pas vaine.

– C’est impressionnant !

– N’est-ce pas ? Et encore, nous n’avons plus de place pour accrocher les derniers en date !

Je lève les yeux au ciel devant l’enthousiasme de Suzy. Il y a encore bien trop de gens dans les rues pour qu’un mur rempli de photos soit considéré comme une victoire.

– C’est Elliott, sur celle-ci ? Qui sont les personnes avec lui ?

À cette question, les poils sur mes bras se hérissent.

– Les parents d’Elliott, ce sont eux qui ont créé…

Je cogne avec force mon chargement contre le meuble à mes côtés. Elles s’interrompent et leur attention se reporte sur moi. L’air de rien, je me faufile dans la cuisine sans leur accorder un regard. Je déteste qu’on raconte cette histoire ou que Suzy fasse passer ma famille pour ce qu’elle n’est pas. La création de cette association n’a rien de glorieux ou de désintéressé.

Je range les derniers plats qu’il nous reste dans le frigo avec humeur, sans prêter attention à ce qui m’entoure. C’est le sifflement de Suzy qui me sort de mes idées noires.

– Ces plats ne t’ont rien fait, à ce que je sache. Arrête de les malmener.

Je l’ignore, mais je recommence ma besogne avec plus de délicatesse. Les bras croisés et son regard perçant ne me quittant pas une seconde, Suzy ne bouge pas d'un pouce.

– Pendant encore combien de temps vas-tu faire l'autruche ? Tu te rends compte que depuis un an tu es là tous les soirs ? Même moi, je prends des vacances.

Je grogne et m'attelle au nettoyage du container.

– Très mature de m'ignorer, monsieur le comte ! Quand tu auras fini de jouer au gamin, passe à mon bureau, nous devons discuter de sujets importants.

– On en parlera demain soir, je ne suis pas d'humeur. Et il faut que je raccompagne Cassiopée, tranché-je d'un ton sec.

– Très bien, mais tu n'y échapperas pas. Bonne soirée, Elliott.

Je me dépêche de finir ma tâche et file me changer en vitesse. Je troque ma tenue de bénévole pour mon jean brut et un polo avant d'enfiler mon manteau et de remettre mon bonnet. Au moment où je m'apprête à sortir du vestiaire, Daniel me rejoint.

– Tu pars déjà ?

– Oui, je suis crevé et je dois déposer ton idole, tu te souviens ?

Des étoiles plein les yeux, il me regarde avec envie.

– Profites-en bien ! Et si tu pouvais me récupérer un autographe au passage, je ne dirais pas non.

Je pouffe devant ses yeux suppliants, et après une accolade, je rejoins la jeune femme qui patiente toujours dans la salle de réunion.

CHAPITRE 4

Assise autour de la grande table, sa tasse posée devant elle et le regard dans le vide, Cassiopée ne semble pas remarquer ma présence. Je me racle la gorge pour me signaler. Dans un sursaut, elle plante son regard dans le mien et plaque un masque joyeux sur son visage. Je ne suis pas dupe, mais je ne fais aucune remarque. Ça ne me regarde pas.

– J'ai fini, je pars. Tu es prête ?

– Oui, oui.

Elle se lève en silence et commence à retirer le sweat que Suzy lui a prêté. Je l'arrête d'un geste de la main.

– Garde-le.

Elle hésite. D'un regard insistant, je la dissuade de me contredire. En silence, elle réajuste le pull autour de sa taille et se pelotonne dans le tissu.

– Merci, je le ramènerai dès que possible.

– Pas la peine, nous en avons toute une réserve grâce à Daniel qui s'est trompé d'un zéro quand il a passé commande. Au lieu de trente, on en a reçu trois cents…

Mon ton blasé la fait sourire.

– On ne doit jamais s'ennuyer avec lui.

Le souvenir des frasques de mon ami m'arrache un sourire.

– Parfois j'aimerais bien…, plaisanté-je.

Son rire cristallin se répercute dans les locaux silencieux et vides. Pendant un instant, la vie reprend le dessus dans ce lieu qui me rappelle sans cesse tout ce que j'ai perdu. Je me fige, surpris. Mon malaise est palpable et elle s'arrête pour me dévisager. Pour reprendre contenance, je fourre mes mains dans les poches de mon jean et m'approche de la porte.

– Ma voiture est devant, suis-moi.

Détourner la conversation est la meilleure parade que j'ai trouvée. Cette fois, c'est elle qui se tend. Je la sens sur la défensive. Son regard fuyant et son pas de recul me rappellent une des raisons de sa fuite.

– Promis, pas de journalistes.

Elle me dévisage en se mordant l'intérieur de la joue. D'une main elle attrape sa pochette à sequins et fait un pas vers moi. À ce rythme-là, je serai de retour chez moi dans une semaine. Harassé par cette journée qui n'en finit pas et quelque peu irrité par sa méfiance, je tourne les talons et rejoins l'avant du bâtiment sans un regard en arrière.

– À part si tu préfères dormir sur le canapé, bien sûr, lancé-je comme un défi.

Pour seule réponse, ses talons claquent derrière moi. Un vent frais me frappe de plein fouet dès que je passe la porte. J'enfonce un peu plus mon bonnet sur ma tête tout en lançant un regard par-dessus mon épaule. Elle pince les lèvres, jette un regard autour de nous et avance droit devant elle. La bourrasque glacée sur ses vêtements humides doit être des plus désagréables, pourtant elle ne laisse rien paraître et garde un visage neutre. Je dois le reconnaître, je suis impressionné par son sang-froid. J'ai toutefois du mal à voir quelqu'un grelotter dans le froid comme elle le fait, alors je m'empresse de lui indiquer la direction de ma voiture.

Cassiopée marque un temps d'arrêt alors que je déverrouille ma portière. Ses yeux ébahis m'arrachent un sourire de fierté. Personne ne reste insensible face à Lola.

– C'est ta voiture, ça ?

Je couve d'un regard tendre mon Austin Healey BN6 de 1959. Sa carrosserie d'un noir brillant luit sous la lumière des lampadaires. C'est un des rares héritages familiaux que je bichonne de tout mon cœur, en plus du domaine. J'ai un penchant pour les vieilles voitures de collection, et celle-là, avec ses formes généreuses et élégantes, est ma favorite. J'adore la sortir lors de la belle saison, capote rabattue et cheveux au vent, pour sillonner la campagne anglaise. C'est un de mes péchés mignons.

– Je te présente Lola. C'est une vieille dame capricieuse, mais délicieuse, quand on sait la manœuvrer, réponds-je avec fierté. Monte voir par toi-même.

Je la vois hésiter à s'installer sur les sièges en cuir en lançant un regard à ses vêtements et je suis bien d'accord avec elle. D'un geste, je lui fais signe d'attendre et récupère en vitesse un plaid en laine aux motifs à carreaux dans le coffre, que je place sur le siège passager.

– Voilà, de quoi protéger Lola et te tenir chaud, le chauffage est un peu récalcitrant.

L'espace est assez restreint, mais Cassiopée prend place à mes côtés avec souplesse. Dès qu'elle est attachée, je mets le contact et le doux ronronnement du moteur emplit l'habitacle, comme une douce mélodie à mes oreilles. Pas besoin d'autoradio ni de chants de Noël, cet air mélodieux se suffit à lui-même. Rien de mieux pour oublier les tracas du quotidien qu'une virée à bord de cette vieille dame. D'ailleurs, le charme de Lola agit sur tout et tout le monde et Cassiopée ne fait pas exception à la règle.

– Cette voiture est extraordinaire, s'extasie-t-elle. J'ai l'impression de faire un bond dans le temps !

– N'est-ce pas ? Et encore, tu ne l'as pas conduite !

Le rire cristallin de Cassiopée résonne dans l'habitacle. Une nouvelle fois, je me laisse troubler par ces notes chantantes. Je quitte la route du regard quelques instants pour l'observer. Le visage souriant, les yeux pétillants, elle semble heureuse. Elle ne ressemble plus du tout à la jeune femme que j'ai retrouvée cachée derrière cette poubelle. Sa coiffure a beau être négligée, son maquillage avoir coulé et sa tenue être froissée, à cet instant elle semble plus vivante que jamais et, pour la première fois depuis le début de la soirée, ses émotions ne paraissent pas mesurées, mais bien réelles. Elle est d'une beauté envoûtante, naturelle et tout en simplicité.

– Je n'étais jamais montée dans une telle voiture, j'ai un peu l'impression d'être une reine qui parade un jour de fête.

Sa bonne humeur est contagieuse.

– Sa majesté peut saluer ses sujets si elle le souhaite, m'amusé-je.

Elle me lance un regard surpris, puis commence à agiter la main devant elle, saluant les rues presque vides alors que nous avançons dans la ville. Le spectacle me fait pouffer. Depuis quand n'ai-je pas badiné de la sorte avec une inconnue ? Peut-être Daniel a-t-il raison : je devrais arrêter de vivre en ermite et me remettre à sortir et à côtoyer des gens… Ne fréquenter que les bénévoles de l'association et ce qu'il reste de ma famille ne me paraît plus si suffisant au regard de ces instants de légèreté que je partage avec cette inconnue.

Le bruit du moteur n'est pas assez puissant pour cacher le gargouillis peu discret qu'émet l'estomac de ma passagère.

– Il semblerait que la reine ait faim, soulevé-je en riant.

Ses joues s'empourprent, elle enroule un de ses bras autour de son ventre pour en faire taire les protestations.

– Mon repas a été interrompu précipitamment, se justifie-t-elle en rougissant un peu plus.

– Allons rassasier cet estomac avant qu'il ne nous fasse repérer, dis-je avec un clin d'œil.

– Oh, ce n'est pas nécessaire, je commanderai quelque chose à l'hôtel !

En une seconde, elle se tend sur son siège et son regard se fait sérieux. Exit, la légèreté qui régnait quelques minutes plus tôt. Moi qui pensais vivre en ermite…

– Je vais juste passer prendre un plat à emporter, aucune obligation de sortir de la voiture, mais j'ai moi aussi une petite faim, et Al cuisine le meilleur Fish & Chips de Londres.

Elle hausse les épaules, mais je capte la tension qui s'est emparée de son corps. J'hésite à la ramener directement à son hôtel avant de passer chez Al, mais ça m'obligerait à revenir sur mes pas et à faire un détour. Un rapide coup d'œil à ma montre me confirme qu'il est déjà tard et j'ai horreur de perdre mon temps. Je ne lui laisse donc pas le choix et, à l'intersection suivante, je change de direction. En moins de dix minutes, je nous arrête devant la façade décrépie du restaurant. J'ai découvert cet endroit par hasard, il y a quelques années, et depuis j'y viens dès que j'ai besoin de m'éloigner. La devanture ne paie pas de mine et nécessiterait un bon coup de peinture, mais Al est le meilleur cuisinier que je connaisse.

Je remarque que Cassiopée grimace, mais elle ne fait aucune réflexion.

– Ne t'arrête pas à la première impression, je t'assure que la cuisine est délicieuse… et qu'elle respecte les normes d'hygiène, reprends-je en remarquant son froncement de nez. Attends-moi ici, je n'en ai pas pour longtemps.

La jeune femme lance un regard à la rue éclairée par la devanture du restaurant et quelques lampadaires sur lesquels sont déjà installées des étoiles clignotantes. Elle parcourt l'espace plusieurs fois des yeux, puis pousse un soupir et se tourne vers moi, résignée.

– Est-ce que je peux avoir ton bonnet ?

Je fronce les sourcils, ne comprenant pas immédiatement. Elle enroule ses longs cheveux blonds en un chignon qu'elle attache avec un élastique et tend la main dans ma direction. J'y dépose mon bonnet, qu'elle s'empresse d'enfoncer sur sa tête.

– Tu n'as pas une paire de lunettes, par hasard ? poursuit-elle avec sérieux.

Mon rire moqueur répond à sa question et elle me lance un regard noir.

– Tu ne peux pas comprendre !

– Peut-être, mais je peux t'assurer une chose, tu n'as pas besoin de tous ces artifices chez Al. Et vu l'heure, il n'y aura personne !

Je ne l'attends pas et sors de la voiture. Je n'ai pas atteint le pas de la porte du restaurant que j'entends la seconde portière claquer derrière moi. Je retiens un sourire en entendant l'actrice marmonner dans mon dos.

La clochette de l'entrée tinte lorsque je pousse la porte. La salle est vide, c'est le parfait moment pour profiter d'un instant de calme. Une voix monte des cuisines :

– Nous allons fermer, revenez demain.

– Et moi qui ai vanté les mérites de ta cuisine, je suis déçu, réponds-je en riant.

L'imposante carrure d'Al apparaît derrière le comptoir. Lorsqu'il me reconnaît, il pose ses épaisses mains sur son abdomen proéminent et son sourire s'élargit.

– Serait-ce un mirage ? Elliott ! Ça fait longtemps que je ne t'ai pas vu, installe-toi, je vais prévenir Martha !

D'un geste de la main, je fais signe à Cassiopée de choisir une table. La tête baissée, le regard vissé sur le carrelage d'un autre âge, elle se dirige sans hésiter au fond de la salle et prend place dans un coin sombre. Al ne tarde pas à nous apporter les menus et Martha sort de la cuisine pour nous saluer.

– Elliott, ça faisait longtemps ! me salue-t-elle avec un sourire.

– Bonsoir, Martha, comment ça va ?

– Très bien, les affaires fonctionnent bien, même trop. On cherche à embaucher, alors si tu entends parler de quelqu'un d'intéressé, n'hésite pas à nous l'envoyer. J'ai peur qu'Al ne me claque entre les doigts si on ne lève pas le pied.

– Tout de suite les grands mots, râle son mari.

– Ne prends pas ça avec autant de désinvolture, le gronde sa femme, c'est le médecin qui t'a ordonné de ralentir le rythme !

– Ne t'inquiète pas, Martha, je passerai le message, la rassuré-je.

Al bougonne alors que sa femme s'éclipse en cuisine. Cassiopée sourit en observant le cuisinier et je vois les muscles de ses épaules se détendre.

– Je te jure, Elliott, j'ai beau l'aimer depuis plus de vingt ans maintenant, j'ai toujours l'impression qu'elle va me rendre dingue, gronde-t-il en jetant un discret coup d'œil à la porte par laquelle sa femme vient de disparaître. Alors, les jeunes, qu'est-ce que je vous sers ?

– Un traditionnel pour moi.

Cassiopée jette un rapide coup d'œil à la feuille plastifiée qui sert de menu et semble perdue.

– Et vous, Miss, ça sera ?

– Eh bien, hésite-t-elle, tu me conseilles quoi ? me demande-t-elle en plantant son regard dans le mien.

Al s'esclaffe.

– Ne comptez pas sur ce jeune homme pour vous conseiller autre chose que notre traditionnel, je ne l'ai jamais rien vu commander d'autre depuis dix ans.

– Un traditionnel, alors, réplique Cassiopée. S'il y reste fidèle depuis aussi longtemps, c'est qu'il doit en valoir le coup, s'amuse-t-elle.

– Parfait, je vous apporte ça tout de suite.

Al s'éloigne alors que je détaille Cassiopée. Elle se tortille sur sa chaise en lançant des coups d'œil réguliers à la vitrine du restaurant.

– Ne t'inquiète pas, Al et Martha sont des gens bien, jamais ils ne révéleront ta présence.

Elle se tend et fronce les sourcils.

– Permets-moi d'en douter. Tu n'imagines pas ce que les gens sont prêts à faire pour un coup de pub gratuit.

Connaissant Al et Martha, je suis blessé qu'elle ne leur accorde aucun crédit. Ce sont des gens profondément bons et qui ont le cœur sur la main, je n'imagine pas que quiconque puisse faire preuve de méfiance envers eux.

– La présomption d'innocence, tu ne connais pas ? Tout le monde n'est pas attiré par la gloire !

Je serre les poings sous la table pour cacher mon agacement. Se mordant la lèvre, elle évite mon regard.

– Où sont les toilettes ?

Je lui indique une porte dans son dos. Cette fois, je ne peux pas l'empêcher de fuir la confrontation. Lorsqu'elle a disparu, je pousse un soupir en m'affalant contre le dossier de ma chaise. Je n'ai plus l'habitude de devoir tenir une conversation avec des inconnus, et surtout plus la patience de faire preuve de savoir-vivre. Pourquoi lui ai-je proposé de m'accompagner ? Tout cela ne rime à rien. Je me mets en danger. Je mets Olivia en danger. Un instant d'insouciance à jouer au chauffeur et me voilà attablé avec une inconnue ! Soit ma solitude me pèse plus que je ne l'imaginais, soit Daniel m'a jeté un sort pour m'obliger à sortir de ma zone de confort. Je penche pour la seconde hypothèse !

Perdu dans mes pensées, je sursaute quand Cassiopée se réinstalle devant moi. Elle a enlevé les dernières traces de son maquillage et, dans un geste symbolique, pose mon bonnet sur la table entre nous.

– Je suis désolée.

Elle me lance un regard hésitant dans lequel je lis les mêmes incertitudes que les miennes. Je prends une grande inspiration avant de lui répondre.

– Moi aussi, je n'aurais pas dû prendre ta réflexion autant à cœur.

Nous avons à peine le temps d'échanger un regard qu'Al arrive avec nos assiettes.

– Et voilà ! Martha a été généreuse sur les portions, alors régalez-vous !

Il pose nos plats devant nous et l'odeur délicieuse me fait déjà saliver. J'aperçois Cassiopée lorgner avec envie le poisson et les frites devant elle. Je ne perds pas une seconde et enfourne la première bouchée, mais la chaleur me brûle la langue. Je me force à ne pas recracher le charbon ardent qui est en train de détruire mes papilles gustatives, mais j'entrouvre les lèvres et d'un geste désespéré de la main, je ventile.

Cassiopée me regarde, puis se met à rire ; un son que je me surprends à apprécier. Elle me sert un grand verre d'eau et me le tend.

– Tiens, ça devrait te soulager.

J'avale une grande goulée et soupire de bonheur.

– Eh bien, en effet, ces Fish & Chips sont une tuerie !

Sa blague me fait sourire. Elle me lance un clin d'œil avant de souffler sur le morceau de poisson au bout de sa fourchette et de l'avaler, puis elle écarquille les yeux.

– Mon Dieu, tu avais raison, c'est délicieux ! s'exclame-t-elle. Comment as-tu découvert un tel endroit ?

– Complètement par hasard, un soir, il y a quelques années. Je me suis laissé tenter par l'odeur alléchante qui s'échappait des cuisines, et depuis, c'est devenu un refuge quand j'ai besoin de faire une pause. Ici, personne ne sait où me trouver.

– C'est une sacrée trouvaille, merci de l'avoir partagée avec moi. C'est rare de tomber sur des lieux comme celui-ci.

Je l'observe à la dérobée et remarque la lassitude qui passe dans son regard. Fait-elle référence à la raison de sa présence auprès de Margaret ? J'ai beau y réfléchir, je ne parviens pas à comprendre comment elle s'est retrouvée là. Qu'est-ce qui pousse une star à préférer la compagnie d'une benne à ordures plutôt que celle de journalistes ? C'est son quotidien, qu'est-ce qui a changé, ce soir ?

– Je peux te poser une question ? me demande-t-elle en me sortant de mes pensées.

Je me redresse, son regard plein d'interrogations pesant sur moi.

– Vas-y, mais je ne te promets rien.

– Tu ne savais vraiment pas qui j'étais quand tu m'as trouvée ?

Je reste silencieux quelques secondes, son regard plein d'espoir et de doutes me perturbe. Je n'arrive pas à déterminer la réponse qu'elle attend. J'hésite, avant de pencher pour l'honnêteté.

– Non, avoué-je d'une voix grave. Pour ma défense, je me tiens aussi loin que possible des médias. Daniel te dirait que je suis un ermite, moi je préfère dire que j'aime la solitude et le calme.

– Et tu ne vas jamais au cinéma ?

Je réfléchis un instant. Impossible de me rappeler le dernier film que je suis allé voir. Ce constat me fait froid dans le dos. Daniel a raison, je suis vraiment en train de me transformer en asocial !

– Avec l'association, je n'ai pas beaucoup de temps pour moi, me justifié-je en grimaçant.

Elle hoche la tête en silence avant d'avaler une autre bouchée. Je fais de même, incapable de relancer la conversation. Le silence est l'un de mes meilleurs complices depuis quelques années, et j'ai appris à vivre en sa compagnie. Cassiopée ne semble toutefois pas l'apprécier autant que moi.

– Depuis quand travailles-tu pour l'association ?

– Quelques années.

– Et qu'est-ce qui t'a décidé à les rejoindre ?

Je hausse les épaules, n'ayant pas envie de m'étendre sur le sujet.

– Et toi, depuis quand joues-tu à cache-cache avec les journalistes ?

Elle laisse un rire désabusé lui échapper.

– Quelques années.

Je souris. Elle est bien plus intrigante que ce à quoi je m'attendais. Ça vaut bien un effort de ma part.

– En tout cas, te rencontrer a rendu Daniel fou de joie, je ne l'avais pas vu aussi euphorique depuis longtemps.

Elle m'adresse un sourire crispé, comme si cette idée la mettait mal à l'aise.

– Je peux t'assurer qu'il ne se trémousse pas en gloussant quand il me voit ! m'amusé-je.

Sa fourchette se fige en l'air, et j'ai le temps de voir ses lèvres se déformer dans une grimace avant qu'elle se reprenne et affiche un sourire de façade.

– C'est vrai que c'est le rêve de tout le monde de faire glousser et se trémousser des inconnus.

Mon compliment tombe à l'eau. Soit je suis vraiment rouillé, soit j'ai mis le doigt sur un sujet épineux. Son attitude changeante me laisse perplexe, j'ai perdu l'habitude de jongler avec les mots pour ne pas blesser mes interlocuteurs. Le regard plongé dans son assiette, Cassiopée semble perdue dans ses pensées. Entre sa susceptibilité et mes lacunes de savoir-vivre, la conversation a vite avorté.

Mais après tout, est-ce un mal ? Nous n'avons rien en commun, alors pourquoi s'acharner ? D'ici quelques heures, nous retournerons chacun à nos vies et cette soirée ne sera plus qu'un souvenir.

CHAPITRE 5

– Eh bien ! Vous faites une de ces têtes, ce n'était pas bon ?

Al nous dévisage en récupérant nos assiettes vides.

– Excellent, comme d'habitude, Al. On est juste un peu fatigués, éludé-je en lui souriant.

– Un petit dessert avant de reprendre la route ?

– Ça serait avec plaisir, mais là je ne peux plus rien avaler, répond Cassiopée.

D'un signe de tête mon ami acquiesce et retourne derrière son comptoir chercher l'addition. Un silence pesant s'est installé à la table et aucun de nous ne semble vouloir le briser.

– Il se fait tard, je vais te raccompagner, tu as probablement envie de te reposer après cette soirée mouvementée.

Elle hoche la tête et m'offre un sourire crispé. Je remarque tout de même que ses épaules se tendent de nouveau.

– Tu n'es pas obligée de me répondre, mais j'ai l'impression que tu es terrifiée à l'idée de rentrer à ton hôtel. Je peux te déposer ailleurs, si tu préfères.

– En effet, ça ne te regarde pas, réplique-t-elle d'une voix sèche.

Son regard se fait plus dur, tout comme sa réponse qui a fusé d'un ton implacable. Son attitude m'agace. La mienne aussi, ce n'est pas mon genre. Pourtant, je n'arrive pas à passer outre tous ces détails que j'ai captés ce soir.

– Très bien.

Je me lève d'un geste brusque pour aller payer. Si elle ne veut pas de mon aide, tant pis.

– Je te suis très reconnaissante pour tout ce que tu as fait pour moi ce soir, c'était agréable, mais je suis capable de régler mes problèmes toute seule.

– J'ai vu ça…

Mon sarcasme la fait frémir et elle rive son regard au mien. Une lueur de défi danse dans ses prunelles.

– Et alors, où devrais-je aller, selon toi ?

Cette fois, c'est moi qui me sens idiot. Je ne connais rien de sa vie, je ne savais même pas qui elle était il y a encore quelques heures, alors oui mon intrusion dans ses problèmes est absurde. Cependant, sa provocation m'électrise, et j'ai besoin de poursuivre cette conversation. On dirait qu'elle veut jouer, et je suis plutôt compétitif. Je veux avoir le dernier mot. Qu'elle me contredise, qu'elle me retourne mes arguments. C'est grisant et excitant de ne pas savoir comment elle va réagir.

– Je ne sais pas, chez une amie, chez ton père, ton magnétiseur ou je ne sais qui.

Ma suggestion lui arrache un rire sarcastique. Si elle avait pu se rendre ailleurs, je ne doute pas qu'elle l'aurait déjà fait. La lassitude qui passe dans son regard me le confirme.

– Mon hôtel, ce sera parfait pour ce soir.

Je hoche la tête, peu convaincu, mais bien décidé à ne plus poser une seule question. Ce ne sont pas mes affaires !

Elle m'attend à côté de la porte d'entrée lorsque je reviens après avoir payé Al, mon bonnet enfoncé jusqu'à la lisière de ses yeux, les mains dans les poches de son manteau et le regard plongé sur le sol. Sans un mot, je déverrouille Lola et elle s'installe du côté passager. Je m'engage dans la circulation en silence. J'hésite à allumer la radio, quand l'idée de tomber sur un énième chant de Noël me fait changer d'avis.

– Je sais que je n'ai pas à me plaindre.

Je la regarde furtivement.

– J'ai ce que des milliers de gens désirent : la richesse, la célébrité, la santé, mais la pression constante des tabloïds, les courses-poursuites avec les paparazzi, voir ma vie décortiquée jusqu'au moindre détail, ce n'est pas vraiment ce que j'appelle une vie de rêve. Je n'ai jamais demandé à être célèbre, mais pas de chance, je l'étais déjà bien avant ma naissance. C'est épuisant de toujours faire attention à ce que je fais et ce que je dis.

Elle marque un temps d'arrêt pour reprendre sa respiration. Je ne dis rien, attendant la suite.

– Depuis que je suis enfant, je suis entourée de personnes qui cherchent à obtenir mes faveurs juste parce que je m'appelle Montrouge et que mon père est Rick Mortimer, alors autant dire que les gens qui se trémoussent en gloussant, je le vis plus comme une agression que comme une bénédiction.

Je l'observe à la dérobée. La situation est – comme je m'y attendais – bien plus complexe qu'elle n'y paraît. La tristesse qui voile son regard me prend de court. J'ai déjà vu ces mêmes doutes dans les yeux de ceux qui ne croient plus en rien, qui sont prêts à tout pour s'éloigner de ce qui les blesse. Sa fuite était un appel au secours. Mais pourquoi en arriver à une telle mesure ?

– Et il n'y a personne dans ton entourage à qui tu peux te confier ? Qui a le même point de vue que toi sur la situation ?

– Possible, mais nous n'en parlons jamais, c'est un sujet tabou. Nous savons que nous sommes privilégiés.

– C'est pour ça que tu t'es réfugiée auprès de Margaret, ce soir ?

– Entre autres, mais quand je vois dans quelles conditions elle vit, je me sens d'autant plus idiote de rejeter tout ce qui fait mon quotidien.

Son malaise est palpable, alors d'un geste réconfortant je pose ma main sur son avant-bras.

– Peu importe ce que les gens disent : chacun est libre de faire ses propres choix.

Son corps tremble sous ma paume.

– Tu peux dire non, poursuis-je. Personne n'a le droit de te dicter ce que devrait être ta vie. Tes problèmes sont peut-être différents de ceux de Margaret, mais s'ils te pèsent autant et t'obligent à te fuir de cette manière et à risquer ta vie, c'est qu'ils sont loin d'être anodins.

Son regard glisse sur moi avant de se reposer sur l'asphalte qui défile devant nous. Elle se mord la joue, perdue dans ses pensées. Un murmure lui échappe, mais le bruit du moteur de Lola couvre sa voix.

– Tu disais ?

– Rien, élude-t-elle. Raconte-moi comment tu as fait pour posséder une telle voiture.

À mon tour, je me ferme, mes doigts se crispant autour du volant.

– Elle faisait partie de l'héritage familial, réponds-je plus sèchement que je ne le voulais.

Ses joues rougissent et ses lèvres se tordent en une grimace gênée.

– Pardonne-moi, j'ai été indiscrète, bafouille-t-elle.

J'ai peut-être été un peu brusque. La tension qui s'est emparée de mes épaules faiblit devant son regard fuyant.

– Tu ne pouvais pas savoir.

Cassiopée m'adresse tout de même un sourire d'excuse et entremêle ses doigts, embarrassée. Un silence troublé s'installe entre nous.

À mesure que nous approchons de notre destination, ses yeux balaient la chaussée et ses doigts se crispent autour de sa pochette. Elle me fait signe de m'arrêter à une centaine de mètres de la porte d'entrée de l'hôtel. Je m'exécute sans poser de question, soulagé de ne pas avoir à m'approcher des journalistes toujours présents devant le parvis.

Immobiles, nous restons plusieurs minutes sans prononcer un mot, le regard fixé sur les paparazzi ; ils sont encore nombreux à l'attendre. Un silence lourd nous enveloppe. Ses confidences résonnent en moi alors que la valse des charognards se poursuit sous mon regard impuissant. Ma mission est terminée, je l'ai sortie de la ruelle dans laquelle elle se cachait, et pourtant j'ai l'impression que je l'abandonne. Il est fort probable que nous ne nous revoyions jamais. Non. C'est même certain.

– Encore merci pour cette soirée, mais il est temps pour moi de retourner à la réalité, murmure-t-elle, la main sur la poignée.

Une lueur de peine ternit ses yeux bleus l'espace d'une seconde, bien vite remplacée par une joie que je sais feinte. Dans un geste spontané, elle se penche vers moi, effleure ma joue de ses lèvres et saute aussitôt de la voiture. Je n'ai pas le temps de la retenir que déjà elle marche d'un pas rapide vers son hôtel. Les bras ballants, je la regarde avancer enveloppée dans le sweat de l'association, la tête haute. Je pourrais partir, retrouver ma vie, mon chez-moi, mais je suis incapable de bouger. Avant de retourner à ma vie monotone et bien réglée, je veux m'assurer qu'elle rentre saine et sauve, loin de ce qui semble la terroriser. Après l'avoir tirée de ce mauvais pas, ce soir, j'ai le devoir de la protéger encore quelques minutes. C'est tout du moins ce dont j'essaie de me persuader.

Je frissonne et mon estomac se tord lorsque les journalistes se ruent sur elle dès qu'ils l'aperçoivent. Il y a quelque chose de bestial dans leur manière de courir dans sa direction, comme des fauves chargeant leur proie. À quelques mètres de son hôtel, elle se retourne un quart de seconde pendant lequel son regard surpris croise le mien. S'attendait-elle à ce que je sois déjà parti ? Soudain, elle disparaît de ma vision, encerclée par une nuée de photographes qui la mitraillent en la hélant de tous les côtés. Je n'arrive plus à la discerner sous cette marée humaine.

Ma raison me hurle de partir, de retourner à ma vie, de ne pas me mêler de ce qui ne me regarde pas. Et pourtant je reste. J'hallucine devant cette folie à laquelle j'assiste. Comment est-il possible de s'acharner autant sur une personne ? Pourquoi la traquer de cette manière ? Comment fait-elle pour supporter un tel matraquage médiatique en restant calme ?

J'enclenche la première et avance au ralenti jusqu'à sa hauteur. Juste pour m'assurer qu'elle est toujours vivante. Une longue minute m'est nécessaire pour la repérer dans ce tumulte. Le regard affolé, les bras croisés sur sa poitrine, je l'entrevois essayer de se frayer un passage en jouant des coudes. On l'apostrophe, on la siffle sans aucune politesse ni aucun respect. Je ne contrôle plus la rage et l'inquiétude qui s'emparent de mon corps et dans un geste inconsidéré, je descends la fenêtre. Personne ne me prête attention, sauf ces prunelles d'un bleu azur que je discerne par intermittence.

– Monte ! lui crié-je.

Et comme si c'était le signal qu'elle attendait, elle se faufile en vitesse à travers les corps, franchit les quelques mètres qui nous séparent et court jusqu'à la portière. Le souffle court, elle grimpe dans la voiture sans se retourner. Des flashs se reflètent sur le pare-brise, mais je les ignore, bien trop estomaqué par l'état dans lequel elle se trouve. Les larmes aux yeux, les joues rougies et débraillée, elle fixe la route sans m'accorder un regard. Déjà, des journalistes s'approchent de notre position, je me sens dépassé par la situation, pétrifié par l'horreur à laquelle je viens d'assister.

– Démarre ! me supplie-t-elle d'une voix éraillée par les pleurs qu'elle retient avec peine.

Je me secoue et appuie sur l'accélérateur, m'éloignant aussi vite que possible de ces vautours.

Lola traverse Londres à une vitesse folle. Je ne prête pas attention à la route, encore sous le choc de ce que je viens de vivre. Je conduis par automatisme. J'en oublie presque ma passagère qui sanglote à mes côtés. Ce n'est qu'en reconnaissant l'allée de graviers bordée de vieux chênes que nous remontons que je prends conscience avec horreur de ce que j'ai fait. Je suis rentré au manoir ! Dans mon havre de paix ! Là où personne en dehors de Daniel n'est autorisé à entrer… Quel imbécile ! Pourquoi ne me suis-je pas arrêté au premier hôtel sur la route pour déposer Cassiopée ?

La voiture remonte l'allée de la demeure familiale en douceur. Je suis épuisé, et le chemin, plongé dans la pénombre des chênes, donne une atmosphère inquiétante au domaine à cette heure tardive. Je plisse les yeux pour adapter ma conduite. Avec les bois et les champs alentour, je ne suis pas à l'abri de voir débarquer une bête sauvage sous mes roues. Je n'ai plus qu'une envie : rentrer Lola au garage, retrouver le calme de ma maison et m'enfoncer dans un profond sommeil.

À mes côtés, Cassiopée renifle tout en contenant, autant que possible, les larmes qui menacent de passer la barrière de ses yeux, attisant ma colère. Je ne me remets toujours pas de cette scène à laquelle je viens d'assister, et encore moins de ma réaction ! Ça ne me ressemble pas de me laisser aller à mes émotions. Quelle idée a bien pu me traverser l'esprit pour que je ne prenne pas le temps de réfléchir à ce que cette décision engendrerait ? Quel homme fort et viril je fais, à m'enfuir devant des paparazzi ! Jamais, au grand jamais, je ne ramène des inconnus au manoir ! C'est une règle d'or que j'ai respectée en toutes circonstances jusqu'à aujourd'hui et qui me permet de vivre en paix. Paniqué par l'assaut des journalistes, j'ai pris la fuite, et sans réfléchir je suis allé me réfugier chez moi, comme tout bon poltron qui se respecte. Me voilà avec un problème de plus sur les bras.

Je m'arrête devant l'imposante bâtisse en briques beiges, arrête le moteur, souffle un bon coup pour calmer cette tempête qui couve en moi et sors du véhicule. Cassiopée me suit du regard à travers le pare-brise. Je lui fais signe de me rejoindre.

– Où sommes-nous ?

– Chez moi, dis-je en pinçant les lèvres.

Elle lève la tête et observe la demeure familiale avant de revenir fixer ses pupilles sur moi. Malgré les larmes et ses yeux rougis, elle dégage une beauté et une force qui me déstabilisent.

– C'est une très belle maison.

Elle se mord les lèvres comme pour retenir les questions qui lui brûlent la langue. Mon regard s'attarde quelques secondes sur le vermillon de sa bouche, perturbé par ce geste anodin. Je n'ai pas envie de m'épancher sur l'histoire de ma famille ou de laisser mon esprit vagabonder plus longtemps sur l'effet que crée Cassiopée chez moi, alors je monte les premières marches jusqu'à la porte d'entrée. Elle me suit en silence.

Le vestibule est éclairé et laisse filtrer une lumière douce à travers les vitres de la porte d'entrée. J'ai à peine le temps de poser la main sur la poignée que le battant s'ouvre. Maggie, ma nanny et cuisinière, me lance un regard paniqué. La cinquantaine, des cheveux gris parsemant son chignon en temps normal impeccable, mais qui ressemble plus à un nid d'oiseau à l'heure actuelle, les mains reposant sur ses hanches fines cachées par une robe de chambre, elle me serre dans ses bras dans une étreinte soulagée dès qu'elle me reconnaît.

– Monsieur Elliott ! Mais par tous les dieux, où étiez-vous ? Je me suis fait un sang d'encre et Miss Olivia aussi ! Vous aviez dit vingt-deux heures trente, me sermonne-t-elle, il est presque minuit, j'étais morte d'inquiétude !

– J'ai été un peu retardé, Maggie. Il n'y a pas de quoi s'inquiéter.

– Avec ce froid et cette antiquité que vous conduisez, je ne suis pas tranquille tant que vous n'êtes pas rentré !

Son sermon me hérisse les poils. Je veux bien qu'elle s'en prenne à moi, mais hors de question qu'elle s'attaque à Lola ! Il n'y a pas plus fidèle qu'elle, qu'il pleuve, qu'il vente, que les routes soient gelées, jamais elle ne me laisse tomber.

Je m'écarte de Maggie. Je ne suis pas d'humeur et je n'ai plus la patience de me battre avec elle ce soir sur le danger potentiel que représente Lola et sa mécanique d'un autre siècle. Ses remontrances me rappellent celles de Suzy plus tôt dans la soirée et me font grimacer. À défaut d'une mère, j'ai deux chaperons qui me couvent beaucoup trop.

– Je suis là, c'est le principal.

Maggie me connaît assez bien pour ne pas insister. Elle se recule tout en palpant mes bras comme pour s'assurer que je suis en un seul morceau. Elle me détaille et fronce les sourcils.

– Vous avez l'air exténué, monsieur Elliott. Allez vous coucher, je vous apporte une tisane pour vous aider à dormir.

Je lève les yeux au ciel. Maggie est au service de ma famille depuis bien avant ma naissance et elle m'a vu grandir. Ses premiers cheveux blancs sont apparus lors de mon adolescence. Je lui en faisais voir de toutes les couleurs et j'adorais mettre le bazar dans sa cuisine. Depuis le décès de mes parents, elle prend son rôle encore plus au sérieux, comme si elle était responsable de moi.

Je me décale pour rentrer au chaud et laisse apparaître Cassiopée qui se tenait derrière moi. Maggie écarquille les yeux et laisse échapper un petit cri de surprise.

– Pardonnez-moi, Miss, je ne vous avais pas vue, mais entrez, ne restez pas dans le froid.

Maggie attrape le bras de Cassiopée avec douceur et la tire à l'intérieur du manoir tout en me faisant les gros yeux.

– Mais vous avez pleuré ! s'exclame ma cuisinière. Monsieur Elliott, qu'avez-vous encore fait ?

– Pourquoi est-ce que ça doit tout de suite être ma faute ? m'insurgé-je.

– Parce que je connais votre caractère de cochon ! Vous pouvez être aussi doux qu'un agneau et la seconde d'après devenir aussi froid et dur qu'un bloc de glace, me houspille Maggie en me lançant un regard sévère.

– Je n'y suis pour rien !

– C'est la vérité, intervient Cassiopée. Au contraire, ce soir, il m'a porté secours à deux reprises.

L'intervention de la jeune femme a le mérite de calmer Maggie. Je lui suis reconnaissant de prendre ma défense, même si je n'en ai pas vraiment besoin. Ça me fait sourire qu'elle se place devant moi dans un geste protecteur. Elle semble si fragile et petite à mes côtés que cette idée m'amuse. Je pourrais la cacher entre mes bras si je le souhaitais. L'image de son corps fluet blotti contre le mien s'imprime dans mon esprit.

– Ma pauvre petite… Mais nous reparlerons de tout cela plus tard. Vous tremblez, venez donc vous réchauffer au salon. Je vais vous préparer une chambre !

– Non, ne vous dérangez pas pour moi, le canapé sera amplement suffisant, répond Cassiopée en rougissant.

Je grimace à la réplique de la jeune femme ; elle ne sait pas quelles forces démoniaques elle vient de réveiller. Jamais, au grand jamais, Maggie n'acceptera qu'un invité ne soit pas reçu en grande pompe.

– Sur le canapé ! s'étrangle ma cuisinière d'une voix suraiguë. Mais vous n'y pensez pas ! Cette demeure a bien assez de chambres pour accueillir tout un régiment, il est hors de question que vous dormiez sur le canapé !

– Je ne veux surtout pas déranger, c'est déjà bien assez aimable de votre part de me recueillir.

En quelques enjambées silencieuses, j'accroche mon manteau à la patère et tente de me cacher aux yeux du dragon.

– Monsieur Elliott invite rarement ses amis au manoir, alors c'est toujours un plaisir de les recevoir. Allez, venez, je vais vous faire une bonne tasse de tisane, ça vous fera le plus grand bien. Et séchez-moi ces larmes… Un aussi joli visage que le vôtre, c'est du gâchis ! Quant à vous, Monsieur Elliott, sortez de derrière ce portemanteau, vous n'êtes plus un enfant, venez tenir compagnie à votre invitée !

Cassiopée me lance un regard désolé, hésite, mais ne résiste pas quand Maggie l'entraîne vers le salon. Je la vois jeter des regards appuyés à la décoration alors qu'elle avance dans le hall et que je les suis en traînant les pieds. Je suis épuisé, et même si l'idée de passer encore quelques heures en compagnie de Cassiopée ne me rebute pas tant que ça, j'ai quand même très envie de retrouver le calme de ma chambre.

J'ai beaucoup trop parlé pour une seule soirée.

CHAPITRE 6

Maggie s'apprête à passer la porte du salon quand des pas précipités résonnent contre le parquet de l'étage. Décidément, personne ne dort, dans cette maison ! Je grogne, bien décidé à rappeler les règles. J'ouvre la bouche, prêt à passer à l'attaque, quand la silhouette d'Olivia se dessine en haut de l'escalier. La vision de son visage angoissé a raison de mon exaspération.

Elle dévale les marches, ses pieds nus claquant contre le bois, et en quelques secondes, elle est en bas et se jette dans mes bras. Je la serre contre moi alors que ses yeux humides imbibent mon pull. S'il y a bien une chose que je déteste sur cette terre, c'est de la voir pleurer. Mes mains caressent son dos avec douceur pour essayer de la calmer. Je suis désemparé ; je la rassure autant que possible tout en évitant le regard perdu de Cassiopée qui passe d'Olivia à moi dans un mouvement répétitif.

– Tonton, où étais-tu ? sanglote Olivia. J'ai cru que… que tu ne reviendrais jamais ! bégaie-t-elle entre ses larmes.

Je m'accroupis pour mettre mon visage à sa hauteur et plonge mon regard dans ses grands yeux verts. Elle a beau avoir douze ans, ma nièce redoute l'abandon plus que quiconque. Je ne compte plus le nombre de nuits où elle se réveille seule et terrifiée à l'idée que je ne sois plus là, à faire le tour de la maison à ma recherche. L'angoisse que je décèle dans ses prunelles me serre la poitrine.

Je passe une main tendre sur ses joues pour en essuyer les larmes. Désigné comme son tuteur légal depuis un an, j'essaie encore de trouver mes marques pour être un bon parent, mais parfois j'ai l'impression de faire l'inverse de ce qu'il faut. Je passe un bras rassurant autour d'elle pour la réconforter.

– Olie, ma puce, calme-toi. Regarde, je suis là, et Maggie aussi. Tu n'es pas seule !

– Tu avais dit que tu serais là à vingt-deux heures trente, il est presque minuit, dit-elle en s'agitant entre mes bras. Et en plus, tu n'as pas répondu à mes messages.

Ses reproches sont d'autant plus difficiles à encaisser qu'ils sont justifiés. J'aurais dû être là ! Si mon emploi du temps est réglé comme du papier à musique et si je ne permets à personne de faire partie de ma vie, ce n'est pas pour rien. Olie passe avant tout et jamais je ne la reléguerai au second plan ! Une bouffée de colère me saisit. J'aurais dû laisser Daniel raccompagner Cassiopée, je n'aurais pas eu à gérer les conséquences désastreuses de cette sortie improvisée. Et surtout, j'aurais dû penser à vérifier mon téléphone.

– Je suis désolé, Olie, je n'ai pas eu le temps de regarder mon portable. Je ne pensais pas rentrer aussi tard. Je te promets que c'est la première et dernière fois que ça arrive, alors ôte-toi cette idée de la tête, jamais je ne t'abandonnerai !

J'essaie de la réconforter du mieux possible, mais la terreur que je lis dans son regard me glace. L'abandon… Notre famille y est bien trop habituée pour qu'Olivia n'en ait pas de séquelles. Tout est ma faute. Même si elle est dotée d'une certaine maturité, ce n'est qu'une façade cachant une peur viscérale de se retrouver seule. Elle joue la forte tête, mais elle n'est encore qu'une petite fille.

– Écoute, Olie, tu te souviens de notre promesse ?

Je tends mon petit doigt vers elle, et dans la seconde elle y enroule le sien.

– Rien ne nous séparera jamais, prononçons-nous de concert.

Cette formule magique semble fonctionner car elle relève la tête en reniflant et m'observe avec attention. Du dos de la main, elle essuie les larmes qui ont dévalé ses joues. Elle est le portrait craché de sa mère au même âge. Tout en douceur et en grâce. Ses épaisses boucles brunes sont le seul détail qui ne fait pas d'elle une copie conforme de ma sœur.

– Allez, viens, je te raccompagne dans ta chambre. Il est tard et tu as besoin de sommeil.

Je perçois de l'hésitation dans son regard, comme si elle redoutait de se retrouver de nouveau seule.

– Est-ce que je peux rester encore un peu avec toi ? m'implore-t-elle d'une petite voix.

Elle m'adresse une moue suppliante qui – pour ma défense – ferait craquer n'importe qui. Je jette un coup d'œil à l'horloge sur le guéridon et grimace en voyant les aiguilles proches de sonner minuit.

– Juste quelques minutes, il est vraiment tard et je te rappelle que tu as école demain, cédé-je.

– Et si je vous préparais un bon lait chaud pour vous détendre, Miss Olivia ? lui propose Maggie d'un ton maternel.

Ma nièce accepte d'un signe de tête en se tournant vers notre nanny. Ses yeux s'écarquillent lorsqu'elle remarque Cassiopée dans l'ombre de Maggie, et d'un seul coup elle redevient cette jeune fille pleine de vie qu'elle est en temps normal.

– Cassiopée Montrouge ! hoquette-t-elle de surprise.

Les joues de ma nièce se parent de rouge et elle fait un pas sur le côté pour s'éloigner de moi. Je fronce les sourcils et l'observe faire sans comprendre. Qu'est-ce qui lui arrive ? Cassiopée lui lance un sourire rassurant et la salue d'un signe de la main.

– Bonsoir. Olivia, c'est ça ?

– Ou… oui, bégaie ma nièce, surprise.

– Je suis ravie de te rencontrer. Pardonne le retard de ton oncle, j'en suis responsable.

C'est bien la première fois que je vois Olivia médusée. Elle entrouvre les lèvres à plusieurs reprises comme si elle essayait de parler, mais aucun son ne sort. Puis elle me lance un regard noir.

– Pourquoi tu ne m'as pas dit que tu la connaissais, tonton, et qu'elle était là ? murmure-t-elle entre ses dents. Elle va me prendre pour un bébé, se chagrine-t-elle.

Mon visage se tord dans une grimace d'incompréhension. Qu'est-ce que j'ai encore fait ? Même si je m'améliore depuis que j'ai sa garde, il m'arrive encore de ne pas saisir toutes les subtilités de ses réactions. Le visage boudeur, Olie pince les lèvres et s'écarte un peu plus de moi. Est-ce un nouveau caprice ? Je n'ai plus la patience de chercher à comprendre. En croisant les bras, je lui lance un regard d'avertissement, mais je suis pris de vitesse par Cassiopée qui s'approche de ma nièce. À ma plus grande surprise, l'actrice se met à la hauteur d'Olie. Mon corps se tend, prêt à bondir pour l'éloigner.

– Tu sais, Olivia, ça arrive à tout le monde de pleurer, tu n'as pas à avoir honte, la réconforte-t-elle. Je vais même te confier un secret…

La jeune femme se baisse vers ma nièce et s'approche de son oreille. Elle murmure, mais pas assez bas pour que je n'entende pas.

– Moi aussi j'ai pleuré ce soir, et même que c'était devant ton oncle. Et moi aussi j'ai eu honte, mais tu sais quoi, c'est normal d'être triste et d'avoir peur de temps en temps ! Ça ne fait pas de nous des femmes moins fortes ou moins courageuses. Et puis, tu demanderas à ton oncle, mais je suis sûre que lui aussi ça lui arrive de pleurer.

La dernière réplique de Cassiopée a le mérite de faire sourire Olivia. Ma nièce me décoche un regard malicieux, alors que la jeune femme me lance un clin d'œil accompagné d'une moue espiègle, me défiant de nier. Sa provocation me fait frémir. Son sourire insolent me nargue alors que dans son regard brille une lueur d'orgueil. Elle ne m'a jamais parue aussi attirante et dangereuse qu'à cet instant.

– Vraiment ? enchérit Olie, me poussant à lâcher Cassiopée du regard.

Médusé qu'elles se liguent contre moi avec autant de facilité, je fais mine de me renfrogner en croisant les bras sur mon torse tout en poussant un long soupir, même si, au fond, je suis reconnaissant à Cassiopée d'avoir su rendre le sourire à Olie.

– Demande-lui, tu verras bien ce qu'il te répond, mais tout le monde a peur de quelque chose, Olivia, n'en doute jamais ! poursuit Cassiopée.

– Alors tonton, c'est vrai ?

Une pointe de jalousie me transperce. Agacé qu'Olie accorde autant de crédit à une inconnue, je fronce les sourcils. Dans quel pétrin l'actrice vient-elle de me mettre ? D'un regard noir, je fusille la jeune femme.

– La seule chose qui me fait peur, c'est ta mauvaise humeur demain matin lorsque je vais t'accompagner à l'école, alors au lit, maintenant !

Olivia pouffe tout en levant les yeux au ciel. Ce tic familial me fait sourire.

– T'es vraiment pas drôle, tonton !

Maggie profite de cet instant pour sortir de la cuisine, un plateau rempli de victuailles entre les mains. Elle nous dévisage d'un air sévère.

– À quoi ça sert d'avoir plus de quinze pièces dans ce manoir si vous restez dans le hall d'entrée ! Allez, tout le monde au salon, et après, au lit !

Sans que je puisse répliquer, Olivia attrape la main de Cassiopée et l'entraîne avec elle dans le salon en piaillant. Je dois me faire une raison, ce soir, elles ont toutes décidé de saborder mon autorité. Ça fait cependant si longtemps que je n'ai pas vu Olie avec un visage aussi insouciant que je n'ai pas le cœur à mettre un terme à ce moment. Je suis toute la petite troupe à distance, les observant s'installer autour de la cheminée. Je regarde la jeune actrice avec une certaine admiration ; sa douceur et l'attention qu'elle porte à Olie me touchent.

Ma nièce attrape sa tasse de lait chaud et Maggie sert une dose de tisane à Cassiopée. Adossé à la porte du salon, j'observe la scène jusqu'à ce que Maggie s'approche. Elle me tend le récipient en faïence et s'adosse à mes côtés. Sur le canapé, Olivia et Cassiopée discutent avec ferveur.

– Ça fait un moment que le manoir n'a pas été aussi joyeux, observe-t-elle d'une voix douce.

– Je sais, Maggie.

– Cette jeune femme est pétillante… Votre mère l'aurait appréciée !

Mon estomac se tord. Bien entendu qu'elle aurait adoré Cassiopée, ses manières, sa célébrité, l'attention qu'elle porte à Olivia… Mais elle n'est plus là pour voir ça ! Je chasse ces souvenirs douloureux d'un geste de la main. Pourtant, mon regard ne veut pas quitter la petite blonde. Le bleu céruléen de ses yeux capte parfois le mien et me déstabilise. Si expressif, si vivant, si envoûtant. Un piège dans lequel je pourrais me noyer si je ne faisais pas attention.

Lorsque ma nièce termine son lait chaud, j'interromps sa conversation.

– Allez, Olie, il est temps d'aller te coucher.

– S'il te plaît, tonton, encore cinq minutes, me supplie-t-elle.

Je m'amuse de sa moue, mais cette fois je ne me laisse pas amadouer et lui fais signe de rejoindre sa chambre.

– Tu reviendras ? implore ma nièce en se jetant dans les bras de Cassiopée. J'ai encore tellement de questions ! J'en reviens pas d'avoir pu te rencontrer !

L'excitation de ma nièce me fait sourire.

– Est-ce que je peux avoir un autographe ? Mes amies ne vont jamais me croire quand je leur dirai que je t'ai rencontrée ! C'est un truc de dingue ! On rêve toutes d'être comme toi plus tard ! Tu es un de nos modèles ! J'ai trop hâte de pouvoir devenir une aussi grande actrice que toi !

Le rire cristallin de Cassiopée lui répond alors que j'avale ma salive de travers. Depuis quand Olivia veut-elle devenir actrice ? Hors de question qu'elle emprunte cette voie ! Cassiopée me décoche un regard en coin en riant. J'aimerais être dans sa tête et lui ordonner de bien réfléchir à sa réponse. Un air moqueur flotte sur ses lèvres alors qu'elle serre ma nièce contre elle.

– C'était un plaisir de te rencontrer, Olivia. Et ne t'inquiète pas, je vais tout faire pour que nous puissions poursuivre cette conversation, je suis certaine que tu as tout le potentiel pour devenir une grande comédienne !

Je fulmine. Elle a osé ! Je me maudis de l'avoir ramenée au manoir. Quelle idée, bien sûr qu'Olivia, du haut de ses douze ans, serait complètement envoûtée par cette sorcière et les paillettes qui scintillent autour d'elle. Sauf que moi, je sais que ce monde n'est pas tout rose et que cette vie de rêve n'est qu'une illusion. Qu'elle ne veuille pas s'épancher avec moi est une chose, qu'elle abuse de la naïveté de ma nièce en est une autre.

– Allez hop, au lit, dis-je en la poussant doucement vers le hall.

– Je ne suis plus une gamine, tonton, j'ai douze ans, je te rappelle ! grogne-t-elle en sortant de la pièce.

Je la suis, mais avant de passer le pas de la porte, je me retourne vers Cassiopée toujours assise sur le canapé.

– Ne bouge pas, je reviens. Maggie tu peux aller te coucher, je m'occupe du reste.

Mon ton est sans appel et résonne dans la pièce silencieuse. Le sourire de Cassiopée se fane et ses traits se crispent. Je suis prêt à passer l'éponge sur beaucoup de choses, mais certainement pas sur l'avenir et le bien-être de ma nièce !

Le pas lourd, je monte jusqu'au premier étage et rejoins la chambre d'Olie. Par l'entrebâillement de la porte, je l'observe bien emmitouflée dans sa couette. J'expire un bon coup et efface autant que possible la contrariété qui parcourt mes veines.

– Alors, prête à dormir, crapule ?

– Arrête de m'appeler crapule, je n'ai plus six ans, râle-t-elle tout en me souriant.

– Désolé ma puce, mais autant que tu te fasses à cette idée, tu seras toujours ma crapule.

Elle enfouit la tête sous son oreiller en bougonnant.

– Dors bien, crapule, fais de beaux rêves, lui dis-je d'une voix douce avant de partir.

Je m'apprête à refermer la porte quand sa voix me retient.

– Au fait, tonton, tu me promets que je pourrai revoir Cassiopée ?

Je hausse un sourcil et reviens me placer à côté d'elle.

– On verra, éludé-je.

– S'il te plaît ! Tu imagines si je devenais amie avec elle, elle pourrait m'emmener faire les magasins et je pourrais enfin avoir des tenues de mon âge !

Ses yeux étincellent de joie.

– De quoi tu parles ?

Elle attrape sa couette à deux mains et la secoue devant elle, comme si c'était une évidence. Je fronce les sourcils, perdu.

– Tonton ! Aucune de mes copines n'a encore une couette avec des nounours roses à douze ans ! C'est la honte !

Je soupire de lassitude et me pince l'arête du nez. À bien y réfléchir, ça fait plusieurs fois qu'Olie me fait la réflexion. Je n'y ai jamais prêté attention, pensant que c'était un caprice. Mais je dois reconnaître que je n'y connais rien en mode. Et surtout que je ne fais aucun effort… Est-ce qu'une présence féminine lui manque ? J'essaie pourtant de faire au mieux, mais l'éducation d'une gamine de douze ans me dépasse et peut-être qu'il est temps que je fasse appel à de l'aide extérieure. Maggie me soutient, mais je ne veux pas trop lui en demander, ce n'est pas son travail et elle a passé l'âge de gérer des petites têtes blondes démoniaques.

– Très bien, j'y réfléchirai.

Il n'en faut pas plus pour que son visage s'illumine et que son sourire facétieux me fasse regretter ma décision.

– Mais pas de maquillage, ni de talons, et encore moins de vêtements qui laissent apparaître un bout de peau !

– Merci tonton, tu es le meilleur !

– Je n'ai pas encore accepté, crapule, mais je te promets d'y réfléchir sérieusement.

Elle grogne encore, la tête sous l'oreiller. Face à son attitude boudeuse, je place mes mains de chaque côté de ses côtes et lance une attaque de chatouilles. Elle se débat, et son rire pétillant vient se loger au fond de ma poitrine. J'aime ces moments de complicité, ça me rappelle les premiers mois qu'elle a passés au manoir. Son rire avait déjà le pouvoir de guérir les cœurs blessés et d'égayer la maison. Même mon père souriait quand elle s'esclaffait.

À bout de souffle, je la laisse se calmer. Je réajuste sa couette pour la border et je dépose un autre baiser tendre sur son front.

– Allez, dors bien, crapule, dis-je en refermant la porte de sa chambre en douceur.

Aussitôt le battant fermé derrière moi, je me tourne vers l'escalier, et surtout vers l'invitée qui m'attend en bas. Ma colère resurgit. Je dois avoir une conversation avec Cassiopée et son intervention dans l'éducation de ma nièce !

CHAPITRE 7

Lorsque je pénètre dans le salon, je suis surpris de retrouver Cassiopée penchée au-dessus d'un guéridon à observer une vieille pendule avec attention. Elle a relâché ses cheveux, ses boucles blondes cachent son visage et ses yeux si perturbants. Pendant une seconde ma rancœur disparaît. Concentrée, elle ne me remarque pas avant que je m'approche d'elle en me raclant la gorge. Elle se redresse vivement, une moue d'excuse sur le visage.

– Pardon, ce n'est pas ce que tu crois, amorce-t-elle.

Je l'interromps d'un geste de la main.

– Tu t'excuses de quoi ? De fouiner ou de monter la tête de ma nièce ?

Finalement, ma colère est revenue relativement vite.

– Je n'ai rien fait de mal.

– Que tu mentes sur ta prétendue vie de rêve à tes fans et à ceux qui t'entourent est une chose, mais je ne permettrai pas que tu mettes des délires idéalistes dans la tête d'Olivia ! grondé-je.

– Ce n'était pas mon intention, je n…

– Ça je veux bien le croire ! Il n'y a pas à chercher longtemps pour voir que tu n'y connais rien aux enfants !

– Je ne te permets pas ! Je voulais lui remonter le moral, c'était juste un moyen de la réconforter, se justifie-t-elle.

– Encourager ma nièce à suivre tes traces, ce n'est pas ce que j'appelle rien ! Après ce que tu m'as raconté sur ta vie, je me serais attendu à un peu plus de retenue de ta part. À cet âge, tout ce qu'on leur dit a des conséquences ! Alors je t'interdis de l'inciter à suivre ton exemple !

Les jointures de mes mains me font mal tant je serre les poings. J'ai presque des remords en remarquant l'air blessé de Cassiopée.

– C'est une jeune fille intelligente ! Ce n'est pas en l'enfermant dans une cage dorée que tu la protégeras du monde extérieur.

– Tu ne sais rien de notre vie, alors n'interviens pas.

Ses iris céruléens me foudroient sur place. Il n'y a plus rien de délicat ni de fragile dans son attitude. Au contraire, elle ressemble à une guerrière amazone. Ça en serait presque captivant si je n'étais pas aussi furieux.

– Tu m'as bien fait comprendre de ne pas me mêler de ta vie, alors laisse-moi gérer la mienne comme je l'entends, sifflé-je entre mes dents.

– Il n’y a pas besoin d’être devin pour voir que tu la surprotèges, réplique-t-elle. Ta nièce ne sera pas toujours une enfant, elle a besoin de prendre ses propres décisions.

– Tu ne la connais pas, tu ne sais rien de ce qu’elle a vécu.

– Peut-être, mais ça ne te donne pas le droit de diriger sa vie.

– C’est ma nièce ! Je sais ce qui est bon pour elle, alors reste en dehors de ça.

Elle me dévisage, furieuse, mais je campe sur mes positions. La colère électrise mes terminaisons nerveuses ; j’ai le sang qui bouillonne, j’ai beaucoup trop d’énergie à dépenser.

– C’est noté, je ne me mêlerai plus de tes affaires, répond-elle, sarcastique.

– Parfait !

Face à face, nous nous défions du regard.

– Non mais ce n’est pas bientôt fini, ce bazar ? Vous allez finir par réveiller Olivia, avec tous ces cris, nous sermonne Maggie d’un regard sévère depuis le pas de la porte. Monsieur Elliott, vous mettre dans un état pareil pour une vieille horloge, vraiment c’est affligeant, je pensais que vous aviez passé l’âge de faire des caprices !

– Bonne nuit, Maggie, grondé-je pour la renvoyer s’occuper de ses affaires.

Une fois que j’entends la porte de sa chambre se refermer derrière elle, je replonge mon regard dans celui de Cassiopée.

– De quoi parlait-elle ? Qu'est-ce que c'est que cette histoire d'horloge ?

Les lèvres pincées, la jeune femme dévie son regard vers le guéridon avant de revenir le planter dans le mien.

– En plus de vouloir me prendre ma nièce, tu comptes repartir avec mon mobilier ?

– Pas du tout ! s'exclame-t-elle.

– Alors à quoi faisait allusion Maggie ?

Elle hésite à me répondre. Lasse, elle se laisse tomber dans le canapé et se masse les tempes.

– Très bien, si tu veux tout savoir, j'aime les meubles anciens. Autant te dire que je suis fascinée par tous ces trésors que renferme cette pièce.

D'un geste de la main, elle désigne ce qui nous entoure. Je balaie d'un rapide coup d'œil les boiseries recouvertes de tableaux d'un autre temps et les objets de collection qui envahissent les consoles et les tables. Je déteste toutes ces vieilleries démodées, mais je n'ai pas le courage de m'en défaire. Ma mère les adorait. Elle s'était donné pour mission de rendre toute sa splendeur d'antan à cette vieille maison. M'en séparer serait comme balayer les efforts d'une vie sans sourciller.

Décontenancé, je hausse les épaules.

– Tu as des pièces exceptionnelles en ta possession ! Regarde le travail d'orfèvre de cette horloge, la gravure et les feuilles d'or sont en excellent état, sans parler du mécanisme qui fonctionne toujours. J'ai remarqué qu'un des pieds était abîmé et j'ai demandé à Maggie si tu verrais un inconvénient à ce que j'essaie de le restaurer, rien de plus.

Je fronce les sourcils. Cette facette aussi inattendue que surprenante me laisse sans voix. Je suis toujours furieux qu'elle ait osé remettre en cause ma manière d'éduquer Olivia, mais la passion qui l'anime devant la collection de ma mère m'intrigue et me déstabilise. Est-ce que j'ai été trop prompt à la juger sur les apparences ? Est-ce que je tiens les gens si éloignés de moi que je ne suis plus capable de faire la différence entre une rencontre inattendue et une menace ?

Devant mon mutisme, Cassiopée se fige et hausse un sourcil sarcastique.

– Eh oui, la petite starlette est capable de s'intéresser à autre chose qu'à elle-même !

Je l'ai bien mérité. Le visage plein d'espoir de ma nièce s'imprime dans mon esprit. Je lui ai presque promis qu'elle pourrait revoir Cassiopée, briser ma parole serait une trahison. Pour Olie, je me dois de faire un effort, au moins le temps que cette soirée prenne fin. Je fais quelques pas dans le salon et me dirige vers une bouteille de cognac. Je me sers un fond de verre et avale le liquide ambré cul sec. La brûlure de l'alcool est un rappel à l'ordre : je dois me ressaisir.

– Tu en veux un ? demandé-je à la jeune femme. C'est plus fort que la tisane de Maggie, mais c'est bien plus efficace.

Cassiopée me détaille en silence. Je sens toutes ses interrogations muettes se répercuter contre mon corps tendu. Elle doit penser que je suis bipolaire. Qu'importe, je n'ai aucune justification à lui donner.

– Tu ne vas pas m'accuser de vouloir te voler la bouteille, après ?

Sa raillerie me fait sourire. Elle est bien plus étonnante que ce que j'imaginais. Sans un mot, je lui tends un verre et m'installe en face d'elle, dans mon fauteuil en cuir.

– À quoi dois-je ce revirement de situation ? me demande-t-elle, suspicieuse.

– Disons que je me suis peut-être emporté un peu vite, et malgré ce que tu crois, je tiens au bonheur de ma nièce.

Pensive, elle avale à son tour une gorgée de cognac et grimace.

– Olivia est adorable.

– Elle m'en fait voir de toutes les couleurs, mais oui, c'est une jeune fille fantastique.

– Je peux te poser une question ?

Je me doute de ce dont il s'agit et je me tends, pourtant je ne l'arrête pas.

– Pourquoi vit-elle avec toi ?

– Je suis son tuteur légal depuis la mort de mes parents.

– Et ses parents à elle ?

– C'est compliqué…

– Je comprends mieux votre complicité et ton besoin de la protéger…

Son ton moqueur ne m'échappe pas, mais je ne relève pas. Jamais je ne m'excuserai d'être trop protecteur à l'égard d'Olivia ! Après ce que nous avons vécu, qui pourrait me le reprocher ? Elle est tout ce qu'il me reste.

Perdu dans la contemplation de mon verre, j'entends tout de même le chuchotement de Cassiopée.

– S'ils avaient été un peu plus attentionnés, peut-être que les choses auraient été différentes.

Le regard dans le vide, elle ne se rend pas compte qu'elle s'est exprimée à voix haute. Derrière cette phrase murmurée du bout des lèvres, je devine un passé qui la tourmente encore. Ce *ils* fait-il référence à ses parents ? J'aimerais lui en demander plus, comprendre, mais ça ne me regarde pas. Elle a bien assez esquivé les questions auxquelles elle ne voulait pas répondre depuis le début de la soirée pour que je n'essaie même pas ; je le sais, j'ai fait la même chose. Sur ce point, nous sommes semblables. Et si je l'interroge, elle serait en droit d'attendre à son tour des informations de ma part, or, c'est hors de question. Ramener une inconnue au manoir est une chose que je regrette déjà bien assez, me confier à elle n'est même pas une option !

Et puis de toute façon, qu'est-ce que deux inconnus pourraient bien se dire pour se réconforter ? Rien que des banalités. Pourtant, il y a quelque chose d'apaisant dans ce silence. Pas de formules clichées sans âme ni sentiments, pas de vaine tentative de compassion factice.

– Je te ressers ?

La bouteille de cognac à la main, j'ai un moment d'hésitation. Cassiopée dégage une aura magnétique qui a réussi à me faire baisser ma garde et à la trouver plus séduisante que je ne le devrais. Est-ce l'alcool qui brouille mes pensées, ou cette soirée inhabituelle qui me perturbe ? Aucune idée. À cet instant, je me sens bien et je n'ai pas envie d'écourter cette pause dans mon quotidien routinier. Peut-être est-ce un besoin de ne pas être seul, pour une fois. Une exception. Juste une. Qu'est-ce que je risque, après tout ?

– Tu comptes me saouler ? me demande-t-elle, suspicieuse. Je préfère te prévenir, j'ai une grande résistance à l'alcool !

J'aimerais bien voir ça. Je hausse un sourcil en la détaillant. Elle ne doit pas faire plus d'un mètre soixante-cinq et peser cinquante kilos toute mouillée.

– Tu ne me crois pas, ricane-t-elle. Pour rappel, j'ai été élevée dans le monde du show-biz et du rock… Tu serais surpris de l'âge de ma première cuite ! Mais n'abordons pas les sujets qui fâchent, élude-t-elle. Peut-être pourrais-tu m'expliquer pourquoi un bénévole de l'aide alimentaire de Londres vit dans un manoir rempli de trésors ?

– C'était compris dans l'héritage, réponds-je en me tendant.

– Et où vivais-tu, avant ?

– Pourquoi toutes ces questions ? C'est un interrogatoire ? Je te préviens, je ne parlerai pas.

– Juste de la curiosité, cette maison est tellement chargée d'histoire, je la trouve absolument géniale ! J'aimerais bien avoir un tel patrimoine dans ma famille, s'exclame-t-elle en parcourant la pièce d'un regard admiratif.

Je me relâche.

– J'habitais dans un lieu quelconque. Quand j'ai hérité de la garde d'Olivia, j'ai préféré revenir vivre ici pour ne pas bouleverser ses habitudes.

– C'est attentionné de ta part.

– Ça me permet aussi de la garder loin des curieux. Personne ne vient jamais ici, nous pouvons être tranquilles.

– Ça fait quoi de moi, alors ? me demande-t-elle avec sérieux.

– Une exception.

Alors que je plonge une nouvelle fois mes lèvres dans mon verre, elle tourne son visage vers moi et plante son regard dans le mien. Mordillant sa joue, elle plisse les yeux. Ses ongles manucurés tapent la surface du verre dans une cadence fascinante sans qu'elle ne se départisse de son air concentré.

– J'ai découvert une de tes peurs.

Je hausse un sourcil, curieux. Je lui fais signe de poursuivre en cachant mon sourire dans mon verre. Cassiopée prend son temps, elle joue avec son verre, le tournant entre ses doigts. Son attitude m'amuse.

– Quand tu as assuré à Olivia n'avoir peur de rien, tu mentais, affirme-t-elle en me dévisageant avec un air rieur.

– Première nouvelle. Et de quoi ai-je peur ?

– De Noël !

Je manque de m'étouffer et ne peux retenir un éclat de rire.

– Bien essayé, mais non. Même si je n'aime pas cette fête, c'est loin d'être une phobie.

À son tour, elle avale une gorgée. Une discrète ride de concentration se forme sur son front.

– Mais alors, pourquoi n'y a-t-il aucune décoration dans tout le manoir ?

– Par tous les saints, on n'est pas encore en décembre ! Bientôt il faudra installer le sapin en août pour être dans les temps !

– Mais tu comptes bien installer un arbre et des ornements, n'est-ce pas ?

Je lève les yeux au ciel avant de terminer mon cognac.

– Mais qu'est-ce que vous avez tous avec cette fête ? marmonné-je.

Cassiopée sirote la fin de son verre en m'observant. Je sens son regard passer sur mon visage, s'arrêter quelques instants sur mes iris verts. Mon corps se tend. Je sais ce qu'elle tente de faire, mais si elle pense me décrypter grâce au langage corporel, elle se trompe. Même Daniel, qui me connaît depuis près de trente ans, ne sait jamais ce qu'il se passe dans ma tête. Ce n'est pas elle qui y parviendra.

Harassé par la journée, je mets fin à cet examen visuel. Elle en sait déjà bien suffisamment sur ma vie en une seule soirée.

– Viens, suis-moi, je vais te montrer ta chambre, il se fait tard.

Elle pose son verre sur la table basse et se redresse. Je la conduis jusqu'au premier étage du manoir et m'engage dans le couloir de droite. L'aile réservée aux invités.

– C'est la première porte sur ta droite. La salle de bain est juste après. Si tu as besoin de quelque chose, ma chambre est dans le couloir de gauche.

Cassiopée ouvre la porte et jette un coup d'œil à la pièce avant de se retourner vers moi.

– Merci pour tout ce que tu as fait pour moi ce soir.

– Comme je te l'ai déjà dit, j'aurais fait ça pour n'importe qui. Il n'y a rien de glorieux à ne pas laisser une jeune femme dormir dans la rue.

– Peut-être, mais tu aurais pu me laisser devant mon hôtel. Je me doute que me ramener chez toi ne faisait pas partie du plan, alors merci.

Je fais demi-tour, lorsqu'elle m'arrête dans mon mouvement.

– Si je peux encore t'embêter, est-ce que ce serait possible de t'emprunter un chargeur ? Ma batterie est morte depuis le début de la soirée.

– Un chargeur universel, ça ira ?

– Oui, parfait.

Elle referme la porte de la chambre derrière elle, et je rejoins mon bureau. Dans l'un des tiroirs du meuble en acajou – autre trouvaille de ma mère –, je fouille dans les dizaines de câbles. Une fois le sésame en main, je fais un saut dans ma chambre. Dans mon placard, je récupère un bas de jogging et un tee-shirt pouvant faire office de pyjama avant de faire demi-tour, les bras chargés. Je toque à sa porte, mais aucune réponse ne traverse le battant en bois. Avec discrétion, je l'entrouvre et glisse ma tête par l'interstice.

– Cassiopée ?

J'ai beau être chez moi, je me sens mal à l'aise d'entrer dans sa chambre. Ma puérilité me fait grincer des dents. Y a-t-il si longtemps que je n'ai pas côtoyé de femme pour autant hésiter ? Je me rabroue et passe le seuil. Je balaie la pièce du regard sans repérer la jeune femme. Elle doit probablement être dans la salle de bain. Une vision de la petite blonde enroulée dans une serviette s'incruste dans mon esprit. De ses boucles dévalant sa peau claire à ses yeux bleus, mon cerveau n'omet aucun détail. La sensualité de son corps et le souvenir de son regard parcourant le mien attisent la tentation qu'elle représente. Un fruit défendu bien trop appétissant pour y résister.

Je me morigène. La fatigue, ajoutée à ce verre de trop, me fait dérailler.

Je secoue la tête pour chasser ces images, fais quelques pas jusqu'au lit et y dépose les affaires avant de faire demi-tour en vitesse. Dans la précipitation, je ne prête pas attention à Cassiopée qui entre dans la chambre, et nous nous heurtons. Le choc nous fait vaciller. Par réflexe, je passe mes mains autour de sa taille pour nous stabiliser. Le danger écarté, ma gorge se serre en prenant conscience que la vision créée par la fatigue et l'alcool quelques secondes plus tôt était proche de la réalité. Elle est enroulée dans une épaisse serviette de bain blanche, sa peau laiteuse est parsemée de gouttes d'eau, un grain de beauté sur son épaule gauche. Je bataille pour remonter mon regard vers son visage et ne pas me laisser aller à la contemplation de son corps dénudé. Je déglutis avec difficulté.

– Pardon, je venais juste déposer des vêtements de rechange et le chargeur, bredouillé-je.

– Pas de souci, tu es chez toi, après tout.

Je ne sais pas si c'est mon imagination, mais j'ai la sensation que sa voix tremble aussi. Elle se mordille les lèvres alors que je la tiens toujours par les hanches. Je la relâche et me recule en passant une main dans ma tignasse pour reprendre contenance. Je déteste avoir l'air gauche et emprunté.

– Bon, eh bien, je vais te laisser. Bonne nuit.

– Merci. Bonne nuit à toi aussi, Elliott.

D'un pas raide, je regagne ma chambre et m'effondre sur mon lit, le spectacle de Cassiopée enroulée dans cette serviette de bain ne voulant pas quitter mon esprit. Une friandise qui ne demandait qu'à être déballée. *Une putain de tentation !* Le désir parcourt mon corps et enflamme mes veines, me tournant la tête. Quelques années plus tôt, j'aurais tout fait pour la mettre dans mon lit, sans penser aux conséquences. Parfois, je regrette cette époque. Surtout en sachant qu'elle loge de l'autre côté du couloir, à peine à quelques mètres de moi. L'image de la courbe de sa nuque, de l'arrondi de son épaule, de la naissance de sa poitrine dissimulée sous le tissu… Mes poings s'écrasent contre mes paupières closes, tentant d'arrêter l'engrenage. Sans succès.

Je sens que la nuit va être longue.

CHAPITRE 8

Mercredi 28 novembre

Un bruit de moteur me fait sursauter. L'écran lumineux de mon réveil me confirme que j'ai fini par m'endormir. Ma nuit a été courte et peuplée de rêves étranges à propos d'une petite blonde. Ma langue est pâteuse des excès de la veille et mon crâne semble être pris dans un étau.

Je passe une main dans mes cheveux emmêlés et me lève en grimaçant. Hagard, je parcours les quelques mètres jusqu'à la fenêtre. Dans l'allée, devant la maison, un taxi attend. Mon cerveau encore dans le brouillard met plusieurs secondes à comprendre ce qu'il se passe. Ce n'est qu'en apercevant la fine silhouette de Cassiopée dévaler le perron et poser une main sur la poignée de la portière que je prends conscience de ce qui est en train de se jouer sous ma fenêtre. Elle s'enfuit !

Cassiopée se retourne une dernière fois vers le manoir avant de monter dans le taxi. Nos regards se croisent l'espace d'une seconde. La surprise de me voir l'observer à travers la fenêtre se lit sur son visage. Elle m'adresse un sourire crispé et une œillade désolée puis s'engouffre dans le véhicule, qui disparaît rapidement à l'horizon.

Je reste quelques minutes interdit, à fixer l'allée du domaine, le regard dans le vide.

Je l'ai aidée et hébergée. Elle a rencontré Olivia… et elle est partie sans un mot. Je ne m'attendais pas à une gratitude éternelle, mais un minimum de reconnaissance n'aurait pas été de refus. Même si, après cette nuit, je sais qu'elle va hanter mes songes pendant quelque temps encore. Ce départ précipité me laisse un goût amer en bouche : comment vais-je l'expliquer à Olivia ? Elle qui était si excitée à l'idée de passer un peu plus de temps avec son idole. Point positif, peut-être que cette fuite précipitée aura raison de sa nouvelle vocation.

Malgré l'heure matinale, je descends en vitesse aux cuisines pour rejoindre Maggie. Celle qui est presque une seconde mère pour nous est concentrée sur le pétrissage de sa pâte à pain et sursaute quand je rentre précipitamment dans la pièce.

– Monsieur Elliott, ça ne va pas de débouler de la sorte !

– Pardon, Maggie.

– Tsss, bas les pattes tant que je n'ai pas terminé !

Elle me menace de sa spatule alors que j'approche la main de sa pâte.

– Au fait, Miss Cassiopée a laissé une note pour vous avant de partir.

Toujours armée de son ustensile de cuisine, elle me désigne la table en bois au centre de la pièce, manquant m'éborgner au passage.

– Elle avait l'air vraiment pressée de s'éloigner du manoir. Qu'est-ce que vous avez encore fait ?

– Absolument rien !

Dans un geste prouvant ma bonne foi, je lève les mains en l'air.

– Monsieur Elliott, pas de ça avec moi ! Je connais votre sens de l'hospitalité !

– Je n'y suis pour rien ! Et pour la millième fois, arrête avec ces « Monsieur Elliott », ça me file de l'urticaire ! Elliott tout court, c'est très bien.

– Non, c'est une question d'étiquette.

– Maggie, tu me connais depuis que je suis né. Par pitié, arrête, j'ai l'impression d'être mon père.

– Je regrette, mais ce n'est pas possible, *Monsieur Elliott*.

Je bougonne en me laissant tomber sur une chaise. D'une main, j'attrape le pli de Cassiopée. Je fronce les sourcils en reconnaissant une des serviettes en papier de chez Al. Quelques mots y sont griffonnés à la va-vite, et je dois m'y reprendre à plusieurs fois pour arriver à les déchiffrer.

Je dois partir, encore merci
pour ton aide.
Appelle-moi, j'ai quelque chose
à te proposer pour ta nièce !
Mon numéro est au dos,
donne-le aussi à Olivia.
Cassiopée.

Je retourne la serviette pour y lire le numéro avant de la laisser retomber sur la table, indécis. Donner son contact à Olivia est un risque que je ne suis pas certain d'être prêt à prendre. Je grogne dans ma barbe. J'ai besoin d'un café pour émerger et réfléchir. Je me remplis une tasse fumante quand le petit poste de radio posé sur le plan de travail se met à grésiller en plein milieu d'un morceau de rock. Je lève un sourcil et me fais la remarque de rajouter une nouvelle radio pour Maggie à ma liste de courses. Celle qu'elle continue à utiliser date de Mathusalem…

Perdu dans mes pensées, je suis tiré de ma torpeur par un glapissement. Maggie fixe la radio avec des yeux exorbités. Mon sang se glace quand j'entends les paroles de la présentatrice.

– … fille de Rick Mortimer a fait parler d'elle cette nuit. Cassiopée Montrouge a été aperçue au restaurant italien de Giacomo Galiano tôt dans la soirée en compagnie de son compagnon Tanguy Chaperon, et il semblerait, d'après les nombreux témoignages que nous avons pu récolter, que le jeune homme en ait profité pour faire sa demande. Un mariage dans l'année serait-il à prévoir ?

Je manque m'étouffer avec ma boisson chaude. Cassiopée est fiancée ? Cette idée ne m'a pas une seule fois traversé l'esprit, hier soir. Si j'avais su… Je grimace au souvenir de cette attirance qui m'a tenu éveillé la moitié de la nuit. Est-ce pour cela qu'elle est partie comme une voleuse ce matin ? Est-elle allée le rejoindre ?

– Fait pour le moins étrange, continue la femme, les journalistes du *Post* ont publié une photo de la jeune actrice montant tard dans la nuit à bord d'une voiture qui n'était pas celle de Tanguy Chaperon… Et tenez-vous bien, plusieurs commentaires désignent le conducteur comme étant le mystérieux et solitaire comte Elliott Knight. La qualité de la photo ne nous permet pas de vérifier si cette information est juste, mais comptez sur nous pour enquêter. L'aristocrate ne serait-il plus un cœur à prendre ? C'est ce qu'il p…

D'un geste brusque, j'éteins la radio. Mon poing s'écrase contre la surface en aluminium du plan de travail. Maggie se recule en coassant, effrayée. Tout ce que je redoutais depuis un an vient de se produire. Moi qui mettais un point d'honneur à protéger ma vie privée et notre tranquillité, je viens de tout foutre en l'air en une soirée. Tout ça pour une starlette !

Je sors de la cuisine en claquant la porte et m'enferme dans mon bureau. J'ai besoin de réfléchir, de me plonger dans le travail et d'oublier cette histoire. Les journalistes ne m'ont pas formellement reconnu, donc ça devrait se tasser assez vite. Enfin, je l'espère. Cassiopée aura peut-être la décence de publier un communiqué démentant ces rumeurs… Ce serait la moindre des choses après le bazar qu'elle vient de mettre dans ma vie.

Je fais défiler mes mails mais je n'arrive pas à me concentrer. Les mêmes questions tournent en boucle dans ma tête. Elle est fiancée ? Passer la nuit chez un inconnu alors qu'elle vient de s'engager, quelle idée ! Si j'étais ce Tanguy je-ne-sais-quoi, je serais fou de rage. Et si tout cela n'était qu'une ruse pour faire le buzz ? Elle m'a fait croire qu'elle n'avait personne chez qui se réfugier, mais elle a très bien pu me mentir. Et dans ce cas, jusqu'où s'étendent ses mensonges ? J'ai la désagréable sensation qu'elle s'est servie de moi.

Et pourquoi l'idée de ce mariage m'irrite-t-elle autant ?

Maggie toque à la porte et passe la tête dans l'entrebâillement.

– Monsieur, Olivia est prête, elle vous attend pour aller à l'école.

Je souffle un bon coup pour évacuer la colère et rejoins ma nièce dans le hall. Elle patiente dans son uniforme, son sac sur le dos. J'attrape mes clefs et nous montons en silence dans Lola.

J'ai beau me concentrer sur la route, je sens bien qu'elle me dévisage.

– Tonton ?

– Hmm ?

– Elle va revenir, Cassiopée ?

Je quitte l'asphalte des yeux. Que puis-je lui répondre ? Que l'actrice s'est moquée de nous ? Avec tout le grabuge des journalistes, hors de question de lui donner son numéro, maintenant.

– Ne me regarde pas comme ça, je l'ai vue partir ce matin, insiste ma nièce.

Je souffle. Ça m'aurait arrangé qu'elle ne voie pas sa fuite.

– Elle est retournée à sa vie, Olie. Si tu veux mon avis, ne compte pas la revoir un jour.

– Ça, c'est toi qui le dis ! Moi, je suis persuadée du contraire !

L'espoir que je décèle dans les yeux de ma nièce me rend malade. C'est pour son bien, mais savoir que je participe à cette immonde comédie instaurée par Cassiopée me gêne profondément. Il y a bien assez de non-dits dans notre famille sans qu'une inconnue vienne en rajouter.

Devant ma moue désolée, elle plisse les yeux et pointe son nez en trompette en l'air.

– Je la connais mieux que toi, m'assure-t-elle en remuant son téléphone portable devant elle. Je t'assure que ce n'est pas son genre de partir comme ça. J'ai vérifié son compte ce matin, et même si beaucoup lui posent des questions sur Tanguy et sur toi, elle n'a répondu à personne.

– Rappelle-moi pourquoi je t'ai acheté cet objet de malheur ?

– Parce que tu es une vraie mère poule qui s'inquiète beaucoup trop pour moi, s'esclaffe-t-elle.

– N'écoute pas ces ragots, ma puce, d'accord ? Tout ce que disent les journalistes est faux.

– Pas tout : elle est bien montée dans ta voiture.

Je grimace. Olivia n'a pas tort, cette partie-là est vraie…

– Mais je pense que cette histoire de fiancé est bidon, tout le monde sait que ça ne va plus entre eux depuis plusieurs mois, ajoute ma nièce. Et puis, si Tanguy la connaissait vraiment, il n'aurait pas fait sa demande dans un restaurant. C'est bien connu, Cassiopée déteste étaler sa vie privée.

– Comment tu sais tout ça, toi ?

Elle agite son portable devant moi.

– Ce n'est pas parce que tu détestes tout ce qui est potins et réseaux sociaux que je suis pareille !

– Fais-moi penser à revoir les règles d'utilisation de ce truc, m'agacé-je.

– Ah non ! Comment je vais faire pour survivre à l'école si je ne peux plus me tenir au courant des sujets d'actualité ?

– Olie, tu te rends compte que la vie des stars n'est pas vraiment un sujet d'actualité, n'est-ce pas ? Si tu veux te tenir au courant, tu peux lire le *Times* ou le *Daily Telegraph*, c'est bien plus intéressant et enrichissant.

Elle fait semblant de vomir et lève les yeux au ciel. Rendez-moi ma nièce adorable fan de licornes et de princesses, et non de starlettes sans intérêt… Ce petit monstre en pleine préadolescence me fout la trouille. Je me rends bien compte que plus elle grandit et moins je sais comment m'y prendre avec elle. Les filles ont toujours été une entité mystérieuse aux réactions incompréhensibles à mes yeux, mais en élever une se révèle encore plus ardu que je ne l'imaginais.

– Écoute, Olie, cette histoire n'est qu'un énorme malentendu, alors tu serais gentille de ne pas répéter à tes copines qu'elle est venue au manoir cette nuit. Tu comprends que, si ça se sait, les journalistes ne vont plus nous laisser tranquilles ?

– Je ne suis plus une gamine, tonton, je sais bien que les journalistes écrivent n'importe quoi sur les stars, mais je veux juste que tu saches que ça ne me dérange pas si tu décides de la revoir, je l'aime bien.

Son ton assuré m'étonne presque plus que son intervention dans ma vie sentimentale.

– Comment peux-tu dire ça ? Tu ne la connais pas vraiment, ma puce. Tout ce qu'elle poste sur les réseaux est probablement enjolivé et trafiqué.

Je n'ajoute pas que je ne compte en aucun cas recroiser le chemin de Cassiopée Montrouge avant le siècle prochain. Les courses-poursuites avec les journalistes, très peu pour moi.

Une nuée de journalistes patiente devant les grilles de l'école privée d'Olivia, et je jure entre mes dents tout en lançant un regard noir à ma nièce. Elle me regarde innocemment.

– Je te jure que je n'ai rien dit.

Je ne prends pas la peine de répondre et me fraie un passage avec Lola à travers les paparazzi qui se mettent devant la voiture. J'ai la désagréable envie de leur rouler dessus, mais je m'abstiens. J'entends leurs questions à travers les vitres.

– Est-il vrai que vous avez passé la soirée avec Cassiopée Montrouge ?

– C'est la voiture avec laquelle vous l'avez raccompagnée ?

– Vous comptez vous revoir ?

– Depuis quand vous voyez-vous ? C'est sérieux ?

Certains commencent à prendre des photos et j'ordonne à Olivia de se baisser. Qu'on empiète sur ma vie privée est une chose, qu'on y mêle ma nièce en est une autre. Ce n'est encore qu'une enfant. Et même si elle joue à la grande, il est hors de question que son adorable visage se retrouve en couverture des tabloïds à scandale. Je grince des dents et force le passage pour entrer dans l'école. L'enceinte privée de l'établissement m'accorde un moment de répit qui me permet d'enlacer ma nièce.

– Tu m'attends pour sortir, cet après-midi, je ne veux pas que les journalistes t'approchent. Je me suis bien fait comprendre ?

– Reçu cinq sur cinq, sergent, glousse-t-elle.

– Ce n'est pas une blague, Olie, la reprends-je d'un ton sec.

– Je sais, tonton, je te promets de me tenir loin d'eux.

Elle me rend mon étreinte et saute de la voiture. Je la regarde s'éloigner dans son uniforme avec un sourire aux lèvres. Cette crapule n'a pas fini de m'en faire voir de toutes les couleurs. Elle a à peine fait quelques mètres que ses copines se ruent vers elle en piaillant tout en me désignant du doigt. Je secoue la tête, déjà épuisé, et fais demi-tour pour rentrer au manoir. J'espère que les journalistes vont la laisser tranquille. Depuis la mort de mes parents, nous avons été relativement en paix, et à part quelques charognards qui nous ont suivis après l'enterrement, ils ne se sont jamais trop intéressés à nous. Manifestement, les choses viennent de changer.

Rageur, j'abats mon poing contre le volant. Je rentre Lola au garage et fais glisser ma main sur sa carrosserie rutilante, la mort dans l'âme. *Désolé, Lola, mais jusqu'à nouvel ordre, tu resteras à l'abri des regards. Pas besoin que d'autres fassent le rapprochement entre la voiture de la photo et toi.*

Même si le mal est sûrement déjà fait… Ces voitures de collection sont plutôt rares.

CHAPITRE 9

Je grimpe les marches quatre à quatre jusqu'à ma chambre. Avant de me replonger dans le boulot, j'ai besoin de prendre une douche et de me remettre les idées en place. Je n'ai pas pris le temps de me changer ce matin. Mes habits froissés et mes cheveux décoiffés me donnent un air encore plus négligé que d'ordinaire.

L'eau chaude détend mes muscles tendus sans pour autant alléger mon esprit. Mes pensées tournent en boucle sur les événements de ces dernières vingt-quatre heures. D'un geste rageur, j'écrase mes mains contre la faïence de la douche. La tête baissée sous le jet d'eau, je tente d'expirer calmement. Je dois oublier cette soirée !

Je m'habille en vitesse, récupère le mot de Cassiopée – que j'avais fourré dans la poche de mon jean avant qu'Olivia ne tombe dessus – avec la ferme intention de me débarrasser de ce fardeau aussi vite que possible et redescends dans mon bureau. Je referme la porte derrière moi et souffle un bon coup, puis je me secoue. Le monde ne s'arrête pas de tourner parce qu'une intrigante jeune femme est venue semer la zizanie dans ma vie ! J'ai des responsabilités et je ne dois pas me laisser distraire.

Dans l'heure qui suit, j'essaie de répondre à mes mails, mais la concentration me fait défaut. Sur le coin de mon bureau, la serviette de chez Al attire sans cesse mon regard. J'ai beau m'être dit qu'il ne fallait pas la contacter, je ne sais pas quoi faire de ce mot ni du message qu'il contient. Y répondre est un risque. Une menace qui reviendrait à renoncer à la relative tranquillité de mon quotidien. Les conséquences impliqueraient Olivia, son éducation, mais aussi le passé, le présent et l'avenir de notre famille. J'ai jusqu'à maintenant réussi à garder les charognards à distance, mais si je me jette de mon propre chef sous le feu des projecteurs, plus rien ne les retiendra de fouiller ma vie et celle de mes proches à la recherche d'un scoop. Ne pas y répondre reviendrait cependant à décevoir ma nièce, à briser un de ses rêves et à tirer un trait définitif sur Cassiopée, à cette sensation de sortir de ma léthargie quotidienne.

Énervé de me laisser distraire par un simple bout de papier, je le froisse. Au diable ma vie sociale ! Je ne suis plus un adolescent qui hésite pour un rien. La boule au creux de la main, j'arrête cependant mon geste au-dessus de la corbeille. Les prunelles bleues de Cassiopée s'immiscent dans mon esprit.

Mes doigts tremblent. Détruire ce message revient à reproduire la même erreur, encore. Ne pas écouter. D'un mouvement sec, je range la lettre dans le dernier tiroir de mon bureau. J'ai besoin de temps.

La sonnerie de mon portable me tire de mes réflexions. Un nouveau message de Daniel. Je me mords les lèvres, je sais déjà de quoi il va me parler et je ne suis pas certain de souhaiter avoir cette discussion avec lui. J'ai bien remarqué hier soir qu'il n'était plus du tout rationnel quand on parlait de Cassiopée.

Daniel : Mon pote, c'est quoi,
cette photo dans le *Post* ?
Tu ne l'as pas raccompagnée
à son hôtel ? Je veux que
tu me racontes tout ! Appelle-moi
dès que tu as cinq minutes.

J'ai à peine reposé mon téléphone sur mon bureau que la sonnerie résonne encore.

Daniel : Et pas dans dix heures !

Je souris déjà en imaginant sa réaction quand je lui dirai qu'elle a dormi au manoir. Ça ne sert à rien de le lui cacher, il sait me tirer les vers du nez mieux que personne. Mais avant, il faut que je finisse de relire le budget prévisionnel de la société pour les prochains mois. Cette entreprise d'import-export comprise dans le package de la succession, mon père y a consacré toute sa vie et souhaitait que je reprenne les rênes à sa retraite, avec ou sans mon accord. La vie s'est cependant chargée de me mettre aux commandes avant que je puisse refuser. Même si j'ai placé un directeur à la tête de nos locaux à Londres, je me dois de surveiller les comptes et la bonne gestion de l'activité. Et dans ces conditions, je remercie mon père de m'avoir obligé à faire de l'économie et du droit des affaires à l'université.

Les chiffres dansent dans leur tableau et je dois relire plusieurs fois la même ligne afin de vérifier que je ne me trompe pas. Mon regard dévie en permanence vers le tiroir de mon bureau, et une migraine pointe le bout de son nez. Je n'ai jamais apprécié de me forcer à travailler, et cette dernière année, j'ai dû apprendre à passer outre mon dégoût pour les nombres à rallonge et les mots « rendement », « productivité », « actions »…

Ma mère aurait dit que c'est ça, devenir adulte… La vision de son sourire éclatant, de son regard tendre et de sa voix douce quand elle me rassurait me prend à la gorge. Je me relève avec énergie. J'ai besoin d'air !

J'attrape mon portable, le fourre dans une de mes poches et rejoins le hall, où j'enfile mon blouson. Je dévale les marches du perron et prends une grande inspiration. Le temps est maussade aujourd'hui et d'épais nuages gris menacent, mais qu'importe, je marche d'un bon pas et fais le tour de la maison. Je rejoins le chemin de terre qui serpente vers les bois et laisse la nature environnante me calmer. L'air frais s'engouffre dans mes poumons, je sens le poids s'atténuer sur ma poitrine. Je coupe entre les arbres et en quelques minutes je rejoins la cabane de mon enfance. Encore aujourd'hui, elle me sert de refuge quand j'ai besoin de souffler. Les rideaux vichy que j'ai confectionnés avec ma mère sont toujours aux fenêtres et la nostalgie s'empare de moi quand je passe le pas de la petite porte en bois.

Je me revois dessiner les plans avec mon père et lui servir d'ouvrier pendant la construction, probablement l'une des seules fois où il a pris des jours de congé et partagé une activité avec nous. Ma sœur triait les planches selon leur taille et je les tenais pendant que mon père les clouait entre elles. J'entends les éclats de rire de notre enfance résonner contre les lattes de bois. Depuis combien de temps de tels moments n'ont-ils pas eu lieu dans cette maison ? Depuis un an, j'essaie tant bien que mal de m'occuper d'Olie, de l'entreprise, de tenir les journalistes éloignés et de faire tourner l'association, mais parfois j'ai juste envie de tout plaquer. Cette solitude que je nous impose m'est vitale autant qu'absurde. Mais je ne sais plus vivre autrement. J'ai conscience de me réfugier dans le travail, de ne pas avoir de vie sociale et de me refermer un peu plus chaque jour sur moi-même.

Les souvenirs heureux rattachés à cette cabane semblent appartenir à un autre temps, une autre époque. Assis sur un des épais coussins cousus par ma sœur, je repense avec tendresse à son air espiègle quand elle me les lançait à la figure ou à sa grimace concentrée lorsqu'elle s'y affalait pour lire un livre qu'elle adorait. Mais tout ça n'existe plus. Chaque jour, je suis surpris de voir à quel point Olivia lui ressemble de plus en plus. Ce même petit nez en trompette, ses yeux rieurs ou la fossette sur sa joue droite. Et chaque fois, les mêmes questions me tiraillent sans qu'aucune réponse ne vienne me soulager.

Alors que je suis perdu dans mes souvenirs, c'est la sonnerie de mon téléphone qui résonne dans l'espace exigu qui me fait sursauter. L'écran s'illumine et fait apparaître le nom de Daniel. C'est une vraie mère poule, celui-là, quand il s'y met.

Daniel : Tic-tac, j'attends toujours !

Je soupire, résigné, et fais défiler ma liste de contacts. Si je ne veux pas qu'il me bassine avec ça toute la soirée, j'ai intérêt à lui donner de quoi ronger son os, et vite, au risque de passer une maraude à ne parler que de ça…

Daniel décroche à la première tonalité.

– J'ai bien cru que tu allais m'éviter pour ne pas répondre à mes questions, s'offusque-t-il avant que je ne prononce un mot.

– Je travaillais, Daniel, répliqué-je en soufflant.

– Bosser de chez soi, ce n'est pas vraiment un travail, tu peux faire les horaires que tu veux !

– Toujours le mot pour faire plaisir.

– Mec, je t'en veux toujours pour hier soir, ce n'était vraiment pas cool de me saborder avec la nouvelle, mais je suis prêt à effacer ton ardoise si tu me racontes tout ce qu'il s'est passé avec Cassiopée !

– Rien d'exceptionnel, les journalistes en font des tonnes, soufflé-je, énervé. Quand on est arrivés devant son hôtel, ils étaient encore là à l'attendre et ils se sont rués sur elle quand elle est sortie de la voiture. Elle ne pouvait plus avancer. C'était effrayant de voir comme ils se jetaient sur elle… Je le reconnais, je n'ai pas réfléchi très longtemps aux conséquences, je lui ai dit de grimper et je l'ai ramenée à la maison.

– Toi qui détestes ramener des inconnus chez toi, tu es en train de me dire qu'elle a passé la nuit au manoir ? s'étonne-t-il. Continue, je suis certain que tu ne me dis pas tout !

– Oui, bon, reconnais-je de mauvaise foi, avant de la raccompagner, on est allés manger un morceau chez Al et on a un peu discuté.

Mon ami reste silencieux quelques secondes. Le connaissant, il va encore en faire des tonnes, alors qu'il n'y a rien de plus à dire.

– Mon pote, tu es dans la merde jusqu'au cou ! Tu te rends compte qu'en une soirée tu lui as fait découvrir plus de ta vie qu'à n'importe qui ces dernières années ?

– Daniel, ne va pas t'imaginer des choses, c'est juste un concours de circonstances, m'agacé-je.

– Que tu ne veuilles pas accepter qu'il y ait eu une certaine connexion entre vous, c'est ton problème, mais tu ne peux pas m'empêcher de penser que cette fille a réveillé l'homme qui sommeillait en toi, et c'est la meilleure chose qui te soit arrivée cette année, si tu veux mon avis. Ça fait bien trop longtemps que tu as mis de côté cette partie de toi et ce n'est pas humain. On a tous besoin d'amour et de passion.

– Merci bien, mais je n'ai pas besoin de ça pour être heureux. Et d'où tu sors l'amour et la passion ? Je lui ai juste payé un Fish & Chips et offert un lit où dormir.

L'image de Cassiopée à moitié dévêtue s'insinue dans mon esprit, me faisant râler. Pourquoi faut-il que je l'aie vue dans une telle tenue ? J'omets volontairement d'en parler à Daniel, je connais déjà sa réaction. Or ce n'est absolument rien, juste un phénomène physiologique entre un homme et une femme, une libération d'hormones, accentuée par l'alcool. C'est tout.

– Oh, ne t'énerve pas, je faisais juste une constatation. Et sinon, vous comptez vous revoir ?

– Daniel ! soufflé-je, exaspéré.

– Bah quoi, je n'ai pas le droit de m'intéresser à ta vie sentimentale ?

– Il n'y a rien à raconter, elle ne m'intéresse pas, et on ne fait pas partie du même monde, alors toute cette histoire se termine là !

– Comment ça ?

– Elle s'est servie de nous pour faire le buzz, Daniel ! Et les journalistes nous attendaient devant l'école d'Olie ce matin. Alors non, je ne compte pas la revoir.

– Elle est partie sans rien laisser derrière elle ? m'interroge-t-il, surpris.

Je reste silencieux. Je n'ai pas envie de lui parler de la lettre. Je cède cependant, et j'entends mon ami soupirer à l'autre bout du téléphone.

– Elliott, je sais qu'il est plus simple pour toi de garder tes distances avec les gens, mais il serait temps que tu avances et que tu apprennes à faire confiance. Pourquoi ne pas commencer par envoyer un message à Cassiopée ? Ça ne t'engage à rien et, qui sait, vous pourriez devenir amis…

– Non !

– C'est vraiment ça l'exemple que tu veux donner à Olivia ? Vivre reclus avec le minimum d'interactions sociales pour ne pas être blessé ?

Je me fige, sans voix. A-t-il raison ? Suis-je devenu un ermite qui prive sa nièce de sa propre vie ? Je me passe une main dans les cheveux, les ébouriffant, le regard perdu vers l'extérieur. Il fait de plus en plus sombre et il ne va pas tarder à pleuvoir.

– Écoute, Daniel, on en reparle plus tard, je dois y aller.

– Très bien, mais fais-moi le plaisir de ne pas jeter cette lettre. Si un jour tu changes d'avis et que tu décides d'avancer, tu seras content de l'avoir encore en ta possession.

Je soupire une énième fois, et après un au revoir rapide, je raccroche et reprends le chemin du manoir. Mon regard est irrémédiablement attiré par le dernier tiroir de mon bureau. Celui que je n'ouvre jamais en temps normal. Celui où le mot de Cassiopée attend. Avec un peu de chance, je vais oublier qu'il s'y trouve. Oublier cette soirée, et surtout ce regard bleu hypnotique…

CHAPITRE 10

Je m'engage dans l'allée qui mène à l'école d'Olivia tout en scrutant avec attention le bord de la route, dans la crainte de voir surgir des journalistes. Du mouvement près des grilles attire mon regard. Le reflet du soleil sur un objectif me fait baisser la tête. J'enfonce un peu plus mon bonnet sur mes cheveux en bataille et je croise les doigts pour qu'ils ne prêtent pas attention à ma voiture familiale, un monospace gris clair acheté par mes parents quand Olivia est arrivée dans nos vies. Je me sers rarement d'Hector, mais aujourd'hui, avoir une voiture passe-partout me sauve la mise. Je franchis le portail sans qu'aucun des paparazzi ne me remarque. Je ricane de savoir qu'ils attendent ma magnifique Lola, qui est bien sagement garée chez moi.

Sur le parking de l'institution, les véhicules stationnent dans l'attente de la sortie des classes. Certains parents me lancent des regards courroucés, probablement à cause de la présence des journaleux. Après tout, cette école privée est réputée pour son calme et sa classe. Avoir des paparazzi qui font le pied de grue devant l'entrée ne correspond pas au standing des lieux.

Olivia sort en courant dès que la sonnerie résonne contre les murs en pierre de la vieille bâtisse, ses cheveux bouclés rebondissant dans son dos. D'un signe de la main, elle salue ses amies et sautille jusqu'à la voiture. Ses yeux verts pétillent de joie et la fossette sur sa joue droite se creuse quand elle ouvre la portière.

– Tonton ! J'ai une super nouvelle à t'annoncer ! s'écrie-t-elle en montant dans la voiture.

– Tu es la première de ta classe ? lui demandé-je pour la taquiner, connaissant déjà très bien la réponse.

Olivia fronce le nez et me lance un regard noir, se renfrognant à vue d'œil. Autant sa mère était une excellente élève, autant ma nièce est aussi dissipée que moi en classe. Elle est sourde à toutes mes remarques sur l'importance d'aller à l'école, qu'importe ce qu'elle compte faire par la suite. Elle n'est pas dernière, mais elle pourrait être en tête de classe si elle s'en donnait les moyens. Je comprends mieux l'exaspération de mes parents, maintenant que je suis à leur place. Mais on a un accord, elle et moi : tant qu'elle rapporte des notes au-dessus de la moyenne, que ses devoirs sont faits et que son comportement est correct en classe, je ne m'immisce pas dans ses choix. J'ai bien trop fait les frais d'une méthode stricte pour savoir que ça ne fonctionne pas.

– Non, encore qu'avec ce projet je compte obtenir une très bonne note !

Elle s'agite sur son siège alors que je mets le moteur en marche et que je m'engage sur la route. Les journalistes ont fini par comprendre la supercherie, car ils scrutent avec attention toutes les voitures qui sortent de l'enceinte.

– Cache-toi, Olie, ordonné-je à ma nièce en lui faisant signe de s'accroupir.

– C'est vraiment obligé ? proteste-t-elle.

– Ne discute pas et obéis !

Je rive mon regard sur la route devant moi quand les journalistes me reconnaissent et m'interpellent alors qu'on passe à leur hauteur. Je les ignore tant bien que mal, et dès que la circulation se fluidifie, j'accélère et prends la direction du manoir. La voiture familiale avale les kilomètres sur les routes de campagne et je souffle enfin. J'étouffe la colère qui s'empare de moi pour ne pas effrayer ma nièce, mais je n'ai qu'une envie, c'est de hurler et de pester contre Cassiopée et sa foutue célébrité ! Chose que je ne fais jamais, je me suis connecté sur les réseaux sociaux aujourd'hui pour vérifier qu'elle avait publié un démenti. Rien. Comme si la soirée d'hier n'avait jamais eu lieu.

– C'est bon, tu peux te relever, Olie. Alors, raconte-moi ce super projet !

Ma nièce se contorsionne et se replace correctement sur son siège.

– On doit faire un exposé sur une personne de notre famille ! claironne-t-elle en frappant dans ses mains.

Je me fige. En quoi est-ce une bonne nouvelle ? Elle n'a aucun souvenir de sa mère. Quant à mes parents, ceux qui l'ont élevée, ils nous ont quittés l'année dernière. Ce n'est plus qu'elle et moi contre le reste du monde. Ma gorge se serre à cette idée.

– Je sais à quoi tu penses, oncle Elliott, mais même si grand-ma et grand-pa avaient été là, c'est sur toi que j'aurais fait mon travail.

Elle laisse son regard vagabonder à l'extérieur de la voiture alors que je cherche les mots pour la réconforter. Pour *me* réconforter. Depuis que je m'occupe d'elle, nous n'avons que très peu abordé le sujet. Je ne sais jamais quoi lui dire. La perte brutale de mes parents a été un épisode douloureux dont je cherche encore à m'affranchir. J'ai beau m'être réinstallé au manoir et m'occuper de l'entreprise familiale, je n'ai toujours pas été capable de me rendre sur leur tombe depuis l'enterrement et j'évite l'étage de leur chambre comme la peste. Seule Maggie y monte de temps en temps pour faire la poussière. Vivre dans cette maison, c'est un peu vivre dans un mausolée, mais je suis incapable de me l'approprier. J'ai l'espoir enfantin de les voir de nouveau passer la porte d'entrée, l'air de rien. Je ne peux me résoudre à trier leurs affaires ou à donner quoi que ce soit leur ayant appartenu. C'est beaucoup trop définitif.

Comme je suis perdu dans mes pensées, c'est la voix douce et légèrement tremblotante d'Olie qui me rappelle à l'ordre.

– Ça fait bientôt un an… Ils me manquent, murmure-t-elle.

– Je sais, lui réponds-je, la voix enrouée. À moi aussi.

– Tu crois qu'ils nous regardent, de là-haut ?

De l'index, elle me désigne le ciel, pleine d'espoir, et ma gorge s'assèche. Après tous les drames que j'ai vécus, j'ai arrêté de croire en une entité supérieure depuis longtemps.

– Je ne sais pas, Olie.

– Pourquoi tu ne crois pas en Dieu ?

– Parce que je ne crois qu'en ce que je vois, et que jusqu'à présent, aucun être suprême n'est venu me rendre visite.

Elle me dévisage alors que je me concentre autant que possible sur la route pour ne pas laisser libre cours à mes émotions.

– Est-ce qu'on pourra aller sur la tombe de grand-pa et grand-ma ?

Je frissonne, mais je ne peux pas le lui refuser.

– Si tu y tiens, mais on en reparlera plus tard. Parle-moi donc de ce projet. Que veux-tu raconter sur moi ?

– On doit faire le portrait d'un membre de notre famille et mettre en avant une de ses activités.

Je pensais parler de ton travail à l'association et de ce que tu y fais. Tous les autres vont parler de leurs parents et des entreprises qu'ils dirigent, je voulais être plus originale !

Son enthousiasme fait plaisir à voir, même si l'idée qu'elle parle de moi et fouille dans l'histoire de l'association ne me plaît pas vraiment.

– C'est une bonne idée, la félicité-je.

– Et tu ne connais pas encore la meilleure partie !

Je me tends sur mon siège. Je trouve que ça fait déjà beaucoup d'informations.

– On présentera nos travaux lors d'un après-midi où l'école sera ouverte à tous ! Les meilleurs exposés remporteront un prix !

– Waouh, en effet, c'est une sacrée nouvelle.

Je grimace à l'idée qu'Olie parle de moi devant toute son école, mais je ne le lui fais pas remarquer.

– Donc, pour rendre un travail parfait, je me disais que ça serait bien que je vienne avec toi à l'association, un soir, pour voir ce que tu fais et pour que tu m'en racontes l'histoire, de la création à aujourd'hui, et puis comme ça je pourrai aussi un peu parler de grand-pa et grand-ma, puisque ce sont eux qui l'ont créée.

Mon souffle se bloque dans mes poumons. Il ne manquait plus que ça. Je savais que ce jour allait arriver tôt ou tard, mais j'espérais avoir encore un peu de temps devant moi. Un sourire crispé aux lèvres, j'acquiesce. C'est pour un devoir d'école, je ne peux pas l'en empêcher.

– Super ! Merci, tonton. Je peux venir, ce soir ? me demande-t-elle, pleine d'espoir.

Son exaltation me fait presque oublier mes réticences. Après tout, ça fait plusieurs fois qu'elle me demande de m'accompagner et j'ai toujours refusé, alors là, c'est un peu Noël avant l'heure.

– Non, pas ce soir, je te rappelle que tu as école demain et que tu dois te coucher tôt. Mais…

– Mais j'ai douze ans, m'interrompt-elle, aucun de mes amis n'est au lit à vingt et une heures, ce n'est vraiment pas juste, s'indigne-t-elle.

– Si tu me laissais finir, j'allais dire que tu pourrais venir vendredi soir.

– Oui ! Tu es le meilleur ! s'écrie-t-elle en me faisant sursauter.

– En revanche, il faudra être sérieuse, là-bas. Suzy n'aime pas trop la présence des enfants, surtout pendant les maraudes, et elle a raison, ce n'est pas un lieu pour vous.

– Pourquoi ?

Je cherche mes mots pour lui répondre en étant le plus honnête possible sans pour autant l'effrayer.

– Tu sais, ma puce, les gens à qui on vient en aide vivent dans des conditions très difficiles, surtout avec l'hiver qui arrive, et même pour nous, parfois, c'est triste à voir. Ce n'est pas un spectacle pour des enfants.

– Mais vous leur venez en aide ?

– On fait de notre mieux.

Cette situation m'angoisse. Je n'aime pas l'idée de l'emmener avec moi en maraude et encore moins de lui révéler les raisons de la création de cette association. La lui faire découvrir reviendra à ouvrir une boîte de Pandore qui fera plus de mal que de bien.

Je remonte l'allée du manoir quand elle me lance un sourire malicieux qui me fait froncer les sourcils. Qu'est-ce qu'elle manigance encore ?

– Est-ce que tu as des nouvelles de Cassiopée ?

Mon pied s'écrase sur la pédale de frein et la voiture pile dans l'allée. Je peste en redémarrant en douceur.

– Non, Olie, et je te l'ai déjà dit ce matin, je ne compte pas la revoir.

– Moi, je suis certaine du contraire, je sais qu'elle nous contactera ! D'ailleurs je comptais l'inviter à ma soirée pyjama, tu pourras lui proposer si tu la vois avant moi ?

Je fronce les sourcils tout en me garant. Qu'est-ce que c'est encore que cette histoire ? Même si je suis ravi qu'elle change de sujet et semble mettre Cassiopée de côté, le terme « soirée pyjama » me donne des sueurs froides.

– De quoi parles-tu ? C'est quoi cette soirée ?

– Pour les vacances de Noël, j'ai proposé à mes copines de passer une nuit à la maison !

L'annonce de ma tendre et délicieuse nièce me laisse de marbre en apparence, mais à l'intérieur, c'est le branle-bas de combat. Je me gare devant l'entrée et pousse un long soupir en espérant garder mon calme.

– Tu aurais dû m'en parler avant, Olie, grondé-je.

– Mais pourquoi ? Il n'y a jamais personne qui vient au manoir !

– Justement. C'est une vieille maison, il peut s'y produire beaucoup d'accidents et je ne veux pas en avoir la responsabilité.

Sans parler du fait de me coltiner une dizaine de gamines dopées au sucre… Hors de question ! J'ai déjà du mal avec une, alors dix, ce n'est même pas envisageable.

– Mais j'ai déjà proposé à toutes mes copines ! m'implore-t-elle avec une moue boudeuse.

– Ce n'est pas mon problème, Olie, tu n'avais qu'à me demander la permission avant de lancer tes invitations.

– T'es trop nul, je te déteste ! rage-t-elle en claquant la portière de la voiture derrière elle.

Elle grimpe en vitesse les marches du perron et disparaît dans le hall avant que j'aie pu l'arrêter. Je soupire et sors à mon tour. Je ne suis vraiment pas prêt pour gérer cette entrée dans l'adolescence.

Je grimpe deux par deux les marches menant au hall et tombe sur Maggie, qui me lance un regard interloqué.

– Où est Olivia ? lui demandé-je en refermant derrière moi.

– Dans sa chambre, elle vient d'en claquer la porte. Je peux savoir ce qu'il se passe ?

– Un petit désaccord, rien de bien important.

Je laisse là notre nanny et rejoins l'étage à mon tour. Devant la porte fermée, je toque deux coups.

– Olie, s'il te plaît, veux-tu bien m'ouvrir cette porte ? Qu'on en discute calmement.

– Non !

Je ferme les yeux et me masse les tempes dans l'espoir de calmer l'agacement qui s'empare de moi. Olie n'est encore qu'une enfant, mais bon Dieu, je n'avais pas besoin de ça aujourd'hui !

– Allez, crapule, arrête de bouder, je suis certain que vous pourrez la faire ailleurs, votre soirée, essayé-je de relativiser à travers la cloison.

– Tu ne comprends vraiment rien, tonton ! l'entends-je crier de l'autre côté. Tu es vraiment trop nul !

Trop c'est trop. Je veux bien essayer de faire des efforts, mais il y a des limites ! Je n'accepterai pas qu'elle fasse preuve d'insolence.

– Olivia, tu changes de ton tout de suite ! Je ne suis pas une de tes copines, tu me parles correctement !

– Je dis et fais ce que je veux, t'es pas mon père !

Je me raidis. Ces quelques mots lancés sous le coup de la colère me transpercent la poitrine et me coupent le souffle. La main que j'avais posée sur le battant retombe mollement contre mon corps et je fais un pas en arrière.

En effet Olivia, je ne suis pas ton père, mais je suis là, moi, ce qui n'a jamais été son cas...

CHAPITRE 11

Je reste quelques minutes figé devant la porte d'Olivia avant de faire demi-tour. La brûlure de ses mots ne s'estompe pas et j'ai la sensation que de la lave en fusion vient de dévaler mon œsophage et de s'arrêter dans mon estomac. Le choc est violent.

C'est la première fois en un an que nous avons une dispute de cette importance. Ce ne sera probablement pas la dernière, c'est normal, mais qu'elle ose remettre en cause mon rôle de tuteur me fait plus de mal que je n'aurais pu l'imaginer. Je sais que je suis loin d'être parfait, cependant j'ai le mérite d'essayer.

Arrivé en haut de l'escalier, j'entends le déclic du verrou de la chambre de ma nièce. La porte s'entrouvre et je ne peux m'empêcher de regarder dans sa direction. Les yeux embués de larmes, la lèvre tremblante, elle me lance un regard désemparé. Elle court vers moi et se réfugie dans mes bras.

– Je suis désolée, tonton, je ne le pensais pas, s'excuse-t-elle le nez dans mon pull.

Je me souviens assez bien de mes crises d'adolescent pour ne pas répliquer et envenimer la situation, mais je sais que la brèche qu'elle a ouverte ne se refermera pas aussi facilement.

– Je sais, Olie, la rassuré-je en lui caressant le dos.

Au pied de l'escalier, Maggie nous observe.

– Et si je vous préparais un bon thé pour oublier tout ça ?

Un rire nerveux nous échappe. Maggie et ses boissons chaudes ! Pour elle, c'est le remède miracle à n'importe quels maux, été comme hiver.

– Fais chauffer l'eau, Maggie, on arrive !

Olivia se détache de mon corps et je la retiens par les épaules quelques secondes. Je la connais assez bien pour savoir que ces mots lancés à la volée reflètent un trouble plus profond. Et même si mon orgueil vient de faire une chute de dix étages, je ne peux pas passer outre cet appel à l'aide dissimulé par sa colère.

– Tu sais que tu peux tout me dire, Olie. Si tu as quelque chose sur le cœur, n'hésite pas à venir m'en parler.

– Je sais… Je ne comprends pas pourquoi je suis autant en colère, parfois. Le pire, c'est quand je vois les familles de mes amies. Ça me rend tellement jalouse ! Elles sont là à se plaindre de leur mère qui est sur leur dos, de leur père qui leur crie dessus, mais moi je n'en ai même pas ! Les miens, ils n'existent pas ! Pourquoi ? Pourquoi est-ce qu'ils sont partis ? Et pourquoi l'autre conducteur n'a pas vu la voiture de grand-pa et grand-ma ?

Sa réplique creuse un peu plus le trou dans ma poitrine. Comment la rassurer alors que je n'ai moi-même pas toutes les réponses ?

– Ce sont des questions que je me pose aussi, Olie. Mais sache que je serai toujours là pour toi, même si je ne suis pas ton père.

Elle hoche la tête sans verser une seule des larmes qui rendent son regard brillant. Forte comme sa mère. Je lui presse l'épaule et lui désigne le hall d'un signe de tête.

– Allez, allons boire ce thé avant que Maggie ne nous le fasse ingurgiter de force.

Je lui lance un clin d'œil qui la fait sourire et nous regagnons la cuisine. Sur l'imposante table en bois, une théière en porcelaine, deux tasses et une assiette remplie de biscuits nous attendent. Une douce chaleur provenant des fourneaux réchauffe la pièce et lui donne une atmosphère apaisante. Olivia se rue sur les gâteaux.

– Des shortbreads, ce sont mes préférés !

– Je sais, Miss Olivia, mais ça ne vous dispense pas de vous asseoir correctement ! la réprimande Maggie avec douceur.

Olie grimace mais obéit. Je vole un biscuit dans l'assiette et vais me servir une tasse de café – le thé, très peu pour moi.

– Monsieur Elliott, ne prenez pas de café à cette heure-ci, vous n'arriverez jamais à dormir !

Adossé au plan de travail, le nez au-dessus du mélange amer, je souris.

– Détends-toi, Maggie, je suis un oiseau de nuit. Et puis je risque de rentrer tard, ce soir, on a beaucoup à faire à l'association !

– N'oubliez pas de nous prévenir, cette fois, si vous avez du retard !

Je lève les yeux au ciel alors que ma nièce ricane, cachée derrière sa tasse.

– Vous devriez prendre des vacances de temps en temps, me sermonne la cuisinière.

– Je ne peux pas me permettre d'être absent avec la période hivernale, c'est là que nous avons le plus de travail.

– Vous allez finir par tomber malade, à ne jamais vous reposer.

– Mais non, j'ai une santé de fer, et tout ça grâce à tes bons petits plats.

Maggie fronce le nez devant ma flatterie mais ne répond pas, sachant très bien que je ne ralentirai pas le rythme. J'ai besoin d'être occupé et d'avoir un planning chargé pour ne pas me laisser sombrer.

Quand Olie a fini son goûter, je lui rappelle de faire ses devoirs et je retourne dans mon bureau.

Je pousse un soupir devant tous les mails en retard. Ce n'est pas mon genre de me laisser aller de la sorte et de négliger mes responsabilités. Des iris bleutés se faufilent dans mon esprit et je secoue la tête, chassant cette vision qui ne me quitte pas depuis son départ. Bien décidé à tirer un trait sur la jeune femme, je me concentre sur mon boulot. Je réponds en premier au directeur de l'agence d'import-export. Un problème avec un fournisseur que nous essayons de démarcher depuis plusieurs mois. Je décide de le contacter pour résoudre le problème directement. Il nous faut bien une heure pour trouver un terrain d'entente et qu'il accepte enfin de signer ce fichu bout de papier. J'enchaîne les coups de téléphone et les mails tout le reste de l'après-midi.

Au bout de ce qu'il me paraît une éternité, il ne me reste plus qu'un mail à traiter et je fronce les sourcils en le lisant. Charles Carpenter n'est pas du genre à me contacter pour des futilités, alors recevoir un mail de l'avocat de la famille m'inquiète. Est-ce en rapport avec mon apparition dans la presse avec Cassiopée ? Il gère depuis plusieurs années les articles publiés sur notre famille et nous a permis d'éviter que plusieurs situations gênantes ne se retrouvent en une des journaux. S'il essaie de me joindre, c'est que ce doit être important, alors je l'appelle tout de suite.

– Monsieur Knight.

– Charles, que se passe-t-il ? Je viens de lire votre mail, qu'y a-t-il de si urgent ?

– C'est délicat, je préférerais que nous nous voyions pour en discuter.

– Est-ce que ça a un rapport avec les articles de presse parus aujourd'hui ? m'inquiété-je.

– Non, non, même s'il serait bien qu'on en parle également.

Je suis de plus en plus perplexe.

– Eh bien quoi, alors ?

– C'est en rapport avec Miss Olivia.

Je me fige.

– C'est-à-dire ?

– J'ai reçu une notification du juge aux affaires familiales pour une demande de garde exclusive et totale concernant votre nièce.

Ma gorge s'assèche.

– Pardon ?

– Comme je vous l'ai dit, il serait préférable que nous en discutions de vive voix.

– Il n'y a pas à discuter ! Je suis son tuteur légal.

– Venez à mon bureau dans la semaine, je vous expliquerai tout plus en détail.

Je raccroche, les mains tremblantes de rage. Il n'y a qu'une personne assez vicieuse pour agir de la sorte et je ne compte pas me laisser faire. Il veut la guerre, il l'aura ! Jamais je ne le laisserai s'approcher d'Olivia. Il est peut-être son père sur le papier, mais il ne détruira pas Olie comme il a anéanti ma sœur.

Mon esprit tourne à vive allure. Qu'auraient fait mes parents en pareilles circonstances ? La réponse est simple : ça ne serait jamais arrivé ! Mon père ne laissait aucun détail lui échapper et ma mère a toujours fait en sorte de protéger notre famille contre les mauvaises langues. J'ai été assez surpris à leur mort de découvrir les sommes exorbitantes qu'ils versaient pour protéger notre famille des charognards. Certains diraient pots-de-vin, d'autres qu'ils ont surtout mis toutes les chances de leur côté. Ma mère se tenait dans l'ombre, mais en fine stratège, elle ne reculait devant rien pour que le nom Knight garde sa bonne réputation.

Je n'ai jamais été favorable à ce type de procédé, mais si la garde d'Olivia est en jeu, je n'hésiterai pas une seconde à y avoir recours !

Je claque la porte de mon casier après m'être changé. Cette tenue me rappelle trop ce que j'ai perdu. Je sursaute quand la porte du vestiaire s'ouvre derrière moi et que le brouhaha des cuisines me parvient.

– Salut Elliott, me lance Hugh lorsque nos regards se croisent.

– Salut, marmonné-je.

Hugh est l'un de nos bénévoles réguliers. Sympa, mais un peu trop curieux à mon goût. D'ailleurs, je perçois une lueur dans ses yeux qui me déplaît. Il m'arrête avant que je ne sorte de la pièce.

– Alors, c'est vrai, tu sors avec Cassiopée Montrouge ? Tu caches bien ton jeu, se marre-t-il.

– N'écoute pas ces torchons, rien de ce qu'ils racontent n'est vrai.

– Pourtant, j'ai très bien reconnu ta voiture sur la photo, me taquine-t-il.

Je savais que Lola me trahirait. Si Hugh est capable de faire le rapprochement, d'autres le feront aussi. Ça me rassure dans mon choix de laisser Lola au garage pendant encore quelque temps.

– Aider quelqu'un ne signifie pas qu'on vit une histoire ensemble, tu es assez bien placé pour le savoir.

Je claque la porte derrière moi. Je déteste qu'on fouille dans ma vie privée ! Le visage crispé, la tête rentrée dans les épaules, je marche sans m'arrêter jusqu'à la salle de réunion. J'ignore les regards appuyés des bénévoles autant que possible. Mes pensées se tournent vers celle qui m'a mis dans cette situation. La vision de son sourire, de ses yeux pétillants et de son corps élancé n'a pas arrêté de me hanter toute la journée. Par sa faute, j'ai été déconcentré et inefficace, ça ne peut plus continuer comme ça. Il n'est pas question que je me laisse troubler par cette femme.

– Tu es enfin là, don Juan, m'apostrophe Daniel lorsque je franchis le pas de la porte.

Je n'ai aucun scrupule à lui envoyer un regard noir et à lever mon majeur dans sa direction, ce qui le fait rire.

– C'est que tu me ferais presque peur, ricane Daniel.

La nouvelle bénévole se tient à ses côtés et rit de sa réflexion. Mon meilleur ami en profite pour poser une main dans le dos de la jeune femme et la faire avancer d'un pas.

– Au fait, je te présente Clara.

– Enchanté, grommelé-je.

– Voici donc le président de l'association, c'est un plaisir de te rencontrer !

Passant outre mon désintérêt, la jeune femme tend la main vers moi et m'adresse un grand sourire. Mes bonnes manières m'obligent à répondre. Daniel grimace devant mon manque d'enthousiasme.

– Excuse Elliott, il est d'un tempérament bourru, mais quand on le connaît, il est adorable, se moque mon ami.

– Heureusement pour moi, je suis la patience incarnée, s'amuse la grande blonde.

Clara pose sa main sur l'avant-bras de Daniel en riant. Ils semblent déjà complices alors qu'ils se connaissent depuis vingt-quatre heures. Le regard fasciné de Daniel me laisse dubitatif. Je ne comprends pas comment il fait pour s'attacher si vite. Sans se poser la moindre question, sans s'inquiéter qu'elle se joue de lui. Jamais je ne serais capable d'une telle abnégation. Daniel s'amuse à dire que je suis paranoïaque, mais je ne vois pas en quoi penser à la sécurité de ma famille en premier est quelque chose de mal.

– Alors c'est vrai ce qu'on lit dans la presse ? Tu es rentré avec Cassiopée Montrouge ? reprend la jeune femme avec curiosité.

Excédé que l'on me rappelle sans cesse l'existence de l'actrice, je serre les poings et mes mâchoires se crispent.

– Je dois voir Suzy, on se retrouve à la voiture, abrégé-je en tournant les talons.

CHAPITRE 12

D'un coup d'œil, je vois Suzy se diriger vers le garage, sa plaquette en liège sous le bras. Je la rejoins en vitesse en évitant les bénévoles autant que possible.

– Salut, petit elfe des neiges, l'interpellé-je.

Suzy grimace en se retournant vers moi, ce qui m'arrache un sourire.

– Elliott, quand vas-tu arrêter avec ces surnoms ridicules ?

– Jamais, je sais que tu les adores.

– Pas du tout, râle-t-elle. C'est bien parce que tu es mon patron que je te laisse continuer.

– Ne dis pas ça, tu sais très bien que c'est toi qui tiens la barque ! Je ne m'occupe que de l'aspect financier.

D'un geste de la main, elle esquive la discussion.

– Tiens, votre feuille de route pour la soirée, vous allez vers Camden. Et Elliott, n'oublie pas, à ton retour nous devons discuter de l'avenir de l'association. Tu sais que nous ne pouvons pas continuer de cette façon.

– J'en suis tout à fait conscient, soufflé-je.

Un problème de plus à ajouter à la liste. La situation financière est critique depuis quelque temps, et avec la période hivernale qui arrive, ni Suzy, ni moi ne savons comment nous allons tenir. Par moments, je déteste mes parents et leurs principes ridicules. En reprenant les rênes de l'association, l'année dernière, j'ai eu la désagréable surprise de découvrir que les comptes étaient dans le rouge, et surtout qu'à la rédaction des statuts mes parents avaient fait rédiger une clause interdisant tout don provenant de la famille Knight, m'empêchant ainsi de piocher dans mes fonds personnels pour soulager *Food For Life* le temps de nous remettre à flot. Quand je vois comment étaient gérés les fonds ces dernières années, j'ai parfois des doutes sur la réelle motivation de mes parents. Plus je mets le nez dans les dossiers, plus je vais de surprise en surprise, et moins j'aime ce que je découvre.

Je m'apprête à retrouver Daniel pour partir quand je me souviens d'un détail.

– Au fait, je compte amener Olivia avec moi, vendredi soir, elle fait un exposé sur l'association.

Un tic déforme le sourire de Suzy et ses sourcils se froncent. Je n'aime pas le regard inquiet qu'elle me lance. Elle plus que quiconque sait ce que cette annonce représente.

– Tu es certain que c'est une bonne idée ?

– Je n'ai pas trop le choix, et puis il n'est question que d'une soirée.

– Très bien, c'est toi qui vois.

Suzy me tend notre feuille de route, en accompagnant son geste d'un regard appuyé que j'ignore sciemment.

Je suis déçu de ne pas voir Margaret, ce soir. J'aurais bien eu besoin de ses répliques cyniques pour relativiser la journée que je viens de passer, mais c'est l'une des règles de la maraude. Pour plus d'équité et éviter que nous ne nous attachions trop aux sans-abri, nous ne faisons pas plus de deux fois le même trajet dans la semaine.

Daniel semble absorbé par sa conversation avec Clara car il ne remarque pas lorsque je rejoins la salle de réunion. À la différence de la veille, je me garde bien de m'approcher et je lui fais signe de loin en agitant notre feuille de route. C'est Clara qui me désigne du doigt. Il suffit de quelques secondes pour que mon ami me rejoigne et que nous slalomions entre les bénévoles jusqu'à notre voiture.

Plusieurs personnes me dévisagent sur le chemin. Je capte certains regards de nos bénévoles féminines que je n'avais jamais remarquées jusqu'à ce soir. Qu'est-ce qui a changé ? Pourquoi me lancent-elles des œillades enjôleuses ? Il fut un temps où je profitais de ces marques d'affection. Je n'avais pas à faire beaucoup d'efforts pour que les femmes, attirées par mon titre et ma fortune, me tombent dans les bras. C'était une autre époque… Révolue depuis longtemps. Avec Olivia dans ma vie, je ne peux plus me permettre de laisser entrer n'importe qui et je prends bien garde à ne surtout pas encourager ce type de comportement. Qu'est-ce qui a changé depuis hier pour qu'elles croient que je suis intéressé ?

– J'ai l'impression que la nouvelle de ton escapade avec Cassiopée s'est propagée comme une traînée de poudre, se moque Daniel.

Je me renfrogne. Décidément, cette starlette aura mis un sacré bordel !

Ce soir, je laisse le volant à mon ami et me glisse en silence sur le siège passager. J'ai la tête ailleurs. La désagréable sensation que tout ce que j'ai construit ces dernières années se fait la malle, que mes murailles si durement construites se fissurent un peu plus d'heure en heure. Le regard rivé sur les trottoirs qui défilent devant nous, j'essaie de mettre de l'ordre dans mon esprit. Un problème après l'autre, et les choses redeviendront comme avant… Je ne me suis pas senti autant en colère depuis qu'un ivrogne s'est encastré dans la voiture de mes parents, il y a presque un an. Entre Cassiopée qui n'a toujours pas publié de démenti, les journalistes qui s'intéressent d'un peu trop près à moi, Olivia, le retour du serpent qui lui sert de père, l'association qui bat de l'aile et les intrusions de la jeune actrice dans mon esprit, j'ai la sensation de couler à pic dans un océan de tracas.

– Tu penses qu'il est trop tôt pour proposer un rancard à Clara ? demande Daniel, qui me tire de mes pensées.

– Je ne sais pas, c'est à toi de voir.

– Tu pourrais essayer de faire un effort en sa présence ? Elle est vraiment cool, tu sais. Je suis certain que tu t'entendrais bien avec elle.

Je grimace. Il me dit ça à chaque femme qu'il rencontre.

– Écoute, fais comme tu le sens, après tout, tu es le mieux placé pour le savoir.

– Tu as raison ! Je vais lui proposer de sortir ce week-end.

Je lève les yeux en riant. Ce n'est pas du tout ce que je lui ai conseillé, mais comme à son habitude il interprète ce que je lui dis comme bon lui semble.

George est le premier sans-abri pour lequel on s'arrête ce soir. Ce quinquagénaire à l'épaisse barbe fournie, aux rides marquées et aux cheveux blancs surmontés d'un vieux bonnet en laine troué fait bien dix ans de plus que son âge. Une cannette de bière à la main, il nous accueille avec un grand sourire édenté. Ce soir encore, il fait très froid et la pluie qui est tombée toute la journée a rendu son refuge de fortune humide.

– C'est déjà l'heure de la soupe, les gars ?

– Oui, ce soir, c'est potage et gratin de macaronis, lui répond Daniel en lui tendant une barquette chaude avec des couverts en plastique.

George attrape avec empressement le plat de ses mains noircies et calleuses et le serre contre lui.

– Ça sent bon, dites-moi ! Le chef s'est encore donné du mal à ce que je vois.

– On a quelques couvertures en plus si tu as besoin, lui propose mon ami.

– Non, c'est bon, j'ai tout ce qu'il me faut, une autre association est passée hier pour nous donner des vêtements et de quoi nous couvrir. C'est qu'il commence à ne pas faire chaud dans le coin !

Il lève sa bière vers nous comme pour trinquer.

– Heureusement, j'ai ma petite femme pour me tenir chaud !

Son rire gras est suivi par une quinte de toux qui ne me dit rien qui vaille. J'échange un regard inquiet avec Daniel. Il n'a pas les moyens d'aller voir un médecin et encore moins de se payer les médicaments nécessaires : si sa toux persiste et s'aggrave, ça va devenir problématique.

– Ne me regardez pas comme ça, les gars, je vais bien ! Ça fait presque dix ans que je vis dans la rue, je m'en suis toujours tiré, ce n'est pas cette année que ça va changer ! Allez, ne perdez pas votre temps avec moi, vous devez avoir d'autres personnes à voir.

– Tu as le numéro de l'association, George. Si tu as besoin, n'hésite pas à nous appeler, lui seriné-je avant de partir.

Il hoche la tête et ouvre l'opercule de son repas sans plus faire attention à nous. Nous rejoignons la voiture à contrecœur. Jamais je ne m'habituerai à cette sensation d'impuissance et à cette culpabilité chaque fois que je les quitte. Cette envie de les emmener avec moi, loin, très loin de cette vie misérable, ne me quitte jamais. On a beau leur indiquer des associations d'aide à la réinsertion et les seconder pour trouver un logement, beaucoup reviennent au bout de quelques mois pour diverses raisons.

Le visage assombri, je mentionne l'état de George sur notre feuille, avec un point d'exclamation à côté pour noter l'urgence de faire passer une équipe médicale.

Emily est la suivante sur notre liste. La boule au ventre, je suis Daniel qui nous conduit jusqu'à son repaire. Cette femme me renvoie mon passé en pleine face chaque fois que je la vois. À peine plus âgée que nous, elle vit dans la rue par intermittence depuis sa majorité. Jetée de chez elle par son beau-père, escroquée par son ancien petit ami, agressée par un patron véreux, elle nous a confié un jour se sentir plus en sécurité dans la rue que dans n'importe quel autre endroit où elle a pu vivre. Cette remarque m'a bouleversé : comment peut-on en arriver à préférer vivre dans de telles conditions ?

Elle se redresse quand on arrive à sa hauteur ; il me semble qu'elle a encore maigri. Comme d'habitude, je laisse Daniel s'occuper d'elle tandis que je reste en retrait, les mains dans les poches, mal à l'aise. Mon ami lui tend sa ration, qu'elle pose sur le bitume humide à côté d'elle. Elle plante son regard dans le mien. Un frisson glacé dévale le long de ma colonne vertébrale à la vue de ses longs cheveux filasse et ternes, de son teint blafard, de ses yeux éteints et de ses mains rendues tremblantes par le manque. La situation me donne envie de m'enfuir en courant.

– Elliott, ça faisait longtemps que je ne t'avais pas vu, me dit-elle. Comment va la petite Olie ?

Je serre les dents. Je déteste qu'elle me rappelle qu'elle a connu Elisabeth et Olivia à une époque où plus aucun d'entre nous n'avait de nouvelles. La culpabilité m'étreint ; si j'avais su écouter ma sœur, tout aurait été différent.

Ma gorge s'assèche quand je repense à cet appel qui a changé nos vies. Je revois le visage de mon père se décomposer alors qu'au téléphone un inconnu lui annonce le décès de sa fille. De ma sœur. D'Elisabeth. J'ai l'impression d'entendre encore le bruit mat du combiné s'écrasant au sol et le cri déchirant de ma mère. C'était il y a dix ans, et pourtant il me semble que c'était hier.

– Bah alors, Elliott, t'as perdu ta langue ? J'te demandais comment allait Olie ? insiste Emily.

– Très bien, marmonné-je par politesse.

– Elle doit avoir bien grandi depuis le temps ! Ça lui fait quel âge, maintenant ? Dix ans ?

– Douze.

– Wahou, le temps passe vite ! Ça fait déjà dix ans que ta sœur nous a quittés ? Je me rappelle quand Olie n'était pas plus grande que ça, mime-t-elle en écartant les bras d'une quarantaine de centimètres.

– Oui, elle a bien grandi, intervient Daniel. Tu veux des couvertures en plus, Emily ?

– Non merci, beau gosse. Par contre, si tu veux me réchauffer, je connais un autre moyen tout aussi efficace.

Daniel sourit en lui donnant une tape amicale sur l'épaule.

– Tu ne veux pas plutôt qu'on essaie de te trouver un foyer ?

– Vous savez très bien que je vais me faire virer dès demain matin, ils ne veulent pas des camées dans mon genre. « Trop difficile à gérer » !

– Alors laisse-nous t'aider et t'inscrire dans un centre de désintoxication.

– Très bien, et qu'est-ce que je fais une fois que je sors en étant clean ? Je n'ai aucune formation, aucun avenir. Je préfère encore planer dans cet endroit glauque que de dormir dans le froid en toute lucidité.

– Tu sais très bien que des aides sont à disposition et qu…

– Tu pourrais au moins essayer en mémoire d'Elisabeth, lâché-je d'un ton sec.

En temps normal, je ne laisse jamais mes sentiments prendre le dessus avec ceux qu'on aide, mais ce soir, et surtout avec Emily, je suis incapable de garder la distance nécessaire. Mon intervention a le mérite de la faire hésiter. Son regard devient fuyant.

– Écoute, Emily, on ne te force à rien, reprend Daniel avec calme, mais sache juste que si tu veux, on peut t'aider.

Il lui adresse un dernier sourire et me rejoint quelques mètres plus loin. Alors qu'on s'éloigne vers notre voiture, la voix cassée de la jeune femme résonne dans le silence.

– T'es sympa, Elliott, ta sœur serait fière de ce que tu fais pour nous !

La bile m'emplit la bouche. Pitié ! Qu'elle arrête de me parler d'Elisabeth et d'Olivia. Qu'elle arrête de me dire que je suis gentil ! J'accélère le pas et claque la portière derrière moi. Daniel me rejoint, il me lance un regard inquiet.

– Tu dois arrêter de te torturer avec ce qu'il s'est passé, ça fait dix ans, Elliott !

– Tu ne sais pas ce que je peux ressentir, alors tu serais aimable de ne pas me dire ce que je dois faire ou pas ! répliqué-je d'un ton sec.

Je vois de la compassion dans ses yeux, et c'est peut-être pire encore.

– La culpabilité ne la fera pas revenir, alors apprends à vivre avec et passe à autre chose, me conseille-t-il.

– Comment veux-tu que j'oublie ? Tout est ma faute ! Je lui faisais confiance, c'était mon ami… Sans lui, rien de tout ça ne serait arrivé ! J'ai abandonné Elisabeth lorsqu'elle avait le plus besoin de moi et tout ça pour quoi ? M'amuser !

Ma voix claque dans l'habitacle. J'ai crié les derniers mots sans réussir à retenir ma rage. Je tremble de fureur, assailli par les souvenirs.

– Un jour, il faudra que tu te pardonnes et que tu acceptes que tu n'es pas responsable, me murmure-t-il en posant sa main sur mon avant-bras.

La pitié que je lis dans son regard me donne envie de vomir. Il est l'un des seuls à savoir ce qu'il s'est vraiment déroulé il y a douze ans et les deux années qui ont suivi, toutes les épreuves que j'ai traversées, mais parfois j'aimerais qu'il n'en sache rien. Que je puisse faire comme avec tous les autres : semblant !

Le reste de la maraude se déroule dans une ambiance tendue. Je sens le regard de mon ami en permanence sur moi, son inquiétude m'étouffe. Le silence devient vite oppressant, et je suis soulagé quand nous retrouvons l'effervescence de l'association. Je saute du véhicule en moins de deux et rejoins Suzy à grands pas, laissant Daniel s'occuper de décharger et ranger le véhicule. Je dois m'éloigner.

De son mètre soixante, Suzy m'observe, et à mesure que je m'approche, ses sourcils se froncent.

– Que s'est-il passé ? me demande-t-elle dès que je m'arrête à ses côtés.

– Rien, une broutille avec Daniel.

– Une histoire de femme ? questionne-t-elle, suspicieuse.

– Si on veut, éludé-je. On peut aller dans ton bureau ?

– Oui, bien sûr, suis-moi.

Le bureau de Suzy est petit mais confortable, et après la soirée que je viens de passer, je m'empresse de m'affaler dans un des vieux fauteuils en cuir.

– Tu veux boire quelque chose ?

– Un whisky sec, c'est possible ?

– C'est bien plus qu'une petite brouille avec Daniel, pour que tu me demandes un whisky. C'est à cause de Cassiopée ?

Je grogne en m'enfonçant un peu plus dans les coussins moelleux. Merci, Suzy, de remettre le sujet de Cassiopée sur le tapis. Dire que je n'y avais presque plus pensé ces dernières heures.

– Non, on a vu Emily, lâché-je d'un ton le plus détaché possible.

– Je vois…

Je fuis son regard. Le tableau en liège derrière son bureau est recouvert d'articles de journaux sur l'association et les actions que nous avons menées. Au centre trône la photo de mes parents inaugurant les locaux, avec un air triste et un faux sourire aux lèvres.

– Tu ne peux pas continuer à te fustiger pour ce qu'il s'est passé, Elliott. Ce n'était pas ta faute ! Tu dois avancer, pour toi, mais aussi pour Olivia. Tu dois reprendre ta vie en main !

– Mais qu'est-ce que vous avez tous, ce soir ? Laissez-moi vivre ma vie comme je l'entends !

– Justement, c'est le problème, Elliott, tu ne vis pas ! contre-t-elle. Tu es encore jeune, ne laisse pas une mauvaise rencontre gâcher toute ta vie.

– Je suis majeur, à ce que je sache, alors laissez-moi décider.

Suzy me lance un regard attristé. Je sais qu'ils s'inquiètent tous, mais je ne leur ai rien demandé.

– Bon, j'ai réfléchi à un moyen de sauver l'association… Tu sais que cette année on fête nos dix ans. Tes parents avaient prévu d'organiser une grande célébration la veille de Noël en vue de récolter des fonds. Je pense que ce serait de bon ton de poursuivre les préparatifs, suggère-t-elle en s'asseyant en face de moi.

– C'est obligatoire ? Je déteste ces commémorations morbides, râlé-je.

– Oui, Elliott, c'est nécessaire, le don moyen est en baisse et les donateurs de moins en moins nombreux. On ne pourra pas continuer encore longtemps à ce rythme-là sans une rentrée d'argent importante.

– De combien a-t-on besoin ? Et si je te faisais un virement et que tu le transférais ensuite sur le compte de l'association ?

– Non ! Tu sais très bien que tu ne peux pas. Aucun don venant de ta famille ne peut être accepté, même fait sous un autre nom.

– On s'en fout, qui vérifiera ?

– Nous, nous le saurons, et ce serait céder à la facilité ! Et puis si on a un contrôle fiscal, ça ne passera pas.

– Je n'ai pas l'impression que nous cédions à la facilité, Suzy ! Ça fait des mois qu'on fait des demandes de subventions sans grand succès, me lamenté-je.

– Je sais, mais organiser cet événement caritatif pourrait tout changer ! Tes parents avaient un carnet d'adresses plus que généreux.

Je réfléchis en faisant tourner mon verre entre mes doigts. Décidément, je bois trop ces derniers temps. Je m'étais promis de ne jamais reprendre cette habitude, et pourtant, dès qu'un obstacle se présente, je ne peux résister.

– Écoute, Elliott, je sais que tu détestes toutes ces mondanités et encore plus la présence de la presse, mais c'est la meilleure solution.

Je me frotte les yeux, las de cette journée. Quand les mauvaises nouvelles s'arrêteront-elles ?

– C'est ma mère qui gérait le côté promotionnel, je serais incapable de m'en occuper. Sans compter que nous n'avons qu'un mois pour tout organiser.

– À nous tous, on devrait y arriver, non ?

– On n'a pas le choix, de toute façon, si j'ai bien compris.

Je soupire et commence à me redresser quand Suzy m'arrête d'un geste de la main.

– Concernant Olivia, que vas-tu lui dire ? Tu sais qu'elle risque de découvrir la vérité…

– Je n'en ai aucune idée, soufflé-je. J'aviserai le moment venu.

– Excellent plan, me fustige-t-elle, sarcastique.

– Que veux-tu que je lui dise ? Ce n'est encore qu'une enfant, Suzy !

– Et que se passera-t-il si elle l'apprend de quelqu'un d'autre ? Tu dois lui dire la vérité, fais confiance au Seigneur, Elliott. Il saura t'aider à trouver les mots justes, me conseille-t-elle avec calme.

Je me redresse, furieux, et marche jusqu'à la porte. Dans un dernier regard, ma voix claque dans le petit bureau.

– Ne commence pas avec tes histoires de religion, Suzy ! Il était où ton Seigneur quand Elisabeth est morte, ou quand mes parents ont été percutés par un chauffard ivre ? Que fait-il pour tous ces gens qui dorment dans la rue ? Rien !

Je claque la porte, rageur, et je fais ce que je maîtrise le mieux : fuir.

CHAPITRE 13

Vendredi 30 novembre

Un rapide coup d'œil à ma montre me fait soupirer. Manteau sur le dos, bonnet sur la tête et bras croisés, je tape du pied en attendant ma nièce.

– Olie, dépêche-toi ou je pars sans toi !

– J'arrive !

Je l'entends courir à l'étage. La seconde suivante, elle dévale l'escalier son sac à dos sur une épaule et enfile son manteau en moins de deux.

– Je suis prête, on peut y aller !

Je fronce les sourcils devant sa tenue. D'où lui vient ce jean ? Et qu'est-ce qu'elle a sur le visage ? Je la détaille avec insistance en attrapant son menton entre mes doigts.

– Tu t'es maquillée ?

Elle fait un pas en arrière et grimace.

– C'est bon, tonton, c'est juste du mascara, pas de quoi en faire tout un plat !

– Ne prends pas ce ton avec moi, Olivia, je ne suis pas une de tes copines.

Retroussant son nez en une moue moqueuse, ma nièce me détaille de la tête aux pieds.

– Pourtant, une robe à paillettes t'irait à merveille…

Je lève les yeux au ciel et lui enfonce son bonnet sur la tête.

– Allons-y, ou on va finir par être en retard. Mais sache que ce que tu t'es barbouillé sur la figure, je l'interdis la semaine.

– Ça va, j'ai douze ans, toutes mes copines se maquillent.

– Ce n'est pas parce que toutes tes copines vont sauter d'un pont que tu vas faire pareil ! Et puis tu es bien plus jolie sans.

– Cassiopée en portait aussi à mon âge, et à elle, on ne le lui interdisait pas !

Elle croise les bras sur sa poitrine et relève le menton avec un air de défi. Je soupire en me pinçant l'arête du nez. Ces derniers jours, Olie n'a pas manqué une occasion de me parler de son idole. Comme si le fait d'être poursuivis par les paparazzi ou que la jeune femme s'incruste dans mes pensées à longueur de journée n'était pas suffisant, il a fallu que ma nièce en rajoute une couche. Moi qui souhaitais oublier cette soirée catastrophe, ils se sont tous ligués pour me rappeler l'existence de Cassiopée. Elle n'a toujours pas publié de démenti et je n'ai toujours pas donné son numéro à Olivia.

Pourtant, je n'arrive pas à oublier le souvenir de ses courbes captivantes. Et encore moins sa manière de me tenir tête, cette lueur guerrière valsant dans ses yeux, et ses lèvres pleines rougissant sous la morsure de ses dents lorsqu'elle s'agace. Tous ces détails m'obsèdent depuis cette soirée. Je dois vite me reprendre et passer à autre chose, il en va de ma santé mentale.

– Je ne vois pas le rapport ! Et Cassiopée n'est pas un exemple.

– Elle est beaucoup plus cool que toi, en tout cas !

Ça aussi ce n'est pas la première fois qu'elle me le reproche. La dernière fois, c'était à propos d'un concours sur Internet et de ma supposée incompréhension de « ce qu'il se passe dans la vraie vie ». Ça faisait déjà plusieurs heures que je m'abrutissais avec les comptes de l'entreprise quand Olivia a jailli dans mon bureau pour faire des recherches sur mon ordinateur pour son exposé, m'ordonnant presque de lui laisser la place. Devant son insistance, je me suis montré plus que suspicieux, et elle a fini par craquer :

– Tu ne comprendras pas…, m'a-t-elle sorti.

– Essaie toujours, Olie, mais tu sais que je ne supporte pas les mensonges.

– Mes copines vont toutes s'inscrire et je veux vraiment y aller ! Je suis sûre que j'ai toutes mes chances !

– S'inscrire à quoi ?

– C'est un tirage au sort pour passer une journée avec Cassiopée…

Déjà qu'on me rabâchait ma rencontre avec elle, il fallait en plus qu'elle intervienne dans les soirées d'Olivia !

– Et tu comptais ne rien me dire et faire ça derrière mon dos ? Olivia !

– Si tu ne m'avais pas confisqué mon téléphone portable, j'aurais pu m'inscrire autant de fois que je le voulais ! C'est vraiment trop injuste ! Je n'ai rien fait de mal !

– Je ne t'ai pas confisqué ton téléphone, j'ai redéfini les paramétrages pour que tu arrêtes de perdre ton temps sur les réseaux sociaux, ce n'est pas la même chose.

– Si seulement t'étais un peu plus comme Cassiopée, ma vie serait moins ennuyeuse ! Tu es vraiment trop nul !

– Olivia ! Monte dans ta chambre, tu es punie ! Et donne-moi ton portable, tu vas comprendre ce que c'est d'être privée de téléphone !

Elle a alors jeté son portable sur mon bureau, m'exaspérant un peu plus, et a claqué la porte derrière elle en sortant.

Depuis quelques jours, Olie a multiplié les scènes de ce style, testant mes limites et ma patience. Au début, je m'emportais, et puis j'ai compris que c'était pour elle une manière d'attirer mon attention et de me faire comprendre qu'elle n'était plus une petite fille. J'ai appris à ignorer ses piques incessantes, mais c'est toujours aussi désagréable à entendre.

– Tu veux venir avec moi, ce soir, ou ce n'est pas assez cool pour toi ? ironisé-je.

Elle hoche la tête sans me répondre. Dans la famille têtue, je demande la nièce… Pendant une fraction de seconde, j'espère qu'elle changera d'avis et qu'elle préférera rester au manoir. J'ai eu beau retourner le problème dans tous les sens ces derniers jours, impossible de trouver une solution à mon problème. Je ne sais toujours pas ce que je vais raconter à Olie si elle me questionne sur les raisons qui ont poussé mes parents à créer l'association. Probablement un énième mensonge. Un de plus, ça ne changera pas grand-chose.

Olie trépigne à mes côtés alors que je slalome entre les voitures sur la rocade. Dès que nous avons quitté le manoir, son attitude a changé du tout au tout. Je ne sais pas si j'arriverai à m'habituer à ses sautes d'humeur avant la fin de son adolescence ! Je lui jette un rapide coup d'œil. Le regard pétillant, elle serre son appareil photo et un calepin entre ses doigts. Un sourire attendri m'échappe.

– On va dans quel quartier, ce soir ? m'interroge-t-elle en prenant son stylo entre ses doigts, prête à noter la réponse.

– Je ne sais pas, Olie, c'est Suzy qui décide, elle nous donne notre feuille de route lorsqu'on arrive. Personne ne sait à l'avance où il va.

– Pourquoi ?

– Pour plus d'équité. C'est aussi la raison pour laquelle on change de trajet tous les jours.

– Et toi, quel est ton rôle dans l'association ?

– Je suis bénévole, je fais tous les soirs des maraudes pour apporter des plats chauds et des produits de première nécessité aux sans-abri de Londres, et en parallèle j'aide Suzy avec le côté administratif en gérant le budget et les demandes de subventions.

– Mais tu es le président de l'association, non ? Pourquoi as-tu décidé d'aller dans les rues ? Tu aurais pu faire comme grand-pa et grand-ma et ne t'occuper que de l'administratif.

Le nez plongé dans son calepin, elle relève le menton et visse son regard au mien.

– Je me sens bien plus utile sur le terrain que derrière un bureau. Signer un gros chèque, c'est bien, mais serrer une main, c'est aussi gratifiant, tu verras.

– Depuis quand y travailles-tu ? Ce n'est pas difficile de ne pas pouvoir faire plus pour eux ?

– Dix ans, et si, c'est difficile. On ne s'habitue jamais à cette misère, Olie. On apprend à composer avec et à se satisfaire des petits succès de tous les jours.

– Pourquoi grand-ma et grand-pa l'ont-ils fondée ?

Et voilà la question fatidique que je redoutais tant. Ce n'est pas la première fois qu'elle me le demande, mais jusqu'à aujourd'hui, j'ai réussi à éluder ses interrogations. Lui dire la vérité reviendrait à lui révéler que mes parents lui ont toujours menti sur les circonstances de la mort d'Elisabeth et à lui dévoiler un terrible secret. Elle est encore trop jeune pour affronter ça.

Heureusement pour moi, le local se dessine au bout de la rue, m'offrant un répit de courte durée.

– Nous sommes arrivés. Allez, descends, je vais te présenter à l'équipe.

Je sens son regard interrogateur, mais elle me suit sans rechigner. À l'intérieur règne déjà une certaine effervescence. Je repère Daniel et Clara de loin, mais je cherche Suzy en premier. Des regards surpris suivent notre progression. Peu de gens savent que j'ai la garde d'Olivia, et encore moins qui elle est. J'en aperçois déjà certains chuchoter sur notre passage.

Suzy discute avec Hugh quand je la trouve dans le garage. Je patiente à quelques mètres, le temps qu'ils terminent, et j'en profite pour décrire les lieux à Olivia. Ma nièce ouvre de grands yeux en observant le ballet des bénévoles qui circulent entre les voitures en chargeant containers isothermes, couvertures, bouteilles d'eau, vêtements et autres.

Suzy se retourne vers nous et adresse un sourire chaleureux à ma nièce.

– Olie, je te présente Suzy, notre lutin du père Noël. Elle est capable de faire des miracles !

– N'exagère pas, Elliott. Olivia, c'est un plaisir d'enfin faire ta connaissance, j'entends tellement parler de toi que j'ai l'impression de déjà te connaître !

– Pareil, oncle Elliott parle souvent de vous.

– Suzy, je peux te la confier le temps que j'aille me changer ? les coupé-je.

– Bien sûr, je vais lui faire visiter les lieux.

– Sois sage, lancé-je à Olie avec un clin d'œil.

Ma réflexion lui tire une grimace qui me fait sourire et je m'empresse d'aller enfiler ma tenue. Je redoute que la curiosité de ma nièce ne la pousse à poser trop de questions en mon absence.

À mon retour, Olie patiente dans le bureau de Suzy en lisant les articles de journaux encadrés sur le mur. La voir évoluer dans cet environnement me perturbe. J'ai essayé de la garder éloignée autant que possible de cet endroit, mais je dois me faire une raison, elle grandit et l'heure pour elle de connaître la vérité approche.

Elle se retourne quand j'entre dans la pièce. Je m'adosse au montant de la porte et croise les bras sur ma poitrine.

– Pourquoi tu n'apparais jamais dans les articles sur l'association ?

– Je ne fais pas ça pour la gloire ou la reconnaissance. Pourquoi me mettre sous les feux des projecteurs alors que ceux que nous aidons sont considérés comme des invisibles ?

Je la vois réfléchir à ma réponse.

– Allez, trêve de bavardages, on y va. Suzy va nous donner nos itinéraires.

Je place un de mes bras autour de ses épaules quand elle arrive à mes côtés et l'entraîne vers nos véhicules de maraude. Daniel nous attend déjà devant.

– Oncle Daniel ! se réjouit Olie en se ruant vers lui.

– Salut, petite crapule, dit-il en la réceptionnant. Alors, prête à faire ton baptême du feu ?

– Oui, j'ai hâte !

– Et à lui, tu ne lui dis rien pour le « crapule », m'amusé-je.

– Non, lui, c'est tonton Daniel, il peut m'appeler comme il veut !

Mon ami s'esclaffe alors que je lève les yeux au ciel. Je soupçonne ma nièce de tout faire pour me rendre dingue.

– Daniel, Elliott, nous interpelle Suzy. Vous allez du côté de Greenwich, mais passez voir Patrick et Margaret, ce sont des nouveaux qui s'occupent de leur secteur, et connaissant les personnages, il vaut mieux que vous y jetiez un œil. Et surtout, faites attention avec Olivia !

Nous acquiesçons. Sans attendre, Daniel et Olie montent dans l'habitacle. J'hésite pendant une seconde, mais je dois me faire une raison, je suis au pied du mur, impossible de faire marche arrière. Angoissé, je grimpe à mon tour et nous prenons la route.

Il suffit de quelques secondes pour qu'Olie reprenne son interrogatoire. Daniel me lance des regards inquiets mais je l'ignore.

– Oncle Daniel, depuis quand travailles-tu à l'association ?

– Presque dix ans, j'ai suivi ton oncle dans l'aventure.

– Donc, toi aussi tu viens tous les soirs ?

– Non, moi je prends des vacances de temps en temps…

J'entends ma nièce ricaner.

– Moi, il m'a envoyée en colonie pour rester travailler.

– Ne déforme pas ce qu'il s'est passé, Olie, interviens-je. Je te rappelle que c'est toi qui m'as supplié car toutes tes copines y allaient.

Daniel se marre alors que ma nièce me tire la langue. Partager ce moment de complicité avec eux me détend un peu. Depuis ma prise de bec avec Daniel en début de semaine, une certaine froideur s'est installée entre nous. Il reste mon meilleur ami et je ferais tout pour lui, mais ses incessantes intrusions dans ma vie privée me fatiguent.

Mon Jiminy Cricket à moi s'appelle Daniel et il est bien trop envahissant par moments.

Olie griffonne sur son carnet à mesure que nous lui répondons. Qui prépare les repas ? D'où vient la nourriture ? Comment recense-t-on les sans-abri ? Qui finance l'association ? Les questions s'enchaînent et je dois reconnaître que je suis impressionné par leur pertinence. Olivia ne me reparle pas de la création, mais je ne doute pas que ça reviendra sur le tapis, et il y a peu de chance pour que je puisse encore me défiler.

Je gare la voiture devant le nouvel abri de Patrick. C'est déjà la troisième escale, mais je ne peux pas m'empêcher de faire des recommandations à Olivia.

– Tu restes toujours à côté de l'un de nous, tu ne t'éloignes pas. Les rues ne sont pas sûres à cette heure-ci, d'accord ?

– Oui, j'ai déjà compris les quinze premières fois, soupire-t-elle.

– Ton oncle a raison, Olivia, ce n'est pas un jeu, ajoute Daniel avec sérieux.

Ma nièce hoche la tête, elle aussi plus grave, tout à coup. Pourquoi écoute-t-elle Daniel et pas moi ? Qu'est-ce que je lui ai fait pour qu'elle soit aussi difficile ces derniers temps ?

Je m'approche des cartons pendant que Daniel et Olivia récupèrent le repas dans le coffre.

– Patrick ?

Le monticule devant la devanture du magasin bouge et laisse apparaître notre protégé. Je lui lance un sourire avenant en lui serrant la main.

– Elliott et Daniel, deux fois en une semaine, c'est rare ! Vos collègues sont déjà passés, mais ça fait plaisir de vous voir.

– À nous aussi, Patrick, le salue Daniel.

Le quadragénaire se redresse et s'essuie les mains contre son jean lorsqu'il remarque Olivia. Il semble mal à l'aise.

– Bonsoir, Miss, veuillez me pardonner pour l'accueil, mais je ne m'attendais pas à votre présence.

À ma plus grande joie, comme pour les précédents sans-abri que nous avons vus, ma nièce fait un pas en avant, la main tendue vers Patrick, et lui adresse un de ses doux sourires qu'elle a hérités de sa mère.

– Je m'appelle Olivia, enchantée de vous rencontrer.

– De même, Miss.

– Besoin de rien, Patrick ? interviens-je pour détendre l'atmosphère. Mais dis-moi, tu t'es fait couper les cheveux, ça te va super bien.

– Non, ça va. Oui, il y a un coiffeur dans le quartier qui nous coiffe gratuitement une fois par semaine, c'est un mec vraiment bien. Grâce à lui j'ai un peu l'impression de redevenir moi-même.

– Ce serait l'occasion ou jamais d'aller voir ton assistante sociale, non ? tenté-je avec un clin d'œil.

– Tu ne lâches jamais l'affaire, s'amuse-t-il.

– Non, il n'y a pas plus têtu que moi.

– Je confirme, ajoute ma nièce, ce qui fait rire Patrick.

– J'ai peut-être mieux, j'ai repris contact avec un vieil ami qui aurait une place pour me loger quelque temps.

– Mais c'est une excellente nouvelle ! s'exclame Daniel en lui donnant une accolade.

– Rien n'est encore fait, je préfère ne pas crier victoire trop tôt.

– Tiens-nous au courant, quoi qu'il se passe, on pourra t'apporter de l'aide si tu as besoin.

Ému, il hoche la tête et baisse les yeux vers ses chaussures.

Tout le reste de la soirée, Olivia nous suit sans rechigner dans les rues sombres et humides. Le froid me pique les joues et lui rougit le bout du nez, mais pas une seule fois elle ne se plaint. Elle prend des photos de nous avec chacun des sans-abri que l'on croise et leur promet de leur faire parvenir une copie. Elle échange même quelques mots avec eux sur leur passé. Elle me rappelle tant Elisabeth. Même Daniel semble surpris par sa faculté d'adaptation.

Il ne nous reste plus que Margaret à aller voir. Je suis impatient autant que stressé à l'idée qu'Olivia la rencontre.

Nous garons la voiture au bout de l'allée et je prends quelques minutes pour la prévenir, qu'elle sache à quoi s'attendre et qu'elle ne soit pas trop surprise, mais je suis interrompu dans mes explications par Daniel qui s'agite sur le siège passager. Il fixe le fond de la ruelle avec des yeux écarquillés.

– Elliott, regarde ! s'inquiète-t-il en désignant du doigt les ombres éclairées par nos phares.

Je plisse les yeux et tente de discerner ce qui le rend aussi nerveux. Au loin, j'aperçois deux silhouettes dans la pénombre. Qui peut bien rendre visite à Margaret à une telle heure ? Une idée qui me fait froid dans le dos m'assaille. J'échange un regard inquiet avec Daniel.

– Olivia, tu restes dans la voiture et surtout tu n'en bouges pas, lui ordonné-je avant de sortir avec mon ami.

Pourvu que ce ne soit pas ce salaud de Mike qui est revenu lui extorquer une faveur ! C'est un petit voyou notoire du quartier qui aime soutirer des services, tout ce qu'il y a de plus illégaux, aux sans-abri en échange de sa « protection ». Mike leur fait faire ses sales besognes et en contrepartie il les laisse dormir dans les rues qu'il considère comme son territoire. Ça fait des années qu'on essaie d'alerter les autorités à son sujet, mais sans preuves, ils ne peuvent rien contre lui. Margaret est l'une des seules à lui tenir tête et Mike n'apprécie pas. Je le soupçonne d'avoir levé la main sur elle à plusieurs reprises, mais elle refuse de se confier à nous et encore plus d'aller porter plainte. Et ça me rend fou de rage de ne rien pouvoir faire pour l'aider.

– Margaret ? l'appelé-je en douceur pour ne pas les effrayer. Tout va bien ?

– P'tit ! résonne sa voix rauque. Approche, j'ai une bonne surprise pour toi !

CHAPITRE 14

J'échange un regard interloqué avec Daniel, mais on se détend tous les deux. Si c'était Mike, elle ne réagirait pas de la sorte. Tout de même méfiants, Daniel et moi approchons avec lenteur. À mesure que nous avançons, je distingue avec plus de précision les silhouettes qui se démarquent de la pénombre : celle, voûtée et maigrichonne, de Margaret, et celle, plus petite et fine, au port de tête gracieux, d'une autre femme. Je marque un temps d'arrêt, le souffle coupé, quand je reconnais ce visage délicat aux grands yeux bleus. Cassiopée.

Je me fige tandis que Daniel hoquette de surprise, tout aussi étonné que moi. Ça ne fait que quelques jours et pourtant j'ai la sensation qu'une éternité s'est écoulée depuis que je l'ai vue pour la dernière fois… depuis qu'elle s'est enfuie du manoir après s'être servie de nous.

Lorsqu'elle me reconnaît, elle se tend et a un mouvement de recul en me dévisageant. Ses traits se crispent et ses sourcils se froncent. Il semblerait qu'elle non plus ne s'attendait pas à nous voir…

– Cassiopée, que fais-tu ici toute seule ? réagit Daniel. Il y a un problème ?

Il s'approche.

– Non, tout va bien, je voulais juste tenir compagnie à Margaret.

Son ton froid ne m'échappe pas. Est-elle en colère ? Je fronce les sourcils. Elle ne manque pas de culot après tous les ennuis qu'elle m'a apportés ! Elle n'a jamais démenti les rumeurs et les journalistes ne m'ont pas lâché de la semaine.

Elle détourne le regard quand nos yeux se croisent, pourtant j'ai le temps d'apercevoir une étincelle de déception.

– Je vous laisse.

Elle serre les mains de Margaret avec tendresse.

– Merci pour ce moment, Margaret, je repasserai dès que possible.

– Avec plaisir, p'tite, tu sais où me trouver !

Cassiopée tourne les talons et remonte l'allée.

– À plus tard, Daniel. Elliott.

À peine a-t-elle prononcé mon prénom qu'elle pince les lèvres. Je ne rêve pas, elle est vraiment en colère contre moi. Pourquoi ? Ce n'est pas moi qui suis à blâmer !

Elle ne me laisse pas le temps de lui demander des explications que déjà elle passe à côté de Daniel en lui adressant un sourire timide, tout en prenant garde d'éviter mon regard. Les bras ballants, je l'observe s'en aller. C'est le rire rauque de Margaret qui me sort de ma torpeur.

– Je ne sais pas ce que tu lui as fait, mais la p'tite dame semble bien remontée contre toi !

– Ce serait plutôt ce qu'il n'a pas fait, renchérit mon ami. Tu vois, je t'avais dit de lui envoyer un message ! me sermonne-t-il. Je ne pense pas qu'elle soit le genre de femme à laisser son numéro à n'importe qui… Elle t'a fait confiance et tu l'as ignorée, normal qu'elle soit remontée.

Je grogne. S'ils se liguent tous les deux contre moi, je ne vais pas m'en sortir. Je jette un coup d'œil par-dessus mon épaule, regardant Cassiopée s'éloigner.

– Tu devrais aller t'excuser, me suggère Daniel en me donnant un coup de coude dans les côtes.

– Je ne suis pas en tort.

– Peut-être de ton point de vue, mais elle ne te connaît pas et n'est pas au courant de tes règles idiotes, alors pour elle, c'est toi qui as déconné ! L'ignorer comme tu l'as fait, dans le monde moderne, ça s'appelle mettre un vent, et ce n'est pas bien vu !

J'ignore le rire de mon ami et regarde une énième fois par-dessus mon épaule. Je manque de m'étouffer quand j'aperçois Olivia dans les bras de Cassiopée. En poussant un juron, je rebrousse chemin.

– Olivia, je t'avais dit de ne pas sortir de la voiture, la réprimandé-je en arrivant près d'elle.

– Mais enfin, tonton, c'est Cassiopée ! Je ne risque rien.

Ça, ça reste encore à prouver ! Je suis certain qu'elle s'est servie de nous pour faire le buzz avec son fiancé et je compte bien obtenir des excuses.

– Tonton pensait qu'on ne te reverrait jamais, mais je n'y ai pas cru, trépigne Olivia en attrapant les mains de Cassiopée.

– Tu pouvais m'envoyer un message, Olivia, j'aurais réussi à me dégager un créneau pour te voir !

La conversation ne tourne pas à mon avantage. Si Olie apprend que je ne lui ai pas donné le numéro de son idole, je suis bon pour qu'elle soit encore plus insupportable ces prochains jours.

– Tonton m'a privée des réseaux sociaux, bougonne Olie.

Un éclair de lucidité passe dans le regard de Cassiopée avant qu'elle ne me dévisage. Son sourire se tord en un rictus dépité. Je grimace. La flamme de colère qui danse dans son regard lorsque j'ouvre la bouche pour répondre m'oblige à faire profil bas.

– Donne-moi ton numéro et je vais prendre le tien, comme ça tu auras toujours un moyen de me contacter si tu as besoin.

Le visage d'Olie s'illumine alors qu'elle tend son portable à la jeune femme. C'est la première fois ces derniers jours que je la sens si heureuse.

– Merci, c'est trop génial !

– C'est un plaisir, je te fais confiance pour ne pas le divulguer à n'importe qui.

– Alors là, aucun risque !

Olivia sautille sur place en serrant son téléphone contre elle. Son enthousiasme me fait chaud au cœur, même si une pointe de jalousie me serre la gorge. Savoir que je ne suis pas le responsable de son bonheur me chagrine plus que je n'ose me l'avouer. Les mains dans les poches, le regard rivé au sol, je me mords la joue pour ne pas faire une réflexion qui briserait tous les rêves de ma nièce.

– Olie, va rejoindre Daniel, s'il te plaît.

– Merci encore, Cassiopée, j'ai trop hâte de pouvoir discuter avec toi !

– De même, Olivia.

Se jetant dans les bras de la jeune actrice, ma nièce l'étreint avec force avant de s'éloigner vers le fond de l'allée en trottinant. Cassiopée me dévisage avec sévérité.

– Écoute, pas besoin de me faire tout un discours, j'ai bien compris que tu ne désirais pas ma présence dans ta vie. Tu m'as aidée quand j'en ai eu besoin, et ça s'arrête là ! Je me contenterai d'être là pour Olivia si elle en fait la demande.

Sans attendre ma réponse, elle tourne les talons, fait deux pas, et puis, d'un geste brusque, revient vers moi.

– En fait non, ça ne va pas ! J'en ai marre de me taire et de laisser les gens autour de moi décider à ma place ! Tu veux savoir ? Tu as le droit de ne pas m'apprécier, mais je ne te permets pas de me manquer de respect. Tu as menti à ta nièce en mon nom, tu me fais passer pour quoi ? Je pensais que tu étais différent, que tu saurais voir au-delà de la célébrité, mais tu es comme tous les autres, tu ne vois pas plus loin que le bout de ton nez ! Tu es même pire. Tu as sous les yeux une jeune fille adorable, intelligente, qui ne demande qu'à s'épanouir, et tu l'enfermes comme un oiseau en cage, en lui imposant tes choix sans même te soucier un instant de ce qu'elle désire vraiment !

Cassiopée est rouge de colère, ses poings serrés contre son corps. Sa fureur la rend encore plus belle, cette même lueur guerrière que le soir de notre rencontre danse dans ses prunelles. L'espace d'une seconde, j'en oublie pourquoi je lui en veux tant.

– Continue comme ça, et dès qu'elle le pourra, elle s'enfuira aussi loin de toi que possible !

Mon souffle se coupe, et mon indignation enfle. Elle fait un pas en arrière, les yeux assombris par la fougue. Sa langue claque contre son palais.

Elle s'apprête à partir, et c'est ce qui me réveille. Mais de quel droit ose-t-elle !

– Parce que je devrais te croire ? m'énervé-je. Laisse-moi rire ! Tu t'es servie de moi et de ma famille pour faire le buzz. Tu veux te donner des airs de gentille fille qui déteste sa vie, mais en réalité tu adores ça !

Je regrette mes paroles fielleuses dans la seconde. Son regard se voile et ses lèvres tremblent. Je ne suis pas quelqu'un de méchant, mais la colère me fait perdre tout bon sens.

– Je suis désolé, ce…

– Tu as dit ce que tu pensais, pas besoin de revenir dessus, me coupe-t-elle.

Son ton sec ne parvient pas à me cacher les trémolos de sa voix. Je fais un pas vers elle, mais elle m'évite et s'écarte. La sonnerie d'un portable brise le silence et me fait sursauter lorsque je reconnais *La Marche impériale* de *Star Wars*. J'écarquille les yeux en voyant Cassiopée sortir son portable, je ne l'imaginais pas fan de ce film et encore moins de Dark Vador. Fronçant les sourcils, elle semble hésiter avant de décrocher. Elle me lance un regard puis recule, son téléphone à l'oreille.

– Maman, que veux-tu encore ? Un autre compliment à faire à ta sotte, ingrate et égoïste de fille ?

Je tique. Est-ce que sa mère lui a vraiment dit ça ? Elle avait bien évoqué un problème avec ses parents, mais je n'imaginais pas que c'était de cet ordre-là. La curiosité d'en savoir plus me traverse, mais Cassiopée s'éloigne pour de bon et je n'entends plus sa conversation. Immobile au milieu de l'allée, j'ai l'air d'un idiot.

Qu'est-ce qui m'a pris d'être aussi agressif ? Je ne lui ai même pas laissé l'occasion de s'expliquer à propos du démenti inexistant et de la signification de son mot. Et même si je ne vois pas sa relation avec Olivia d'un bon œil, je ne peux pas ignorer l'effet positif de sa présence sur ma nièce. Peut-être devrais-je reconsidérer mes positions et lui laisser une chance… au moins pour Olivia. Si ça pouvait calmer l'adolescente en colère en elle, ça ne serait pas un mal. Après tout, peut-être Olie a-t-elle seulement besoin d'une présence féminine.

Je n'ai pas le temps de réfléchir que Daniel et Olivia me rejoignent.

– Alors, tu as pu mettre les choses au clair ? me demande Daniel en me tapotant l'épaule. Ça va ? Tu fais une tête bizarre.

Je cache avec difficulté mon air renfrogné.

– Pas vraiment. Et elle vient encore de s'enfuir.

– Elle s'est enfuie ou tu l'as fait fuir ?

Je lève les yeux au ciel. Il ne va pas commencer avec ses leçons de morale ! Je sais que j'ai des torts, je n'ai pas besoin qu'il en rajoute une couche en prenant la défense de Cassiopée.

– Les deux, je suppose.

La moue sévère de ma nièce me ferait presque sourire si elle ne m'était pas destinée.

– Mais tonton, pourquoi tu ne veux pas être son ami ?

– Ce n'est pas aussi simple, Olie. Tu comprendras quand tu seras adulte.

– J'espère que j'aurai pas à choisir entre mes amis, sinon ça sera vraiment nul d'être grande !

Cette conversation est invraisemblable. Un rire nerveux s'empare de moi. Depuis quand dois-je me justifier auprès de ma nièce ?

Je me secoue et, sans un mot, me rends à l'arrière de la voiture pour récupérer le plat de Margaret. Je dois arrêter de me laisser distraire par Cassiopée ou de me laisser influencer par Olivia et Daniel. Il me suffit de me concentrer sur la tâche à accomplir et d'avancer pas à pas sans me poser de questions. L'actrice m'en veut ? Et alors ? Et pourquoi n'arrivé-je pas à m'enlever ce besoin de la réconforter de la tête depuis que je l'ai blessée ? D'un geste saccadé, j'apporte son repas à ma protégée, Daniel et Olivia sur les talons.

La vieille femme me lance un regard pétillant quand je lui tends son dîner.

– P'tit, tu es intelligent, mais des fois t'es pas très futé.

J'entends ma nièce glousser derrière moi alors que je grimace.

– Toujours le mot pour faire plaisir, Margaret.

– Je dis la vérité ! Je sais pas ce qui s'est passé avec Miss Cassiopée et c'est pas mes oignons, mais vu comme elle a pris la fuite en te voyant, elle semble sérieusement t'en vouloir ! C'est une gentille fille, t'as intérêt à arranger ça !

– Merci du conseil, néanmoins je suis tout à fait à même de régler la situation tout seul.

Elle marmonne tout en sortant une cigarette tordue d'une de ses poches.

– Vous les jeunes vous pensez tout savoir, vous feriez mieux d'écouter vos vieux plus souvent.

– Et toi, tu ferais mieux d'arrêter de fumer, râlé-je en lui tendant son plat.

– On en reparlera quand tu auras fait la paix avec Miss Cassiopée !

– Serait-ce du chantage, Margaret ?

– P't'être.

– On aura tout vu, marmonné-je.

– Tu veux bien m'expliquer pourquoi tu la repousses alors que tout le monde l'adore ?

– Parce que c'est mon droit. Je ne lui fais pas confiance !

– C'est vrai que toi, avec ton caractère de cochon, on a envie de te faire confiance, ajoute Daniel.

– Merci pour le soutien, c'est agréable.

Olivia se met à sautiller sur place en tenant son portable entre ses doigts. Un immense sourire éclaire son visage. Je n'ai pas besoin de lui demander qui vient de la contacter pour le savoir.

– Cassiopée m'a envoyé un message !

Un poids plombe mon estomac. Je n'ai plus le choix, désormais : je vais devoir tolérer l'actrice…

***

Hypnotisé par les flammes qui dansent dans l'âtre de la cheminée, je fais tourner mon verre de whisky entre mes doigts. Petit plaisir coupable de cette fin de soirée. Olivia est couchée depuis quelques minutes et je m'accorde enfin un instant de répit. Mon esprit tourne en surrégime depuis ma confrontation avec Cassiopée, tant et si bien que j'ai écourté notre passage à l'association après avoir quitté Margaret. Olie a râlé, prétextant qu'elle n'avait pas assez de matière pour finir son exposé, mais j'ai été intransigeant et j'ai conduit d'une traite jusqu'à la maison. Cette rencontre fortuite avec la petite blonde m'a au moins permis d'éviter un sujet épineux même si, connaissant ma nièce, je ne doute pas qu'elle reviendra à la charge dès demain.

Dans un soupir, j'avale une gorgée du nectar ambré et m'enfonce un peu plus dans mon fauteuil. Je ferme les yeux, laissant le silence environnant me détendre. J'aime cette maison et la quiétude qui l'habite, même si parfois le poids des souvenirs qu'elle contient me semble trop lourd à porter. Ce soir, elle représente le havre de paix de mon enfance.

Paix de courte durée… Dès que mes yeux s'ouvrent, ils se posent sur la serviette chiffonnée que j'ai sortie du tiroir de mon bureau et qui me nargue sur la table basse. Je me suis fait une raison. Pour Olivia, je dois mettre mes griefs de côté et faire un effort. Mais suis-je prêt ? Si Cassiopée finit par me donner une excuse valable à sa fuite et à l'absence de démenti, répondre à ce mot, c'est admettre qu'elle va faire partie de notre vie. C'est accepter d'avancer et de changer. Est-ce une bonne idée ?

Je relis son message plusieurs fois, cherchant une réponse correcte.

Je dois partir, encore merci
pour ton aide.
Appelle-moi, j'ai quelque chose
à te proposer pour ta nièce !
Mon numéro est au dos,
donne-le aussi à Olivia.
Cassiopée.

Je laisse retomber la lettre sur mes genoux. *Réfléchis, Elliott !* Avant toute chose, j'enregistre son numéro dans mon répertoire pour ne pas le perdre. Après notre dernière rencontre, je dois me rattraper. Un coup d'œil à l'horloge murale m'indique qu'il est bien trop tard pour l'appeler. De toute façon, je ne saurais pas quoi lui dire.

Je me masse les tempes dans une vaine tentative de trouver une solution à tout ce bazar. J'avale mon verre cul sec pour me donner du courage, grimaçant sous la brûlure de l'alcool, et ouvre l'application des SMS.

Je m'y reprends à plusieurs fois avant d'arriver à un contenu satisfaisant. J'ai la désagréable sensation de revenir à mes années étudiantes, quand chaque message d'une fille me donnait des sueurs froides. Quelle ponctuation utiliser, smiley ou pas, points de suspension, termes directs ou sous-entendus ?

Je me ressers un verre de whisky, en avale une gorgée et, incertain, me relis une dernière fois.

Elliott : Cassiopée, pour le bien
de ma nièce, nous devons mettre

en place certaines règles. Il serait
préférable que nous en discutions
de vive voix quand tu auras le temps.
Elliott.

Sobre, mais direct. Mon pouce hésite quelques secondes au-dessus de l'écran tactile et puis, en fermant les yeux, j'appuie sur le bouton « Envoyer ». Ça y est, c'est fait. Je ne peux plus revenir en arrière. Un mélange d'excitation et d'appréhension me gagne.

Je pose mon téléphone et la lettre sur la table basse. Les dés sont jetés. C'est étrange, mais j'ai l'impression que mon estomac vient de s'alléger d'un poids. Il ne me reste plus qu'à régler ce problème de garde avec Charles. Dire qu'il a décommandé notre rendez-vous pour une urgence au tribunal ! Comme si la situation de ma nièce ne pressait pas : je connais son père, c'est une vipère qui profitera de chaque ouverture pour faire tomber nos défenses.

L'alcool me plonge dans une douce torpeur et les contrariétés de ces derniers jours semblent quitter mon esprit. Comme dirait Daniel, il faut que j'apprenne à lâcher prise. Et pour la première fois depuis longtemps, je n'ai pas le choix.

Je sursaute et mon cœur rate un battement quand la sonnerie d'un message résonne dans la pièce. J'ai les doigts tremblants quand j'attrape mon cellulaire.

Je grogne de frustration. Quel pot de colle quand il veut, ce Daniel. Qu'est-ce qu'il peut bien me vouloir à une heure pareille ?

Daniel : Alors, tu comptes faire quoi
concernant Cassiopée ?

Je peste, il est pire qu'une vieille commère. Je sais que c'est parce qu'il s'inquiète pour moi, alors je souris tout en écrivant ma réponse. Il me rend dingue, mais c'est un de ces amis qui, quoi qu'il se passe, sera toujours présent.

Elliott : Je lui ai envoyé un message…

J'ai à peine le temps de verrouiller l'écran que déjà sa réponse arrive.

Daniel : Tous mes espoirs sont
en toi, jeune Padawan !
PS : Tu n'as pas intérêt à refuser
de la revoir si elle te le propose !

Je pouffe, l'imaginant sans peine devant moi avec sa moue de cocker, me suppliant d'accepter une sortie.

Elliott : Ça ne te regarde pas,
mais comme je te connais
et que tu ne vas pas me lâcher
tant que je ne t'aurai pas répondu,
sache que je fais ça pour Olivia
et que si je dois revoir Cassiopée
pour protéger ma nièce, je le ferai !

Mon téléphone vibre encore et alors que je m'attends à voir un énième message de Daniel, je retiens ma respiration.

Cassiopée.

CHAPITRE 15

Samedi 1er décembre

J'essuie mes mains moites sur mon jean en pénétrant dans le salon de thé. Mon regard se porte tout de suite vers le fond de la salle, où je repère Cassiopée. Ses cheveux sont attachés en une queue-de-cheval haute, son visage repose sur ses mains et ses yeux sont dans le vide. Elle affiche une moue tourmentée.

Je me racle la gorge en arrivant devant la table.

– Bonjour, dis-je, la tirant de ses pensées, en tendant une main dans sa direction.

– Elliott.

Elle glisse sa paume dans la mienne mais ne s'attarde pas. Ce contact fugace me laisse assez de temps pour confirmer mes soupçons : sa peau est aussi douce que je me l'étais imaginé.

– Merci d'avoir accepté de me voir, commencé-je en m'asseyant.

– Ce n'est pas comme si j'avais eu le choix, ironise-t-elle.

Elle plante son regard dans le mien, fronce les sourcils et se pince les lèvres sans me cacher son agacement. Je sens qu'elle ne va pas me faciliter la tâche. Et d'une certaine manière, je l'admire pour ça.

– Je pense qu'on a commencé du mauvais pied…

– Vraiment ?

Je me masse la nuque d'une main, mal à l'aise. Je suis conscient qu'elle attend des excuses. J'ai eu beau répéter mon discours, je suis incapable de prononcer ces mots qui m'écorchent les lèvres. Après tout, nous avons chacun nos torts. Pourtant, quand la moue sévère de ma nièce s'imprime dans mon esprit, je laisse échapper un soupir résigné. Je ne dois pas oublier pourquoi je suis là.

– Écoute, je suis désolé pour ce que je t'ai dit hier soir. Mes mots ont dépassé ma pensée, j'étais juste inquiet pour Olivia. Ce n'était pas contre toi.

J'affiche un sourire contrit en passant une nouvelle fois ma main sur les muscles noués de mes cervicales. Je déteste faire preuve de faiblesse et encore plus afficher ma vulnérabilité.

Cassiopée me dévisage en silence quelques minutes, le front plissé et ses doigts fins jouant avec sa serviette. Elle semble peser le pour et le contre.

– Je ne compte pas te voler ta nièce, Elliott…

– Peut-être, mais je ne peux pas être trop prudent quand il est question d'Olivia.

Elle ferme brièvement les yeux et soupire.

– Je l’ai bien compris, et je t’assure que je ne la mettrai pas en danger.

– Peut-être pas volontairement, mais reconnais que ta vie n’est pas des plus stables.

– Toujours aussi agréable, marmonne-t-elle.

– C’est pourtant la réalité. Depuis que je t’ai aidée, les journalistes ne me lâchent plus. Que tu le veuilles ou non, c’est une situation qui n’est pas idéale.

– Je suis désolée. C’est exactement ce que je voulais éviter en partant précipitamment de chez vous. Lorsque j’ai compris que le *Post* avait publié une photo de nous deux, j’ai eu peur des retombées pour ta famille. Je ne voulais pas qu’on découvre que j’avais passé la nuit chez toi et qu’ils se mettent à votre poursuite.

Il me faut quelques secondes pour analyser sa déclaration. Elle est partie pour nous protéger ?

– Donc, tu ne t’es pas servie de nous pour faire le buzz sur tes fiançailles ?

La jeune actrice me lance un regard noir. Ma paranoïa ne peut pas disparaître en un claquement de doigts. Elle dit peut-être la vérité, mais j’ai besoin de réponses pour comprendre.

– Je n’étais pas trop en posture de penser à créer le buzz ce soir-là ! J’étais justement en train de fuir après la demande de Tanguy.

– Mais alors, pourquoi n’as-tu pas démenti la relation entre nous ?

Cassiopée souffle, exaspérée.

– Avec les journalistes, il vaut parfois mieux se faire discret. Nier que nous avions passé la soirée ensemble les aurait poussés à chercher de nouvelles preuves et je ne tiens pas à ce qu'ils connaissent tous les détails de cette nuit.

L'image de Cassiopée recroquevillée derrière la benne à ordures s'imprime dans mon esprit. Il est logique qu'elle ne tienne pas à ce que n'importe qui découvre où elle était cette nuit-là, ni pourquoi c'est moi qui l'ai raccompagnée à son hôtel. Même si les journalistes parlent peu de nous, ils savent tous que je suis le président de *Food For Life*. Ils sont bêtes, mais pas assez pour ne pas faire le lien. Son silence n'avait pas pour but de nous mettre dans l'embarras, mais de nous protéger. Mon idiotie me saute au visage. J'ai tiré des conclusions hâtives sans même m'intéresser à sa version de l'histoire. Si j'avais pris le temps de répondre à son mot et de dissiper ce malentendu, peut-être que toute la situation aurait été différente. Et maintenant que je me rends compte de mon erreur, j'ai honte de l'avoir rejetée de cette manière. D'avoir eu des mots aussi cruels à son égard.

– Je t'assure que ni Daniel, ni Suzy, ni moi ne révélerons ce qu'il s'est passé.

– Je vous fais confiance, mais ils sont capables de tout pour vendre leurs torchons ! Je ne peux pas être trop prudente quand ça concerne ma vie privée…

Je ne le sais que trop bien…

Un concert de hard rock joue à guichets fermés dans ma tête, me faisant grimacer de douleur. Mes poings s'écrasent contre mes paupières. J'ai encore oublié de fermer les rideaux en rentrant et la luminosité de ma chambre est une torture. Putain, comment je suis rentré ?

Des flashs de la soirée me reviennent. Notre arrivée au Mist, *Daniel, Peter, Nick et moi, commandant notre première bouteille. Les regards des jeunes femmes nous entourant. Les commentaires graveleux des mecs. La petite brune sexy qui m'invite à danser. La seconde bouteille. Nick, sa bouche collée à celle d'un blond. Mes jambes qui flanchent sous l'alcool. La brune à califourchon sur moi. Peter qui termine la seconde bouteille. Daniel qui bave devant le sosie de Monica Bellucci. Puis tout devient flou.*

– Donc, tu es vivant, claque une voix froide dans la pièce, me faisant ouvrir les yeux.

Ma mère, les lèvres pincées et les sourcils froncés, se tient au pied de mon lit. Je vérifie d'un coup d'œil que je ne suis pas à poil. J'ai encore mes habits de la veille.

– Maman, qu'est-ce que tu fais là ?

– J'espérais que tu m'expliquerais ceci !

Dans un geste sec, elle lance un journal qui s'écrase contre mon torse. Je grimace en lisant le titre.

Elliott Knight, la nouvelle coqueluche
des soirées londoniennes !

Je parcours du regard les photos de la décadence à laquelle nous nous sommes laissés aller hier soir. Je retiens avec peine un sourire. J'ai encore gagné ! Peter ne pourra pas dire que j'ai triché, cette fois, j'ai la preuve que c'est moi le bourreau des cœurs.

– Et ça te fait rire ? Elliott !

Le ton de ma mère me rappelle à l'ordre.

– On s'est un peu laissés déborder. Il n'y a pas mort d'homme, maman.

– « Un peu laissés déborder » ? Elliott, voyons ! Il n'est pas question que de toi, mais bien de toute la famille. C'est notre nom à tous qui est étalé dans ce torchon ! Si nous t'envoyons à l'université, ce n'est pas pour que tu te trouves des amis de beuverie, mais pour que tu apprennes et te construises un réseau pour ton avenir. Si tu n'es pas capable de faire la part des choses, alors autant que tu commences tout de suite à travailler. Il est hors de question que tu ruines tous nos efforts pour quelques soirées sans importance.

– On fêtait juste la fin de nos examens, tenté-je.

Ce qui énerve encore plus ma mère.

– Quand comprendras-tu que tes actions ont des conséquences ? Tu sais pourtant que notre rang nous oblige à faire attention aux convenances et à l'étiquette ! À cause de toi, ton père vient de perdre un client et je vais devoir rectifier le tir avec la presse. Lève-toi, et par pitié douche-toi, tu sens l'alcool, c'est une horreur !

Elle me lance une chemise propre et sort de ma chambre en claquant la porte. Je grogne en replongeant ma tête dans mon oreiller. J'ai besoin d'un paracétamol.

Une serveuse dépose une théière fleurie sur la nappe blanche, me sortant de mes pensées. J'avais presque oublié cet épisode de ma vie. Plus d'une décennie s'est écoulée depuis. Je grimace en repensant au week-end qui a suivi cette soirée et à la mascarade de la petite famille modèle et du rôle du fils prodige que ma mère m'avait forcé à jouer devant les journalistes du *Sun*. Comment se racheter une réputation ? Accepter un dossier de cinq pages dans un des journaux les plus achetés du pays.

– Je me suis permis de commander avant ton arrivée, mais si tu n'aimes pas le thé tu peux prendre autre chose.

– Non, non, c'est parfait.

Si Maggie me voyait boire du thé, elle n'en reviendrait pas. Comme quoi, je suis capable de faire un effort quand c'est nécessaire.

– Mais dis-moi, pourquoi me donner rendez-vous ici ? Je croyais que tu détestais les lieux publics.

Elle m'adresse son premier sourire sincère depuis mon arrivée.

– Disons que ce salon de thé est pour moi un peu comme le restaurant d'Al pour toi : je suis tombée sur cet endroit par hasard lors d'un de mes séjours à Londres, et depuis c'est devenu un refuge. Ici, il n'y a principalement que des petites mamies qui n'en ont rien à faire d'une starlette dans mon genre, donc elles me laissent tranquille.

Je souris, reconnaissant qu'elle admette que mes amis soient dignes de confiance.

– Je vois.

En jetant un regard autour de moi, je remarque qu'en effet les autres tables sont occupées par des femmes âgées qui picorent leurs scones autour d'une tasse de thé. À première vue, rien de très dangereux.

– Donc, tu viens souvent à Londres ?

Cassiopée arrête son geste, gardant sa tasse de thé à quelques centimètres de ses lèvres, m'interrogeant du regard.

– Si tu dois passer du temps avec Olivia, je préférerais en savoir plus sur toi.

Ses sourcils se froncent et je crains d'avoir encore fait un impair.

– Pas que je ne te fasse pas confiance, mais ça me rassurerait, ma nièce a besoin d'un cadre stable.

– Je comprends, mais si tu veux des réponses, tu dois aussi m'en donner, il faut que ce soit donnant-donnant. J'ai bien compris que le passé de votre famille était compliqué, mais tu dois comprendre que pour moi aussi cette relation avec Olivia est un risque. Je dois m'assurer que ça ne posera aucun souci dans l'avenir et que tu ne retourneras pas ta veste à la moindre complication…

J'hésite. La laisser passer du temps avec Olivia est une chose, me confier à elle en est une autre.

Mon scepticisme ne passe pas inaperçu. Avec un sourire en coin et un haussement de sourcils, elle porte sa tasse à ses lèvres nonchalamment avant de la reposer.

– Est-ce que tu aurais peur que je découvre tes petits secrets, Elliott ?

Son air de défi a raison de mes réticences.

– Très bien, je répondrai à tes questions, marmonné-je.

– Je ne pensais pas que tu accepterais aussi facilement, avoue-t-elle d'un gloussement qui m'arrache un sourire.

Moi non plus, et je le regrette déjà. Pourtant, l'intérêt que je lis dans son regard me fait presque oublier ma réserve.

– C'est uniquement pour Olivia, me défendé-je.

Son air entendu me fait comprendre qu'elle n'est pas dupe.

– Tu fais passer ses besoins avant les tiens, n'est-ce pas ?

– Dans la limite du raisonnable.

– Et quelles sont ces limites ?

Je sens le piège venir à plein nez. Suspicieux, je retrousse mes manches avant de croiser les bras sur mon torse en me reculant dans mon siège. Cassiopée s'amuse de ma méfiance.

– Tu serais d'accord pour lui accorder un peu plus de liberté ? me demande-t-elle en souriant.

Je grogne.

– Qu'est-ce qu'elle t'a demandé, cette chipie ?

– Un peu d'aide pour faire évoluer sa garde-robe.

– Évidemment, j'aurais dû m'en douter. Je ne comprends pas ce qui ne lui plaît pas dans la sienne.

Cassiopée se mord la joue en retenant un éclat de rire.

– Elle m'a envoyé quelques photos, et disons que je comprends son besoin de changement.

D'un coup d'œil, je l'invite à poursuivre.

– Elle a douze ans, Elliott, plus six… Ce n'est plus une petite poupée que tu peux habiller comme tu l'entends, elle est assez grande pour faire ses propres choix. Et les tee-shirts avec des têtes de chats roses, ce n'est plus vraiment de son âge.

– Mais je ne veux pas qu'elle grandisse trop vite !

– Peut-être, mais plus tu lui mettras de barrières, et plus elle n'aura qu'une envie : les briser. Et là, il y aura un risque pour qu'elle fasse vraiment des bêtises. Crois-en mon expérience, tu ne peux pas obliger un enfant à faire exactement ce que tu as en tête…

Sa réflexion a le mérite de me faire réfléchir, et surtout de titiller ma curiosité, me rappelant la conversation que j'ai surprise hier avec sa mère. J'ai envie de lui poser la question, mais son regard lointain m'en empêche.

– Très bien, je vais y réfléchir.

– Tu sais, c'est bien d'être présent pour elle, mais il faut que tu la laisses faire ses propres erreurs, c'est comme ça qu'elle deviendra forte et indépendante.

Je suis certaine que tu as fait les quatre cents coups lorsque tu étais enfant !

Je grimace au souvenir des bêtises quotidiennes que nous faisions avec Elisabeth. Je ne comprends pas que Maggie n'ait jamais démissionné tant nous étions de vrais monstres. À côté, Olie est un ange.

– Je dois reconnaître que tu n'as pas tout à fait tort.

Elle me lance un clin d'œil.

Je n'arrive pas à la cerner. Elle est différente de ce que j'imaginais. Trop intrigante pour que je reste de marbre. Je pensais déjà bien assez à elle sans apprendre à la connaître, mais si nous poursuivons sur cette voie, je serai incapable de la tenir à une distance raisonnable. Lutter contre une attirance physique est une chose, mais contre cet intérêt qu'elle éveille en moi en est une autre.

Mon portable vibre dans ma poche, m'obligeant à détacher mon regard de la jeune actrice. Je fronce les sourcils en lisant le nom de Daniel. C'est lui qui garde Olivia cet après-midi, j'espère qu'il ne s'est rien passé de grave. Je décroche en vitesse.

– Daniel, qu'est-ce qu'il se passe ? Il est arrivé quelque chose à Olivia ?

– Détends-toi, mon pote, tout va bien. Je voulais juste prendre des nouvelles et vérifier que vous ne vous étiez pas encore écharpés avec Cassiopée…

Je me mords la joue en évitant le regard curieux de la jeune femme en face de moi. Lui cacher mon trouble est facile, mais Daniel ne se laissera pas aussi aisément duper.

– Tout se passe bien, Daniel.

– Parfait, me voilà rassuré ! Tu me raconteras tout ça quand tu rentreras.

– Ouais c'est ça, à plus, abrégé-je.

Je m'apprête à raccrocher quand la voix de mon meilleur ami résonne une nouvelle fois dans le combiné.

– Au fait, Elliott, il faut vraiment qu'on parle de la déco de Noël au manoir ! Ça ne va pas !

Je soupire avant de raccrocher, puis je surprends le regard interrogateur de Cassiopée.

– Daniel trouve que ma maison manque d'esprit de Noël.

– Si ça n'a pas changé depuis le début de la semaine, je ne peux qu'être d'accord avec lui.

– Je ne comprends pas ce que vous trouvez tous à cette fête commerciale ! m'exaspéré-je.

– C'est une question d'ambiance. Noël, c'est un moment où on se retrouve en famille, où on fait attention aux autres, où on échange des présents, où on partage avec ceux qui nous sont chers.

Ma moue doit parler pour moi.

– Avec qui comptes-tu passer Noël ? l'interrogé-je, curieux.

– Je… je ne sais pas encore.

Son malaise est palpable.

– Tu seras encore à Londres ?

– Possible, je n'ai pas encore pris ma décision.

– Je vois.

Je marque un temps d'arrêt, cherchant les mots justes pour ne pas la vexer.

– Écoute, Olivia a besoin de quelqu'un comme toi dans sa vie, et vous vous entendez bien, alors je ne m'opposerai pas à ce que vous vous voyiez. En revanche, elle a aussi besoin de stabilité, donc tu dois être honnête avec elle et ne pas couper les ponts subitement dès que tu pars. Ce ne serait pas juste pour elle.

Cassiopée ouvre de grands yeux.

– Vraiment, tu as une bien piètre image de moi, Elliott ! Ce serait agréable que tu arrêtes de penser que je suis une girouette narcissique, je vais finir par le prendre mal. Et si ça peut te rassurer, je compte me poser quelque temps, j'ai besoin de faire un break et de prendre du temps pour moi.

– Je préfère que les choses soient dites pour éviter tout autre malentendu. Je ne tiens pas à ce qu'Olie se retrouve mêlée à un désaccord entre nous.

– C'est noté.

La froideur que je décèle dans sa voix me confirme que je l'ai froissée. J'ai des remords à être aussi sévère mais, avec le père d'Olivia qui est de retour, je ne peux pas me permettre la moindre erreur de jugement. Si je la laisse entrer dans la vie de ma nièce, je dois m'assurer qu'elle prendra soin d'elle.

Elle porte une nouvelle fois sa tasse à ses lèvres sans me décocher un regard, perdue dans ses pensées. Hésitant, je me racle la gorge.

– Ce n'était pas un reproche. Tu as dû le remarquer, j'aime contrôler la situation. Malheureusement pour moi, tu es un électron libre qui vient de débarquer dans notre vie et je suis incapable de prévoir tes réactions. Et… ça m'angoisse.

La porcelaine tinte lorsqu'elle repose sa tasse dans sa coupelle. Elle me dévisage, interdite. Qu'est-ce qu'il m'a pris de lui avouer une telle chose ?

– Moi, ce qui m'effraie, c'est de ne plus être moi-même. De devenir une autre pour plaire à ceux qui m'entourent…

Je relève la tête, surpris par son aveu. Elle me lance un sourire timide. S'est-elle confiée pour qu'on soit à égalité ? Le souvenir de notre première soirée me revient en mémoire. Cette conversation sur mes peurs et ses hypothèses sur ma phobie de Noël m'arrachent un sourire.

– Alors reste toi-même.

Le cliché de ma réponse me fait grimacer, mais ça a le mérite de lui soutirer un rire franc qui me surprend. Elle aussi semble troublée par sa réaction et se mordille les lèvres en détournant le regard.

– Bon, maintenant que je suis certaine que tu n'es pas phobique de Noël, comment comptes-tu tout organiser pour le jour J ?

Bouche bée, je fronce les sourcils. Ça, c'est ce qu'on appelle détourner la conversation !

– Je n'y ai pas réfléchi, j'ai encore le temps.

– Rassure-moi, tu as au moins une idée de cadeau pour Olivia ?

Je me passe une main dans les cheveux en les ébouriffant. Que répondre à ça ? J'ai eu tant d'autres problèmes à gérer que j'ai complètement oublié de songer à un présent pour Olie.

– Je saurai quand je le verrai, me défends-je.

La moue sceptique de Cassiopée me confirme que ce n'est pas la bonne réponse.

– Et tu comptes acheter un sapin, n'est-ce pas ?

Je grimace.

– Acheter, acheter, acheter ! Tu vois bien que c'est une fête purement commerciale ! À ce rythme-là, je vais devoir éclairer toute la maison pour qu'on la voie depuis l'espace !

– Peut-être, mais est-ce que ça ne ferait pas plaisir à Olivia ?

Elle m'énerve, elle a bien trop souvent raison en ce qui concerne ma nièce ! Bien sûr qu'Olie serait déçue de ne pas avoir d'arbre à décorer. C'est une de ses traditions préférées. Las d'avance, je me pince l'arête du nez, cherchant une solution pour éviter de participer à cette déforestation massive organisée par l'esprit collectif. Pourquoi m'encombrer d'un arbre alors que j'en ai plein à l'extérieur ?

Le rire de Cassiopée me surprend.

– Je peux voir au froncement de tes sourcils que cette histoire de sapin te contrarie.

– Pourquoi ne pas utiliser une plante verte ? Au moins elle ne meurt pas, elle ne perd pas ses épines et on en a déjà plein le manoir !

– Tu n'es pas sérieux ? Le choix d'un sapin est très important ! C'est tout un art de choisir le bon. Tu peux pencher pour sa résistance, pour son odeur ou son aspect, mais tu ne peux pas le comparer à une plante d'intérieur !

Son monologue me donne une idée.

– Très bien, tu es embauchée pour la corvée de sapin. Tu accompagneras Olivia et vous en profiterez pour faire du shopping.

Cassiopée se fige et me dévisage. Elle se mord la lèvre en retenant son rire.

– Tu es en train de te défiler devant un conifère ou je me trompe ?

– Non, bien sûr que non, mais je me rends bien compte qu'il vaut mieux vous laisser entre femmes.

– Et en plus, tu es sexiste ?

Je me tape le front, exaspéré, alors que Cassiopée semble s'amuser de plus en plus.

– Je n'ai rien dit, je vais m'en occuper, bougonné-je.

Avec un sourire taquin, elle pose sa main sur mon avant-bras et plonge son regard dans le mien. Ses yeux pétillent de malice. Je retiens avec difficulté les frissons que ses doigts créent sur ma peau. Je dois vraiment faire attention.

– Mais si tu veux, je pourrai me joindre à vous en tant que consultante spécialisée en arbre de Noël.

Une fois de plus, elle me prend de court. Étrangement, ce pas qu'elle fait dans notre direction me touche. Elle repousse ses boucles blondes en arrière, dégageant sa nuque et l'encolure de son pull en cachemire. Ce geste anodin me ramène à la vision d'elle en serviette et me fait déglutir avec peine. Dire qu'elle a hanté toutes mes nuits cette semaine serait un euphémisme.

Pour ne pas lui laisser entrevoir mon trouble, je me recule contre mon dossier et fixe un point derrière elle. Je ne dois pas me laisser déconcentrer par ses charmes, si je fais des efforts avec elle, c'est seulement pour Olie !

– Merci, Olivia va être aux anges.

Ma nièce va être enchantée par cette nouvelle, mais je suis surtout soulagé de ne pas devoir affronter cette épreuve en solitaire. Pour plus de sécurité, j'ai même intérêt à traîner Daniel avec nous. Hors de question de rester seul avec Cassiopée et Olie, ce serait bien trop risqué.

CHAPITRE 16

Dimanche 2 décembre

Daniel et Olie patientent à l'extérieur du manoir. Ma nièce sautille sur place en tournant autour de mon meilleur ami en riant. Sur le pas de la porte, j'ai un moment d'hésitation. Si j'avais imaginé hier soir que je vivrais un tel enfer en annonçant à ma nièce et à mon meilleur ami que Cassiopée était partante pour nous aider à choisir un sapin, je n'aurais rien dit. Devant leur insistance à organiser la sortie au plus tôt, j'ai cédé. Le fol espoir que l'actrice ne soit pas disponible dans les jours à venir et m'accorde un sursis m'a éclaté au visage dès qu'elle a répondu par la positive.

– Allez tonton, dépêche-toi !

– Calme-toi, Olie, les sapins ne vont pas s'envoler.

– Non, mais les plus beaux seront déjà partis, intervient Cassiopée, lançant un clin d'œil à ma nièce en sortant de la voiture qui vient de se garer dans l'allée.

Olie court saluer son idole alors que Daniel me lance un regard entendu. Je m'approche de lui en grommelant.

– Je vois que tout va mieux entre vous, ricane-t-il.

– Même sous la torture je ne te dirai rien.

– Tu n'es pas drôle ! Moi qui espérais te soutirer des potins !

– Dans tes rêves.

Je sors la voiture familiale du garage, Daniel grimpe sur le siège passager et, de la porte entrouverte, j'appelle Olie et Cassiopée.

– Bon, alors, les professionnelles, je croyais que l'arbre parfait n'attendait pas !

Sans s'attarder, elles nous rejoignent en pouffant et je redescends le chemin du domaine.

– Alors, où achète-t-on un sapin ?

– Au marché de Noël du village, c'est là où on allait tout le temps avec grand-ma !

– C'est une bonne idée, ajoute Daniel, et puis on risquera moins de croiser des journalistes.

Ils n'ont pas tort, même si l'idée de mettre les pieds dans un royaume dédié à Noël me file de l'urticaire rien que d'y penser. Je comptais les emmener dans la première grande surface venue, mais me voilà contraint de revoir mes plans. Un coup d'œil dans le rétroviseur me confirme que le chauffeur de Cassiopée nous suit de près. Elle capte mon regard et grimace.

– Trent est obligé de me suivre dans le moindre de mes déplacements, mais il est discret, vous ne le remarquerez même pas.

Installée à l'arrière, à côté d'Olivia, Cassiopée me sourit à travers le rétroviseur central.

– Lola chérie ne nous accompagne pas pour cette grande aventure ? plaisante-t-elle.

– Eh non, pas assez de place pour tous vous loger en plus d'un sapin, vous devrez vous contenter d'Hector.

– Lola ne sert qu'à attraper des filles, ricane Daniel.

Je lui donne un coup dans l'épaule alors que les passagères rient.

– Olie, n'écoute pas les bêtises de tonton Daniel !

Je prends le temps de vérifier qu'aucun journaliste ne nous attend devant la propriété avant de m'engager sur la route du village voisin. Nous ne mettons pas plus de quinze minutes à rejoindre le centre-ville pittoresque et sa place centrale, où se tient le marché de Noël. Impossible de le louper, avec toutes ces cabanes décorées de houx, de branches de sapins et de gros nœuds rouges. J'ai déjà envie de fuir à toutes jambes.

Ma portière est à peine entrouverte que déjà la chorale et l'odeur épicée des confiseries me donnent mal à la tête. *C'est pour Olie que tu le fais ! Courage, Elliott, tout va bien se passer !*

D'un bond, je traverse la place, m'attardant à peine sur les différents étals, et je me dirige droit vers le marchand de sapins. Lorsque j'y parviens, l'odeur caractéristique de la sève et des épines me prend à la gorge. Je revois ma mère se pencher vers chaque arbre pour en apprécier le parfum avant de faire son choix.

– Je peux vous renseigner, monsieur ?

Un vendeur s'est approché de moi sans que je m'en rende compte et je sursaute.

– On vient acheter un sapin, c'est ma nièce qui le choisira.

Je vais pour désigner Olie de la main quand je me rends compte qu'elle n'est pas à mes côtés. Je fronce les sourcils et me retourne pour la chercher des yeux, puis râle quand je remarque mes trois compères à l'autre bout de l'allée, quelques mètres après l'entrée, devant un stand.

– Qu'est-ce que vous faites ? Les sapins, c'est au fond, râlé-je.

– Mais regarde, tonton, ces pains d'épice sont trop mignons, s'extasie ma nièce.

– Tiens, goûte, tu ne peux pas ne pas aimer, tente de me convaincre Cassiopée en me fourrant une sucrerie dans la bouche sans que je puisse réagir.

J'ai la sensation que ses doigts s'attardent plus que de raison sur mes lèvres, et pourtant cette caresse aérienne s'évapore déjà. Je dois bien admettre que le goût sucré et épicé qui fond sur ma langue est plus qu'agréable, même si sa forme de lutin me plaît beaucoup moins.

– Alors, tu vois, ce n'est pas si terrible.

Je hausse les épaules avec flegme sous le regard pétillant de joie de Cassiopée. Même à moitié cachée sous son bonnet en laine rose et enveloppée dans une épaisse parka, elle dégage un magnétisme surprenant. Ses joues rosies par le froid, un large sourire sur le visage, elle rayonne. Captant mon regard, elle relève un sourcil interrogateur. Pour détourner son attention, j'attrape sa main et avale le morceau de pain d'épice qu'elle tient entre ses doigts. Elle me lance un regard courroucé, alors que la bouche pleine, je m'esclaffe.

– Hé, c'était mon morceau, ça ! Va en chercher si tu en veux, ronchonne-t-elle.

Je lui lance un clin d'œil avant de m'éloigner pour rejoindre Daniel et Olivia qui sont passés au deuxième stand. Les objets en bois de toutes sortes s'étalent sur les présentoirs et je vois ma nièce admirer une boîte à bijoux travaillée. Elle se retourne vers moi avec une moue que je connais trop bien.

– Non, Olie, je t'arrête tout de suite, on n'achète rien à part un sapin de Noël !

Traînant des pieds, elle passe au suivant et m'abandonne avec le vendeur. Il me lance un drôle de regard, mais je l'ignore et d'une main attrape la boîte.

– Pouvez-vous me la mettre de côté, s'il vous plaît ? Je repasserai la chercher plus tard.

– Aucun problème, monsieur. Voulez-vous que je fasse un paquet cadeau avec ?

– Oui, si ça ne vous dérange pas, je suis nul pour ces choses-là.

Je paie l'artisan et me retourne, cherchant ma nièce parmi les badauds. Mon regard se pose juste derrière moi sur Cassiopée qui m'observe. Gêné qu'elle m'ait surpris, je me masse la nuque avant de river mes yeux sur le sol pavé.

– Tu n'es pas si allergique que ça à Noël, tout compte fait, me murmure-t-elle à l'oreille avant de rejoindre nos compagnons.

Son souffle contre la peau de mon lobe me déclenche une salve de frissons. Cette femme est imprévisible. Et c'est un problème ! Je suis incapable de me préparer à ses réactions. Je ne dois pas me laisser aveugler, au risque de la voir briser tous mes repères les uns après les autres. Cassiopée Montrouge. Cassie. Je dois prendre garde ! L'attirance que j'éprouve pour elle est trop dangereuse. Je ne dois pas oublier pourquoi j'accepte sa présence : Olivia. Je ne peux pas laisser naître quelque chose entre nous. Donner vie à ce désir de la toucher, de glisser mes doigts entre ses boucles soyeuses, d'être l'auteur de ce rire qui gonfle ma poitrine chaque fois qu'il résonne. Non, tout cela doit rester un fantasme, pour mon bien et pour celui d'Olivia.

Plus d'une demi-heure nous est nécessaire avant de parvenir au stand de sapins. Olivia a tenu à s'arrêter devant toutes les maisonnettes en bois. Ma patience atteint ses limites et je grogne quand la chorale vient se placer entre nous et les conifères.

– Ah non, ça suffit, là !

J'attrape la manche de ma nièce et contourne les chanteurs. J'entends Daniel pouffer derrière moi. Quand le chant s'élève dans les airs, je lève les yeux au ciel. Pourvu qu'Olie ne mette pas trois heures à choisir un arbre… Je veux bien faire des efforts, mais il ne faut pas trop m'en demander d'un coup, non plus.

Sans attendre, je désigne un sapin de taille moyenne à ma nièce, mais elle n'y prête même pas attention et poursuit son chemin. Avec horreur, je la vois s'arrêter devant chaque sapin et les détailler avec attention.

– Olie, ce sont tous les mêmes, je ronchonne dans ma barbe.

– Non, c'est là où tu as tort, Elliott, me coupe Cassie. Il en existe plusieurs sortes, comme le Nordmann, le Douglas, ou le Pungens…

Les yeux ronds, je la dévisage, interdit. C'est une blague ? J'ai la désagréable impression que je ne suis pas sorti de l'auberge avec ces deux spécialistes des rois de la forêt. Je lève les bras en l'air en signe de reddition.

– Très bien, je vous laisse choisir, je vais me mettre au chaud au pub de l'autre côté de la place en attendant, venez me chercher quand vous aurez trouvé l'exception au milieu de tous ces clones.

J'empoigne le bras de mon meilleur ami qui est une fois de plus en train de se moquer de moi et l'attire vers le pub.

– Je reconnais que tu as fait bien plus d'efforts que je n'aurais pu l'imaginer, je te félicite, ricane Daniel.

– Par pitié, ne t'y mets pas toi aussi, le supplié-je.

On s'installe au comptoir et je ne peux retenir une grimace en lisant le tableau des bières.

Une bière de Noël ? Non mais ce n'est pas possible de décliner cette fête ridicule sous toutes ses formes !

– Que puis-je vous servir ? nous demande le serveur en s'approchant. Nous avons pas mal de spécialités de Noël, si vous voulez goûter.

Je plonge ma tête dans mes bras et pousse un gémissement plaintif. Il faut croire qu'ils se sont tous donné le mot.

– Ça sera deux pintes de Winter sans supplément de Noël, commande Daniel en riant.

Le serveur s'éloigne pour préparer nos bières et je me redresse.

– Merci, j'étais à deux doigts de faire une overdose.

Quelques minutes plus tard, les verres de liquide sombre posés devant nous, nous trinquons.

– À l'amitié, scandé-je.

– À Noël !

– Hilarant, Daniel.

– Je sais, mais parlons de choses plus sérieuses.

Je fronce les sourcils devant son air grave.

– Je te préviens, tu n'as pas intérêt à encore jouer au con avec Cassiopée !

Je m'étouffe à moitié avec ma gorgée de bière et tousse pour reprendre ma respiration.

– De quoi tu parles ? On est juste des connaissances, ça s'arrête là !

– Ne me la fais pas à l'envers, Elliott, je vois bien comme vous vous dévorez du regard !

– Bien sûr que non ! Elle m'aide juste avec Olivia, il n'y a rien de plus entre nous. Nous ne sommes même pas vraiment amis !

– Pourtant tu aimerais bien qu'elle le soit, n'est-ce pas ?

Daniel affiche un air sérieux qui arrête net ma réponse sarcastique.

Si je suis honnête avec moi-même, l'idée m'a effleuré l'esprit après notre rencontre d'hier. Elle est bien plus surprenante que je ne l'imaginais. Mais tout va trop vite. Il n'y a même pas une semaine, je ne savais pas qui elle était. Je n'ai pas lié de nouvelles amitiés depuis des années, alors imaginer qu'elle prenne une place aussi importante dans ma vie m'effraie. Je ne suis pas prêt. Il y a bien trop de variables que je ne maîtrise pas pour lui accorder une telle confiance.

– Je ne sais pas, Daniel, ma conscience est encore en pourparlers.

– Au moins ce n'est pas un non catégorique, c'est déjà un point positif !

Je m'esclaffe en cognant ma pinte contre la sienne.

– Au fait, je dois te transmettre un message de la part de Maggie, reprends-je en souriant. Ta place est réservée pour le repas de Noël du vingt-cinq.

Un sourire en coin lui échappe et il m'adresse un clin d'œil. Je sais à qui il pense. Clara, cette nouvelle bénévole dont il s'est un peu plus rapproché ces derniers jours.

– Mais si, entre-temps, tu as d'autres plans, tu peux décommander, ne t'inquiète pas.

– Merci, Elliott.

Nous finissons notre bière tranquillement et j'en oublie presque que nous attendons toujours Olivia et Cassiopée quand je les vois entrer dans le pub le nez rougi par le froid et les yeux brillants. Olie s'avance vers moi en sautillant, mais je n'écoute pas ma nièce, trop concentré sur les lèvres de Cassiopée, qui articule en silence un *sorry* qui me fait froid dans le dos.

Qu'est-ce qu'elles ont fait ? Combien de sapins ont-elles achetés ?

CHAPITRE 17

Je peste alors que mes mains s'écorchent contre le tronc du sapin en remontant l'allée jusqu'à l'entrée du manoir. C'est la dernière fois que je laisse carte blanche à ma nièce pour acheter quoi que ce soit ! Elle n'a rien trouvé de mieux que de choisir le plus grand sapin que j'aie jamais vu. Même accroché sur le toit d'Hector, il dépassait de tous les côtés. Daniel me précède, portant la cime du mastodonte, et je le suis tant bien que mal. Cassiopée et Olivia se sont empressées de se cacher dans le manoir quand nous sommes arrivés. Mon humeur massacrante durant le trajet a au moins eu le mérite de les dissuader de faire la moindre réflexion.

Sur le pas de la porte, Maggie nous observe, une main plaquée sur la bouche.

– Elliott, mais où allons-nous mettre un tel arbre ? La maison va être recouverte d'épines !

– Vois ça avec Olivia, c'est elle la responsable de cette catastrophe, grogné-je en montant l'escalier.

– Nous n'allons jamais avoir assez de décorations.

Je lui lance un regard noir.

– Si tu savais comme ça m'est égal, Maggie ! Olivia a voulu de la démesure, elle se débrouille pour le décorer comme elle le peut, moi, ma mission s'arrête là !

Essoufflé, c'est soulagé que je dépose le sapin dans le hall de l'entrée. J'ai les bras en feu et les mains collantes de sève, ce qui me fait rouspéter d'autant plus. Une fois qu'il est debout, la cime de l'arbre atteint presque la balustrade supérieure de l'escalier. Pendant que Daniel tient le mastodonte, je retourne à la voiture chercher le pied que le vendeur nous a fourni gratuitement – encore heureux, vu le prix que m'a coûté ce conifère de malheur.

Daniel siffle en prenant du recul alors que je finis de stabiliser le sapin.

– Eh bien, il n'y a pas à dire, ta nièce a la folie des grandeurs, mais on ne peut pas lui reprocher d'avoir mauvais goût. Cet arbre est splendide !

– Ne t'avise pas de le lui dire, le menacé-je, elle doit apprendre à être raisonnable.

– Je te rappelle qu'à son âge on faisait bien pire que d'acheter des sapins un peu trop grands.

– Justement, regarde ce qu'on est devenus…

Mon ami hausse les épaules en pouffant et me suit quand je disparais dans le salon. Je ne sais pas où sont passées les filles, et peu importe, tant qu'elles ne me demandent pas de décorer le sapin avec elles. J'ai besoin de faire un break et de m'éloigner de toute cette folie des fêtes.

– Un café ? proposé-je à mon ami.

– Non, sinon je ne vais jamais dormir cette nuit. Je veux bien une tisane, en revanche.

– Eh bien, papy Daniel, que t'arrive-t-il ?

Je hausse un sourcil narquois, mais je m'exécute et pars dans la cuisine nous chercher nos boissons. J'ai à peine le temps de m'asseoir qu'un vacarme assourdissant résonne dans toute la maison. D'un même mouvement, nous posons nos tasses sur la table basse et courons dans le hall. Nous y retrouvons Maggie qui, les mains enfarinées, sort de la cuisine en courant.

– Que se passe-t-il ? lui demandé-je, inquiet.

– Aucune idée.

– Où sont les filles ?

– Dans le grenier à la recherche des décorations pour le sapin.

Je grogne et monte l'escalier en vitesse. Le grenier est un vrai bazar où l'on entasse des tonnes de choses depuis que je suis né. Seule ma mère y montait régulièrement pour y entreposer ses meubles à restaurer. Je n'y suis pas entré depuis longtemps, mais je me souviens très bien de la faible luminosité, du plancher inégal et de la difficulté de s'y faufiler.

– Olivia ? Cassiopée ? les appelé-je en montant au second étage.

J'évite autant que possible de m'attarder sur le couloir plongé dans la pénombre et la porte sombre au bout du corridor. Sans perdre de temps, je prends l'escalier et pénètre dans les combles.

– On est là, tonton, tout va bien. C'est juste un carton qui est tombé, me répond ma nièce d'une voix étouffée.

Couvertes de poussière, les cheveux en pagaille, Cassiopée et Olivia se débattent avec une toile d'araignée au milieu de la pièce.

– Un carton ? leur demandé-je, sceptique. Il devait être lourd, pour faire trembler toute la maison.

La trace de poussière sur les fesses de Cassie laisse plutôt penser qu'elle est tombée. Et à la manière dont elle se passe frénétiquement la main dans les cheveux, je la soupçonne d'avoir voulu échapper à une petite bête.

– Oui bon, très bien, j'ai trébuché, avoue Cassiopée en évitant mon regard. Et je te ferais remarquer que je ne suis pas lourde, j'ai juste été emportée par mon élan.

– Si vous allez bien, c'est le principal. En revanche, tu feras attention, Cassiopée, tu as une araignée dans les cheveux, ricané-je.

Dans la seconde qui suit, elle se met à sautiller sur place en secouant ses cheveux et en poussant des petits cris.

– Enlève-la-moi ! Elle est où ? Je ne la vois pas ! Au secours !

Je ne peux retenir l'éclat de rire qui enfle dans ma gorge. Comprenant que je me moque d'elle, elle s'arrête et me lance un regard noir.

– Ce n'est pas drôle, je suis arachnophobe ! Tu feras moins le malin si je fais une crise de panique en plein milieu de ton grenier poussiéreux.

– Heureusement que j'ai mon brevet de secourisme, alors, réponds-je avec un clin d'œil.

– C'est vrai, tonton m'a même appris les gestes de premiers secours ! Je sais faire un massage cardiaque avec le bouche-à-bouche, se vante Olivia. Si tu veux, il pourra t'apprendre à toi aussi.

L'innocence de ma nièce me saute aux yeux ; je sens mes joues rougir et j'entends le hoquet de surprise de Cassiopée. Un cours de bouche-à-bouche avec elle n'aurait rien de professionnel, ça, j'en suis certain. Surtout quand je la vois mordiller sa lèvre inférieure comme à l'instant.

– Si vous avez les décorations de Noël, il serait peut-être temps de redescendre. Maggie va faire une crise quand elle va vous voir dans cet état, vous avez intérêt à vous tenir éloignées de ses tapis !

– Les boîtes sont à l'entrée, mais Cassiopée voulait regarder nos vieux meubles, se justifie ma nièce.

Je relève les yeux vers la jeune femme qui se balance d'un pied sur l'autre. J'avais oublié sa passion pour les vieilleries que recèle le manoir. Je n'aime pas qu'on fouille dans mes affaires, mais après son aide aujourd'hui, ce serait la moindre des choses que je fasse moi aussi un effort.

– Je ne voulais pas fouiner ! C'est juste plus fort que moi, s'excuse-t-elle.

Je me mords la joue. Ce ne sont que de vieux meubles, je suppose que je ne risque rien à la laisser y jeter un coup d'œil.

– Vas-y, regarde, mais attention où tu marches.

– Merci, je fais juste un petit tour.

Telle une chasseuse de trésor, elle s'avance sur la pointe des pieds. Pendant un instant, son enthousiasme me fait oublier ce qui l'entoure. Dix secondes qui s'annulent quand mes yeux se posent sur toutes ces reliques du passé entassées dans la pénombre. Ma gorge se serre. Le vieux fauteuil du salon, le meuble de métier de mon père, le rocking-chair de ma sœur, le berceau de notre enfance, le cheval à bascule ; tous ces objets d'une autre époque me plongent dans une torpeur nostalgique.

Sans m'en rendre compte, j'avance jusqu'au guéridon et en caresse le bois du bout des doigts, cherchant son âme et une quelconque preuve de l'existence de mon père, mais la surface reste froide et sans vie. Bouleversé, je fais un pas en arrière et heurte une pile de cartons par mégarde. Alertée par le bruit mat, Cassie se retourne. Devant mon malaise de plus en plus évident, elle s'avance et passe un de ses bras autour du mien.

– Bon, je crois qu'on a un sapin à décorer, si on y allait ?

Sur le pas de la porte, elle relâche son emprise et, attrapant un des cartons, disparaît à l'étage inférieur. Ma nièce me sort de ma léthargie quelques secondes plus tard en claquant des doigts devant mon visage.

– Tonton, tu peux prendre le gros carton, s'il te plaît ?

Tel un funambule, je leur emboîte le pas, et c'est l'épaisse couche de poussière sur le haut de mon chargement qui me fait éternuer et me sort de mes pensées. Comme si je me réveillais, je m'empresse de descendre pour m'éloigner le plus possible de ces souvenirs entêtants.

Avant qu'Olivia ou Cassiopée ne me retiennent et ne me mettent à contribution, je m'éclipse avec discrétion dans le salon où Daniel est affalé sur le canapé devant un match de rugby.

J'ai vraiment besoin de ce café qui m'attend. Je l'aurais bien remplacé par un bon whisky, histoire d'anesthésier ces souvenirs, mais hors de question de retomber dans ces anciens travers. Besoin de faire le vide et d'oublier !

– Rien de grave ? m'interpelle Daniel, alors que je m'effondre sur mon fauteuil.

– Non, juste une attaque de petite bête, ris-je faussement, encore bouleversé.

– J'imagine la scène d'ici, pouffe mon ami.

Un faible sourire se dessine sur mes lèvres. Heureusement pour moi, Daniel ne semble pas remarquer mon humeur changeante et retourne à la contemplation du match. J'en profite pour visser mes yeux sur la télévision et faire le vide. Quand les publicités de la mi-temps inondent l'écran, je suis presque détendu et j'arrive à sourire à ma nièce lorsqu'elle nous rejoint au salon. Je ne remarque pas tout de suite que Cassiopée la suit, mais quand le timbre cristallin de sa voix résonne, je me tourne vers elle.

– On aurait besoin d'hommes grands et forts pour nous aider à décorer le sapin, nous lance-t-elle avec un petit sourire implorant.

– Ah non ! Hors de question !

– Allez, tonton, s'il te plaît. Je suis trop petite pour tout accrocher, et tu ne voudrais pas que je me fasse mal en montant sur le vieil escabeau, me supplie Olie.

Décidément, ma nièce ne recule devant rien.

– N'exagère pas, Olie, Cassiopée peut très bien t'aider.

– Oncle Daniel, s'il te plaît ! insiste-t-elle en se tournant vers lui.

Je lance un regard noir à mon ami, le dissuadant d'accepter, mais le traître se lève et suit mon petit diable dans le hall. Cassie m'observe, silencieuse. Que me veut-elle ? J'ai fait assez d'efforts pour aujourd'hui, pas question que je décore cet arbre avec eux. Qu'importe ce qu'elle dira, je ne changerai pas d'avis.

– Tu sais, ça ferait vraiment plaisir à Olivia que tu partages ce moment avec elle.

Sans attendre ma réponse, elle tourne les talons et s'éclipse. Elle a appuyé exactement là où ça fait mal et je grince des dents. La culpabilité enfle dans ma poitrine. Je ne dois pas oublier que ma nièce n'est encore qu'une petite fille. Petite fille pour qui décorer le sapin était une tradition qu'elle partageait avec ma mère, jusqu'à cette année… Je me tape le front du plat de la main.

Quel crétin, Elliott ! Tu es la dernière personne qu'il lui reste et tu la rejettes quand elle te demande ton aide !

Je me relève et les rejoins dans le hall. Perchée sur les épaules de Daniel, ma nièce essaie d'accrocher une boule rouge vif en haut du sapin. Je souris devant ce tableau touchant. Sans faire de bruit, je m'approche d'eux, attrape une guirlande dorée au-dessus de la pile et me place à leurs côtés.

– Alors, décoratrice en chef du sapin, où dois-je la mettre ?

Olivia se tourne vers moi, les yeux pétillants, et pointe du doigt une branche en hauteur.

À nous quatre, nous ne mettons pas plus d'une heure à décorer tout le sapin. Je dois reconnaître que je trouve cette activité bien plus amusante que dans mes souvenirs. L'ambiance frivole, les blagues de Daniel, les œillades encourageantes de Cassie, les rires sincères d'Olivia, tout est réuni pour que l'on passe un bon moment. Par instants, il me semble même voir l'ombre rassurante de ma mère qui nous surveille. Je suis un peu déstabilisé par cette ambiance bon enfant, et encore plus par la présence rassurante de Cassiopée à nos côtés. Ça paraît presque trop simple.

Perchée sur mes épaules, Olivia tient dans ses mains l'ultime décoration. L'ange de Noël en porcelaine. Peint tout de blanc et or, il appartenait à ma mère quand elle était enfant. Je me rappelle encore les histoires qu'elle nous racontait sur ce cadeau un peu spécial qu'elle avait trouvé au pied du sapin un matin. De la signification qu'il avait pour elle. Et cette année, ce petit ange si fragile qui a traversé les générations nous sert encore de rappel pour tous ceux qui sont partis trop tôt.

Je m'approche de l'arbre et Olie accroche l'ange grâce à un nœud à la cime. Je l'entends murmurer quelques mots, et même si je n'en comprends pas le sens, je sais à qui ils sont adressés.

Je recule, fais descendre ma nièce de mes épaules et lui prends la main. Nous contemplons notre œuvre dans un silence apaisant. Daniel attrape l'autre main de ma nièce tandis que Cassiopée se glisse à nos côtés. Pendant un instant, j'oublie que je suis devant une de ces figures de Noël que je déteste tant, mon cœur s'apaise, mes peurs s'envolent et je profite juste de l'instant.

CHAPITRE 18

La magie d'avoir décoré le sapin tous ensemble – presque comme une famille – se poursuit dès l'instant où l'horloge du salon sonne le milieu de l'après-midi et que Maggie sort de la cuisine avec un plateau chargé de victuailles.

– Venez prendre un bon thé, j'ai fait des biscuits pendant que vous décoriez le sapin !

Olivia se détache de notre étreinte et se rue vers le salon. Daniel la suit en riant et je fais signe à Cassie de les rejoindre.

– Cassiopée, tu dois absolument goûter les gâteaux de Maggie, c'est les meilleurs du monde !

Ma nièce tend un sablé à la petite blonde qui en croque un morceau en souriant.

– Hmm, c'est vrai qu'ils sont délicieux ! Maggie, il faut que vous me donniez la recette !

– Avec plaisir, c'est une recette familiale que nous nous transmettons de génération en génération et que nous cuisinons à chaque Noël.

– C'est une très belle tradition.

– Oui, et j'espère bien pouvoir la transmettre à Elliott et Olivia pour qu'elle ne se perde pas.

Cassiopée soupire.

– J'aimerais avoir de telles traditions dans ma famille.

– Vous devez bien avoir de beaux souvenirs de fêtes de fin d'année, Miss, insiste Maggie. Chaque beau moment peut se transformer en tradition.

– Si on veut, reprend Cassie. Le dernier Noël que j'ai passé en famille, je devais avoir treize ans et c'est le dernier où j'ai vu mon père. Il m'avait fait la surprise de venir. Si je me souviens bien, nous avions passé la soirée à regarder de vieux films à la télé en grignotant du pop-corn, comme une famille normale.

La tristesse que je perçois dans sa voix me tord le ventre. Sa mère ne semble pas être la seule à lui poser problème.

– Et toi, Olivia, qu'est-ce que tu aimes faire pendant les fêtes ?

– J'adore le repas la veille de Noël, grand-ma voulait toujours qu'on soit bien habillés. J'avais l'impression d'être une princesse parce qu'elle m'achetait toujours une belle robe et on faisait une photo tous ensemble devant le sapin !

– Tu devais être magnifique.

Olivia se lève en vitesse et court chercher un cadre sur le guéridon près de la fenêtre. Mon cœur s'emballe lorsque qu'elle le tend à Cassiopée.

– Regarde, c'est celle d'il y a deux ans. Tu as vu comme j'ai grandi, depuis !

– J'adore ta robe, Olivia, elle est splendide !

Elle fronce les sourcils en détaillant la photo et relève les yeux pour me fixer. Je sais à quoi elle pense. Je ne suis pas sur la photo.

– Et tu portais quelle tenue l'année dernière ? Tu me montres ?

Un silence gênant envahit la pièce. Mes mains tremblent sur l'accoudoir de mon fauteuil. Je capte un regard inquiet de Daniel dans ma direction. Je le sens prêt à sauter de son siège pour me retenir si cela est nécessaire. Cassiopée nous dévisage les uns après les autres, ne comprenant pas. Olie baisse les yeux vers le canapé, m'empêchant de déchiffrer son visage, pourtant je suis certain de l'entendre renifler. Voilà pourquoi je n'aime pas faire entrer de nouvelles personnes dans notre entourage, parce que vient un moment où nous sommes obligés d'aborder des sujets douloureux et de rouvrir de vieilles blessures.

– On n'en a pas fait l'année dernière, répond Olivia d'une petite voix.

– Nous n'avions pas trop le cœur à faire la fête après le décès de mes parents, lâché-je d'une voix blanche pour clore la conversation.

Gênée, Cassiopée se mord les lèvres et attrape la main d'Olivia pour la serrer entre ses doigts.

– Pardonne-moi, Olivia, je ne voulais pas te faire de la peine.

Ma nièce hoche la tête pour acquiescer et se jette dans les bras de Cassiopée. La jeune femme lui caresse le dos pour la réconforter tout en me lançant un regard d'excuse. Aucun de nous n'ose relancer la discussion jusqu'à ce que Maggie se racle la gorge.

– Quelqu'un veut une seconde tasse de thé ?

Un éclat de rire nerveux nous échappe.

– Et toi, oncle Daniel, quel est le souvenir de Noël qui t'a le plus marqué ?

J'observe ma nièce avec attention ; je suis surpris de la manière dont elle fait face. Le visage de mon ami s'éclaire.

– Sans hésiter, celui où mon oncle, déguisé en père Noël et après un repas trop arrosé, a distribué les cadeaux complètement saoul ! Mes petits cousins étaient fascinés.

– Et toi, Elliott ? me demande Cassiopée.

Je vois bien à son regard encourageant qu'elle essaie de changer les idées de ma nièce.

– Il faut que je réfléchisse.

– Ne fais pas ton rabat-joie, Elliott. Je suis certain qu'il y a un Noël dont tu te souviens plus que les autres ! me taquine mon ami.

– Allez, tonton, je suis sûre que tu as de bons souvenirs de Noël !

– Elliott, t'es vraiment qu'un idiot !

Elisabeth relève le nez de son livre, me lançant un regard noir alors que je ricane devant sa tête d'épouvantail. Lorsqu'elle est aussi concentrée, je ne peux m'empêcher de l'embêter. Fier, j'admire mon œuvre en riant. Un coup de main bien placé et les belles boucles de ma sœur ne sont plus qu'un vague souvenir. Tout ébouriffée, elle marmonne en se redressant.

– Vivement que les vacances se terminent et que tu retournes à la fac, tu es encore plus débile qu'avant !

– Arrête, je suis sûr que je te manque quand je ne suis pas là.

– Dans tes rêves !

Je me laisse tomber dans le canapé à côté d'elle et lui adresse un clin d'œil malicieux.

– Ne me mens pas, je sais comment ça se passe dans le manoir de Dracula... Papa travaille toujours autant ?

Ma sœur soupire en laissant retomber sa tête contre le dossier du canapé, fermant les yeux.

– Il passe la majorité de son temps à Londres, on ne peut pas dire qu'il soit envahissant, mais avec toi à la fac et papa aux abonnés absents, maman ne me lâche pas d'une semelle, c'est épuisant.

– Ne t'inquiète pas, mon petit bouchon, je vais assez l'occuper pendant ces deux semaines pour qu'elle te laisse respirer.

– N'y compte pas trop, avec mes examens d'entrée à la fac, elle ne me laisse pas une seconde de libre !

– Dis-toi que l'année prochaine tu pourras enfin souffler loin d'eux.

– Ce n'est pas si simple, Elliott. Toi, tu arrives à la tenir à distance, mais moi, même à l'autre bout du monde, elle serait capable de vouloir encore diriger ma vie !

Le soupir d'exaspération d'Elisabeth ne m'échappe pas. Je tapote sa cuisse dans un geste de réconfort.

– Franchement, elle m'énerve à toujours tout contrôler ! Tu ne connais pas la meilleure ? Elle a décidé d'inviter la presse à ma remise de diplôme ! C'est dans cinq mois !

Je grimace devant l'ingérence de ma mère. Elle a toujours eu besoin de nous montrer sous notre meilleur jour, et plus les années passent, plus j'ai l'impression qu'elle ne vit que pour l'image que nous renvoyons.

– Écoute, je ne suis là que pour deux semaines mais je vais essayer de lui parler.

Un reniflement moqueur lui échappe.

– Bon courage !

– En attendant, j'ai de quoi te remonter le moral. Ce soir je t'emmène avec moi, tu es aussi en vacances, tu as le droit de te détendre !

Elle me lance un regard suspicieux.

– Tu ne vas pas m'emmener à une de tes orgies ?

Je ris de bon cœur.

– Mes potes de fac sont à Londres, ce soir, on devait se boire une bière pour relâcher la pression. Viens, tu verras, ils sont cool, ça te fera du bien

de voir du monde et de sortir de ce décor de film d'horreur.

Je plisse le nez avec dégoût en désignant les décorations de Noël envahissant la pièce. Il y en a un peu plus chaque année et ça en devient ridicule tant c'est surchargé et de mauvais goût.

– Ouais, maman s'est lâchée cette année, elle a passé une semaine à tout installer pour un magazine de décoration d'intérieur. Tu aurais vu la tête des journalistes quand ils sont arrivés, c'était hilarant.

– Allez, considère cette sortie comme un avant-goût de ton cadeau de Noël !

– OK, mais ça ne t'empêche pas de m'acheter un cadeau !

Je lève les yeux au ciel en riant.

– Je n'oserais même pas y penser, voyons ! Tu es ma petite sœur adorée, tu mérites le plus beau cadeau du monde.

Elle me donne un coup de coussin en riant et s'ensuit une bataille qui nous laisse tous les deux essoufflés et débraillés. Alors que nous finissons tête-bêche sur le tapis du salon, Elisabeth tente de reprendre son souffle.

– Tu m'as manqué, Elliott.

– Toi aussi, petit bichon.

Je déglutis avec difficulté lorsque le décor de mes souvenirs s'efface et que le rire de ma sœur s'évapore. C'est le dernier Noël que nous avons passé ensemble avant que tout dégénère et que je la perde. Je n'y avais pas songé depuis des années.

Il me faut quelques secondes pour me reconnecter à la discussion sous le regard inquiet de Daniel. J'essaie de chasser la culpabilité qui m'étreint lorsque mon regard se pose sur Olivia.

– OK, il y en a bien un dont je me souviens plus que les autres. Probablement le dernier où mon père n'a pas travaillé de la journée, d'ailleurs. C'était il y a longtemps, mais nous avions passé le vingt-cinq tous les quatre en pyjama à jouer à des jeux de société que nous avions reçus en cadeau avec Elisabeth. Autant dire que ce n'était pas trop l'habitude de ton grand-pa, ajouté-je pour Olivia en riant.

Ma nièce me regarde avec de grands yeux.

– Vraiment ? Toute la journée en pyjama ?

– Oui, mais c'était il y a des années.

– On pourra faire la même chose cette année, s'il te plaît ?

Sa moue suppliante me fait sourire.

– Pourquoi pas, une journée détente ne peut pas nous faire de mal.

– Trop bien !

Lorsque l'horloge sonne dix-huit heures, nous sommes toujours installés au salon, Daniel et Cassiopée échangeant des souvenirs des Noëls passés pour le plus grand plaisir d'Olie. Je relève la tête, surpris qu'il soit déjà si tard. Il va bientôt être temps d'aller à l'association. Daniel semble aussi prendre conscience que le temps file car il se relève en sursaut.

– Ce n'est pas que je m'ennuie, mais j'ai promis à Clara de passer la chercher pour qu'on aille ensemble à l'association.

Daniel dépose un baiser tendre sur le front de ma nièce et fait la bise à Cassie avant de me lancer un clin d'œil.

– À tout à l'heure !

Le départ de mon meilleur ami brise quelque peu l'ambiance qui régnait depuis le début de l'après-midi. Cassiopée se redresse.

– Je vais y aller aussi, je vais vous laisser en famille.

– Bien sûr que non, c'était trop bien de passer du temps avec toi ! la contredit ma nièce.

– Merci, Olivia, on se refait ça quand tu veux.

Olie se jette dans les bras de la jeune femme et l'étreint plusieurs secondes. Quand la petite blonde s'approche de moi, je me relève aussi.

– Tu veux que je te raccompagne ? Tu peux encore rester jusqu'à ce que je parte à l'association, tu sais.

– C'est gentil, Elliott, mais pas besoin de te déranger. Trent m'attend devant.

Je marche derrière elle jusqu'au hall d'entrée où elle récupère son manteau, son écharpe et son bonnet rose. Alors qu'elle s'apprête à franchir le pas de la porte, elle se retourne vers moi en se tordant les mains.

– Est-ce que je peux te demander une faveur ?

– Bien sûr.

– J'ai rendu visite à Margaret plusieurs fois ces derniers jours et je suis vraiment admirative du travail que vous accomplissez à l'association. J'aimerais vraiment en apprendre plus, est-ce que ça te dérangerait si je venais avec vous un soir ?

Une fois de plus, elle m'attaque là où je ne l'attends pas. Savoir qu'elle rend souvent visite à Margaret ne me laisse pas aussi indifférent que je le voudrais.

– On ne refuse personne, tous ceux qui veulent aider sont les bienvenus, donc viens quand tu veux, la rassuré-je. Les maraudes commencent vers vingt heures, mais on se rejoint à dix-neuf.

Son intérêt pour l'association est touchant, mais ça signifie aussi qu'elle s'introduit dans un nouveau pan de ma vie.

Elle m'adresse un large sourire qui, malgré moi, me décontenance, puis elle s'en va.

CHAPITRE 19

– Pourrais-je avoir votre attention, s'il vous plaît ?

Suzy agite sa plaquette en liège dans de grands gestes et les bénévoles se regroupent en chuchotant autour d'elle. Ses cheveux courts sont encore plus décoiffés que d'habitude. Son enthousiasme est contagieux et une certaine fébrilité gagne les volontaires. Adossé au mur derrière elle, en retrait, je croise les bras sur mon torse et profite de cette réunion improvisée pour faire un inventaire des troupes. Je cherche Cassiopée du regard. Depuis qu'elle m'a avoué vouloir aider à l'association, une partie de moi attend avec curiosité de savoir si elle mettra sa proposition en œuvre. Une autre partie espère qu'elle renonce.

– Je ne vais pas y aller par quatre chemins, malgré votre générosité et le temps que vous nous accordez, l'association a besoin de fonds pour fonctionner. Dans cette optique, Elliott et moi avons décidé d'organiser un bal caritatif pour récolter des dons.

La porte de l'entrée claque en se refermant et nous fait tous sursauter, coupant la parole à Suzy. D'où je suis, je ne vois pas qui est le retardataire, mais une chose est certaine, il va se faire remonter les bretelles par notre lutin des neiges. Je ricane en donnant un coup de coude à Daniel et ses yeux rieurs me confirment qu'il pense de même.

– Pardonnez-moi, dit une voix hésitante.

Mon sourire se crispe. Je reconnaîtrais ce timbre entre mille.

– Cassiopée, ravie de te voir parmi nous ! s'enthousiasme notre directrice.

D'un geste de la main, elle lui désigne le cercle.

– Approche, je te ferai visiter après.

Cassie se faufile entre les autres bénévoles sous leur regard médusé et adresse un discret signe de la main à Daniel.

– J'en étais où, déjà ?

– Le bal, grogné-je.

– Donc, je disais, cet événement aura pour but de récolter de l'argent, bien sûr, mais aussi de faire la promotion de l'association. L'idée est qu'il se déroule la veille de Noël, soit le vingt-quatre décembre. Nous avons donc peu de temps pour tout mettre en place et avec Elliott nous ne pouvons pas tout organiser à nous seuls, nous avons besoin de votre aide. Il faudrait former des équipes de deux ou trois. Pour ceux que ça intéresse, les feuilles d'inscription seront accrochées dans le vestiaire jusqu'à mercredi, ce qui vous laisse quelques jours pour y réfléchir. Si vous avez des questions, venez me voir après votre maraude. Sur ce, vous pouvez y aller.

Tout le monde se disperse dans un joyeux brouhaha alors que je me dirige vers Cassiopée. Cette idée de bal ne m'enchante pas, encore moins à l'idée du temps et de l'énergie que la préparation va me demander. Mais une fois de plus, je n'ai pas le choix…

Concentrée sur sa conversation avec Suzy, la petite blonde ne me prête pas attention. Des émotions contradictoires se mélangent dans mon esprit. L'enthousiasme de passer du temps en sa compagnie se heurte à l'agacement de la voir s'immiscer encore une fois dans ma vie. Perturbé, je fais signe à Daniel de me suivre.

– Elliott, Daniel, attendez, nous arrête Suzy.

Mon collègue me lance un regard interrogateur et je hausse les épaules. Nous rejoignons notre directrice au centre de la pièce. À ses côtés, Cassiopée, les mains jointes, se balance d'un pied sur l'autre. Elle arbore une grimace gênée. Elle a des airs enfantins et je ne peux m'empêcher de la trouver adorable.

– Les garçons, comme c'est vous qui avez amené Cassiopée ici la première fois et que vous la connaissez déjà, c'est à vous de lui faire vivre sa première maraude. Je lui ai déjà beaucoup expliqué le soir où vous lui êtes venus en aide, et je sais qu'elle sera entre de bonnes mains avec vous deux.

– Je n'y vois aucun inconvénient, accepte Daniel avec un haussement d'épaules.

– Donne-lui une tenue, Suzy, en attendant nous allons charger la voiture, confirmé-je.

Le contenant isotherme pour les plats chauds rempli, nous attrapons chacun une poignée pour le charger dans la voiture. Dans le pantalon à poches et la veste de l'association, Cassiopée nous attend à côté du véhicule. Elle a rassemblé ses longs cheveux blonds en une queue-de-cheval et a enfilé son bonnet en laine rose. Je me retiens avec peine de rire devant son allure. Les vêtements sont beaucoup trop grands pour elle, et la couleur girly de son couvre-chef ne s'accorde pas du tout au bleu roi de notre tenue. Elle ne m'a pourtant jamais parue aussi désirable et je n'ai pendant un instant qu'une envie, celle de lui enlever ces vêtements trop larges qui m'empêchent de profiter de ses courbes harmonieuses. Je me mords la joue pour effacer cette pensée.

– Un rien t'habille, se moque Daniel.

– Menteur, mais merci de flatter mon ego.

Ils échangent un sourire complice et je ne manque pas de capter le clin d'œil que mon ami lui adresse. Une bouffée de jalousie me surprend.

– Bon, quand vous aurez fini de vous lancer des fleurs, peut-être que nous pourrons y aller ? interviens-je en me glissant derrière le volant.

Daniel soupire et je décide de l'ignorer. Nous roulons en silence. Je profite de cette accalmie pour faire le point sur les protégés à qui nous rendons visite ce soir. L'association a reçu le signalement d'un nouveau sans-abri dans le quartier. Nous n'avons qu'une localisation approximative et nous allons devoir le chercher. Cassiopée fera son baptême du feu.

– Où allons-nous ? nous demande-t-elle. Suzy m'a dit que vous changiez tous les jours de parcours.

– Nous allons du côté de Paddington, nous avons beaucoup de fixes dans ce quartier. Mais avant, nous devons passer voir George, son état m'a inquiété lors de notre dernière visite et le rapport de l'équipe d'hier n'a rien de rassurant, ajouté-je à l'intention de Daniel.

– Je suis d'accord, sa toux n'est pas bon signe, acquiesce mon ami.

Je prends la direction du coin de George.

– Que voulez-vous dire par « fixe » ? relance Cassiopée.

– Ce sont en général des sans-abri qui bougent peu de leur spot, comme Margaret.

– Et comment vous organisez vos maraudes ? Vous parcourez toutes les rues ?

– Ça dépend, mais en général on suit une feuille de route qui relie les endroits des habitués et les lieux connus pour abriter ceux qui en ont besoin : les ruelles excentrées, les ponts. Ils sont souvent cachés, pour éviter les contraventions.

– Il n'y en a pas dans le métro ? s'étonne Cassie.

– Très peu, car souvent ils se font verbaliser pour mendicité, expliqué-je. Ils préfèrent rester loin des endroits trop fréquentés.

– Verbalisés ? Mais c'est horrible !

Pour la première fois depuis le début du trajet, je l'observe à travers le rétroviseur central. Les sourcils froncés, les joues rouges, elle serre les poings et semble vraiment en colère. Je vois sa passion et cette même révolte que j'ai ressentie la première fois que j'ai pris conscience de ce qui se jouait à l'ombre de nos rues.

– Jusqu'à il y a une quinzaine d'années, nous avions un très bon programme d'insertion pour les personnes en très grande précarité, donc il n'y avait que très peu de sans domicile fixe, lui déclaré-je. C'étaient principalement des marginaux qui revendiquaient ce mode de vie. Tout a changé depuis la crise économique : le programme s'est retrouvé surchargé et ne parvient plus à fournir assez de logements sociaux pour ceux qui sont dans le besoin. Et malheureusement, les lois n'ont pas changé, donc mendier est toujours interdit.

– Je trouve ça écœurant.

Un nouveau coup d'œil à l'arrière. Dans ses yeux, une lueur rebelle danse et fait étinceler son regard céruléen.

– Pourquoi personne n'alerte l'opinion publique, le gouvernement, ou même la reine, s'il le faut ? reprend-elle avec force.

Une vraie princesse guerrière. Daniel lui adresse un regard surpris.

– Ne lance pas Suzy sur le sujet, sinon tu en as pour des heures !

– Tu n'es pas révolté par la situation, toi ?

– Bien sûr que si, mais je préfère dépenser mon énergie à être sur le terrain plutôt qu'à jongler entre les différents services administratifs et à lécher les chaussures de nos têtes pensantes. Je suis un homme d'action, moi !

Je me gare près du spot de George, heureux de présenter ce marginal à Cassie. Je descends sans attendre mes compagnons de route et me dirige droit vers lui. Son visage ridé paraît plus amaigri que d'habitude et son teint plus cireux. Une toux grasse résonne contre les briques des bâtiments et je grimace. Son infection ne s'est pas améliorée. Je m'accroupis devant lui, et il m'accorde un large sourire édenté quand il me reconnaît.

– Elliott, content de te voir !

– George, comment vas-tu ?

– Bien, j'ai…

Une quinte de toux l'empêche de terminer sa phrase et il lui faut plusieurs minutes pour retrouver son souffle. Cassie et Daniel arrivent en courant, alertés par son état.

– Tu rigoles, George, tu ne vas pas bien du tout !

– N'exagère pas, voyons, ce n'est rien de grave, juste une petite toux, me dit-il en me tapant le bras.

– Je ne pense pas, lui réponds-je, inquiet. Je vais appeler une équipe médicale pour qu'ils t'examinent.

Alors qu'une nouvelle quinte le reprend, je l'aide à se redresser en position semi-assise. Je lance un regard à Cassiopée.

– Aide-le à rester dans cette position.

Elle prend ma place pour soutenir le vieil homme pendant que je me relève et sors mon portable de ma poche, Daniel me suivant de près, le visage soucieux.

– Va prévenir Suzy par radio et fais le point avec elle sur les places en hébergement d'urgence. Il ne peut pas rester une nuit de plus dans le froid dans cet état !

Je pianote le numéro de l'aide d'urgence et colle le combiné à mon oreille. Plusieurs minutes sont nécessaires avant qu'une opératrice décroche. Pendant ce temps, Daniel revient de la voiture avec un plat chaud et Cassiopée aide George à manger. J'observe le spectacle, assez intrigué. Je ne pensais pas qu'elle se jetterait avec tant de facilité dans le grand bain. Ses gestes sont doux et attentionnés, comme si elle l'avait déjà fait.

– Centre de régulation médicale, j'écoute.

J'expose la situation et la nécessité d'un avis médical. Pendant mes explications, je ne peux pas détacher mon regard de Cassiopée et de George. Ils se sourient, discutent, échangent quelques rires.

Je retourne près de la voiture et guette l'arrivée des médecins. Les minutes s'égrènent et je ne peux m'empêcher de jeter des coups d'œil réguliers pour surveiller le duo, rejoint par Daniel. Je capte quelques rires et mon estomac se tord. J'ai beau essayer de la tenir à distance, la voir aussi à l'aise avec Daniel et George attise un sentiment de jalousie que je ne pensais pas être capable de ressentir.

Les freins de l'ambulance qui se gare à mes côtés me font sursauter et me ramènent à la réalité. Je me précipite vers eux pour leur expliquer la situation, mais je grimace en voyant Abigaïl descendre avec sa trousse médicale. De sa démarche gracieuse, elle me rejoint et me lance une œillade qui ne me fait ni chaud ni froid. Cette croqueuse d'hommes, quoique diablement sexy, n'est pas pour moi, et ça fait plusieurs mois que je repousse ses avances.

– Elliott, susurre-t-elle, est-ce vraiment une urgence où est-ce que je te manquais ?

Elle me regarde en inclinant la tête sur le côté. Elle n'a visiblement toujours pas accepté mon indifférence.

– George a une mauvaise toux depuis quelques jours et j'ai l'impression que ça s'aggrave, réponds-je d'un ton froid.

– Très bien, je vais aller l'examiner. Dis-moi où il est.

Je tends le bras pour lui montrer, elle se retourne, fait signe à son infirmier de descendre du camion et s'engage dans la ruelle. Daniel et Cassiopée se relèvent quand ils nous voient approcher et Abigaïl marque un temps d'arrêt en découvrant l'actrice.

– Depuis quand vous faites du baby-sitting de starlette en quête de popularité ? ricane-t-elle en me lançant un regard goguenard. Et puis je croyais qu'il ne fallait pas mélanger le travail et les sentiments ? Cette règle aurait-elle changé, Elliott ?

Je grince des dents et donne un coup d'épaule à Daniel qui se marre tout en dévorant la brunette des yeux. Cassiopée lui lance un regard noir et se mord les lèvres quand Abigaïl passe à côté d'elle et la regarde de haut. Les deux femmes se jaugent en silence.

Le claquement de langue moqueur du médecin devant la tenue de Cassie me fait craindre le pire. Vêtue de l'uniforme de l'association, elle est bien loin de l'image de la star habituée aux couvertures de magazines ; le pantalon de travail bleu électrique et la veste noire deux fois trop grands pour elle la rendent encore plus menue qu'à l'ordinaire. Seul son bonnet rose rappelle qu'elle n'est pas de notre monde.

Après un clin d'œil à l'intention de Daniel, Abigaïl s'agenouille devant George pour l'ausculter. Chacune de ses respirations déclenche une quinte de toux et il a du mal à reprendre son souffle. Le visage du médecin se crispe et se fait plus sérieux.

– J'ai un foyer pulmonaire à l'auscultation, il a besoin d'antibiotiques et surtout de rester au chaud. Il a de la fièvre, il lui faut une bonne réhydratation.

Elle se tourne vers moi :

– Vous pouvez lui avoir une place dans un foyer ou pas ?

– Oui, et même dans un foyer longue durée, confirme Daniel en hochant la tête.

– Ça c'est ce que j'appelle un homme efficace ! le félicite Abigaïl.

– Ah non, hors de question que je mette le pied dans un foyer ! intervient George. J'en connais qui y sont allés et qui n'en sont jamais ressortis !

– George, il en va de ta santé.

Tout le monde secoue la tête, exaspéré. Cassiopée semble hésiter, puis finalement demande d'une petite voix :

– Pourquoi vous ne l'emmenez pas aux urgences ?

– Parce qu'il va patienter des heures avant d'être vu et qu'ils vont le laisser sortir faute de place dans les services. Il ne présente aucune urgence vitale qui les oblige à le garder, réplique Abigaïl d'un ton sec et hautain.

– Allez, George, au moins pour ce soir, histoire de passer une bonne nuit au chaud et de te requinquer, insiste Daniel.

Le vieil homme bourru rechigne, mais finit par accepter.

– Parfait, je vous fais l'ordonnance pour les médicaments, reprend Abigaïl. C'est très important que vous buviez beaucoup d'eau et que vous restiez au chaud, c'est clair, George ? Et si ça ne s'améliore pas, rappelez-moi.

Il hoche la tête tout en grommelant.

Abigaïl me tend l'ordonnance et fait en sorte que nos mains se frôlent lorsque je récupère le bout de papier.

– Comme tu sembles avoir changé tes règles, n'hésite pas à m'appeler, tu connais mon numéro, me murmure-t-elle à l'oreille avant de déposer un baiser sur ma joue.

Je lève les yeux au ciel, mais un sourire amusé se dessine sur mes lèvres. J'admire la ténacité de cette femme. Elle se penche vers Daniel et l'embrasse aussi sur la joue.

– Daniel, c'était un plaisir. J'espère vous revoir vite, messieurs.

Alors qu'Abigaïl s'éloigne, je capte le regard noir de Cassiopée fixé sur nous. Ça n'a échappé à aucun d'entre nous qu'elle a ignoré l'actrice. La petite blonde semble furieuse et détourne le regard lorsque je m'approche de George pour l'aider à se relever. En mon for intérieur, la réaction de Cassiopée m'a ravi. Apparemment, je ne suis pas le seul à être jaloux !

– Quelle femme ! soupire Daniel en la regardant partir. Si Clara n'était pas aussi géniale, je pense que je serais amoureux d'Abigaïl !

Je lève les yeux au ciel, encore une fois. Daniel et son amour des femmes !

– Au lieu de fantasmer, aide-moi.

– Quel rabat-joie, si on ne peut même plus avoir un peu d'ambition, râle-t-il. Ce n'est pas parce que tu ne veux pas d'elle que je n'ai pas le droit de rêver !

Cassiopée et George pouffent de concert devant son air dramatique. Les mains jointes sur la poitrine, le visage tourné vers le ciel et la bouche en cœur, il semble prier une divinité quelconque de lui apporter l'amour. Je ne peux retenir un éclat de rire, qui fait écho à celui de Cassie.

– Au fait, la seule place disponible est dans un refuge à l'autre bout de Londres, précise Daniel. Suzy envoie une autre équipe terminer notre circuit le temps qu'on accompagne George.

– OK, tu as l'adresse ?

– Oui, je viens de la rentrer dans le GPS et j'ai contacté le foyer pour les prévenir que vous arrivions, ils nous gardent un lit.

– Parfait. Allez, George, on y va !

– C'est ça, le foyer ? grogne George lorsque j'arrête la voiture. On dirait une prison !

– C'est juste une question de jours, le temps que tu te remettes, le rassure Daniel.

– J'espère bien, je ne compte pas finir ici, je suis sûr que je vais choper des poux et que les lits sont infestés de punaises.

– Si ça se trouve, l'intérieur est bien plus accueillant, lui dis-je d'un ton encourageant. Ne fais pas marche arrière avant d'avoir vu de quoi il retourne.

Cassiopée grimace devant la devanture terne de la bâtisse. Je suis bien d'accord avec elle, cet épais bloc de béton aux petites fenêtres ne semble pas du tout chaleureux, mais au moins George sera au chaud et à l'abri. On l'aide à avancer jusqu'au hall d'accueil. Ma première impression se renforce quand je me retrouve nez à nez avec un sapin en plastique aux décorations criardes. Cet endroit est horrible ! Je ne parle même pas des guirlandes en pop-corn qui ornent le plafond.

Un jeune homme s'avance vers nous avec un grand sourire chaleureux.

– Bienvenue au foyer ! Je suis Éric, et vous devez être George, dit-il en serrant la main de notre vieillard bougon. Venez, je vais vous montrer la chambre que je vous ai préparée.

Les affaires de George entre les bras, nous lui emboîtons le pas et nous montons au premier étage. Au fond du couloir, Éric ouvre une porte qui donne sur une petite pièce, pas plus de neuf mètres carrés à vue de nez, mais elle semble propre et bien entretenue. Les murs sont blancs, il y a un lit et une petite table sous la fenêtre.

– Voilà, ce n'est pas très grand, mais au moins vous serez tranquille. Je vous ai fourni des draps propres. Il y a une cuisine commune au rez-de-chaussée que vous pouvez utiliser à votre convenance pour manger et les sanitaires et les douches sont sur le palier au milieu du couloir. Est-ce que vous avez des questions ?

George observe la pièce, ébahi, en faisant le tour sur lui-même à plusieurs reprises.

– Tout ça, c'est que pour moi ?

– Bien sûr, et vous avez une clef sur la porte pour fermer quand vous n'êtes pas là. Si vous le souhaitez, il y a aussi une permanence tenue par une assistante sociale plusieurs fois par semaine qui est là pour vous aider à trouver un logement à long terme et des aides.

– Ouais, on verra, bougonne George. Je ne reste qu'une nuit, pas plus !

J'échange un regard complice avec Daniel ; l'attitude de notre vieux grincheux n'est pas aussi virulente qu'il voudrait nous le faire croire. Ses yeux pétillent et il s'accroche à la tête de lit comme s'il redoutait qu'on la lui reprenne.

– Allez, George, prends tes médicaments et reste au chaud pour te remettre.

– Merci, les gars, me répond-il en détournant le regard, embarrassé par sa voix tremblotante.

Cassiopée se faufile vers lui quand je m'éloigne et, à ma plus grande surprise, le prend dans ses bras.

– Prenez soin de vous, George, lui glisse-t-elle à l'oreille.

CHAPITRE 20

La radio sur le tableau de bord grésille alors que nous remontons à bord de la voiture. J'attrape le micro et l'approche de mes lèvres.

– Suzy, on vient de déposer George au centre, est-ce que tu veux qu'on finisse notre tour ?

Déformée par le son métallique, la voix de notre directrice résonne dans l'habitacle et fait sursauter Cassiopée. J'esquisse un sourire devant sa réaction, qu'elle remarque.

– Il faut juste que vous alliez voir le nouveau, l'autre équipe a presque fini votre tournée, il ne leur reste que Brax à voir.

– OK, très bien, on y va tout de suite.

Je repose le micro et mets le contact. Durant le trajet, Cassiopée est étrangement silencieuse. Du coin de l'œil, je l'observe dans le rétroviseur central. Le regard perdu sur la route qui défile devant nous, elle semble tracassée. Je me mords la langue pour refréner ma curiosité, même si je meurs d'envie de lui demander ce qui la chagrine.

Je n'aime pas voir cette ride soucieuse barrer son front.

Je ralentis quand nous approchons de l'adresse que nous a fournie Suzy. Le quartier est rempli de petites ruelles sombres pour se cacher. Ça ne va pas être évident de trouver le nomade et on aura de la chance s'il n'a pas été délogé par les riverains avant.

– On va continuer à pied, ce sera plus simple. Cassiopée, tu fais équipe avec Daniel et vous vérifiez le côté gauche de la rue, moi je vais à droite.

Je n'attends pas leur accord pour sortir du véhicule et m'élancer sur le trottoir. Ce soir, il fait encore très froid, alors j'espère que nous allons le trouver rapidement pour lui apporter de l'aide. J'inspecte la première allée avec attention, armé d'une lampe torche : je retourne les tas de cartons, regarde derrière les poubelles, mais je ne remarque personne. Je m'empresse de fouiller la seconde, mais je suis surpris par une porte à l'arrière d'une maison qui s'ouvre devant moi.

– Qu'est-ce que vous foutez, là ? demande une cinquantenaire bedonnante à l'air mal aimable en me toisant.

– Pardonnez-moi, je fais partie de l'association d'aide alimentaire pour les sans-abri. On nous a signalé qu'un homme avait trouvé refuge dans le quartier, est-ce que vous l'auriez vu ?

– Non ! Et je peux vous dire que si je le croise je lui ferai passer l'envie de squatter mon allée ! C'est chez moi, ici !

– Merci pour ces précieuses informations, répliqué-je d'un ton sec avant de tourner les talons.

– Vous feriez mieux de ne pas perdre votre temps avec ces gens-là ! me crie-t-elle du pas de sa porte.

Ce style de réflexion est monnaie courante, alors je préfère l'ignorer, même si la colère m'envahit. J'arrive presque au bout de la rue sans avoir rien trouvé, quand un cri suraigu retentit à l'opposé. Je reconnais la voix de Cassiopée et mon cœur fait un bond dans ma poitrine. *Elle n'aurait jamais dû venir avec nous*... Je remonte la rue en courant à perdre haleine, complètement angoissé, ralentissant à peine pour reprendre mon souffle. Plus aucun son ne résonne dans la nuit noire et je panique de plus en plus. Où sont-ils ?

Je tourne la tête de droite à gauche à la recherche de mes compagnons et je finis par entendre des bruits étouffés sur ma droite. J'avance avec prudence dans l'allée, des éclats de rire résonnent contre les parois en brique des bâtiments. Je fronce les sourcils. *Que se passe-t-il ?*

Soudain, un spectacle étonnant m'apparaît. Daniel est accroupi devant un jeune homme et Cassiopée caresse un chien qui se roule sur le dos en jappant. Je marque un temps d'arrêt, surpris.

– Mais qu'est-ce qui se passe ici ?

Daniel se redresse et m'offre un grand sourire.

– Je te présente Ahmed et Liberty, me répond-il en me désignant successivement le jeune homme, qui ne doit pas avoir plus de vingt ans, et son chien.

– Bonsoir, Ahmed, moi c'est Elliott, salué-je hâtivement le garçon, pas encore remis de ma panique.

Il hoche la tête dans ma direction alors que Cassiopée continue de jouer avec un énorme chien, à première vue un berger allemand, que la jeune actrice n'hésite pas à gratouiller et à papouiller comme si ce n'était qu'une énorme peluche.

– Pourquoi j'ai entendu crier ?

Daniel et Cassie échangent un regard et gloussent comme deux gamins. Une pointe de jalousie me transperce quand je me rends compte qu'en une seule soirée ces deux-là sont déjà aussi complices.

– Liberty m'a sauté dessus quand je suis rentrée dans la ruelle. Elle voulait juste jouer, mais comme je ne l'ai pas vue arriver dans le noir, elle m'a effrayée, m'explique Cassiopée. Mais c'est une gentille fille. Hein ma belle, tu ne ferais pas de mal à une mouche, ajoute-t-elle en caressant une fois de plus l'animal.

Je reste médusé.

– Elliott, tu peux aller chercher un repas chaud dans la voiture ? me demande Daniel.

Sa requête me fait sortir de mon immobilité, et dans un geste d'épaule pour me donner une contenance, je reviens à la réalité. D'un pas saccadé, je retourne jusqu'à notre véhicule et attrape un récipient contenant le cordon bleu et les haricots encore tièdes. Cassiopée m'attrape le plat des mains dès que je les retrouve et ses doigts effleurent les miens par mégarde. Je frissonne, mais elle ne semble pas y prendre garde et se retourne vers Ahmed sans attendre.

Daniel discute avec lui. Je me retrouve les bras ballants à les observer sans savoir quoi dire ou faire. Une brûlure parcourt mon corps alors que je suis mis à l'écart. Ils ne remarqueraient même pas mon absence si je partais.

C'est le museau humide de la chienne reniflant mes mains qui me sort de ma contemplation. Elle glapit en me donnant un grand coup de langue. Je m'accroupis en face d'elle pour la caresser.

– Eh bien, ma belle, qu'est-ce que tu as ? Toi aussi, tu te sens abandonnée, c'est ça ?

Elle gémit tout en inclinant la tête sur le côté en me fixant de ses grands yeux larmoyants. J'ai la sensation qu'elle essaie de m'amadouer. Elle reprend ses gémissements plaintifs et une idée me traverse l'esprit. Je retourne à la voiture, Liberty sur les talons. Elle aboie de plaisir quand je lui tends un des plats. Pendant qu'elle avale sa ration, je cherche un contenant pour lui verser de l'eau. Une fois rassasiée, elle saute de manière à poser ses pattes avant sur mon torse et essaie de me donner un coup de langue sur le visage. Je rigole tout en essayant de me défaire de sa prise.

– Oui, tu es une bonne fille, la flatté-je. Et si nous allions retrouver ton maître, maintenant ?

Je me rends compte que je parle tout seul et cela m'amuse. Liberty jappe comme pour me faire comprendre qu'elle est d'accord avec moi et retourne dans la ruelle en remuant la queue. Je la suis et m'attendris quand je la vois se diriger vers le jeune homme et se lover contre lui. Par réflexe, Ahmed place sa main sur le flanc de l'animal et le caresse. Un lien indéfectible les lie, ça crève les yeux. Daniel et Cassie semblent tout aussi touchés que moi par la scène et échangent des regards inquiets dans ma direction. Nous sommes tous d'accord, nous devons l'aider !

Je m'accroupis devant lui et plonge mon regard dans le sien. Il semble perplexe et fronce les sourcils avec un mouvement de recul.

– Rassure-toi, je veux juste discuter.

– À quoi ça sert ?

– Eh bien, nous travaillons pour une association qui vient en aide aux gens dans ta situation, qui ont besoin de trouver un logement, mais pour ça, j'ai besoin d'en savoir un peu plus sur toi, pour vous adresser au bon endroit avec Liberty.

Le jeune homme reste sceptique, même s'il semble se détendre légèrement. Il ne me fait pas confiance, mais je ne peux pas le lui reprocher. S'il se retrouve dans cette position à son âge, c'est qu'il a dû faire face à des choses très désagréables. Il faut que j'y aille progressivement.

– Ahmed, quel âge as-tu ?

– Dix-neuf ans.

Il me répond du bout des lèvres et détourne le visage vers sa chienne, pour éviter de me montrer sa gêne. Je sais par habitude que si je veux obtenir des réponses, je dois lui en fournir aussi. C'est donnant-donnant.

– Daniel en a trente-deux, et moi aussi.

Je ne parle pas de Cassiopée parce que je ne connais pas son âge et que je ne veux pas l'impliquer dans la situation ; avec son statut, je ne sais pas ce qu'elle est prête à révéler.

– Et moi vingt-huit, ajoute-t-elle avant que je reprenne la parole.

Je suis surpris qu'elle joue le jeu avec autant de facilité. Je la pensais plus jeune.

– Dis-moi, Ahmed, depuis quand es-tu à la rue ?

– Pas loin de deux mois.

– Comment t'es-tu débrouillé jusqu'à aujourd'hui ?

Il grimace et je devine qu'il ne me répondra pas. Alors je change de sujet.

– Avec Daniel et Cassiopée, nous appartenons à une association, *Food For Life*, nous délivrons des repas chauds aux gens dans le besoin et nous essayons de les aider à trouver un logement quand c'est possible.

C'est furtif, mais je décèle une lueur d'espoir dans son regard. Voilà une brèche que je dois exploiter.

– Tu as déjà essayé d'y avoir une place ?

Il cajole Liberty en silence. Sa chienne émet un gémissement en tournant son regard dans ma direction et j'ai une fois de plus l'impression qu'elle comprend ce que je dis.

– Je ne peux pas abandonner Liberty ! Sans elle, j'aurais arrêté de lutter depuis longtemps.

– Tu sais, il existe des foyers qui acceptent les animaux, essayé-je de le rassurer.

– Ils n'ont pas de place, me reprend-il sèchement.

– Tu nous permets d'essayer ?

D'un coup d'œil par-dessus mon épaule, je fais signe à Daniel d'aller se renseigner.

– Vous perdez votre temps, je les appelle tous les jours depuis que je suis à Londres et j'ai jamais eu de place.

Je me mords la joue ; il me confirme ce que je craignais. Les logements qui acceptent les animaux sont rares et très vite saturés.

– Nous allons trouver une solution.

– Vous ne pouvez rien pour moi.

– Pourquoi dis-tu ça ?

– Les gens comme moi, personne ne les tolère !

Je tique. Sa colère est palpable.

– Écoute, Ahmed, nous ne sommes pas là pour te juger. Si tu veux te confier, nous ne dirons rien.

Peu convaincu, il préfère se taire. Je remarque ses doigts frissonner et blanchir.

– Je vais te chercher une couverture, d'accord ?

Je me redresse et rejoins Daniel à la voiture qui est en grande conversation avec Suzy par radio. La mine renfrognée qu'il arbore ne me dit rien qui vaille. Quand j'ouvre la portière, il secoue la tête.

– Aucune place dans un refuge acceptant les animaux, s'exaspère-t-il.

– Et merde !

– Nous ne pourrions pas lui payer une nuit dans un hôtel, en attendant ? nous interroge Cassiopée en se plaçant à mes côtés.

Je ne l'ai pas entendue arriver et je dois retenir un sursaut.

– Ce n'est pas comme ça qu'on fonctionne.

– Mais on ne peut pas le laisser là ! s'insurge-t-elle. Si c'est une question d'argent, je prendrai tout en charge, ne vous inquiétez pas !

– Je suis d'accord avec toi, Elliott, ce n'est pas notre manière de fonctionner, mais on a déjà fait des exceptions par le passé… Pourquoi Ahmed n'en serait-il pas une ? intervient mon ami avec calme.

Daniel me lance un coup d'œil appuyé et je lève les mains en l'air en m'éloignant d'eux, agacé par le comportement de mon meilleur ami.

– Il y a forcément une autre solution viable à long terme, laissez-moi y réfléchir, éludé-je en mettant de la distance entre eux et moi.

Je suis remonté contre Daniel de s'allier aussi vite et avec tant de facilité aux idées de Cassiopée. Elle n'a pas tort sur le fait qu'on ne peut pas laisser Ahmed dans cette situation et qu'il est bien trop jeune pour dormir dans la rue, mais ce n'est pas une solution de lui payer une chambre d'hôtel. C'est trop simple de faire appel à ses propres ressources quand la situation se complique. Elle doit apprendre que la rue, c'est aussi ça : user de tous les subterfuges possibles et faire appel à la débrouille. Ne pas aller à la facilité.

J'attrape deux couvertures à l'arrière de la voiture et rejoins le jeune homme.

– Tiens, il y en a une pour chacun.

– Merci d'avoir pensé à Liberty.

– Avec plaisir.

Je caresse la tête de la chienne qui se laisse faire sagement.

– Elle est adorable, c'est toi qui l'as dressée ?

– Oui, mes parents me l'ont offerte pour mes quinze ans. On est inséparables, depuis !

– C'est un beau cadeau.

– Oui, on se comprend, tous les deux, on se soutient depuis toutes ces années. Je ne peux pas la laisser derrière moi, si je l'abandonnais, je ne serais pas mieux que mes parents !

Son cri du cœur me fait frissonner. Les informations que j'arrive à lui soutirer me glacent. Ses parents sont toujours de ce monde, et ils le laissent à la rue. Mais quelle famille fait ça ?

– Tes parents savent que tu vis dehors ?

C'est plus fort que moi, je ne peux pas croire qu'on laisse son enfant dans cette situation. Un ricanement désabusé lui échappe.

– Bien sûr qu'ils savent ! Ce sont eux qui m'ont mis à la porte.

Je grimace, et une vague de colère enfle dans ma poitrine. Je ne comprends pas, je ne comprendrai jamais ce type de comportement.

– Mais pourquoi ? C'est atroce, s'exclame Cassiopée derrière moi.

Ils reviennent à peine mais ont entendu les confidences d'Ahmed.

– Avoir un fils homosexuel ne faisait pas partie de leur plan de vie, mais je préfère être loin et être moi-même plutôt que de jouer un rôle.

Je hoche la tête alors que Cassiopée pose sa main sur mon épaule. D'un signe de tête, elle me fait signe de me relever et de la suivre. Une fois de plus, une étincelle rebelle anime ses yeux. Elle n'a cessé de me surprendre, ce soir. Par l'attention qu'elle a portée à George, mais aussi dans l'intérêt qu'elle accorde à Ahmed. Cette nuit, elle nous a fait découvrir un nouveau visage d'elle. Bien loin de celui d'une starlette imbue d'elle-même.

– On ne peut pas le laisser là, Elliott ! attaque-t-elle dès qu'on est assez loin pour que le jeune homme ne nous entende pas.

Daniel nous a suivis et pose un regard sérieux sur moi.

– Tu sais qu'elle a raison, il est trop jeune pour rester à la rue.

– Je le sais ! Je ne suis pas idiot !

Adossé au bout de l'allée, j'observe Ahmed et Liberty. Il lui caresse la tête alors qu'elle essaie de lui donner de grands coups de langue. Ils sont émouvants, tous les deux. Comment peut-on se retrouver aussi jeune dans une situation aussi dure ?

Une petite voix résonne dans ma tête et me fait grimacer de douleur.

Elisabeth avait le même âge que lui. Ma sœur était aussi une victime de l'indifférence de certains et des règles des autres. Est-ce que si j'avais eu le choix je l'aurais laissée passer la nuit dans cette allée froide et glaciale ? Non, bien sûr que non ! Je l'aurais mise dans la voiture et ramenée à la maison en moins de temps qu'il ne faut pour le dire.

Je souffle entre mes doigts gelés, dépassé. Il y a une solution à toute cette situation, c'est certain ! Il faut simplement que je mette le doigt dessus.

– Je vais trouver quelque chose, laissez-moi juste un peu de temps.

Daniel et Cassiopée acquiescent en silence et je rejoins le jeune homme, bien décidé à l'aider.

– Dis-moi, Ahmed, tu as un diplôme ?

– Non, mais j'avais un petit boulot avant.

– Ah oui ? Et tu faisais quoi ?

– La plonge dans un restaurant.

– Et ça te plaisait ?

– Pas vraiment, mais ça me permettait de mettre de l'argent de côté et de payer les croquettes de Liberty. J'ai essayé de retrouver une place en arrivant sur Londres, mais il se posait toujours le problème de la garde de Liberty pendant mes heures de travail. Sans logement, je ne peux pas la laisser seule dans la rue, sinon elle finira à la fourrière.

Je me masse les tempes, toutes les informations tournent en boucle dans ma tête. Et puis un détail fait tilt. Je me redresse en vitesse.

– Je reviens, je crois que j'ai une idée !

Je m'écarte du jeune homme et sors mon portable de ma poche. Je suis fébrile et il me faut plusieurs essais avant d'arriver à déverrouiller mon écran. Cassiopée et Daniel reviennent de la voiture et je les arrête d'un geste de la main. Ils sont devenus inséparables, ces deux-là… *De vrais siamois*.

– J'ai peut-être une solution. Laissez-moi quelques secondes.

CHAPITRE 21

Un éclair de surprise passe dans leur regard et ils s'arrêtent à mes côtés, croisant les bras dans l'attente d'explications. La sonnerie s'égrène dans le combiné et je me mords les lèvres d'impatience. Allez, réponds !

– Chez Al, Fish & Chips de qualité, que puis-je faire pour vous ?

– Salut Al, c'est Elliott ! Dis-moi, je me demandais si tu cherchais toujours quelqu'un pour t'aider au restaurant ? lancé-je de but en blanc.

– Elliott, quel plaisir de t'entendre, tu as l'air en forme !

– Je ne me porte pas trop mal, mais cette annonce…

– Non, je n'ai trouvé personne, mais pourquoi ? Ça t'intéresse ? Tu cherches à te reconvertir ?

Son rire chaleureux me fait esquisser un sourire.

– C'est pour aider un jeune que nous venons de trouver près de Paddington. Je me suis dit que l'embaucher te soulagerait et ça l'aiderait à mettre un peu d'argent de côté pour rebondir.

– Je t'apprécie beaucoup, Elliott, mais tu te doutes bien que je ne peux pas accepter sans le rencontrer d'abord et sans l'accord de Martha.

– Évidemment, Al, surtout que j'ai une seconde faveur à te demander.

Je me mordille les lèvres, la partie la plus compliquée va se jouer maintenant.

– Eh bien, vas-y, que veux-tu ?

– Est-ce que l'appartement au-dessus du restaurant est toujours vacant ?

L'éclat de rire d'Al me fait grincer des dents et je redoute sa réponse.

– Laisse-moi deviner, tu veux que je le loge en échange d'un coup de main au restaurant. Je ne dis pas non, mais ça dépendra de l'entretien !

– Merci, Al, soufflé-je, soulagé que sa réponse ne soit pas un non catégorique. Est-ce que ça te dérange si on passe tout de suite pour faire les présentations ?

– Si tôt ? s'étonne Al.

– C'est que la situation presse un peu, si on ne lui trouve pas un refuge très vite, il va encore passer la nuit dans la rue.

– Très bien, dans ce cas, venez, je vais prévenir Martha.

– Merci, Al, tu es le meilleur !

Dans la seconde qui suit la fin de l'appel, Daniel me donne une accolade chaleureuse et Cassiopée sautille en frappant dans ses mains, un large sourire rayonnant sur son visage. Une douce chaleur parcourt mon corps devant leur joie. Après tout, l'espoir existe encore !

La clochette du restaurant d'Al tinte alors que je pousse la porte d'entrée, Ahmed, Daniel et Cassiopée à ma suite. Plusieurs clients se retournent vers nous ; certains grimacent en remarquant la tenue débraillée et pas très propre d'Ahmed, mais aucun n'ose faire de réflexion. Je remarque que Cassiopée cache ses cheveux sous son bonnet et le descend jusqu'à la lisière de ses yeux.

Al sort de derrière son comptoir avec un grand sourire aux lèvres et s'approche de nous.

– Venez, asseyez-vous ! Nous serons plus à l'aise pour discuter. Vous voulez boire ou manger quelque chose ? nous demande-t-il avec enthousiasme en nous entraînant vers le fond de la salle et en posant une de ses épaisses mains sur mon épaule.

Chacun d'entre nous refuse avec politesse et nous prenons place. Ahmed regarde autour de lui, mal à l'aise, se tortillant sur sa chaise, un air gêné sur le visage. J'imagine sans peine ce qui lui traverse l'esprit : il s'attend à se voir délogé dans les minutes qui arrivent. Beaucoup des sans-abri que nous avons sortis de la rue nous ont parlé de cette impression de ne pas être à leur place dans le monde normal.

Cassiopée pose une main rassurante sur le bras du jeune homme et lui lance un regard encourageant.

– Ne t'inquiète pas, tout va bien se passer, l'entends-je lui murmurer avec douceur. Au pire, je t'emmène avec moi ce soir !

Je lève les yeux au ciel devant sa désobéissance, mais je ne peux réprimer un sourire en coin.

Martha nous rejoint et s'installe aux côtés de son mari tout en nous lançant un sourire accueillant.

– Alors, Elliott, si tu nous expliquais la situation ? commence Al avec bienveillance.

J'acquiesce et désigne le jeune homme.

– Voici Ahmed, il a dix-neuf ans et vit dans la rue depuis quelque temps avec sa chienne, Liberty.

Je n'en dis pas plus, le reste de son histoire lui appartient et c'est à lui de choisir de la raconter ou non.

Le froncement de sourcils sceptique de Martha ne m'échappe pas. Je vais devoir la jouer fine. D'une main puissante, je serre l'épaule du garçon pour lui donner du courage et de la force, et je reprends.

– Comme vous le savez, l'hiver est déjà là et les températures descendent de plus en plus chaque nuit. Le souci, c'est qu'il n'y a pas de place vacante dans un refuge pour lui et sa chienne avant plusieurs jours, voire plusieurs semaines. Nous avons donc cherché une autre solution et c'est là que je me suis souvenu que vous cherchiez une aide au restaurant et que vous aviez un petit studio de libre… Je sais que c'est beaucoup vous demander, mais je suis certain que c'est le meilleur choix pour tout le monde !

Martha et Al restent silencieux plusieurs secondes, augmentant un peu plus le stress autour de la table. Ahmed baisse la tête, déjà résigné à rejoindre la rue.

– Elliott, tu sais que nous t'apprécions beaucoup, mais ce que tu nous demandes, c'est énorme, commence Martha.

– Je sais, et je ne le ferais pas si nous n'étions pas au pied du mur.

– Est-ce qu'il a seulement déjà travaillé dans la restauration ?

Je donne un léger coup de coude à Ahmed pour le pousser à répondre. Les cartes sont entre ses mains, il doit prouver à Martha et Al qu'il mérite leur aide.

– Oui, j'ai travaillé à la plonge dans un restaurant à côté de chez moi pendant presque un an, bredouille-t-il.

En chef d'entreprise, Martha le détaille avant de poursuivre son interrogatoire.

– Et est-ce que tu sais cuisiner ?

Ahmed grimace et cache ses mains sous la table.

– Non, mais je suis prêt à apprendre.

Avec discrétion, je croise les doigts sous la table. Je ne suis pas superstitieux, mais si ça a la moindre chance de fonctionner, je suis preneur.

– Qui me dit que dans une semaine tu ne vas pas jeter l'éponge ?

– Je sais que les horaires sont contraignants dans la restauration, mais je suis prêt à travailler autant qu'il le faut sans me plaindre. Je sais ce que c'est de ne rien avoir, je veux juste pouvoir prendre soin de Liberty comme elle le mérite.

– Liberty ?

– Ma chienne.

Martha et Al échangent un regard surpris.

– Ce n'est pas une décision à prendre à la légère, nous devons en discuter.

– Bien entendu, nous comprenons, la rassuré-je.

Le couple se retranche dans la cuisine pour parler. À mes côtés, Ahmed semble prêt à sauter de sa chaise pour s'enfuir en courant d'une minute à l'autre. Je pose une main sur son épaule pour l'obliger à me regarder.

– Quelle que soit leur réponse, sache que nous ne t'abandonnerons pas. Nous trouverons une solution, d'accord ?

Il hoche la tête alors que Daniel, jusqu'ici étrangement silencieux, laisse échapper un soupir.

– J'ai besoin d'une portion de frites !

Interdits, nous le dévisageons tous sans comprendre. Il hausse les épaules avec une mimique d'excuse.

– Quand je stresse, il faut que je mange. Et là, je pourrais avaler un ogre !

Son intervention a le mérite de nous dérider quelques minutes, laissant assez de temps à Al et Martha pour revenir de la cuisine. Anxieux, nous les fixons avec attention alors qu'ils se réinstallent avec nous.

– Très bien, ne faisons pas durer le suspense : nous avons décidé de prendre Ahmed à l'essai pour deux semaines et de lui mettre le loft à disposition. Mais s'il y a le moindre problème, nous serons obligés de rompre tout contrat entre nous, est-ce clair ?

Je saute sur mes pieds et prends Martha et Al chacun leur tour dans mes bras.

– Merci ! Vous êtes les meilleurs !

Ahmed reste silencieux, les yeux embués de larmes et la bouche entrouverte, trop ému pour répondre. Il tremble en serrant la main que lui tend Al.

– Merci, vous ne le regretterez pas, je ferai tout pour ne pas vous décevoir, bredouille-t-il.

– J'y compte bien, jeune homme !

Daniel et Cassiopée me lancent un sourire franc et Ahmed un regard reconnaissant. L'émotion qui se reflète dans les yeux de Cassie me perturbe. Un mélange de tendresse, d'admiration et de douceur qui me retourne l'estomac et me désarme. Le désir de partager ce bonheur par plus qu'un regard me fait faire un pas dans sa direction. La prendre dans mes bras, serrer son corps fin contre le mien, sentir sa joie résonner en harmonie avec la mienne. J'ai envie de tellement plus. Désorienté, je me reprends au dernier moment en me tournant vers Al qui sort une bouteille de derrière son bar.

– Vous ne direz pas non à un petit verre pour fêter ça !

Aucun de nous n'ose refuser et nous trinquons sous le regard interdit des clients.

– Allons chercher tes affaires, Ahmed.

Tous me suivent jusqu'à la voiture, où Liberty nous accueille avec des jappements et de grands coups de langue. En quelques minutes, le jeune homme est installé au-dessus du restaurant. La pièce a en effet bien besoin d'un grand nettoyage, néanmoins il en fait peu cas et nous étreint avec force.

– Merci beaucoup ! Grâce à vous trois je ne vais pas passer Noël dans la rue, mais au chaud et le ventre plein. J'aurai même de quoi acheter de la pâtée à Liberty, et vu la manière dont elle me soutient, elle l'a bien mérité !

– C'est avec plaisir, Ahmed. Surtout, si tu as besoin, n'hésite pas à nous contacter à l'association.

On échange une poignée de main puissante et pleine de promesses.

C'est le cœur plus léger que nous reprenons la route du retour jusqu'à l'association. Le trajet s'accompagne des piaillements survoltés de Daniel et Cassiopée, surexcités par la soirée riche en émotions que nous venons de vivre. En mon for intérieur, j'ai envie de prendre part à leurs effusions de joie, mais je m'abstiens. Leur rapprochement me contrarie plus que je ne souhaite l'admettre. Plus elle se fait une place dans ma vie, plus sa présence me terrifie tout en me fascinant. J'ai l'impression de me noyer dans un flot de sentiments contradictoires.

Et j'ai beau me réjouir de nos réussites de cette nuit, je suis bien trop conscient que baisser ma garde devant elle reviendrait à lui laisser la porte ouverte à mes pensées, à mes doutes et à mes envies…

La porte de mon casier s'ouvre dans un grincement et j'y jette mon blouson de l'association. Je dois me dépêcher, j'ai encore quelques détails à régler pour le bal de Noël avec Suzy.

Dès notre retour, j'ai abandonné Daniel et Cassiopée, incapable de garder mon masque de neutralité devant leur bavardage incessant et leur complicité évidente. J'en veux encore à Daniel d'avoir pris la défense de Cassie sur cette histoire d'hôtel. Lui, plus que tout autre, connaît les règles, et il les a sciemment ignorées pour elle. Je n'aime pas ce lien qui se crée entre eux. D'un geste rageur, j'enlève mon pull et mon tee-shirt que je roule en boule au fond de mon casier.

Je rejoins le bureau de Suzy à grandes enjambées. J'ouvre la porte avec fracas et un glapissement me fait relever la tête.

Clara se tient devant le tableau en liège. Une main sur le cœur, elle sourit en me reconnaissant. Je fronce les sourcils alors qu'elle s'approche de moi.

– Elliott, tu m'as fait peur !

– Qu'est-ce que tu fais là, Clara ?

– Je voulais voir Suzy pour lui parler du bal de charité, mais ce n'est pas grave, je repasserai plus tard.

Elle m'effleure en passant à mes côtés et ralentit à ma hauteur.

– D'ailleurs, tant que je te tiens, j'ai une question à te poser.

– Quoi ?

– Tu aurais une idée de cadeau pour Daniel ? Je veux lui faire plaisir, mais j'hésite.

– Pourquoi tu ne lui demandes pas ? râlé-je. Il est le mieux placé pour te répondre.

– Non, je veux que ce soit une surprise !

Je l'observe avec attention. Elle semble sincère, pourtant je ne m'explique pas cette lueur froide qui danse dans ses prunelles. Daniel m'a demandé à plusieurs reprises de faire un effort avec Clara, c'est l'occasion ou jamais. Je mets mes doutes de côté ; après tout, il a probablement raison quand il dit que je suis paranoïaque. Je me passe la main dans les cheveux en réfléchissant.

– Il m'a parlé d'un match de rugby auquel il voulait assister cette semaine.

– Super ! Merci beaucoup, Elliott !

Enthousiaste, elle enroule ses bras autour de mon cou et me serre contre elle en riant. Je grimace, prêt à la repousser, quand le visage souriant de mon meilleur ami s'invite dans mon esprit. Prenant sur moi, je lui accorde quelques secondes avant de m'éloigner.

– Tu es bien plus cool que tu ne le laisses paraître ! Merci encore pour ton aide !

Avec énergie, elle plaque un baiser sur ma joue et s'échappe du bureau en riant. Perplexe, je reste les bras ballants avant de repérer le regard fuyant de Cassiopée à travers la vitre du bureau. Je n'ai pas le temps de réagir qu'elle s'éloigne d'un pas vif. Prêt à lui courir après, je me reprends. *Garder mes distances, protéger Olivia !* Je ferme les yeux en expirant un grand coup. Je ne peux pas me laisser aller, rien de bon n'en sortira. Alors pourquoi ai-je la sensation de faire une erreur ?

Suzy me sort de mes réflexions en pénétrant dans son bureau.

– Elliott, que fais-tu là ? Je pensais que tu étais déjà parti.

– Non, nous devons discuter du bal de charité. Maintenant que tu as mis les bénévoles au courant et que l'organisation est lancée, nous devons penser aux donateurs. Tu sais aussi bien que moi que je n'ai pas le répertoire de mes parents.

– Tu as raison, je me suis aussi posé la question.

– Mes parents ont déjà organisé ce genre d'événements par le passé, peut-être ont-ils gardé une liste des invités quelque part… Je comptais regarder dans les archives, ce soir, si ça ne te dérange pas.

– Bonne idée, même si je ne me souviens pas d'avoir vu quoi que ce soit s'en rapprochant dans les dossiers, me répond-elle avec une mine crispée. Allons-y.

Une pile de dossiers chacun, nous parcourons les différents feuillets, de plus en plus désespérés.

Cette liste semble s'être volatilisée, et sans elle, organiser le gala de charité va être bien plus compliqué que prévu. Tous ces gens étaient des donateurs réguliers que mes parents connaissaient et, à part quelques noms, je suis incapable de m'en souvenir. J'ai toujours détesté l'hypocrisie et les faux-semblants, alors je suis resté aussi loin que possible de ce milieu. Aujourd'hui je le regrette. Si j'avais plus écouté ma mère à l'époque, je ne serais pas dans cette impasse…

CHAPITRE 22

Lundi 3 décembre

Ce Noël aura ma peau, je n'ai plus aucun doute… Mon bureau, en temps normal très ordonné, n'est plus qu'un champ de bataille de feuilles volantes et de classeurs éventrés. Perdu au milieu des dossiers de mon père, je ne sais plus où donner de la tête. J'ai retourné toute la pièce depuis que je suis rentré de mon rendez-vous avec mon avocat. Tous les moyens sont bons pour m'éviter de ressasser la nouvelle que Charles m'a annoncée. Sauf que je n'arrive pas à mettre la main sur la liste de donateurs et que mon dérivatif ne fonctionne pas tant que ça. Je suis persuadé de l'avoir vue il y a quelques années. Elle existe ! Et pourtant, impossible de mettre la main dessus.

D'un geste rageur, je laisse retomber la pochette que je tiens sur le bureau. Elle s'écrase dans un bruit mat et résonne dans le silence angoissant de la pièce, le même que celui qui a suivi l'annonce de mon avocat. Avant que je ne craque.

– Bien sûr, je comprends votre colère, mais le procès initial accordait la garde de votre nièce à vos parents, pas à vous ! Le père a tous les droits de demander une révision du dossier maintenant que vous êtes le tuteur d'Olivia. Mais ne vous inquiétez pas, cette fois encore, nous gagnerons !

Mon poing s'écrase contre le bureau avec force.

– Je ne vous paie pas pour que vous me brossiez dans le sens du poil, Charles ! Soyez honnête et effacez-moi ce sourire faux de votre visage. Quelles sont mes chances ?

– C'est-à-dire que la situation a bien évolué depuis dix ans... Votre ami a une certaine notoriété qui joue en sa faveur, une vie plus stable qu'à l'époque. Certains diraient même que c'est un photographe de renommée mondiale...

– Ce n'est pas mon ami, grondé-je.

– Peut-être, mais à l'inverse de vos parents, vous êtes seul, ce qui vous place au même niveau que le père d'Olivia, et vous désavantage...

– Au même niveau ? Vous vous moquez de moi ? Cet homme a abandonné ma sœur et son enfant avant même qu'il ne naisse ! C'est quand même moi qui m'occupe d'elle depuis un an, ça ne peut pas compter pour rien !

– Peut-être, mais le juge peut considérer qu'il y a prescription, et que comme la demande vient du père, il mérite une seconde chance.

– C'est un manipulateur ! Tout ce qu'il veut c'est se venger et récupérer l'héritage d'Olivia !

Débrouillez-vous comme vous le voulez, payez-le s'il le faut, mais arrangez-moi ça !

– Je vais faire de mon mieux, monsieur.

Furieux, je quitte son bureau en claquant la porte. Ce n'est qu'un cauchemar !

Je lâche le désordre des yeux au son des trois petits coups à la porte. Olivia passe la tête par l'ouverture. Son visage grimace en une moue adorable et elle entre sur la pointe des pieds en évitant les documents au sol.

– Si Maggie voit ça, elle va faire une crise, s'amuse ma nièce.

– Je cherche un dossier, marmonné-je, je rangerai quand j'aurai fini. En attendant, je compte sur toi pour ne rien lui dire.

– Très bien, mon commandant !

Immobile au milieu de la pièce, elle détaille avec attention un dossier ouvert à ses pieds. J'ai la sensation qu'elle n'est pas là pour rien, ses mains jouent maladroitement avec le bord de son gilet et ses yeux évitent les miens. Ces derniers jours, j'ai l'impression de l'avoir délaissée, trop accaparé que je suis par les problèmes qui s'accumulent.

Mais quel tuteur en carton tu fais, Elliott ! Cette sensation d'être un imposteur ne me quitte jamais dès qu'il s'agit d'Olie. Je fais de mon mieux, pourtant je sais que ce n'est pas suffisant. Elle mériterait tellement plus… Un vrai père.

– Tu veux me demander quelque chose, crapule ?

Elle lève les yeux au ciel et grimace, ce qui m'amuse. C'est plus fort que moi, je suis incapable de la voir autrement que comme l'enfant que j'ai toujours connue. Je pouffe devant son regard sombre et lève les mains en l'air en signe de paix.

– Pardonne-moi, je vais essayer de faire attention à l'avenir ! Mais tu n'es pas venue pour ça, je me trompe ?

– Non, je voudrais retourner à l'association avec toi cette semaine, j'ai encore des questions à poser à Suzy pour mon exposé.

Je serre les dents et me laisse tomber dans mon fauteuil. Je suis terrorisé à l'idée qu'elle apprenne la vérité, mais le petit bout de femme qui me regarde avec conviction me surprend. Ce n'est plus une enfant, même si j'essaie de la protéger autant que possible. Je dois me faire une raison, les vrais motifs de la création de *Food For Life* finiront par éclater et je dois l'y préparer du mieux que je peux.

– D'accord, tu pourras venir avec moi vendredi prochain.

– Merci, tu es le meilleur, tonton !

Son sourire rayonnant me fait frissonner. Pourra-t-elle me pardonner de lui avoir caché un tel secret ? Avec mes parents, nous avons menti à tout le monde. Mais décider de ne rien dire à Olie est d'autant plus difficile en ce moment.

– En fait, j'ai une autre demande, poursuit-elle avec un air mutin.

Je fronce les sourcils devant ses yeux suppliants.

– Est-ce qu'on pourrait décorer le reste de la maison ? Le sapin est magnifique, mais du coup les autres pièces font super tristes à côté !

Je manque de m'étouffer et je n'ai pas le temps de lui répondre que déjà elle enchaîne :

– Je sais que tu n'aimes pas cette fête, mais je trouve ça tellement beau une maison décorée, et puis grand-ma ne supporterait pas de voir le manoir aussi fade…

Un voile de tristesse passe dans son regard et sa voix devient plus tremblotante.

– C'était notre tradition de décorer la maison toutes les deux, ça ne sera pas pareil de le faire sans elle, mais…

Je ne peux pas lui refuser.

– Très bien, mais pas de père Noël gonflable dans le jardin !

Ses yeux pétillent de joie. J'ouvre la bouche, avalant une grande bouffée d'air, et tente de reprendre pied. Tous ces mensonges et ces secrets, toutes mes peurs qui m'empêchent d'avancer, je dois les garder aussi loin que possible d'Olivia et de son innocence. Las, je me redresse et contourne mon bureau en direction de ma nièce.

– Est-ce que ton oncle a quand même droit à un câlin où tu es trop vieille pour ça aussi ?

Elle me rejoint en quelques bonds pour se jeter dans mes bras. Je la réceptionne avec douceur et enfouis ma tête dans sa chevelure soyeuse. Je savoure cette parenthèse de douceur et tente de repousser les sombres pensées qui m'assaillent. Pour elle.

– Merci, tonton ! me murmure-t-elle en s'écartant.

Une boule se forme au fond de ma gorge. Savoir que je suis responsable de ce petit ange me fout une trouille monstre. J'ai presque failli lui gâcher Noël et pourtant, elle est là, dans mes bras, et me donne tout son amour. Parfois, j'ai la sensation que c'est elle qui veille sur moi et non pas l'inverse. Elle ressemble tant à sa mère : bienveillante et le cœur sur la main.

– Elliott, arrête-toi !

Surpris, j'appuie sur la pédale de frein et me gare sur le bas-côté dans la seconde, dévisageant Elisabeth à mes côtés. Sans un mot, elle sort en trombe de la voiture et s'approche de la clôture sur le bord de la route. Dans la pénombre, je ne discerne que des formes floues. Je quitte à contre-cœur la tiédeur de l'habitacle et m'approche de ma sœur. Accroupie, elle ne me prête pas attention, mais je l'entends murmurer dans le silence de la campagne environnante.

– Chut, calme-toi, ne bouge pas, tu vas te faire mal.

De plus en plus intrigué, je m'avance jusqu'à discerner un mouton aux prises avec le grillage délimitant un champ. Les pieds dans la boue, Elisabeth essaie de faire passer la patte de l'animal de l'autre côté.

– Viens m'aider au lieu de rester les bras ballants, m'interpelle ma sœur.

– Eli, tu sais que tu ne peux pas sauver tous les êtres que tu trouves sur ton chemin...

– Peut-être, mais si j'en ai l'occasion, je ne vois pas pourquoi je n'essaierais pas.

Sachant qu'elle ne lâchera pas l'affaire, je retrousse mes manches et m'avance pour lui prêter main-forte.

En quelques minutes, la pauvre bête est libre et s'éloigne dans un bêlement rejoindre le troupeau. Les joues rougies par le froid et un sourire éclatant aux lèvres, ma sœur me tape dans la main.

– Encore une mission réussie pour les Knight !

Je m'amuse de son enthousiasme. Sa gentillesse et son ingénuité sont ce que je préfère chez elle. Au contraire de nos parents, elle n'a pas peur de se salir les mains pour faire ce qui lui semble juste, ignorant les conventions. Sa belle tenue n'est plus qu'un vague souvenir, mais elle rit et sautille dans la boue comme si c'était tout à fait normal.

– Ta soirée ! Nous allons être en retard !

Elle se précipite vers la voiture, et je pouffe avant de la rejoindre.

– Pas de panique, mes potes ne sont pas les rois de la ponctualité.

– J'ai hâte de revoir Daniel, j'ai l'impression que ça fait un siècle que je n'ai pas entendu une de ses blagues.

– Ne lui dis surtout pas que ça te manque, sinon il ne va pas arrêter de la soirée.

Nous échangeons un regard et nous rions de bon cœur. Tout est toujours si simple avec Eli.

La ressemblance entre Olivia et sa mère me frappe un peu plus. Cette même innocence qui me rappelle tant ma sœur. J'hésite un instant à lui révéler toute la vérité sur sa mère. C'est le moment, nous sommes seuls, personne pour nous déranger, du temps devant nous pour en discuter et un environnement familier. Tous les critères sont réunis pour que je puisse lui annoncer, mais mes lèvres restent soudées. J'ai la sensation d'être un lâche. Pourtant, avec le retour de son père qui ne manquera pas une occasion pour me discréditer à ses yeux, je dois parler… Je plonge mon regard dans le sien et j'entrouvre les lèvres, bien décidé. Aucun son n'en sort. Par où commencer ? Par quoi ?

Je n'ai pas le temps de réagir que déjà ma nièce s'éloigne, souriante. Je pourrais la retenir. Je le devrais, mais son visage rayonnant de joie m'en empêche. C'est égoïste de ma part, mais j'ai envie de profiter de son insouciance encore quelque temps.

Avant de passer le pas de la porte, elle se retourne avec un air espiègle.

– Au fait, pour ma soirée pyjama avec mes amies, Cassiopée m'a dit que ça la dérangeait pas de nous surveiller !

Je mets quelques secondes à analyser sa remarque et elle en profite pour s'éclipser. Cette chipie n'a pas annulé ! Pourtant, au lieu d'être furieux, un éclat de rire m'échappe. C'est une vraie tête de mule, et je ne peux pas le lui reprocher : c'est un trait de famille. Autant Elisabeth que moi, nous en avons fait baver à nos parents et à Maggie quand nous avions son âge. Elle ne demande jamais rien, alors autant la laisser organiser sa soirée. Après tout, elle aura besoin de ses amies quand elle apprendra la vérité…

CHAPITRE 23

Samedi 8 décembre

Le renfoncement de la vitrine est vide. Pas de cartons. Pas de Patrick. J'échange un coup d'œil avec Daniel. Il est aussi surpris que moi de ne pas trouver notre habitué. Je fais le tour sur moi-même, observe le reste de la rue à la recherche d'un quelconque indice.

– Espérons qu'il est au chaud chez son ami.

Daniel exprime mes inquiétudes à voix haute. Aujourd'hui nous avons terminé notre tour par lui. Si on ne l'a vu nulle part ailleurs dans le quartier, nous ne pouvons qu'espérer qu'il soit dans un refuge ou chez cet ami dont il nous a parlé la dernière fois. Je vérifierai dans les registres si nous avons un numéro de portable sur lequel je peux essayer de le joindre.

Nous remontons en voiture et, tout en mettant le contact, je laisse mon regard dévier vers le rétroviseur central et la banquette arrière vide. Cassiopée n'est pas venue ce soir. Son absence m'est encore plus désagréable que la jalousie qui me bouffe de l'intérieur devant la complicité qu'elle a tissée avec Daniel ces derniers jours. Même la distance qu'elle a instaurée depuis la soirée où elle m'a surpris avec Clara me semble une meilleure option que son silence. Ne pas la voir me perturbe bien plus que cela ne le devrait. Je me suis habitué à sa présence à nos côtés, à ses réflexions pertinentes ou à ses piques effrontées. À ses yeux rieurs qui me défient en permanence, à la courbe de sa nuque, à ses lèvres pleines qu'elle passe son temps à mordiller. Ou encore à ses boucles folles qui s'échappent en permanence de son bonnet rose et que je m'empêche de glisser derrière ses oreilles. Tout, absolument tout me rappelle qu'elle n'est pas là.

Daniel intercepte mon coup d'œil et me lance un sourire.

– Elle a dit qu'elle serait de retour demain, un souci de famille à régler.

Je hausse les épaules comme si ça m'était égal, mais savoir qu'elle a envoyé un message à Daniel pour l'avertir de son absence sans m'ajouter aux destinataires me blesse.

– Je n'ai rien dit, après tout elle a le droit à une nuit de repos. Et puis tant qu'elle prévient Suzy lorsqu'elle est absente, ça me va.

– Mais bien sûr, se moque mon meilleur ami. Je vais faire comme si tu n'avais pas passé la soirée à fixer la banquette arrière avec un regard de drogué en manque !

Je lève les yeux au ciel. Daniel et son sens de la demi-mesure habituel… même si ce souci familial m'a tourmenté toute la soirée. Impossible d'oublier les remarques de Cassiopée sur sa relation compliquée avec ses parents ou encore ce coup de téléphone de sa mère. Je me suis trituré les méninges pendant des heures avant de me faire une raison. J'ai bien remarqué qu'elle est plus distante ces derniers jours, j'ai surpris plusieurs fois ses lèvres se pincer alors qu'elle m'observait à la dérobée. Pourtant, cette fois, je suis certain que je n'y suis pour rien.

Sans que j'en aie pris conscience, la jeune femme s'est fait une place dans ma vie, et maintenant je m'inquiète pour elle.

La radio grésille et la voix déformée de Suzy résonne dans le poste.

– Elliott, Daniel, vous me recevez ?

– Oui, Suzy, lui répond Daniel dans la seconde. Que se passe-t-il ?

– Il y a eu du grabuge vers chez Margaret, je viens de recevoir une notification de la police. Est-ce que vous pourriez y faire un tour, vérifier que tout va bien ?

– Bien sûr !

Sans attendre, j'enclenche la première et m'engage dans la circulation. Mon cœur tambourine à une vitesse folle dans ma cage thoracique. J'ai la sensation qu'il va exploser tant j'angoisse qu'il soit arrivé quelque chose à cette vieille tête de mule. Une fois arrivé là-bas, je me gare en double file et sors en courant.

– Margaret, tu es là ? la hélé-je en courant jusqu'au fond de l'allée.

– Qu'est-ce qui te prend, p'tit, de débouler à une heure pareille en hurlant comme un forcené !

Une tête hirsute sort de sous son abri de fortune et elle me lance un regard noir. Je soupire, soulagé qu'elle aille bien.

– Pardonne-nous, mais on nous a avertis qu'il y avait une intervention de la police pas loin et on a voulu vérifier que tout allait bien.

– Tu es pire qu'une mère poule, mon p'tit ! Et qu'est-ce que t'aurais fait s'il y avait eu la flicaille ?

Qu'est-ce qu'elle peut m'agacer quand elle fait ça !

– Tu prends tout ça beaucoup trop à la légère, Margaret ! m'insurgé-je. Mike n'est pas la seule menace dans ces rues !

– C'est mon problème !

Je me masse les tempes, soulagé qu'elle n'ait rien, même si son entêtement me rend dingue.

– Rien qu'une nuit, Margaret. Laisse-nous t'emmener dans un refuge juste cette nuit, le temps d'être certains que le quartier est sûr.

– Et risquer de me faire voler mon spot ? Jamais ! Tu devrais prendre exemple sur la p'tite et me laisser vivre ma vie comme je l'entends.

L'étonnement me fait relever les yeux.

– De qui parles-tu ?

– Cassiopée ! Tu devrais faire comme elle, elle est adorable, elle !

– Qu'est-ce que tu insinues ? Que je suis désagréable ?

– Non, mais la p'tite, elle ne cherche pas à me traîner hors de chez moi lorsqu'elle vient me voir.

– Parce qu'elle vient souvent ?

– Ouep, presque tous les jours. Et toi, alors, tu lui as fait tes excuses depuis la dernière fois ?

Daniel pouffe derrière moi.

– Tu as loupé plein d'épisodes Margaret ! Ils se sont excusés, et maintenant ils sont « amis » (il mime les guillemets en même temps), mais ils passent leur temps à se bouffer du regard. Pire qu'une télénovela, cette histoire ! Tu devrais les voir pendant les maraudes à détourner les yeux dès que l'autre le remarque. C'est pathétique !

Je grogne, rentre ma tête dans mes épaules et fourre mes mains dans mes poches.

– Vous les jeunes, vous vous posez beaucoup trop de questions. De mon temps, c'était beaucoup plus simple et pourtant on avait pas tous vos moyens de communication modernes.

– Vous avez fini de faire mon procès ? râlé-je.

– Non, tant que tu te voileras la face, je n'arrêterai pas, s'amuse Daniel.

– Tant que Margaret n'ira pas en foyer, je ne changerai pas d'avis !

Un sourire victorieux au visage, je tourne les talons et les plante là. S'ils veulent jouer à ça, je peux être aussi fort qu'eux !

Bon, peut-être que Daniel n'a pas tout à fait tort, mais si je surveille autant Cassiopée lors des maraudes, c'est par pure conscience professionnelle ! Il a tendance à oublier que Cassie n'est pas de notre monde, que cet univers de la rue lui était encore inconnu il y a peu de temps. Même si je dois reconnaître qu'elle n'est pas désagréable à regarder et que son corps fin et souple a quelque chose d'hypnotisant. Le nez dans le coffre à la recherche d'une couverture sèche pour Margaret, je souris en mettant la main sur le bonnet rose de Cassiopée. Elle a dû l'oublier hier soir. Du bout des doigts je fais tourner la laine entre mes mains. Je n'ai jamais vu un couvre-chef aussi ridicule et pourtant sa vision m'attendrit presque ; il n'a rien de protocolaire et jure avec la tenue de l'association, mais c'est une de ces choses qui rendent Cassie unique. Rayon de soleil dans cet univers sombre. Je le range dans la boîte à gants pour ne pas le perdre avant de ramener à Margaret de quoi se réchauffer.

Je me baisse et dépose le tissu épais sur ses genoux. Sa main ridée et froide se pose sur la mienne avant que je me relève et ses yeux se plongent dans les miens. Je discerne un hématome à la base de son cou, sous le col de son manteau. Mon sang se glace. Elle me ramène à la réalité en posant sa main fraîche sur ma joue.

– Appelle-la, p'tit, ne laisse pas passer ta chance.

Ma gorge se serre devant l'intensité de son regard. Tout se mélange, Cassiopée, Margaret, l'association,

Olivia, mes parents, la garde de ma nièce… Je me secoue pour reprendre pied.

– Alors viens avec moi, Margaret.

Ça me tue de la laisser là en sachant que Mike n'est pas loin et peut s'en prendre à elle à n'importe quel moment.

– Ce n'est pas aussi simple, Elliott. Rentrez, maintenant, j'aimerais me reposer.

– Promets-moi de m'appeler s'il revient.

Je désigne du doigt le bleu qui colore sa peau. Avec flegme, elle réajuste son col et me fait signe de partir. Je serre les mâchoires en me redressant.

– Je n'abandonnerai pas, Margaret !

Daniel serre mon épaule d'une main ferme, me forçant à faire un pas en arrière. Si je continue, je risque de la braquer, et ce sera encore pire, mais je n'arrive pas à faire abstraction. Je me dégage d'un coup d'épaule de la poigne de mon ami. Dépité, j'adresse un sourire à Margaret avant de rejoindre la voiture, le cœur lourd.

Alors que nous approchons du centre, mon portable sonne dans le vide-poches. Mes doigts se crispent autour du volant.

– Tu peux regarder qui c'est ? demandé-je à Daniel.

Il fronce les sourcils en regardant l'écran puis me dévisage en silence.

– Quoi ? Qu'est-ce que c'est ?

Il me montre l'écran en pinçant les lèvres.

– C'est un message de *Joe Chill, ne surtout pas répondre*. Tu peux me dire pourquoi tu as surnommé un de tes contacts avec le prénom d'un méchant de *Batman* ? C'est quoi encore ces conneries ? C'est qui ?

Mon cœur s'accélère. Je n'arrive pas à croire qu'il m'envoie un message. Il n'a vraiment peur de rien !

– Personne ! C'est pour mieux refuser ses appels et supprimer ses messages sans les lire.

Le hoquet de stupeur de mon ami me fait lâcher la route des yeux quelques secondes, son teint livide m'inquiète. Sans parler du regard ahuri qu'il me lance.

– Elliott !

Son ton plein de reproches me laisse de marbre.

– Quand comptais-tu me dire que tu étais toujours en contact avec lui ? Et qu'est-ce que c'est que cette histoire de garde dont parle le message ? poursuit mon meilleur ami d'une voix sèche.

– Je ne suis pas en contact, il ne me lâche pas, il y a une énorme différence ! Et s'il croit que la mort de mes parents va lui permettre de récupérer la garde d'Olivia, il rêve ! J'ai déjà mis Charles sur le coup, il n'a aucune chance.

Daniel cogne l'arrière de son crâne contre l'appui-tête.

– C'est son père, n'importe quel test de paternité le prouvera.

– Il ne l'a jamais reconnue, il n'apparaît pas sur son acte de naissance, il n'a aucun droit sur elle !

Qu'il crève ! Jamais il ne s'approchera d'Olie ! contre-attaqué-je avec virulence.

– Peut-être, mais la génétique ne ment pas, et s'il fait des démarches, la loi sera de son côté, cette fois, tu le sais très bien. Je n'en reviens pas que tu ne m'en aies pas parlé !

– Il n'y a rien à dire.

– Arrête de te voiler la face, Elliott, c'est sérieux ! Tu le connais comme moi, il n'abandonnera pas aussi facilement, alors j'espère pour le bien d'Olivia que tu as un plan plus sérieux que rester les bras ballants et ignorer ses messages.

Mon poing s'écrase contre le volant. J'ai une furieuse envie de frapper dans quelque chose ou de boire du whisky jusqu'à oublier. Mais cette fois, Daniel a raison, je ne peux plus me permettre de faire l'autruche et de me planquer.

– Qu'a dit Charles ? reprend-il, l'inquiétude déformant sa voix.

– Rien.

– Elliott, je te connais, et je connais le requin qui te sert d'avocat, il t'a forcément mis en garde.

Mon ami est bien trop perspicace. Heureusement pour moi, nous arrivons à l'association. D'un bond, je descends de la voiture et claque la portière derrière moi. D'un pas vif, je traverse les locaux, ignorant les salutations des autres bénévoles, et je me change en vitesse. Ce soir j'ai besoin d'un break, besoin de m'éloigner de l'association et de profiter d'Olivia.

Alors que je m'apprête à repartir, je tombe sur Suzy qui m'attend devant l'entrée du bâtiment, les bras croisés. Vu le regard qu'elle me lance, Daniel a sûrement dû tout lui raconter.

– Il n'y a rien à dire, Suzy.

– Tu es pourtant le mieux placé pour savoir que c'est entourés de gens qui tiennent à nous que nous sommes les plus forts.

– Je suis assez grand pour prendre mes propres décisions. Laisse-moi gérer ma vie personnelle comme je l'entends !

Elle secoue la tête, blessée, et je m'en veux immédiatement.

– Pardonne-moi, j'ai juste besoin de temps.

– La porte de mon bureau est toujours ouverte.

Je fais un pas vers l'extérieur, pose la main sur la poignée et me retourne vers elle.

– Au fait, j'ai presque oublié, est-ce que tu pourrais essayer de joindre Patrick ? Il n'était pas à son spot habituel et on ne l'a pas croisé de toute la maraude. Je veux m'assurer qu'il ne lui est rien arrivé.

– Pas de souci, je vais voir si j'ai un numéro pour le joindre.

– Merci, Suzy.

Je fonce vers Lola sans attendre et le moteur vrombit sous mon pied. Je file jusqu'à l'autoroute et laisse le bolide avaler le bitume. Le pied sur l'accélérateur, je ne regarde même pas le compteur. Je file aussi vite que possible. J'ai besoin de faire le vide.

CHAPITRE 24

Les flammes dansent dans l'âtre et le bois crépite. Je suis arrivé trop tard, Olivia dormait déjà et je n'ai pas pu me changer les idées en sa compagnie. Pas de rire, pas de moue malicieuse, juste le silence et des souvenirs entêtants. Sous l'œil inquiet de Maggie, je me suis servi un verre de cognac avant de m'installer devant la cheminée, ressassant les paroles de Suzy et Daniel. Ils ont raison, je dois arrêter de fermer les yeux. Charles est un très bon avocat, mais je dois préparer un plan de secours.

– Monsieur Elliott, je vais me coucher, vous devriez en faire de même.

Maggie se tient dans l'embrasure de la porte et son air soucieux ne m'échappe pas.

– Je ne vais pas tarder, Maggie.

Elle acquiesce et disparaît dans la maison silencieuse. Mon esprit tourne à plein régime alors que je fixe le feu. Ce n'est pas la première fois que le père d'Olivia essaie d'entrer en contact avec moi depuis toutes ces années. Jusqu'à maintenant, j'ai réussi à le garder à distance d'Olivia. Mais cette fois-ci, l'ignorer ne sera pas suffisant. Si seulement mes parents étaient vivants, eux sauraient quoi faire !

Entre ça, le bal de charité et cette liste introuvable, les journalistes et Cassie… L'intrigante actrice ne quitte plus mes pensées ces derniers jours. Je ne pensais pas remarquer son absence aujourd'hui et pourtant je n'ai pas cessé de ruminer et de m'inquiéter à son sujet. C'était encore pire que si elle avait été présente. Et puis je suis agacé qu'elle ne m'ait pas prévenu. C'est quand même moi qui lui ai fait découvrir l'association, et je n'ai même pas droit à un message !

Sans sourciller, je prends mon téléphone. Mes doigts tapent en vitesse sur l'écran tactile et je ne me relis même pas avant de l'envoyer.

Elliott : Comptes-tu venir demain ?
Daniel prend sa soirée, j'ai besoin
de savoir si je peux compter sur toi.

Après tout ce n'est pas un mensonge, Daniel et Clara vont assister au match de rugby demain soir et l'excitation dans le regard de mon meilleur ami m'a dissuadé de lui avouer que la « super idée » de sa copine venait en réalité de moi. Au moins, un de nous deux va profiter de sa soirée et je ne compte pas lui gâcher son bonheur.

Je m'apprête à aller me coucher quand la sonnerie de mon portable résonne dans la pièce. Je fronce les sourcils en découvrant le prénom de Cassiopée qui s'affiche sur l'écran de mon téléphone. J'hésite quelques secondes à décrocher, mais ma curiosité l'emporte.

– Oui ?

– Elliott.

Sa voix est pâteuse et semble plus aiguë qu'à l'accoutumée.

– Cassiopée, tout va bien ?

Elle me répond en gloussant. Son comportement me surprend.

– Que se passe-t-il ? Tu as bu ?

– Peut-être bien, mais qu'est-ce que tu peux en avoir à faire, il y en a que pour ta petite personne, de toute façon !

Bouche bée, je cherche à comprendre. Qu'est-ce que j'ai bien pu faire ? Malgré les reproches que je discerne dans sa voix, j'imagine très bien cette lueur guerrière dans son regard, la même qui illumine ses pupilles chaque fois qu'elle me contredit. Je regrette qu'elle ne soit pas en face de moi pour pouvoir en profiter. Juste apercevoir une fraction de seconde cette étincelle qui m'électrise et me fait me sentir vivant.

– Et pour répondre à ton message adorable et attentionné, oui, je serai là demain soir, tu peux compter sur moi. Même si la réciproque ne semble pas de rigueur…

– Et je peux connaître les raisons de ces critiques ?

Un ricanement moqueur lui échappe et me fait frissonner de colère.

– Tu vois, Elliott, c'est justement le problème. Tu es tellement égocentrique que tu ne te rends pas compte une seconde de tout le mal que tu fais autour de toi.

– Pardon ?

Je n'arrive pas à aligner deux mots tellement je suis abasourdi. À l'inverse, elle semble totalement désinhibée.

– Ouvre les yeux, Elliott. Tu enfermes ta nièce dans un cocon, tu monopolises ton meilleur ami, ta nanny vit chez toi, tous tes proches se plient à tes moindres désirs. Tu ne te poses pas la question de savoir s'ils sont heureux de cette situation !

– Et en quoi ça te concerne ? grondé-je, rageur.

Elle se tait, son souffle saccadé dans mon téléphone me rend fou. Je ne comprends pas son brusque changement d'attitude. Que s'est-il passé en vingt-quatre heures pour qu'il y ait un tel revirement de situation ?

– Explique-moi, Cassiopée, reprends-je d'un ton plus doux pour la calmer.

Ma langue semble plus lourde alors que ma voix devient rauque. La colère et la peur s'entremêlent dans mon esprit sans que j'arrive à les dissocier. Est-ce qu'elle est en train de mettre fin à cette amitié bancale ?

– Il n'y a rien à expliquer, Elliott ! Tu prends sans jamais rien donner en retour.

– Comment ça ?

– J'adore Olivia et vous aider à l'association est probablement une des choses les plus gratifiantes que j'ai vécues ces dernières années, mais même si je le fais avec plaisir, tous ces changements dans ma vie ont des répercussions dont tu te moques éperdument ! Tu t'amuses à souffler le chaud et le froid. Un jour j'ai l'impression d'enfin avancer, que tu es prêt à faire un pas vers moi, et le lendemain tu redeviens distant et imperméable à toute amitié. Je pensais que, malgré tout ce qui nous séparait, nous pourrions vraiment être amis, j'y ai cru… Et puis tu m'envoies ce genre de message sec et impersonnel. Que suis-je pour toi ? Un jouet ? Une poupée sans âme ni sentiment ? Je suis fatiguée de toujours faire des efforts pour essayer de te comprendre. J'ai bien assez à faire avec ma mère comme ça pour ne pas perdre de temps à me battre avec toi.

Sa tirade me glace. Elle a raison. Depuis le début je me suis comporté comme un rustre avec elle et je l'ai tenue à l'écart dès que nous faisions un pas en avant. C'est ma manière de fonctionner depuis des années. De nous protéger avec Olivia. Je ne m'étais jamais rendu compte à quel point cela pouvait être difficile à vivre pour les autres.

Je suis partagé entre l'agacement qu'elle ne comprenne pas mes raisons et la culpabilité de ne pas lui avoir donné une chance de mieux me connaître. J'ai la sensation que cette conversation est un adieu. Je cherche mes mots, mon esprit tourne à plein régime pour obtenir un sursis. Olivia ne me pardonnera jamais si Cassie s'éloigne d'elle à cause de moi.

– Je dois retrouver mes vrais amis. Bonne soirée, Elliott.

– Attends, Cassiopée, nous devons discuter ! Tu ne peux pas me dire tout ça sans me laisser une chance de m'expliquer !

– On verra ça demain. Après la journée que je viens de passer, je n'ai pas envie d'une énième discussion stérile.

– C'est qui l'égoïste, maintenant ? lâché-je, en colère.

Je suis dur, mais j'ai appris ces dernières semaines que la défier est le meilleur moyen de la pousser à se confier. Pour cela aussi, nous nous ressemblons plus que je ne souhaiterais l'avouer.

– Cass, tu fais quoi ? intervient une voix grave. On t'attend pour ouvrir le champagne.

Je frissonne devant le ton rauque et sec de l'homme qui s'adresse à Cassiopée.

– J'arrive, trente secondes !

– Dépêche-toi ! Tout le monde t'attend ! Et à qui tu téléphones ? Tu ne peux pas te détendre, pour une fois ? Je croyais que tu voulais oublier ta journée de merde avec ta mère, ricane l'homme.

– C'est bon, j'arrive ! Pas besoin de faire ton rabat-joie.

Ma colère fait place à l'inquiétude. Qui est cet homme ? Que s'est-il passé avec sa mère ? Je sais trop bien ce que l'alcool peut faire comme ravages, surtout quand on l'utilise pour oublier.

– Où es-tu ? lui demandé-je dans la seconde.

Un éclat de rire railleur lui échappe.

– Pourquoi je te le dirais, Elliott ?

Je souffle pour ne pas laisser libre cours à mon exaspération.

– Je veux juste t'aider, Cassiopée. Et pour ce que ça vaut, laisse-moi te dire que l'alcool n'est pas la solution.

– Je me débrouille très bien, et je suis avec mes amis ! Il n'y a rien d'illégal à se détendre de temps en temps ! Pourquoi soudainement ça t'intéresse, ce que je fais ?

– Je n'aime pas te savoir dans cet état ! lâché-je malgré moi.

Son rire cristallin me blesse plus que je n'aurais pu l'imaginer.

– Tu veux me faire croire que tu t'inquiètes pour moi ? Je te rassure, je ne risque rien au *Mist* et Trent est là pour prendre soin de moi. Sur ce, bonne soirée Elliott, et à demain.

Elle me raccroche au nez et je reste figé quelques secondes. Elle a bien dit le *Mist* ? Je sais où elle se trouve ! Et cette nouvelle m'angoisse plus qu'elle ne le devrait.

Le *Mist* est un night-club réputé de la haute société que je connais trop bien. Je l'ai fréquenté assez souvent pour savoir que la décadence y règne. Je m'empresse d'enfiler ma veste, d'attraper mes clefs et de monter à bord de Lola. Rien à faire de passer inaperçu ce soir, j'irai bien plus vite comme ça.

Ma conduite est saccadée et nerveuse. Je ne respecte pas les limitations de vitesse et me faufile jusqu'au quartier de Mayfair en un temps record. Les souvenirs de mes dernières soirées dans ce club me hantent.

Daniel, Peter et Nick rient à gorge déployée, avançant leur verre plein vers le mien. Le cristal retentit lorsque nous trinquons.

– À nous ! s'exclame Nick. Et à cette soirée !

Il glisse sa langue dans la bouche de son voisin. Encore une nouvelle victime à accrocher au tableau de chasse de mon ami. Peter lance un regard à la ronde, cherchant lui aussi sa prochaine proie. Je me laisse griser par l'alcool et l'ambiance de la boîte de nuit. Le Mist *est notre repaire, toutes les occasions sont bonnes pour y faire la fête. Je glisse mon bras sur le rebord de la banquette derrière moi et échange un regard avec une brune plantureuse quelques mètres plus loin. Son regard de velours glisse sur moi alors que ses lèvres jouent avec la paille de son cocktail. Daniel suit mon regard.*

– Putain, mec, tu n'arrêtes jamais, ma parole ! s'amuse-t-il en avalant une gorgée de son verre.

– Ce n'est pas ma faute, elles se jettent toutes à mes pieds.

– Laisses-en un peu pour tes potes, s'amuse Peter en jetant à son tour un regard intéressé à la jeune femme derrière lui.

– Vous êtes irrécupérables, se marre Daniel.

– On n'a pas les mêmes objectifs, Daniel. Toi tu rêves du grand amour, nous on veut s'amuser et passer du bon temps.

– Un jour, Peter, tu trouveras une femme qui te donnera envie de te poser et de changer !

– Peut-être, mais certainement pas ce soir.

Je les observe en souriant ; ils n'arrêtent jamais de se chamailler.

Après un dernier baiser enflammé avec son Jules, Nick se tourne vers nous et lève un sourcil interrogateur.

– Qu'est-ce que vous faites encore là ?

– Et toi alors ? lui retourné-je en riant.

Nick a l'habitude de disparaître de nos soirées assez vite avec ses conquêtes, c'est un électron libre qui fait ce qu'il veut en permanence sans se soucier du regard des autres.

– Pour une fois j'ai envie de profiter de votre compagnie un peu plus longtemps, se moque Nick.

Je me renfrogne, sachant très bien pourquoi il dit ça. Les vacances universitaires approchent à grands pas. Plus que deux semaines et je devrai retrouver le manoir familial et les exigences parentales. Le seul point positif, c'est que je vais passer un peu de temps avec ma sœur. Au moins, nous pourrons nous serrer les coudes ensemble.

– Ne me parle pas de ces vacances de Noël.

– On est tous sur Londres, on arrivera bien à s'organiser une petite soirée pour échapper à nos obligations, essaie de me rassurer Peter.

– Ça va être nécessaire, même ! ajoute Daniel en tapant du poing sur la table.

– Parfait, faisons un pacte, reprend Nick avec sérieux. Jurons solennellement que ces vacances de Noël ne seront qu'une excuse pour faire encore plus la fête !

Nous trinquons une nouvelle fois à cette nouvelle résolution. Nos verres s'entrechoquent sous nos rires. Ils arrivent presque à me faire oublier les semaines de calvaire à venir.

Bien installé contre le dossier de la banquette, je ne remarque pas tout de suite l'arrivée d'un nouvel homme. C'est la chute de Nick sur le sol qui m'interpelle. Les fesses sur le lino imitation parquet, le visage grimaçant, mon ami vocifère. Son compagnon de la soirée se tient entre lui et une montagne de muscles aux yeux furieux. Que se passe-t-il encore ? Daniel et Peter se retournent aussi. Chacun de nous se lève en vitesse lorsque le mec pousse la conquête de notre ami sur le côté avec violence et attrape Nick par le col. Je pose une main sur le bras de l'assaillant en plantant mon regard dans le sien.

– On se calme.

Son regard vitreux et colérique se tourne vers moi et un sourire mauvais déforme son visage. J'ai à peine le temps de faire un pas en arrière qu'il envoie son poing dans ma direction en relâchant Nick. Daniel récupère notre ami alors qu'avec Peter nous nous tenons sur nos gardes. Un petit attroupement s'est formé autour de nous.

– Ne nous énervons pas, il y a forcément une explication, essayé-je une nouvelle fois.

– Ton petit copain s'amuse avec mon mec ! Je vais lui faire passer l'envie de fricoter avec ce qui m'appartient !

Il se jette vers Nick, mais son corps lourd rendu maladroit par l'alcool me laisse le temps de l'intercepter. Dans la cohue, son poing s'écrase contre ma joue et me fait grimacer de douleur. Mon bras s'arme et s'aplatit sur son nez. Je sens son cartilage se tordre sous mon coup. Notre agresseur titube en arrière et Peter en profite pour encercler son torse de ses bras et le retenir, mais l'homme ne se laisse pas faire et se débat, donnant un coup de tête en arrière contre le nez de Peter.

La colère coule dans mes veines. Je lui agrippe l'avant-bras, en lui faisant une clef qui l'oblige à poser un genou au sol.

– Je te conseille de déguerpir sur-le-champ si tu ne veux pas vraiment m'énerver, sifflé-je entre mes dents.

L'intrus hésite quelques secondes, puis semble percuter que nous sommes quatre contre lui. D'un geste dédaigneux, il crache aux pieds de Nick.

– Je te retrouverai, connard !

J'accentue un peu plus la torsion de son bras, le faisant gémir avant de le relâcher en le poussant à distance de mes amis.

– Barre-toi et ne te retourne pas, ou cette fois je te brise le bras !

Peter se place à mes côtés, bras croisés sur son torse. Une fois que l'homme a disparu, je me retourne vers Nick qui grommelle en s'époussetant.

– Ça va ?

– Mieux que toi.

Il me tend une serviette en papier et pointe mon visage. Un rapide coup d'œil dans le seau à glace me confirme que j'ai une plaie sur la pommette droite. Cette brute ne m'a pas loupé. Je grogne en tapotant la blessure pour arrêter le saignement.

– Les filles vont encore plus se jeter à tes pieds avec cette blessure de guerre, se marre Daniel.

– Le brun ténébreux avec sa tête de voyou, pas très protocolaire, tout ça, se moque Peter à son tour.

– Vous me fatiguez, ris-je en me rasseyant.

– Bien sûr que non, tu te morfondrais dans ton palais, sans nous !

– Ça, c'est certain, Peter. Sans vous je n'aurais pas l'air d'un vaurien sur les photos de famille.

Mes souvenirs filent quand la devanture du club londonien apparaît devant moi.

Toujours là, presque treize ans après.

CHAPITRE 25

Je me gare en double file et observe les environs, espérant la voir. Peine perdue, il y a tant de monde devant les portes que je suis incapable de discerner quiconque. Fébrile, je sors mon portable de ma poche et essaie de l'appeler. Les tonalités s'enchaînent. Je recommence plusieurs fois avant de me faire une raison, je vais devoir entrer pour la trouver et terminer cette conversation.

D'un bond, je sors de mon véhicule et rejoins l'entrée de la boîte. Plusieurs personnes se retournent sur mon passage, je les ignore et avance d'un pas rapide jusqu'au videur.

– Faites la queue comme tout le monde, m'arrête-t-il en posant une main sur mon torse.

Je lui lance un regard noir et pointe du doigt la liste qu'il tient entre les mains.

– Elliott Knight, comte du Middlesex, je suis sur la liste. Si vous ne me croyez pas, allez chercher Nick, je ne suis pas certain qu'il apprécie que vous laissiez un de ses anciens camarades d'école à la porte !

Ma voix tonne et le brouhaha aux alentours diminue. Je bombe le torse et croise les bras dans une attitude hautaine. Le videur me lance un regard sceptique, mais ne fait pas mine de me laisser entrer. Je bous intérieurement, l'envie de forcer le passage se fait de plus en plus pressante. Dans un dernier espoir, je sors mon téléphone et cherche le numéro de Nick, désormais propriétaire du club de notre jeunesse.

À mon plus grand soulagement, il décroche après plusieurs sonneries.

– Elliott ? Que me vaut cet appel ?

– Salut, Nick, dis-je en vissant mon regard à celui du videur qui pâlit à vue d'œil. Désolé de te déranger, mais ton physio ne veut pas me laisser entrer au *Mist*, tu penses que tu pourrais arranger ça ?

Mon ancien camarade s'esclaffe à l'autre bout de la ligne.

– Attends-moi, j'arrive !

Il suffit de deux minutes cinquante à mon vieil ami pour rejoindre l'entrée de la boîte. Je souris en le voyant passer les portes. Le videur se tasse et grimace en voyant son patron me faire signe de le suivre. Je passe à côté de l'armoire à glace en lui lançant un regard entendu. Je n'aime pas user de mon titre ou de mes connaissances, mais je dois reconnaître que, parfois, ça a ses avantages.

Nick me donne une accolade chaleureuse tout en me détaillant.

– Putain, mec, ça fait longtemps que tu n'étais pas sorti de ta tanière ! Ça fait plaisir de te revoir parmi les vivants ! Raconte-moi ce qui t'amène ce soir !

Lui aussi a changé. Plus d'un an que je ne l'ai pas vu. Encore une personne que j'ai éloignée de ma vie. Son éternel sourire et ses yeux malicieux me rappellent l'époque de la fac et les quatre cents coups que nous faisions sur le campus avec Peter et Daniel.

Je cherche une excuse à lui donner alors que son regard perçant me sonde.

– Laisse-moi deviner, ça a un rapport avec une petite blonde franco-anglaise aux yeux hypnotisants que tous les tabloïds s'arrachent, non ?

Je reste bouche bée qu'il ait deviné si facilement.

– Oui, enfin non, réponds-je, confus.

Nick rit à s'en décrocher la mâchoire et me fait grincer des dents.

– Tu verrais ta tête, me taquine-t-il, on dirait un gamin qui vient de se faire prendre en train de chaparder des bonbons.

Je grogne et lui lance un regard noir. Il me fait un clin d'œil en reprenant son calme.

– Les célébrités sont le fonds de commerce de ce club *select*, je me dois de me tenir au courant des dernières actualités et j'ai très bien reconnu ta voiture sur la photo du *Post*. Comment tu l'appelles déjà ? Nina ? Leah ?

– Lola, soupiré-je.

– Oui, c'est ça ! s'exclame-t-il. Eh bien, sache que la jeune demoiselle est dans le carré VIP. Viens, je t'y accompagne, ça fait tellement longtemps que tu n'es pas venu… je ne voudrais pas que tu te perdes.

Son ton sarcastique ne m'échappe pas, mais je ne relève pas, trop impatient de sortir Cassiopée de cet endroit qui me rappelle un passé révolu. Nous franchissons le sas de l'entrée et pénétrons dans les lieux. La moiteur de la salle me surprend et je dois m'arrêter quelques instants pour m'adapter. Je cligne plusieurs fois des yeux ; j'avais oublié à quel point le *Mist* et son ambiance tamisée étaient intimistes. Les lourdes tentures en velours sombre plongent la salle dans une pénombre sensuelle et envoûtante. Seul le bar est illuminé par un jeu de lumières qui se reflètent dans les multiples bouteilles en verre. La musique rythmée d'une chanson pop me vrille les tympans. Je n'ai pas le temps de m'accoutumer que Nick me fait signe de le suivre et m'entraîne dans le fond de la pièce devant une estrade gardée par un videur.

Je tique sur les décorations de Noël qui ornent les murs et les tables du salon VIP. Ici non plus, ils ne sont pas en retard… Le son est moins fort, grâce aux vitres épaisses qui séparent la foule lambda des privilégiés. Différentes alcôves sont dispersées aux quatre coins et des rires résonnent contre les murs, me rappelant un autre temps et toutes ces amitiés perdues.

Je cherche Cassiopée du regard et l'aperçois enfin. La petite blonde est assise sur une banquette, à moitié cachée par une montagne de muscles. Ils sont une petite dizaine autour de leur table recouverte de bouteilles d'alcool et de deux seaux à champagne regorgeant de glaçons. Je ne m'attarde pas sur les visages inconnus qui l'entourent et me concentre sur la jeune femme. Elle a le regard dans le vide, se mordille la lèvre tout en faisant tourner son verre entre ses doigts. Elle semble à des années-lumière de ce qui se passe autour d'elle, n'esquissant même pas un sourire alors que ses compagnons s'esclaffent à côté.

Je fronce les sourcils. Je m'approche de la table et serre la mâchoire quand je remarque le bras de l'homme à ses côtés posé sur les épaules de Cassiopée. Les traits du visage anguleux et des épaules de rugbyman, il est l'archétype du sportif par excellence. Est-ce lui, le fameux non-fiancé ? J'ai la désagréable impression que je ne devrais pas être ici. Une fois de plus je me suis précipité sans penser aux conséquences, et à voir la scène qui se déroule devant moi, je doute que ma présence soit la bienvenue.

Je m'apprête à faire demi-tour quand un rire rauque que je reconnais me fige. Que fait-il là ?

Mon regard se fixe sur cette silhouette dans la pénombre de la table qui me dévisage aussi avec sévérité. Que fait-elle à la même table que lui ? Est-ce qu'elle l'a fait exprès ? Est-ce un piège ?

J'hésite le temps d'une seconde, mon poing me démange d'aller s'écraser sur son nez aquilin, et pourtant je préfère faire marche arrière. Il ne mérite pas mes coups et encore moins mon attention. Ce serait lui donner plus d'importance qu'il n'en a.

Je n'ai rien à faire ici, Cassiopée est avec son fiancé, et surtout, Peter est là. Nick hausse les épaules en signe d'excuse alors que je recule, mais pas assez vite, car cette voix traînante que je m'étais promis de ne plus jamais écouter m'appelle.

– Elliott, mon vieil ami… Si je pensais te revoir ici un jour, claque sa voix froide dans la pièce.

Tous les regards se tournent vers nous, alors que la colère enfle dans ma poitrine. Le sourire narquois qu'il m'adresse me rend fou. Mes poings me démangent et me font souffrir tant ils sont crispés.

– Viens donc boire un verre avec nous, on pourra parler du bon vieux temps ! poursuit-il avec ironie.

Moi qui souhaitais passer inaperçu, c'est loupé.

– Peter, grogné-je.

Un éclair de surprise traverse les prunelles de Cassiopée. Elle ne devait pas s'attendre à ce que je connaisse le *Mist* et encore moins à ce que j'y vienne. Surtout pas après notre dernière conversation. D'un geste brusque, la jeune actrice s'avance sur son siège et dégage le bras posé sur ses épaules.

Je savoure le visage défait de son voisin. La satisfaction de la voir aussi réceptive à ma présence me ferait presque oublier Peter.

– Qui est-ce ? demande avec dédain une jeune métisse à la droite de la table.

Cassiopée me lance un regard implorant dont je ne saisis pas la signification. Je fronce les sourcils alors que Peter ricane.

– Elliott Knight, un vieux copain de l'université, me présente Peter d'un ton froid.

– Je ne suis pas ton ami ! grondé-je.

– Ça c'est certain ! Ça serait même une exagération de penser que nous avons pu l'être un jour !

Son ton sec et le regard noir qu'il m'adresse sont plein de sous-entendus. Un sourire mauvais déforme son visage. Je le hais !

– C'est réciproque, moins je te vois, mieux je me porte.

La métisse étouffe une exclamation outrée en mettant ses mains sur sa bouche et l'armoire à glace à côté de Cassie se met debout. Les poings serrés, il me lance un regard noir.

– T'es qui, toi ? Qu'est-ce que tu nous veux ?

Mes mâchoires se crispent et je sens mes dents grincer. Je n'aime pas son ton. Je ne connais pas ce mec et déjà je sais que ça ne va pas le faire entre nous. Mon aversion s'accroît quand il se place devant Cassiopée pour l'empêcher de se lever. Je ne la vois plus, mais je l'entends râler.

– Tanguy, arrête ça ! Laisse-moi passer !

Le nom du gorille confirme mes soupçons : c'est le non-fiancé. Pourquoi semblent-ils si proches ? Sont-ils encore ensemble ?

Devant ce tableau surréaliste, je me rends compte que m'assurer de la sécurité de Cassiopée était finalement une très mauvaise idée. Comment connaît-elle Peter, d'ailleurs ?

Mes poings se serrent alors que M. Muscles me lance un regard dédaigneux et que d'un mouvement de tête il me fait signe de passer mon chemin. Je dois rester calme. Peter, toujours stoïque, ne me lâche pas du regard, mais ses lèvres pincées ne forment plus qu'une fine ligne claire sur sa peau sombre et ses doigts blanchissent tant ils sont crispés. Lui aussi contrôle mal sa colère.

J'amorce une retraite stratégique vers l'extérieur quand Nick, resté derrière moi, passe un de ses bras autour de mes épaules et m'arrête. Je me dégage de son étreinte ; je meurs d'envie de lui en coller une pour m'avoir balancé dans la cage aux lions. Il sait pourtant très bien que, depuis la trahison de Peter, je refuse de le voir. Nick a toujours refusé de prendre parti, mais aujourd'hui je le soupçonne de ne pas être du mien.

– Manque plus que Daniel et toute l'ancienne team est au complet, s'amuse Nick, ignorant mon regard noir.

– J'ai entendu dire que tu étais enfin devenu le comte du Middlesex, Elliott, ricane Peter en me fixant sans ciller. Alors, ça fait quoi de ne plus être le petit toutou obéissant de ses parents ?

La haine me fait voir rouge et je n'ai qu'une envie, refaire le portrait de celui qui se disait mon ami.

– Middlesex ? pouffe la métisse d'une voix suraiguë. Ce n'est pas très séduisant…

Je fulmine à sa moue dédaigneuse et fusille la tablée du regard. Dans leurs vêtements de créateurs, apprêtés comme s'ils allaient à la remise des Oscars, je les trouve ridicules. Et Cassiopée, toujours retenue par son fiancé, ne semble pas faire exception. J'avais raison, ce monde de paillettes est vraiment écœurant. Je n'ai rien à faire ici.

Alors que je m'apprête à tourner les talons, la voix nasillarde du fameux Tanguy m'arrête.

– Qu'on offre un verre à ce pauvre mec ! Avec un nom pareil, sa virilité doit en avoir bien besoin, ironise-t-il avec un rire gras.

Cassiopée glapit en plaquant ses mains sur sa bouche, le visage de Nick s'éclaire d'un sourire radieux et le petit péteux me lance un regard victorieux.

– Tanguy ! s'écrie Cassiopée. Ce n'est…

– Oh, c'est bon, arrête de faire ta mijaurée, ce n'est qu'une petite blague, l'interrompt le rustre.

Je ferme les yeux, inspire à la recherche du peu de calme qu'il me reste.

Ne pas faire d'esclandre, ne pas faire d'esclandre, ne pas faire d'esclandre…

C'est sans compter sur le tintement d'une coupe de champagne qu'on agite sous mon nez. D'un geste brusque, j'ouvre les paupières, attrape l'avant-bras de l'abruti de service et le retourne en une clef de bras violente. Il se plie en deux sous la douleur, ployant un genou à terre. De ma main libre, je récupère la coupe de champagne que je lui verse sur la tête tout en approchant mon visage du sien.

– Le pauvre mec te remercie de ta considération, mais je me passerai de tes remarques, murmuré-je d'un ton froid à son oreille. Touche encore à mon titre, mon nom ou ma famille et je te jure que je ferai de ta vie un enfer. Ici, tu es chez moi, sur mon territoire, dans mon pays, alors je te conseille de te faire oublier et de fermer ta grande gueule ! Remballe tes muscles protéinés, ta petite queue et tes grands airs et dégage de ma vue !

Je relâche ma prise en le poussant et il s'affale sur le sol poisseux du salon. Plus aucun bruit ne résonne dans la pièce. Tous les convives m'observent avec un mélange de peur, de surprise et d'admiration. D'un regard froid, je les fusille du regard. Mon cœur bat la chamade et l'adrénaline parcourt mes veines. J'ai l'impression de renaître après un long sommeil et que mes vieux réflexes reprennent le contrôle de mon corps. C'est exaltant et terrifiant à la fois.

Dans le silence, un applaudissement monte. Je vrille mon regard vers Peter, qui a assisté à toute la scène sans faire une remarque. Son air froid et fermé me fait presque regretter mon accès de fierté.

– Merci de me faciliter la tâche, Elliott. Cette petite démonstration de force sera du plus bel effet dans ton dossier.

CHAPITRE 26

Sans un regard en arrière, je m'approche de la sortie du carré VIP quand Nick me rattrape et m'arrête dans mon élan.

– Allez, Elliott, ne te barre pas comme ça ! Ne me dis pas que ça ne t'a pas fait plaisir de revivre le bon vieux temps. Comme à l'époque de la fac où rien ne pouvait arrêter les quatre mousquetaires !

– Nick, en mémoire de notre amitié, je vais m'abstenir de tout commentaire sur ce que je pense de cette mascarade, mais refais-moi un coup comme ça et je te le ferai payer.

– Vous ne voulez pas enterrer la hache de guerre, avec Peter, au lieu de nous pourrir la vie ?

Je me dégage en grognant, le regard attiré par la fine silhouette de Cassiopée qui s'extrait de la banquette. Son corps balance entre Tanguy et moi, ne sachant pas vers qui se diriger. Les lèvres pincées, je fais le choix pour elle en me dirigeant vers la porte. Dans mon dos j'entends les cris du

Français, ce qui m'arrache un sourire mauvais. J'aurais dû le bâillonner.

– Mais virez ce taré ! Tout le monde en est témoin, il m'a presque cassé le bras !

Je continue mon chemin et entend Nick le remettre à sa place.

– Ce fou, c'est Elliott Knight. Alors révise la généalogie de notre pays et, comme te l'a conseillé mon ami, ferme-la ou c'est toi qui vires !

Un sourire m'échappe. Il a raison, cette soirée me rappelle aussi les bons moments que nous avons pu passer ensemble. Il y a eu une époque où nous régnions en maîtres sur ces nantis en mal d'émotions fortes et où nous étions aussi craints qu'admirés. Un temps où je n'étais qu'un petit con. Chassez le naturel et il revient au galop… Je tremble de fureur et de terreur. Comment ai-je pu perdre mon sang-froid avec autant de facilité ? Évidemment, Peter utilisera mon dérapage contre moi. À sa place, je ferais pareil.

Nick m'interpelle alors que je passe le pas de la porte.

– Et Elliott ! Joyeux Noël !

Sans me retourner, je lui fais un doigt d'honneur et j'entends son rire résonner derrière moi. Je suis à peine sorti du salon VIP que des pas précipités se calent aux miens. Cassiopée tire sur mon bras pour m'arrêter. Je m'immobilise au milieu de la piste de danse pour lui faire face. Un air troublé déforme son visage, des mèches s'échappent de sa tresse et ses yeux azur se font suppliants. La musique est encore plus forte qu'à mon arrivée et je dois me pencher vers elle pour entendre ce qu'elle me dit.

– Pourquoi tu es venu ?

– On avait une conversation à terminer, mais j'aurais dû m'abstenir.

Je me retourne pour partir quand sa main fine s'enroule autour de mon bras et me force à lui faire face.

– Alors c'est comme ça, tu vas t'enfuir sans même chercher à m'expliquer ?

Ses yeux me lancent un défi silencieux. Nos visages ne sont qu'à quelques centimètres l'un de l'autre. Nos souffles se mêlent. Mon corps se tend devant sa provocation. Est-ce l'alcool qui la rend si sûre d'elle ? Si attirante ?

Une flamme de colère brille dans ses iris céruléens. Elle se mordille la lèvre dans l'attente de ma réponse. Les mots se bousculent dans ma tête devant sa bouche charnue qu'elle retient prisonnière entre ses dents. Elle me rend dingue. Ma gorge s'assèche alors que la distance qui nous sépare ne devient qu'un vague souvenir. Son souffle s'écrase contre ma peau ; je ne l'ai jamais autant désirée. Mon corps prend le contrôle et je fais courir la pulpe de mes doigts sur son visage, dessinant le contour de ses lèvres, l'arête de son nez, la rondeur de sa pommette. Elle frémit sous mon passage et je me délecte de sentir enfin la douceur de sa peau. Je ne pense plus à rien d'autre qu'à elle, à son corps effleurant le mien, à ses doigts agrippés à mon bras. Je me noie en elle, submergé par mon désir, tel un marin envoûté par la voix d'une sirène.

Je ne retrouve pied que lorsqu'un mouvement de foule nous écarte. Je cligne des yeux plusieurs fois, prenant à peine conscience de ce que j'étais sur le point de faire. J'ai failli l'embrasser. Je *voulais* l'embrasser. J'ai un mouvement de recul devant cette évidence, terrifié par tout ce que cela signifie.

– Tu es bien comme tous les autres. Tu fuis devant la confrontation.

Son murmure au creux de mon oreille me fait trembler. Elle a raison, je suis venu pour avoir des réponses.

– Très bien, mais pas ici, abdiqué-je dans un souffle.

Ma voix sonne rauque à mes oreilles. Je préfère ignorer les fourmillements qui parcourent mon corps lorsque la main de la jeune femme attrape la mienne et qu'elle m'entraîne dehors.

Nous sortons en vitesse de la boîte de nuit après avoir récupéré son blouson au vestiaire. Le contraste entre la chaleur étouffante et électrique qui régnait à l'intérieur et le froid saisissant à l'extérieur nous fait frissonner. Par réflexe, je resserre ma prise sur ses doigts pour maintenir sa paume au chaud. Je n'ai pas le temps d'apprécier la douceur de sa peau que mon regard se pose sur un camion de fourrière s'éloignant, Lola attachée à l'arrière. Je lâche la main de Cassiopée et me mets à courir derrière le convoi dans l'espoir de l'arrêter.

– Stop ! hurlé-je à pleins poumons.

Peine perdue, le conducteur tourne au coin de la rue et disparaît. Je rage et rejoins Cassiopée qui m'attend les mains dans les poches avec un air désolé. Je capte le regard suffisant du videur derrière elle et devine qu'il est le responsable de tout ce bordel. Mes poings me démangent, j'ai envie de les lui écraser sur le visage pour effacer ce sourire idiot de ses lèvres.

– Ne t'inquiète pas, Elliott, on va appeler la fourrière et récupérer Lola rapidement, essaie de me rassurer Cassiopée.

– Ce n'est pas ça, le problème, râlé-je. C'est une voiture de collection, je ne tiens pas à ce qu'ils l'abîment !

Cassiopée lève les yeux au ciel et ses lèvres se retroussent en un sourire malicieux. Je rêve ou elle se moque de moi ?

– Vous, les mecs, avec vos voitures, vous êtes bien tous les mêmes ! s'amuse-t-elle.

Malgré la situation, l'éclat de son rire cristallin m'arrache un sourire.

– Le temps qu'ils déchargent ta voiture et qu'ils l'enregistrent, on a le temps de discuter. Suis-moi, je sais où nous pourrons être tranquilles.

Je lui lance un coup d'œil étonné mais la laisse m'entraîner à travers les rues londoniennes. Du coin de l'œil, je cherche du regard son garde du corps et d'éventuels photographes.

C'est assez rare que je me promène dans les rues de Londres, surtout à pied, pourtant je dois reconnaître que c'est plus agréable que dans mes souvenirs. À cette heure tardive, il y a peu de monde et la circulation est fluide. Personne pour nous pousser, pas de bruits de klaxons, de fumées nauséabondes, de sonneries de téléphone… Tout est parfait, enfin, si on excepte les décorations de fin d'année qui m'éblouissent. J'essaie d'en faire abstraction, mais dans tous les arbres, réverbères et sur les rebords de fenêtre, des guirlandes lumineuses me rappellent que c'est bientôt Noël.

Un vent froid et sec nous gifle les joues et nous rougit le nez. Du coin de l'œil, je vois Cassiopée trembler alors qu'une bourrasque s'infiltre sous son manteau.

Nous devions parler, nous expliquer, et pourtant je suis incapable de relancer les hostilités. J'ai juste envie de profiter de cet instant de calme en sa compagnie. Qui sait ce qu'il se passera une fois que nous énoncerons à voix haute tous ces non-dits.

– J'adore ce temps, s'exclame-t-elle, le regard pétillant. Ça sent la neige !

– Oh non, ne parle pas de malheur ! maugréé-je.

– Quoi, Scrooge n'aime pas la neige non plus ?

– La neige, ça ne sert à rien, c'est froid, humide et dangereux ! proclamé-je avec virulence, ce qui lui arrache un éclat de rire.

Je grogne en levant les yeux au ciel. Même si elle semble aussi partisane d'une trêve, je ne comprends pas son changement d'attitude. Pourquoi est-elle si détendue alors que ne suis qu'une boule de nerfs prête à exploser ? Je ressasse ses paroles, ce presque-baiser, cette confrontation avec Peter, les souvenirs de ma vie d'avant. Tout se bouscule et j'ai l'impression que plus rien n'a de sens.

Elle m'arrête et se met sur la pointe des pieds, prend appui sur mon torse pour se grandir et glisse doucement son pouce entre mes sourcils pour lisser ma peau. Je retiens un mouvement de recul alors que mon corps se tend à son contact.

– Tu vas avoir des rides avant l'âge à force de froncer tout le temps le front.

Qu'est-ce que j'en ai à faire d'avoir des rides ou de paraître dix ans de plus ? Elle est là à me parler météo alors que je ne pense qu'à son coup de fil et à ce qu'il s'est passé dans la boîte. Rien que pour l'embêter, je lève une nouvelle fois les yeux au ciel. Je ne comprends pas pourquoi elle fait comme si de rien n'était. Est-ce un test ?

– Pourquoi tu m'as appelé ? craqué-je, à bout de nerfs.

Elle se tend et me dévisage.

– As-tu relu ton message, Elliott ? Je suis bénévole au même titre que Daniel. Tu ne veux peut-être pas être mon ami, mais tu me dois le respect. Le « est-ce que je peux compter sur toi » était hautain et dédaigneux, ça m'a blessée !

Cassiopée me lance un regard entendu, les bras croisés sur la poitrine.

– C'était une formulation maladroite, pas un manque de respect, essayé-je de me justifier.

– Peut-être, mais ça m'a fait mal. Je pensais que ce que nous avions partagé comptait plus à tes yeux.

Je me mords la joue. Je vois bien à son attitude qu'elle attend des excuses. Sur le moment, je lui en voulais et j'ai voulu la faire réagir ; maintenant je regrette. J'étais blessé et jaloux qu'elle n'ait pas daigné me prévenir de son absence.

– Très bien, excuse-moi d'avoir été froid et d'avoir manqué de tact, lâché-je du bout des lèvres. Mais toi aussi tu as été blessante !

– Je suppose que je n'obtiendrai rien de mieux…

– Écoute, Cassiopée, je suis désolé que nous nous soyons mal compris. Pour être honnête, je m'inquiétais un peu de ton absence de ce soir et je pensais que ce message serait une manière détournée d'avoir de tes nouvelles.

Mal à l'aise, je fourre mes mains dans mes poches de blouson pour me donner une contenance.

– J'étais loin d'imaginer que tu interpréterais aussi mal mes mots.

Je la vois retenir son souffle, les sourcils légèrement haussés.

– Sans parler de tes reproches… Tu penses vraiment que je suis égoïste ? Que j'étouffe mes proches et les empêche de vivre leur vie ? Je ne suis rien d'autre qu'un monstre narcissique à tes yeux ?

Cette fois c'est à moi de prendre un air offensé. Ses remarques tournent encore en boucle dans mon esprit. Elle vacille et se mord la joue.

– Ce n'est pas ce que j'ai voulu dire, mais je voulais te faire réagir ! Tu es toujours si calme, maître de toi, tu ne te laisses jamais aller. Parfois, tu es aussi impénétrable qu'un bloc de glace !

– Donc tu m'as attaqué en vue de me faire mal, pour t'assurer que je ressentais des émotions comme le commun des mortels ?

– J'ai peut-être un peu surréagi aussi, s'excuse-t-elle à moitié, mais j'ai passé la journée avec ma mère et ton message a été de trop. Après des heures à écouter ses critiques et ses remarques désobligeantes, j'avais besoin de sentir que je comptais au moins pour quelqu'un. Alors quand j'ai reçu ton SMS, ça a été la douche froide. Je pensais que malgré cette distance que tu t'évertues à maintenir entre nous, tu étais mon ami…

Se pinçant les lèvres, les yeux embués de larmes, elle semble sur le point de craquer. Sa vulnérabilité me saute aux yeux. J'en oublie ses reproches et notre dispute pendant quelques instants.

– Pourquoi est-ce si compliqué avec ta mère ?

Un soupir désabusé lui échappe.

– Nous avons toujours eu une relation complexe, mais ces derniers temps c'est encore pire.

– C'est-à-dire ?

– Disons que nous n'avons pas la même vision de la vie ni de mon avenir et qu'elle prend un malin plaisir à se mêler de tout.

Ses confidences me rappellent l'attitude de mes parents. Peut-être que nous ne sommes pas si différents, finalement. Je retiens mes questions quand je la vois ouvrir la bouche pour poursuivre.

– Ma mère a toujours fait passer sa carrière avant tout, même avant moi, et elle ne comprend pas que je ne souhaite pas suivre son exemple. Chaque détail de sa vie est calculé à l'avance, je la soupçonne même d'avoir eu une relation avec mon père juste pour les retombées médiatiques. En tout cas, je suis certaine de ne pas être née du fruit de leur amour, tout au plus d'une erreur de parcours, voire d'un énième coup de pub de ma mère.

Derrière ses mots, je perçois la peine de la petite fille obligée de grandir trop vite, dont les faits et gestes ont été épiés depuis la naissance et qui n'a jamais vraiment été maîtresse de sa vie. Me balançant d'un pied sur l'autre, j'essaie de trouver des mots réconfortants.

– Je sais que tu ne lui parles plus, mais tu n'as jamais cherché à obtenir le soutien de ton père ?

Un rire désabusé lui échappe.

– Parfois j'oublie que tu ne connais rien à ma vie.

Je fronce le nez mais elle ne semble pas moqueuse, c'est juste une constatation.

– Comment résumer ça de façon juste… Mon père est un rockeur dans toute sa splendeur, c'est-à-dire avec toute la panoplie qui va avec : fille différente toutes les semaines, drogue, alcool, autant dire que la fibre paternelle n'est pas inscrite dans ses gènes… On n'a jamais su communiquer, tous les deux, je le voyais deux fois par an, mais quand il m'a offert un briquet pour mes quatorze ans, ma mère a jugé qu'il avait une mauvaise influence et que sa présence était néfaste à notre réputation, alors elle a mis fin à ses visites. Nous n'avions que peu de choses en commun, je n'ai pas vraiment ressenti son absence comme un manque, jusqu'à ce que ma mère se mette en tête de faire de moi sa parfaite copie.

– Tu n'as pas vu ton père depuis tes quatorze ans ?

– Non, et parfois je regrette que nous ne soyons que des étrangers l'un pour l'autre. Surtout quand je vois Olivia qui, elle, n'aura jamais la chance de connaître ses parents.

Je suis estomaqué par son ton détaché. Même moi, qui n'avais pas des rapports toujours très cordiaux avec mes parents, je n'aurais jamais pensé ne pas les voir pendant si longtemps.

– Je ne veux pas de ta pitié, Elliott, alors arrête de faire cette tête.

Elle me surprend une fois de plus. Avec son regard fier et sa tête haute, elle se remet à marcher, déterminée. Je comprends mieux son besoin de s'éloigner de sa mère et ses conseils à Olivia ; elle ne semble pas avoir eu une enfance rêvée. Comme quoi, les strass et les paillettes cachent parfois bien plus.

En quelques foulées, je la rejoins. Le silence nous enveloppe, et pour la première fois, il me dérange. J'ai besoin de lui changer les idées. D'oublier ces mots blessants que nous avons eus l'un pour l'autre. De retrouver un peu de cette magie qui nous a liés le temps de quelques minutes sur cette piste de danse.

– Sérieusement, tu trouves beaux tous ces néons aux couleurs criardes ? demandé-je, dubitatif.

Elle me lance un regard troublé : elle a compris ma diversion, mais elle fait comme si de rien n'était.

– Ça a son charme, et c'est surtout l'ambiance qui est magique. C'est une période où les gens sont plus aimables, font preuve d'entraide et de générosité.

– C'est surtout une fête commerciale. On ment volontairement aux enfants, on se gave de pudding alors que personne n'aime ça et on s'offre des cadeaux juste parce que c'est une obligation.

– Peut-être, mais ça n'enlève pas le charme des marchés de Noël, des gâteaux aux épices, des chorales, des déguisements, des rires des enfants ! s'émerveille-t-elle. Regarde, pour ta nièce tu es même capable de faire des efforts !

J'avais presque oublié que, cette année, c'était à moi d'organiser les festivités. Je grimace à cette idée. Je n'ai aucune idée de la manière de gérer tout ça, c'était ma mère qui s'occupait de tout, avant.

Je me passe une main dans les cheveux d'un geste gêné, ce qui la fait pouffer.

– Je suppose qu'acheter un sapin de Noël n'est pas suffisant ?

– Bien sûr que non ! Il faut décorer la maison, faire des activités tous ensemble, préparer les cadeaux, le repas du réveillon…

Je me renfrogne. Imaginer fêter Noël sans mes parents, seul avec Olivia, me déprime. Cassiopée remarque mon air morose et me lance un regard réconfortant.

– Pourquoi n'aimes-tu pas cette fête ?

– Je te l'ai dit, c'est purement commercial et dénué de sens, pourquoi les gens ne s'entraideraient-ils pas le reste de l'année ? Tu crois que, pour nos sans-abri, ça leur change la vie que subitement les gens pensent à eux ? C'est toute l'année qu'ils ont besoin d'aide, pas juste pendant un mois.

– C'est vrai, mais aider ne serait-ce qu'une fois c'est mieux que rien, non ? Il faut voir le côté positif !

– Arrête, on dirait Suzy, m'amusé-je. Même de taille, vous êtes presque pareilles.

Elle me donne un coup de poing dans le bras en riant.

– Ne te moque pas de notre petite taille, tu ne sais pas que tout ce qui est petit est mignon ?

– Qu'est-ce que c'est encore que ce proverbe ridicule, dis-je, amusé.

– C’est une expression que nous utilisons beaucoup en France, et d’ailleurs, il y a une seconde partie.

Son regard rieur me scanne de la tête aux pieds, mettant bien en avant mes deux têtes de plus qu’elle. Est-ce que ce sont ses origines ou l’alcool qui lui donnent ce petit air rebelle ? Ses cheveux virevoltant sous la brise hivernale, ses joues et son nez rougis par le froid, les yeux pétillants et son sourire taquin lui donnent un air de guerrière que rien ne pourrait arrêter.

– Tout ce qui est grand est con.

CHAPITRE 27

Je reste estomaqué quelques secondes. Qu'est-ce que c'est que cette expression ?

Mon rire grave résonne dans la rue vide et Cassiopée s'amuse de ma réaction.

– OK, je suppose que celle-là je ne l'ai pas volée.

– Disons que tu n'es pas la personne la plus avenante que je connaisse, ajoute-t-elle avec malice.

Un sourire étire mes lèvres. La lueur dans son regard me ramène à ce baiser qui nous a échappé. Le souvenir de son souffle s'écrasant contre mes lèvres, de son corps tremblant contre le mien, et du grain de sa peau glissant sous la pulpe de mes doigts ravive le brasier en moi. Je fais un pas vers elle. Ses yeux me suivent avec attention alors que je réduis l'espace entre nous, poussé par ce désir qui court dans mes veines. Les mèches folles qui s'échappent de sa tresse volent autour de son visage à chaque coup de vent. Elle semble irréelle. Avec douceur, mes doigts glissent sur sa joue fraîche. Sa peau me semble encore plus douce. Elle est si belle.

Son visage se presse contre ma paume. Dans son regard, je lis la même convoitise qui m'anime depuis qu'elle m'a suivi sur cette piste de danse. J'ai envie de goûter ses lèvres, de sentir son parfum, de glisser mes doigts dans ses cheveux, et pourtant un détail m'empêche de céder à la tentation. Une personne, en particulier.

Je me fais violence pour reculer d'un pas. Mon bras retombe contre ma taille alors qu'elle me dévisage, surprise. M'éloigner d'elle et interrompre une fois de plus cette harmonie entre nous est une torture, mais c'est la seule solution pour que je garde les idées claires et que je ne succombe pas à ses charmes.

– Elliott, qu'est-ce qu'il se passe ? s'inquiète-t-elle.

Elle semble aussi perdue que moi. Ses doutes font écho aux miens et rendent encore plus difficile la question qui tourne en boucle dans ma tête, et qui pourrait tout changer.

– Parle-moi, Elliott, murmure-telle. Ne me repousse pas, tu sais que tu peux me faire confiance.

Ma gorge s'assèche. J'aimerais tellement que ce soit vrai. Que toutes ces hypothèses qui se bousculent dans mon esprit ne soient que fiction.

– Depuis quand connais-tu Peter ?

Ses sourcils se froncent et elle recule d'un pas.

– C'est un de mes amis. Où veux-tu en venir ?

Je me fige. Mon estomac se tord sous l'effet du choc. *Un ami*. Bien sûr. C'est évident. J'aurais dû me douter que tout cela était trop beau pour être vrai. Mes poings se serrent sous l'effet de la peur et de la colère qui me submergent.

– Elliott, quel est le problème ?

– Depuis quand le connais-tu ?

– Pardon ?

– C'est lui qui t'a demandé de m'approcher ?

Ma voix tremble de rage contenue, alors qu'elle reste muette, déstabilisée par mes questions.

– Est-ce qu'il t'a déjà posé des questions sur ma vie ou sur mon entourage ? poursuis-je.

– Bien sûr que non, Elliott, pourquoi toutes ces questions ? Tu es jaloux ? Que cherches-tu à me faire dire ?

Elle paraît sincère, pourtant je n'arrive pas à réprimer cette peur qui me tord l'estomac à l'idée qu'elle lui ait parlé de moi. Peter est une vipère qui ne recule devant aucun stratagème pour obtenir ce qu'il souhaite. Et je ne peux pas m'empêcher de penser que l'arrivée de Cassie dans ma vie n'est pas une coïncidence.

– Tu es certaine qu'il n'a jamais essayé de te soutirer des informations ? Tu lui as parlé du temps que nous avons passé ensemble ?

D'un geste brusque, elle croise les bras en me dévisageant avec rancœur. Ma méfiance la blesse, j'en suis conscient. Pourtant je n'arrive pas à juguler cette angoisse lancinante qui comprime ma trachée. Son amitié avec Peter complique tout. Une fois de plus, il met le bordel dans ma vie.

– Mais qu'est-ce qu'il te prend, tout à coup ? s'agace-t-elle. Pourquoi est-ce que tu es obnubilé par Peter et par ce que je lui aurais dit ? J'ai bien compris que vous aviez un passif tous les deux, mais je ne vois pas en quoi ça me concerne.

Le regard sévère, elle se plante devant moi et pince les lèvres. Je détourne les yeux, fixant la rue vide qui s'étend devant nous. Je ne peux pas continuer, c'est trop pour une seule soirée. Je suis fatigué de toujours me battre, et ce soir, Peter a gagné.

Je recule, Cassie m'arrête en m'attrapant le bras. Son visage furibond me déchire. Je voudrais tout lui dire, lui expliquer, mais moins de gens sont au courant, mieux ce secret sera gardé.

– Tu ne vas pas t'en tirer aussi facilement !

– N'insiste pas, Cassiopée, murmuré-je avec lassitude.

– C'est trop simple, Elliott. Tu ne peux pas exiger des réponses de ma part sans jamais rien me confier !

Des flashs de la soirée et de mon passé s'entremêlent dans mon esprit. Le sourire narquois de Peter est gravé dans ma mémoire. Je frissonne.

– Reste loin de lui, c'est tout ce que je peux te dire.

– C'est une menace ? hoquette-t-elle de surprise.

– Non, un conseil.

– Tu te moques de moi, Elliott ? Tu vas me laisser comme ça, sans m'expliquer ?

– C’est mieux comme ça, crois-moi.

Elle se tend et s’écarte de moi, les sourcils froncés. L’ambiance voluptueuse des précédentes minutes n’est plus qu’un vague souvenir. Chacun dévisage l’autre, elle en colère, moi tourmenté. Peter appartient à un passé que je ne veux surtout pas remuer.

– Tu comptes vraiment ne rien me dire de plus ? Juste m’ordonner de ne plus côtoyer un de mes amis ? Mais tu te prends pour qui, Elliott Knight ? Je ne sais même pas pourquoi je perds mon temps à essayer de te comprendre et à faire tous ces efforts pour mériter un peu de ton attention. Tu sais quoi, garde-les tes précieux secrets, ils ne m’intéressent pas !

– Tout de suite les grands mots. Je n’exige rien ! me défendé-je dans un grondement. C’est juste une recommandation. Il est dangereux, tu ne sais pas de quoi il est capable !

Le ton monte et ses yeux me fusillent sur place.

– Parle-moi, alors ! s’agace-t-elle. Je connais Peter depuis des années et jamais il ne m’a traitée comme tu le fais. De vous deux, c’est bien toi le plus dangereux !

Cette comparaison résonne en moi comme un coup de massue. Violent. Inattendu. Douloureux.

– Fais-moi confiance, c’est tout ce que je peux te dire. Si ton Tanguy traîne avec lui, il va mal finir et il risque de t’entraîner avec lui dans sa chute.

Je ne sais même pas pourquoi j'ai mis le sujet de son ex sur le tapis, mais les mots passent la barrière de mes lèvres sans que je puisse les retenir. La colère me fait déraisonner et c'est un moyen comme un autre de changer de sujet.

– Ce n'est pas mon Tanguy, je te l'ai déjà dit ! s'énerve-t-elle. Et franchement, après ce que je viens de te dire, je pensais que tu m'accorderais plus de crédit. Tu parles de confiance, mais dès qu'il est question de communiquer, tu es muet comme une carpe ! Ce n'est pas ça, la confiance !

– Je m'en fous de ce qu'est Tanguy pour toi, mais remarque qu'il n'avait pas trop l'attitude d'un soupirant éconduit à avoir son bras autour de tes épaules et à te protéger comme il l'a fait !

– Parce que c'est interdit de rester ami avec ses ex, peut-être ? Moi, je ne te fais pas une scène pour la blonde de l'association.

– Mais de quoi parles-tu ? Et non, on ne reste pas ami avec son ex, pas de cette manière-là en tout cas ! N'essaie pas de me faire croire que c'est une coutume française de se tripoter entre « amis ». Sois honnête ! Ce mec est encore dingue de toi.

Elle grimace. Nous sommes ridicules à nous écharper de la sorte. J'aimerais n'avoir jamais appris qu'elle connaissait Peter, tout aurait été plus simple. Pourquoi a-t-il fallu que je lui pose cette maudite question ? Je ne pouvais pas pour une fois profiter de l'instant ? Je secoue la tête, dépité.

– Nous devrions nous arrêter là avant de vraiment regretter nos paroles, reprends-je.

– C'est ça, fuis la conversation, ça ne changera pas de d'habitude !

– Je ne fuis pas, je sais que j'ai raison. Peter est mauvais, mais je ne vais pas me battre avec toi toute la nuit si tu refuses de m'écouter.

– Je ne voulais pas le croire, mais Peter avait raison, tu ne penses qu'à ta petite personne sans chercher à voir plus loin que le bout de ton nez, à regarder au-delà des apparences !

Figée, Cassiopée me dévisage, les traits déformés par la colère. Tout mon corps tremble sous la tension qui s'est emparée de moi. On se toise sans se quitter du regard, lorsque je tique.

– Comment ça « Peter avait raison » ? grondé-je. Je croyais que vous n'aviez pas parlé de moi ? Tu m'as menti ? Ça t'amuse de mettre ma vie sens dessus dessous ?

– Pas du tout ! Il m'a juste raconté que vous étiez à l'université ensemble et que du jour au lendemain tu avais arrêté de lui parler. Je ne pensais pas qu'il pouvait dire vrai jusqu'à ce soir…

– Et tu l'as cru ? Ce mec ment comme il respire !

Elle préfère croire Peter plutôt que moi. Cette trahison me blesse. Cet imposteur sera toujours là pour me prendre tout ce à quoi je tiens ! *Depuis quand tu tiens à elle, Elliott ? Ce n'est que physique, reprends-toi !*

– Mademoiselle Montrouge, l'interpelle une voix grave qui me fait sursauter.

Je tourne la tête vers la route, où un énorme 4 × 4 noir s'est garé. Adossé à la carrosserie, un homme austère aux larges épaules et à la mâchoire carrée nous observe. Il me semble reconnaître le garde du corps de Cassiopée.

– J'arrive, Trent. Je pense que nous n'avons plus rien à nous dire, lâche-t-elle d'une voix tranchante en faisant un pas vers la voiture.

Elle me lance un dernier regard avant de monter dans le véhicule. J'ai l'impression que, cette fois, c'est vraiment la dernière fois que nos chemins se croisent. Malgré la colère et la déception que je ressens, je prends un instant pour l'observer et graver son image dans ma mémoire. Alors que la portière se referme sur elle, une impression d'urgence me serre la gorge.

– Si tu veux tout savoir, Peter est le père d'Olivia, lâché-je dans un souffle.

Je capte son regard stupéfait à travers la vitre, mais j'ai déjà tourné les talons.

Mon corps entier tremble de fureur et je me force à marcher d'un pas vif pour me calmer, mais rien n'y fait, je suis toujours furibond d'avoir été aussi naïf. Je me sens trahi. J'aurais voulu que ce soit moi qu'elle croie et surtout pas ce fourbe de Peter !

J'appelle un taxi qui me ramène à la fourrière, où j'échange Lola contre une belle liasse de billets.

Assis derrière mon volant, je contemple l'avenue devant moi. Ma colère ne veut pas redescendre. Je frappe mon volant, j'enclenche la première puis m'engage dans le trafic. Cette fois, je prends garde à me garer sur un emplacement et alors que je coupe le moteur, j'expire un grand coup. Putain, qu'est-ce que je fous là ? Pourquoi est-ce que je suis revenu ici ? Il faut croire que je suis définitivement masochiste. Nerveux, je me passe une main dans les cheveux, les ébouriffant un peu plus. Le sentiment d'insécurité que la trahison de Cassiopée a créé en moi ne veut pas me quitter. J'ai la sensation de faire un bond dans le passé. De perdre mes repères encore une fois.

Je bondis de ma voiture et avance d'un pas vif vers l'entrée du *Mist*. Sous mon regard noir, le videur se décale pour me laisser passer. Je pénètre dans la salle surchauffée, lance un regard vers le salon VIP, prêt à en découdre si nécessaire, mais je ne vois personne. Je me dirige alors vers le bar, prends place sur un des tabourets au comptoir et attends que la serveuse vienne prendre ma commande.

– Alors, Roméo, ta soirée ne s'est pas passée comme prévu ? me surprend Nick en s'installant à mes côtés.

Je grogne et balaie sa question d'un geste de la main.

– Je ne suis pas venu pour me faire psychanalyser, Nick. Juste pour boire et oublier !

Il me lance un regard surpris, mais bien vite un sourire de connivence étire ses lèvres.

– Eh bien, elle a dû te mettre sacrément en rogne pour que tu reviennes aussi vite, reprend-il en ricanant. Je ne m'attendais pas à te revoir avant la prochaine décennie.

– Faut une raison pour boire un verre, maintenant ? marmonné-je.

– Non, mais je suis content de te revoir parmi nous, Elliott, dit-il en se levant. Et si tu te poses la question, Peter est parti juste après vous.

Je hoche la tête et le regarde s'éloigner.

– Je vous sers quoi ? demande la serveuse en me tirant de mes réflexions.

– Un double whisky.

Je l'observe préparer mon verre en silence. Je dois reconnaître que Nick a toujours eu un goût certain en ce qui concerne ses employés. La barmaid arborant une épaisse frange qui recouvre presque ses yeux pose mon verre devant moi sans un mot et retourne à son travail. Elle ne ressemble en rien à Cassiopée. Grande, brune, des cheveux raides, des yeux sombres et un air sévère, elle est son exact opposé et je ne peux m'empêcher de les comparer. Des prunelles azur s'impriment sur mes rétines et je manque de m'étrangler avec ma gorgée.

Cassiopée est la seule responsable de tout ce qui est arrivé ce soir. J'essaie de m'en convaincre, même si je suis conscient que les torts sont partagés. Si je lui avais dit la vérité sur Peter, je suis certain qu'elle n'aurait pas réagi de cette manière. L'imaginer en compagnie de cet homme me rend dingue. Tout a commencé de la même manière avec Elisabeth…

Je fais taire ma conscience et efface de ma mémoire les images de la petite blonde ainsi que les souvenirs qui s'y rattachent en avalant une grande gorgée d'alcool. Je grimace à peine sous la brûlure du liquide ambré, anesthésié par ma colère et par ma peine. Je suis épuisé de me battre contre les démons que la jeune femme a réveillés en moi. D'un mouvement souple du poignet, je termine mon verre et le repose d'un geste sec sur le comptoir. Je fais signe à la serveuse de m'en resservir un. Comme le premier, je le vide en quelques minutes. L'alcool alanguit mon corps et calme les palpitations anarchiques de mon cœur. Petit à petit, je reprends le contrôle, mais ce n'est pas suffisant ; alors, d'un signe, je lui demande de me resservir. Juste pour oublier le temps de quelques heures, comme à l'époque. Redevenir ce petit con arrogant. N'écouter que moi. Ne me soucier de personne d'autre. Vivre l'instant présent comme si c'était le dernier. Profiter de ce que la vie a à offrir. Et ne plus penser à cette femme qui me hante et me pousse un peu plus dans mes retranchements à chacune de nos confrontations.

La serveuse pose la bouteille de whisky devant moi et m'offre un clin d'œil quand je relève la tête vers elle.

– C'est de la part du patron.

Je lui fais un signe de tête et manque de tomber de mon tabouret quand elle se mordille la lèvre inférieure. Ce geste anodin me ramène à Cassiopée, avant que tout ce bordel n'explose. Avant que mon passé ne me saute à la gorge. Je ferme les yeux.

– Je finis mon service dans une heure, me glisse-t-elle en se penchant vers moi, avant de s'éloigner comme si de rien n'était.

La tête me tourne. Le son électro qui résonne autour de moi m'étourdit sans pour autant effacer ces paroles susurrées à mon tympan. D'une main tremblante, j'empoigne la bouteille et en verse le précieux contenu dans mon verre.

Péché mortel. Oubli salvateur.

CHAPITRE 28

Dimanche 9 décembre

Je grogne en enfouissant ma tête sous l'oreiller quand un rayon de soleil vient effleurer mon visage. Je ne me souviens pas être rentré. Quelle heure est-il ? J'ai l'impression que je me suis couché il y a à peine une heure. Des images de la fin de soirée m'apparaissent floues. La boîte de nuit, les œillades de la serveuse, mes jambes qui flanchent lorsque je descends du tabouret, Nick qui m'aide à avancer et qui me dépose dans un taxi.

J'ai la bouche pâteuse, mon corps courbatu me fait souffrir et la fatigue rend mes paupières lourdes. Je lutte quelques instants pour les maintenir ouvertes le temps de lire l'heure. Neuf heures dix. Beaucoup trop tôt. Je n'insiste pas et me rendors.

Je me redresse en sursaut quand un poids s'écrase sur ma poitrine et me tire de mes rêves. Je grimace, ma tête me lance, j'ai l'impression qu'un concert de hard rock se joue à huis clos dans ma boîte crânienne. Ça ne s'améliore pas quand ma nièce – adorable gamine qui vient de me sauter dessus – commence son interrogatoire.

– La soirée était bien, tonton ? Sacrée chute dans les escaliers ce matin, en tout cas, se moque-telle.

Je bâille en me passant une main dans les cheveux. J'ai beau chercher dans mes souvenirs, je n'en retrouve aucun de mon retour au manoir. Je grimace de m'être laissé emporter de cette façon, d'avoir réveillé ma nièce en rentrant et de m'être montré dans un état aussi lamentable.

– Pouah, tu pues l'alcool, reprend-elle.

– Olivia, je me réveille. Est-ce que tu pourrais garder tes remarques pour plus tard, s'il te plaît, grommelé-je.

– J'ai cru que tu ne reviendrais pas…

Nouveau coup de poignard en plein cœur. La tristesse que je perçois dans sa voix me fait culpabiliser. Je grogne, ne sachant pas quoi lui répondre. C'est ma nièce et elle n'a que douze ans, elle n'a pas besoin de savoir pourquoi j'ai fini dans cet état. Je ne le sais pas moi-même… Enfin si, mais je préfère l'oublier. Je hausse les épaules en silence. Heureusement, Maggie entre dans la chambre.

– Olivia, descendez de là et laissez votre oncle se lever. Allez vous laver les mains, Miss, nous allons passer à table.

Ma nièce retrouve le sourire tout en descendant du lit.

– Pour une fois, ce n'est pas moi qui vais me faire gronder, jubile-t-elle en détalant.

Notre nanny, les mains sur les hanches, me lance un regard sévère. Je lui offre un sourire crispé et un regard désolé qui ne semblent pas suffire.

– Vraiment, Elliott ? Vous rentrez à six heures du matin, et dans un tel état que vous avez réveillé toute la maison ! J'ai dû vous mettre au lit ! Qu'est-ce qui vous prend ?

– Excuse-moi, Maggie, je me suis laissé aller, je crois.

– Vous croyez ? ironise-t-elle. Vous avez des responsabilités, que ça vous plaise ou non. Pensez un peu à Olivia et à ce que ça lui a fait de vous voir dans cet état. J'ai passé l'âge de vous chaperonner. Et surtout, je ne veux pas revivre cette période où vous partiez tous les soirs après la disparition de Miss Elisabeth pour rentrer dans un état lamentable au petit matin !

– Tu as raison, ça ne se reproduira plus, dis-je, penaud.

– Je l'espère bien ! Maintenant debout, c'est l'heure du repas. Vous avez besoin de reprendre des forces, vous avez une tête à faire peur !

Maggie tourne les talons et s'éloigne. Je me laisse retomber sur mon oreiller en soupirant. Tout ça, c'est la faute de Cassiopée, de Tanguy, et surtout de Peter. Je grogne en repensant à ce qu'il s'est passé hier. Je n'en reviens toujours pas que Peter ait réussi à retourner Cassie contre moi. Je frissonne au souvenir de cette rage qui ne voulait plus me quitter. Ça faisait si longtemps que je ne m'étais pas senti aussi démuni.

– Elliott, ne vous rendormez pas, s'époumone Maggie du rez-de-chaussée.

Je grommelle et me lève en grimaçant. J'ai le cœur au bord des lèvres et mes muscles sont douloureux à cause des excès de cette nuit. D'un pas chancelant, je me glisse jusqu'à ma douche et laisse l'eau chaude me réveiller. Les cheveux encore humides, j'enfile un tee-shirt gris et un jean brut avant de descendre pieds nus rejoindre Olivia et Maggie.

Je m'installe à table et retiens un haut-le-cœur devant l'odeur du ragoût au milieu de la table.

– Elliott, combien de fois vous ai-je dit de vous sécher les cheveux ? Vous allez attraper la mort avec ce temps, me réprimande Maggie en me lançant un regard désabusé.

Je ne prends pas la peine de lui répondre – après tout, je suis majeur et vacciné, je fais ce que je veux chez moi –, mais je remarque que les « monsieur Elliott » ont disparu. Elle doit être bien énervée.

Je contiens autant que possible une grimace de dégoût quand elle me sert une assiette remplie du plat en sauce. Olivia rigole, le nez dans son assiette. Mon estomac pas très en forme redoute d'avaler cette mixture. Du bout des lèvres, j'en prends une bouchée. Je déglutis avec peine et frémis à l'idée d'en manger une seconde. Mon téléphone sonne dans ma poche. Je repose ma fourchette en vitesse et m'empresse de décrocher tout en sortant de la salle à manger. L'espoir fou que ce soit Cassiopée me donne des palpitations.

– Elliott, c'est Suzy.

Je me mords la joue pour cacher ma déception.

– Salut, lutin des neiges, que puis-je pour toi ? me reprends-je.

– Il faut qu'on parle de l'organisation du bal de Noël pour l'association, il devient urgent de s'en préoccuper. Nous devons passer à la vitesse supérieure si on veut avoir le temps de tout mettre en œuvre.

Je me laisse tomber dans l'épais fauteuil du salon et je rêve qu'il me kidnappe pour quelques jours. Que plus personne ne me demande. Juste rester assis là, à regarder les flammes de la cheminée. Pas de bal, pas de Cassiopée pour me trahir, pas de Peter pour m'éloigner de ma nièce, pas de gestion, de fonds à débloquer, de fête de Noël, pas d'organisation. Rien pour venir me déranger. Je soupire en me pinçant l'arête du nez.

– Elliott, m'ignorer ne réglera pas le problème, me rappelle-t-elle à l'ordre.

– Je le sais bien, soufflé-je. Je m'occupe de chercher la liste des donateurs dans les affaires de mes parents et de les contacter, et j'ai déjà commencé à recueillir quelques noms de mon côté.

– Je sais que c'est une période difficile pour toi, mais n'oublie pas qu'on a besoin de ça pour faire fonctionner l'association.

– Je sais, maugréé-je. Je vais chercher et on en reparle ce soir.

– Très bien, à plus tard, Elliott.

Je raccroche. Cette journée ne fait que commencer et déjà j'ai envie de retourner me coucher. Toutes ces tâches qu'il me reste à accomplir m'épuisent rien que d'y penser.

– Elliott, le repas refroidit, gronde Maggie, depuis la salle à manger.

J'envoie un message à Daniel.

Elliott : J'ai besoin que tu m'emmènes
à Londres chercher Lola.
Je te raconterai tout quand tu seras là.

Je rejoins les deux seules femmes de ma vie dans la salle à manger avec la ferme intention d'oublier ces derniers jours. Ma célèbre technique de l'autruche qui rendait ma mère folle. L'imaginer agiter les mains en me traitant d'imbécile me fait sourire. Elle avait le chic pour toujours trouver les mots et me faire accepter ce que je ne pouvais pas contrôler. Même si elle était insupportable à cette période, organiser les fêtes de fin d'année sans elle marque encore plus son absence. La maison aurait déjà été décorée de la cave au grenier, nos chaussettes accrochées à la cheminée, les cadeaux soigneusement emballés et le repas de Noël organisé. Tout était si simple quand elle était là.

Une heure plus tard, somnolant dans le salon, Olivia allongée de tout son long sur le canapé, un livre entre les mains, je profite du calme de l'après-midi. Enfin… jusqu'à ce qu'un idiot s'acharne sur la sonnette et se mette en tête d'essayer de reproduire *La Marche impériale* de Dark Vador. Je me précipite vers la porte pour mettre un terme à ce massacre.

Mon meilleur ami arbore un sourire malicieux lorsque je lui ouvre.

– Tu vas m'expliquer pourquoi ta Lola chérie est à Londres sans toi ?

– Bonjour à toi aussi, Daniel.

Je me décale pour le laisser entrer et on se dirige vers le grand salon. Olivia lève à peine la tête de son livre.

– Salut, oncle Daniel, lance-t-elle, accaparée par son histoire.

– Salut, crapule, qu'est-ce que tu lis ?

– *Harry Potter*, alors chut, je ne veux rien entendre !

Je souris et Daniel s'esclaffe. Elle est bien la digne fille d'Elisabeth, impossible de lui parler lorsqu'elle a le nez dans un bouquin.

– Olie, on va chercher ma voiture. Pas de bêtises pendant mon absence, d'accord ?

– Hum hum.

– Je crois que tu ne crains rien, s'amuse Daniel en pointant Olivia du menton. Elle va rester comme ça jusqu'à l'avoir dévoré.

– Je me prépare déjà à la guerre pour le lui faire lâcher, dramatisé-je en riant.

Le temps d'enfiler manteau, gants et bonnet, nous descendons le chemin de la propriété et après plusieurs coups d'œil insistants de Daniel, je lui raconte ma soirée.

– Je suis allé au *Mist* hier soir, lâché-je.

– Sans moi ? Je comprends mieux l'appel manqué de Nick en pleine nuit…

– C'était totalement inattendu, j'y suis allé parce que j'étais inquiet pour Cassiopée, mais la soirée a dégénéré lorsque je l'ai trouvée en compagnie de Peter.

– Pardon ? On parle bien du même Peter ?

– Oui, le même connard qui a abandonné ma sœur lorsqu'elle est tombée enceinte.

– Et Cassiopée était avec lui ?

– Elle était avec tout un groupe d'amis et dans le lot il y avait son ex, Tanguy de je-ne-sais-quoi et Peter.

Daniel lève les sourcils.

– Qu'est-ce qu'il s'est passé ?

– Rien donné de bon, comme tu l'imagines, Peter lui avait déjà retourné le cerveau.

J'évite soigneusement de développer le sujet sur Cassiopée. Il donne un grand coup dans le volant en jurant.

– Celui-là, si je le croise, je lui refais le portrait ! Et est-ce…

Je sens l'hésitation dans sa voix et je sais déjà ce qu'il veut me demander.

– Il n'a pas ouvertement parlé d'Olivia. Mais tu le connais, il a lancé des sous-entendus pour me faire comprendre qu'il ne lâcherait pas l'affaire.

Daniel me lance un regard inquiet que j'essaie d'ignorer. Avec sa demande de garde, je ne peux plus mettre la tête dans le sable. Comment un juge pourrait-il nous départager ? Le père et l'oncle, les deux terreurs de l'université, les anciens amis, les meilleurs ennemis.

Je chasse cette idée terrifiante de mon esprit et change de sujet de conversation.

– Et toi alors, tu en es où avec Clara ? Prêt pour ton rendez-vous de ce soir ?

– Oui, je suis ravi de son initiative ! Je compte l'inviter au restaurant après le match, tu as un endroit à me conseiller ?

Je ris intérieurement. Ils sont drôles, tous les deux, à me demander conseil alors que je suis le célibataire endurci.

– Je t'aurais bien dit d'aller chez Al, mais je ne suis pas certain que ce soit très romantique.

– Ouais, je vais éviter. J'ai un collègue qui m'a donné une liste d'endroits sympa, je regarderai après. Au fait, avec tout ça, tu en es où avec Cassiopée ?

– Comment ça ?

– Sentimentalement parlant !

Mon cœur se serre quand je repense à notre dispute et à cc baiser qui n'a jamais eu lieu.

– Nulle part, arrête de te faire des films. Et vu comme ça s'est terminé hier soir, je peux t'assurer que nous ne sommes même pas amis.

– Ça, c'est toi qui le dis. Moi, je suis certain du contraire. Vous partagez un truc tous les deux et ce n'est pas une petite dispute qui va briser ça. Crois-moi !

– Tu déraillles, concentre-toi sur Clara et laisse-moi gérer ma vie comme je t'entends.

Mon ami rit tout seul devant ma mauvaise foi. Cette impression de trahison face à l'amitié que partagent Cassiopée et Peter ne me quitte pas. Tout ça à cause lui. Une fois de plus, il a réussi à ruiner une chose à laquelle je tenais. Hier, je pensais avoir fait un pas vers Cassie, et à la fin je suis revenu au point de départ.

Je me secoue pour me changer les idées.

– Au fait, ça te dérangerait de rentrer avec moi après m'avoir déposé ?

– Non, pourquoi ?

– J'aurais besoin de ton aide pour établir une liste d'invités pour le bal de charité. Et puis, je dois contacter Charles…

– Tu peux compter sur moi ! Mais je ne pourrai pas rester très longtemps, je dois rejoindre Clara en fin d'après-midi pour notre rencard.

Son air malicieux m'arrache mon premier sourire sincère de la journée. Parfois je me demande comment je ferais sans lui et sa bonne humeur permanente.

– Merci. Au fait, tant que j'y pense, j'ai un client qui cherchait à organiser une soirée pour présenter un de ses nouveaux produits alors je lui ai parlé de toi.

– Cool, merci d'avoir recommandé ma boîte.

Je me mords la joue.

– Non, c'est ton nom que j'ai glissé, pas celui de ton entreprise.

– Pardon ?

– Je sais que tu hésites à te lancer, mais c'est le bon moyen de te créer ton propre réseau sans piquer ses clients à ton patron en carton !

Daniel hésite, me lance un regard sceptique. Il semble peser le pour et le contre.

– Au moins, si c'est une catastrophe, je n'aurai pas de regrets. Mais tu me mets dans la merde à me prévenir au dernier moment.

– Déstresse, la soirée n'est pas avant mars, mais ils veulent s'y prendre à l'avance car c'est une grosse nouveauté pour eux. Ça te laisse le temps de te mettre en règle, de créer ton statut et tout ce qui va avec.

– Je te préviens, je vais te mettre à contribution !

– Pas de problème, avec tout ce que tu fais pour Olivia et moi, c'est la moindre des choses.

– Tu sais que je le fais avec plaisir.

Je soupire. Les reproches de Cassie me reviennent en tête.

– Oui, mais je me suis rendu compte que je ne te remerciais pas assez souvent pour le temps que tu nous accordes. D'ailleurs, on en a discuté avec Suzy, mais si tu veux te faire la main avec le bal, nous sommes prêts à te rémunérer pour l'organisation.

– Jamais.

– Pourquoi ?

– Si j'aide l'association, c'est parce que ça me tient à cœur, je n'ai pas envie d'être payé pour ça, surtout pas dans de telles conditions. Je sais très bien que si tu as accepté de l'organiser, c'est que les finances vont mal.

– Ta bonté te perdra, Daniel !

– Même pas peur, je sais que tu seras toujours là pour botter le cul de ceux qui me feront du mal.

Nous éclatons de rire, et je lui mets un petit coup dans l'épaule.

Je ne m'attache pas facilement aux gens, mais je donnerais tout ce que j'ai pour mes proches.

CHAPITRE 29

Je déambule dans les couloirs de l'association comme une âme en peine. Je regrette que Daniel ne soit pas là ce soir, et que notre binôme ne puisse pas parcourir les rues. Jusqu'à maintenant, pas de trace de Cassiopée, et après la soirée d'hier, je ne m'attends pas à ce qu'elle se présente. Pourtant je ne peux pas m'empêcher de dévisager chaque bénévole qui arrive. Je suis partagé entre soulagement et déception. Je rejoins Suzy dans le hangar où toutes les autres équipes sont sur le départ. Les mains dans les poches, le regard fixé sur les voitures prêtes à partir, je me sens inutile.

– Pas de petit surnom, ce soir ?

– Non, je n'ai pas la tête à ça.

– Si tu veux te greffer à un groupe, tu as encore le temps.

Je hausse les épaules. Je n'ai pas envie de passer les prochaines heures à faire semblant que tout va bien. Je me rejoue sans cesse la confrontation avec Peter depuis mon réveil et chaque fois je suis un peu plus inquiet de ce qu'il prépare. J'en ai même dérangé Charles durant son week-end à la campagne. Il ne semblait pas plus inquiet que ça, mais il m'a tout de même conseillé d'éviter de recroiser Peter avant notre convocation chez le juge. *Comme si j'avais envie de voir sa tête de fouine !* Il a ajouté que je devais en parler à Olivia, qu'elle serait elle-même auditionnée pour savoir à qui va sa préférence. Cette information a résonné comme un coup de poing dans mon estomac. J'ai beau adorer Olie et m'occuper d'elle comme je peux, je ne suis pas son père, et je ne suis pas certain qu'elle me choisisse. Entre son père et son oncle, comment pourrait-elle se décider ? Et je déteste de devoir la mettre dans une telle position.

– Tu veux me parler de ce qui te tracasse ? me demande Suzy.

– Je préfère éviter, si tu veux bien. On peut faire un point sur l'organisation du bal.

Un problème après l'autre. Je dois réapprendre à compartimenter ma vie sinon je vais me laisser submerger. Suzy accueille ma proposition avec un sourire et nous entraîne vers son bureau.

Debout face à la vitre, je revois le visage blessé de Cassie lorsqu'elle m'a surpris discutant avec Clara. Mon Dieu, c'était de ça qu'elle parlait ? Mais qu'est-ce qu'elle a cru ? Non, je dois sûrement me faire des films, j'étais beaucoup trop mal à l'aise pour qu'elle pense quoi que ce soit. Je tente de chasser ces images de mon esprit et me concentre sur Suzy qui trie les différentes piles de dossiers sur son bureau.

– Alors, bonne nouvelle, nous avons des équipes pour chaque pôle. Certains ont déjà trouvé des solutions grâce à leurs contacts.

– Ça concerne quel domaine ?

– Le traiteur et la musique.

– Parfait.

– Et toi, tu en es où de la liste des invités ?

– Nous avons bien avancé aujourd'hui avec Daniel, mais j'ai peur que ce ne soit pas suffisant.

– C'est-à-dire ?

– Une trentaine de noms et la plupart sont des aristocrates que je n'ai pas vus depuis des années. Je ne suis pas certain qu'ils viennent.

Le visage de Suzy se rembrunit. Sans la présence des donateurs, cette soirée ne sert à rien.

– Bon, espérons que ça suffise. Je vais aussi faire publier un article dans les journaux pour que les gens puissent acheter des places ou faire des dons.

C'est une bonne idée, mais je ne peux pas m'empêcher de grimacer à la mention des quotidiens.

– Au fait, tu m'expliques pourquoi Cassiopée n'est pas là, ce soir ? Je croyais que vous deviez faire la maraude tous les deux.

Le regard sévère que Suzy pose sur moi m'empêche de me défiler.

– Elle n'est pas faite pour notre monde, c'est tout.

– Qu'est-ce que c'est que cet argument ridicule ? Vous vous êtes disputés, c'est ça ? Elliott, ta mauvaise foi me fatigue ! Tu sais aussi bien que moi que Cassiopée a fait un travail fantastique les soirs où elle est venue et qu'elle a vraiment envie de s'investir, alors pourquoi la repousses-tu ? Tu es le premier à dire que depuis qu'elle s'occupe d'Olivia, ta nièce est plus heureuse !

– Elle s'est jouée de moi !

– Mais encore ? Tu ne vas pas revenir à cette histoire de journalistes, ce n'est pas sa faute !

Je bous que Suzy ne prenne pas ma défense. Elle plus que quiconque sait pourquoi j'essaie autant de protéger ma famille et ma vie privée. Même si elle a raison concernant l'implication de Cassie auprès de nous ces dernières semaines, il y a un détail dont je ne peux pas faire abstraction.

– Elle est amie avec Peter, lâché-je, furieux.

Cette information a le mérite de surprendre Suzy, qui me dévisage bouche bée, les yeux écarquillés. Cette vérité me fait toujours aussi mal. La rage coule dans mes veines et me fait trépigner. Je déambule dans le bureau, tournant en rond pour me calmer.

– Tu es sûr de ça ?

– Suzy, je les ai vus ensemble et elle me l'a elle-même confirmé. Ils se connaissent depuis plusieurs années !

– Peut-être, mais ça ne veut pas dire qu'elle n'était pas sincère avec vous…

– Tu vois toujours le bon côté des gens, Suzy, mais dans ce cas-là, elle s'est moquée de nous ! Cassiopée qui débarque alors que Peter me lance ses avocats aux fesses ? Tu crois que c'est une coïncidence ?

– Peter a fait quoi ? Non, je n'arrive pas à y croire, Elliott. Prends le temps d'y réfléchir, tu ne peux pas nier son honnêteté ces dernières semaines ! Tu m'as toi-même raconté comment elle vous avait aidés avec le sapin de Noël et comment elle se comportait avec Olivia !

– C'est une actrice, Suzy, elle a très bien pu jouer avec nous depuis le début.

– Tu vois le mal partout ! Tu crois vraiment qu'elle jouait la comédie le soir où vous l'avez recueillie ? C'est toi qui l'as ramenée chez toi, ne l'oublie pas ! Elle n'a pas pu prévoir que tu l'aiderais.

Mes paumes s'écrasent sur mes yeux. Je suis perdu. Les arguments de Suzy se fraient un chemin dans mon esprit, mais ma colère ne diminue pas. Parce que si elle n'est pas de mèche avec le père d'Olivia, ça veut dire qu'elle a vraiment choisi de le croire lui plutôt que moi lorsqu'elle est partie hier soir, et c'est peut-être encore pire. Dire que malgré toutes mes réticences j'étais prêt à faire un pas vers elle ! J'imagine très bien la satisfaction de Peter. Et si elle était allée se confier à lui, depuis hier soir ? Lui raconter notre dispute ? Je tremble à cette idée.

Suzy pose une main réconfortante sur mon avant-bras.

– Tu devrais rentrer, Elliott. Tourner en rond ici ne t'aidera pas à y voir plus clair.

Je soupire. Je suis fatigué de tout ça.

– On se voit demain. J'espère pouvoir te ramener la liste définitive des invités.

– Prends soin de toi et ne ressasse pas trop, fais confiance à ton intuition.

Le manoir est plongé dans la pénombre lorsque je rentre. Vingt-deux heures. Olivia est déjà au lit et Maggy dans ses quartiers personnels. Je passe le pas de la porte et mes yeux se plissent lorsque les guirlandes clignotantes du sapin m'éblouissent. Je reste figé quelques minutes devant l'arbre majestueux dans le hall. Je revois le sourire pétillant d'Olivia accrochant les boules colorées. Je pourrais presque entendre les blagues de Daniel et le rire cristallin de Cassiopée. Ma gorge se serre à ce souvenir. Même si les premiers temps j'ai accepté la présence de Cassie pour faire plaisir à Olivia, ce n'était plus le cas ces derniers jours. Je m'étais habitué à sa présence et à nos joutes verbales que je prenais de plus en plus de plaisir à encourager. Avec elle je me sentais vivant. Je me suis même surpris à imaginer un avenir où elle ferait partie de notre vie. En quelques semaines elle a réussi à me faire douter de toutes mes résolutions et surtout espérer plus, mieux. Pour elle, pour Olie et pour moi. Je regrette que les choses se soient terminées de cette manière entre nous. Tout ça par la faute de Peter.

Que vais-je dire à ma nièce ? Déjà que je dois lui annoncer que son père cherche à la récupérer alors qu'elle ne l'a jamais vu…

Je me masse les tempes, en essayant de chasser la migraine qui pointe le bout de son nez. Cette situation est un vrai casse-tête et plus je tarde à y mettre de l'ordre, plus j'ai l'intuition que tout va m'exploser au visage.

Cette nuit-là, le sommeil me fuit comme la peste. J'ai beau me tourner et me retourner dans mon lit, impossible de fermer l'œil. La silhouette de Cassiopée s'invite dans mes pensées, se mélangeant à mes souvenirs de Peter, Olivia et Élisabeth. Si seulement elle n'avait jamais connu Peter, tout serait plus simple et je n'aurais pas à me battre avec ma conscience.

Épuisé, je repousse ma couette dès que les aiguilles de mon réveil affichent une heure décente. Un rapide coup d'œil au miroir de la salle de bain me confirme que le manque de repos de ces derniers jours commence à se voir. J'ai les traits tirés, et les cernes violets associés à ma barbe me donnent un air dur. Je file sous la douche avant de rejoindre mon bureau. C'est presque avec joie que je relève le courrier de ma boîte mail professionnelle. Je trie, classe et répertorie les dossiers les plus urgents.

Mes doigts tapent sur le clavier à un rythme effréné et je suis soulagé de voir que j'arrive à me sortir Cassiopée et Peter de la tête pendant presque une heure.

Olivia n'est pas très bavarde sur le trajet de l'école, je la soupçonne d'avoir lu bien au-delà de son couvre-feu hier soir. Plongée sur l'écran de son téléphone, elle semble absorbée par une conversation et tapote à une vitesse impressionnante sur le clavier tactile.

– Olie, s'il te plaît, range-moi ce portable.

Elle ne semble pas m'entendre et je suis obligé de placer ma main devant l'écran pour attirer son attention.

– Olie, qu'est-ce que je t'ai dit sur l'utilisation de ton téléphone ? En plus tu vas voir tes copines dans même pas quinze minutes.

– Arrête, tonton, je discute avec Cassiopée !

Ce nom me fait frissonner. Alors, malgré tout ce qui s'est passé, elle continue à parler avec ma nièce. Et si elle lui parlait de Peter ? Cette idée me fait froid dans le dos.

– Et vous parlez de quoi ?

J'essaie de ne pas montrer mon trouble, mais ma voix est plus rauque et saccadée que je ne le voudrais.

– De trucs de filles, de ma soirée pyjama, ce genre de choses.

– Et c'est tout ?

Ma nièce me regarde avec suspicion. Je me mords la joue pour ne pas me trahir.

– Qu'est-ce que tu lui as encore dit, tonton ?

Ses yeux verts qui me détaillent et ses lèvres pincées me font sourire. Elle est bien plus maligne que moi à son âge.

– Rien du tout, crapule.

Elle plisse son nez en trompette.

– Mouais, tu me promets de ne pas annuler ma soirée pyjama même si tu n'aimes pas trop Cassiopée ?

Je pousse un long soupir. Je me doutais que j'aurais à gérer cette question. J'hésite un instant, mais le regard suppliant d'Olie me fait flancher.

– Je vais tout faire pour.

Je regrette presque immédiatement ma promesse. Moi qui comptais me tenir le plus loin possible de la jeune actrice, me voilà en train de promettre de passer une soirée en sa compagnie. Je me dépêche de déposer Olivia dans l'enceinte de son école et j'observe ma petite crapule rejoindre ses amies. Son teint caramel resplendit dans cette cour d'école. Elle ne m'a jamais semblé aussi jolie et j'ai un pincement au cœur de savoir qu'Elisabeth ne pourra jamais contempler cette merveille qu'elle a créée. Un parfait mélange d'elle et de Peter. Si seulement il ne l'avait pas abandonnée. Si seulement j'avais su écouter ma sœur lorsqu'elle en avait le plus besoin. Tout aurait pu être différent. Repenser à cette trahison de mon ami et à mon immaturité ravive ma colère et je m'éloigne en trombe de l'école. Je ne rejoins pas le manoir, je décide de prendre la direction de Londres, et je me dirige vers les bureaux de Daniel.

Mon meilleur ami est installé derrière son ordinateur, l'air concentré, lorsque je passe le pas de son agence. Il me lance un regard surpris et grimace devant ma tête.

– Tu sais que dormir n'est pas une option chez les êtres humains, Elliott ?

– Ouais, dis ça à mon cerveau.

– OK, mission caféine enclenchée !

Je le suis alors qu'il attrape son manteau d'une main et son écharpe de l'autre. Il me conduit dans un café à quelques mètres de son agence et commande pour nous deux. Le sourire qui ne le quitte pas depuis que je l'ai retrouvé me laisse deviner qu'il a passé une excellente soirée. Alors qu'il s'installe en face de moi, je ne peux m'empêcher de pouffer devant son air béat.

– Alors, cette soirée ? Qui a gagné ?

– Nous, bien sûr ! Les Gallois n'avaient aucune chance !

– Et Clara ?

Son regard pétille.

– Adorable, vraiment, on a passé une soirée magnifique.

– Tant mieux pour toi, Daniel, tu mérites de rencontrer quelqu'un qui te rend heureux.

– C'est si facile avec elle, c'est comme si on se connaissait depuis des années, tu vois ! On a plein de points en commun, je n'ai pas besoin de faire des efforts, la conversation se fait toujours facilement ! Et puis il n'y a pas qu'intellectuellement parlant qu'on s'entend bien, si tu vois ce que je veux dire.

Je ris devant son allusion. Je suis rassuré pour lui. Il semble enfin avoir trouvé une personne qui prendra soin de lui.

– Je suis ravi pour vous deux.

– Merci, Elliott, mais explique-moi pourquoi tu es là.

– Pour rien, j'avais juste besoin de m'éloigner du manoir et de penser à autre chose.

– Tu veux dire de penser à quelqu'un d'autre qu'à Cassiopée et Peter ?

Daniel me connaît décidément trop bien.

– Plus ou moins. Dis-moi plutôt ce que vous comptez faire pour Noël avec Clara.

– Tu sais que ne pas en parler ne résoudra pas ton problème, Elliott.

– Peut-être, mais c'est la seule solution que j'ai pour l'instant. Alors ?

– Elle est dans sa famille, mais je compte l'inviter pour un dîner romantique la veille de son départ et j'ai repéré un coffret d'une réédition des livres de Jane Austen, c'est son autrice préférée.

– C'est une bonne idée. Donc je peux dire à Maggie que tu seras des nôtres le vingt-cinq ou tu comptes aussi rentrer dans ta famille ?

– Mes parents seront en croisière je ne sais où sur la planète et mes sœurs seront dans leur belle-famille, donc si vous voulez toujours de moi, je serai là avec plaisir !

– Parfait, Olie va être ravie !

Entre ça et la soirée pyjama avec Cassiopée, c'est un peu la fête pour elle en ce moment.

Et voilà que la jolie blonde se réinvite dans mon esprit. Ça vire à l'obsession à ce stade-là. Daniel fronce les sourcils en me dévisageant.

– Tu sais que tu ne peux pas continuer comme ça, Elliott, il faut que tu fasses un choix. Soit tu restes bloqué dans le passé, soit tu décides de laisser une chance à l'avenir et à Cassiopée.

– Qu'est-ce que vous avez tous avec elle ? Pourquoi personne ne semble prendre en considération qu'elle est amie avec Peter ?

– La raison est simple, Elliott : depuis que tu l'as rencontrée, tu es un peu redevenu celui que tu étais avant la disparition de ta sœur, et on espère tous que c'est ce qui brisera cette carapace derrière laquelle tu te réfugies depuis douze ans.

– Mais ma vie est parfaite comme elle est !

– Arrête, Elliott, tu sais que ce n'est pas vrai ! Tu passes ton temps à travailler ou à t'occuper d'Olivia, il n'y a plus aucune place pour l'imprévu, la spontanéité ou les distractions ! Tu te mures dans une cage dorée. Et en quelques jours, Cassiopée a réussi à réveiller celui que tu étais avant et ça t'a fait du bien. Ne me mens pas, je l'ai bien vu !

– Tu te fais des films. Depuis que je l'ai rencontrée, ma vie n'est plus qu'un sac de nœuds inextricables !

– Peut-être, mais reconnais que tu ne t'es pas senti aussi vivant que depuis qu'elle est venu foutre le bordel dans ta vie bien rangée ! Avoue que tu ne t'es pas ennuyé une seconde et que tu adores qu'elle te contredise. J'ai bien remarqué ton sourire en coin à chacune de vos petites joutes verbales.

Je reste bouche bée devant sa conclusion. Comment peut-il dire ça ? Elle me fait tourner en bourrique et je suis constamment sur la brèche. Je n'ai jamais autant parlé, bougé et vu de monde que depuis trois semaines, et tout ça à cause d'elle ! Elle me fait sortir de ma routine et même Olivia s'est mise à babiller dans tous les sens et… Oh, mon Dieu. Et s'il avait raison ?

– Faut que je retourne au boulot, mais promets-moi d'y réfléchir sérieusement, Elliott !

Toujours silencieux, j'observe mon ami sortir du café. Moi qui espérais qu'il me permettrait de mettre un peu d'ordre dans ma tête, je suis encore plus perdu qu'à mon arrivée.

CHAPITRE 30

Mercredi 12 décembre

Mon portable vibre contre le bois du bureau et je soupire en voyant le visage de Daniel apparaître sur l'écran. Huit appels manqués, qu'est-ce qu'il se passe ? Ce n'est pas son genre de me harceler de la sorte.

– Daniel, qu'est-ce qu'il y a ? Tout va bien ?

– Elliott, c'est Cassiopée.

Ma bouche s'assèche. Je n'ai pas eu de ses nouvelles depuis quatre jours et entendre sa voix me prend de court. Pourquoi m'appelle-t-elle du téléphone de mon meilleur ami ? Que font-ils ensemble ?

– Cassiopée. Pourquoi tu utilises le portable de Daniel ?

Ma voix est plus sèche que je ne le voudrais. Je suis incapable de contrôler cette pointe de jalousie qui s'empare de moi. Je n'entends pas parler d'elle pendant des jours et lorsqu'elle me contacte enfin c'est avec le portable de mon meilleur ami.

– Je suis chez lui, il faut que tu viennes tout de suite, il ne va pas bien du tout.

– Comment ça tu es chez lui ?

– Ne commence pas, Elliott. Il m'a appelée en pleurs, alors j'ai préféré venir vérifier comment il allait.

– Comment ça en pleurs ? Que s'est-il passé ?

– Il a bu, Elliott, il est complètement saoul. Je ne comprends pas un mot de ce qu'il dit, mais j'ai l'impression que ça a un rapport avec Clara.

– Ne bougez pas, j'arrive ! Et surtout empêche-le de toucher à une autre goutte d'alcool !

Je raccroche, me relève en vitesse et traverse mon bureau jusqu'au hall. Je ne comprends pas : il y a quarante-huit heures, ils filaient le parfait amour. Qu'a-t-il bien pu se passer ?

J'attrape mon blouson, mes clefs et saute dans Lola pour rejoindre le centre de Londres et l'appartement de Daniel. Je grimpe quatre à quatre les marches menant jusqu'à son loft. Je sonne pour m'annoncer et introduis le double des clefs dans la serrure. À l'entrée de sa chambre, je marque un temps d'arrêt. La pièce est sens dessus dessous, ses placards semblent avoir explosé et mon ami n'est pas là. Je passe outre les décorations de Noël qui recouvrent chaque meuble et parcours le reste de l'appartement d'un pas pressé.

– Daniel, Cassiopée ? Vous êtes là ?

– Dans la cuisine, me répond la voix angoissée de Cassiopée. Non, non, Daniel, ce n'est pas une bonne idée !

Je presse le pas. Qu'a-t-il encore inventé ? Dans la cuisine, la même pagaille que dans la chambre. Recouvert de farine, mon ami essaie de casser des œufs au-dessus d'un plat dont s'échappe une étrange mixture.

– Elliooooott, t'arrives au bon moment, j'fais des space caaakes, m'appelle Daniel d'une voix pâteuse.

– Daniel, je ne suis pas certain que tu aies besoin de ça.

– Commence pas à faire ton rabat-joie, monsieur le comte ! Ça va nous rappeler nos folles années étudiantes !

– Et si tu me racontais plutôt qui t'a mis dans un état pareil pour que j'aille lui régler son compte ? essayé-je de plaisanter.

– Clara…

– Qu'est-ce qu'elle a fait ?

Il casse un œuf avec force sur le bord du saladier et la coquille explose entre ses doigts.

– Putain je suis bon à rien, même faire un gâteau c'est trop dur pour moi, jure-t-il en laissant échapper l'œuf sur le plan de travail.

– Viens, on va boire un verre. C'est tout aussi efficace qu'un space cake, de toute façon.

Doucement, je le prends par les épaules et le dirige jusqu'au salon, où il s'affale dans son canapé. Je lui lance un torchon pour qu'il s'essuie la main.

Je croise le regard inquiet de Cassie dans la cuisine, et sans le prononcer, je formule un merci qu'elle peut lire sur mes lèvres. Elle hoche la tête et me fait signe de rejoindre mon ami.

– Je vais nettoyer tout ce bazar, occupe-toi de lui.

Malheureusement, le temps que je prenne un verre d'eau et que je le rejoigne, Daniel somnole, le cou plié dans une étrange position. Je l'allonge et place un plaid sur lui. Sur la table basse, je lui laisse le verre et je trouve un cachet de paracétamol pour son réveil. Il va cuver tranquillement ce qu'il a ingurgité, et je vais aider Cassiopée à la cuisine.

– Merci de m'avoir prévenu.

– Pas de souci. J'ai vraiment eu peur quand il m'a appelée complètement saoul à neuf heures du matin.

– Tu n'étais pas obligée de te déplacer.

– Et le laisser dans cet état tout seul ? Pour qui tu me prends, Elliott ?

– Ce n'est pas ce que je sous-entendais.

– Comme je te l'ai dit, mes amis passent avant tout le reste.

Je ne réponds pas, le tacle est légitime.

– Je peux te parler franchement ? me demande Cassiopée en avançant vers moi.

J'ouvre la bouche sans qu'aucun son n'en sorte. La princesse guerrière est de retour. Est-ce que je suis prêt à l'écouter ? Non. Mais est-ce que j'ai le choix ?

– Il faut qu'on mette les choses au clair, Elliott.

– Je crois qu'on s'est tout dit l'autre soir, Cassiopée, je n'ai rien à ajouter, fais-je en détournant les yeux.

– Moi, j'ai des choses à dire !

Sa voix claque dans la pièce. Étonné par son intonation, je me retourne pour lui faire face. Elle n'est plus qu'à un mètre de moi. Une lueur sauvage valse dans ses yeux, ses lèvres pincées, son corps tendu, elle s'apprête à attaquer. Je me surprends à la désirer encore plus qu'avant. L'envie de la toucher, de glisser mes doigts dans ses boucles et de sentir une nouvelle fois son souffle s'écraser sur ma peau me fait vaciller. Sa présence me manque. *Elle* me manque. Le souvenir de son corps tendu et frissonnant contre le mien me rend dingue.

– J'ai bien compris que mon amitié avec Peter te pose problème et après ce que tu m'as raconté, je comprends mieux pourquoi tu as réagi de cette manière, reprend-elle plus calmement.

– Pas besoin de revenir là-dessus.

– Si, Elliott, on doit en parler ! C'est un sujet bien trop important pour l'ignorer. Je ne sais pas quels rapports tu entretiens avec Peter ni pourquoi tu as la garde d'Olivia, et ça ne me regarde pas. Si ça peut te rassurer, il ne m'a rien révélé de votre passé. Mais il n'est pas celui que tu décris, alors oui je me suis emportée, mais j'ai pris sa défense comme je l'aurais fait pour n'importe lequel de mes amis.

Mon cœur se serre. Comment peut-elle être amie avec lui ? Mes yeux rivés aux siens, j'essaie de ne pas m'emporter.

– Je ne peux pas te reprocher ta loyauté, mais tu dois comprendre que Peter a détruit ma famille. Il a abandonné ma sœur alors qu'elle était enceinte et ça a causé sa mort. Malgré tout ce que tu pourras dire sur lui, je ne pourrai jamais lui pardonner. Il avait ma confiance et il a détruit ma vie ! Depuis douze ans, je fais tout ce que je peux pour me tenir aussi loin que possible de lui et de son influence néfaste pour Olivia, alors oui c'est difficile à accepter que tu le connaisses et que vous ayez parlé de moi.

– Donc, parce que je connais Peter, tu vas me rayer de ta vie et de celle d'Olivia ?

Je grimace parce qu'elle a mis le doigt sur le dilemme dans lequel je m'agite depuis plusieurs jours. J'ai eu beau retourner le problème dans tous les sens, je n'arrive pas à me décider.

– Olie ne te le pardonnera jamais, j'espère que tu en as conscience !

– Je le sais très bien, grondé-je. Que veux-tu que je te dise, Cassiopée ?

– La vérité, ce serait bien pour commencer !

Mon corps se tend et je serre la mâchoire en lisant le défi qui brille dans ses yeux.

– Tu veux savoir quoi ? Que tu me fous la trouille ? Qu'il a entamé une procédure pour récupérer la garde d'Olivia et que je suis terrorisé que le juge lui donne raison et m'arrache la dernière famille qu'il me reste ? Que savoir que tout ce que je dis ou fais peut revenir aux oreilles de Peter me rend dingue ? Que d'imaginer ma nièce grandir à côté de ce monstre me fait cauchemarder ? Et que malgré ça, je n'arrive pas à me décider ? Que je suis incapable de te dire au revoir ? Hein, Cassiopée ! Qu'attends-tu de moi ? Que je balaie tous mes principes juste pour tes beaux yeux ?

À bout de souffle, je remarque à peine que nos corps ne sont plus qu'à quelques centimètres l'un de l'autre. Je tremble de colère et de peur. Un frisson dévale ma colonne vertébrale lorsque, silencieuse, je la remarque fixer mes lèvres. Mon regard dévie sur son visage, sur ses joues rosées par la colère, sur sa bouche pleine qu'elle mordille dans un geste qui me prend de court, sur la peau laiteuse de son cou, sur la naissance de sa poitrine qui s'élève de plus en plus vite. J'en oublie presque notre discussion et les raisons qui me poussent à me tenir éloigné d'elle. Une vague de désir déferle en moi et la lueur ardente que je discerne dans ses yeux me confirme qu'elle aussi la ressent. Je me force à faire un pas en arrière et à détourner mon regard.

Une fois de plus, elle m'a fait baisser ma garde. Cela faisait si longtemps que je n'avais pas relâché la pression et dit ce que je pensais ! Elle a ce pouvoir dangereux et bien trop excitant de me faire oublier toutes mes règles. La gorge sèche, le cœur battant la chamade, je me recule jusqu'au mur. M'éloigner est devenu nécessaire pour faire le point.

– Je suis désolée que ma présence te soit aussi désagréable, reprend-elle d'un ton amer. Dorénavant, je vais faire bien attention à rester loin de toi, poursuit-elle avec ironie.

Je déglutis avec difficulté. C'est tout ce que je désire, et pourtant sa déclaration me terrifie. Sa présence auprès de Daniel, en dépit de notre dispute, est bien un signe qu'elle est bien plus pour moi que l'amie de Peter. Daniel avait raison, et ce qu'il vient de se passer le prouve : en sa présence je me sens vivant, libre et enfin moi-même. Et j'ai la terrible sensation qu'elle s'échappe, qu'elle me file entre les doigts avant que j'aie pu avoir une chance.

Elle détourne le regard vers le plan de travail lorsque son téléphone résonne dans la pièce silencieuse. Je reconnais la sonnerie qu'elle a attribuée à sa mère. Elle fusille son portable du regard et décroche. Sa mère a le sens du timing, ça fait deux fois qu'elle nous interrompt de la sorte. Elles échangent quelques mots, le ton sec de Cassie m'inquiète. Elle semble sur le point de commettre un crime. Avant que j'aie le temps de reprendre notre conversation, elle traverse la cuisine, rejoint le salon, récupère son sac à main et son blouson et se dirige vers la porte. Dans un sursaut, je la rejoins et l'arrête en attrapant son bras.

– Que se passe-t-il ? Où vas-tu ?

Sa colère se redirige vers moi et elle me repousse.

– Il faudrait savoir, Elliott, soit tu ne supportes pas ma présence, soit tu es mon ami, mais tu ne peux pas passer ton temps à me repousser et à t'inquiéter pour moi. Tu n'as pas conscience d'à quel point c'est blessant ! Prends une décision une bonne fois pour toutes et arrête de changer d'avis toutes les cinq minutes.

Elle sort en claquant la porte derrière elle, me laissant interdit, un sentiment de culpabilité sur les épaules.

Un ricanement me sort de mes pensées. Les yeux brillants, Daniel se marre.

– Tu devrais lui courir après.

– Et te laisser dans cet état ? Tu te moques de moi. Qu'est-ce qui s'est passé, Daniel ? Je croyais que c'était le grand amour avec Clara.

– Rien de très nouveau. Je suis, attends, qu'est-ce qu'elle m'a dit ? Trop gentil, stupide, que mon humour est nul et digne de celui d'un gamin d'école primaire et qu'il faudrait vraiment que je me mette au sport. Je crois que c'est tout.

Ma colère se reporte sur Clara en un instant. Je ne comprends pas qu'elle ait pu dire des choses pareilles. Ça ne correspond tellement pas à l'image que j'avais d'elle ! La mine renfrognée de Daniel m'inquiète.

– Tu ne l'as pas crue, j'espère ?

– Je n'ai pas ton physique ni ton argent, Elliott, et encore moins ta confiance en toi. Alors oui, ce genre de compliments me touche !

– Elle n'a pas intérêt à repointer son nez à l'association ou je t'assure que je vais lui dire ses quatre vérités ! Allez, viens, je te ramène au manoir. J'ai le meilleur remède au monde contre un chagrin d'amour.

– C'est-à-dire ?

– Une nièce de douze ans qui est folle de son oncle et qui va passer l'après-midi à s'occuper de toi et de ton petit cœur blessé.

– Ne le prends pas mal, mais je préfère rester chez moi.

– Tout seul dans ce musée des horreurs de Noël ? Même sans peine de cœur, c'est déprimant ! Il est hors de question que je te laisse ici !

– C'est chez moi, grogne-t-il.

– Oui, et je tiens à te faire remarquer que ta décoration laisser à désirer, raillé-je.

– Tu es le pire ami du monde, tu le sais ?

– Oui, allez, hop, on bouge !

Pour marquer son mécontentement, Daniel n'a pas daigné quitter son pyjama de la journée. Je le regarde, amusé, attendre Olivia dans la cour de l'école privée en chaussons et bas de pyjama à carreaux, adossé contre Lola. Je me marre face aux regards outrés de ceux qui nous entourent. Déjà qu'ils ne m'apprécient pas beaucoup depuis que les paparazzi ont pris l'école d'assaut, mais là c'est la goutte d'eau qui fait déborder le vase. Les jeans ont du mal à être approuvés, alors un pyjama ce n'est même pas la peine d'y penser.

Olivia sort en courant dans notre direction.

– Oncle Daniel ! Qu'est-ce que c'est que cette tenue ? grimace-t-elle en riant.

– Il s'essaie à un nouveau style, m'amusé-je en donnant une légère tape sur l'épaule de mon ami pour le dérider.

– Je fais payer ton oncle de m'avoir obligé à sortir de chez moi. Il n'a aucun cœur !

Grand dramaturge, il place une main sur son front et fait semblant de tomber, ce qui réjouit Olie.

– Allez, on y va les *drama queens* !

Je les force à grimper dans la voiture et nous prenons la direction du manoir.

Le reste de l'après-midi s'écoule à une vitesse folle, entre les devoirs d'Olivia et le *tea time* obligatoire de Maggie, et bientôt il est déjà l'heure d'aller à l'association. La présence de Daniel m'a évité de trop réfléchir à ma dernière conversation avec Cassiopée et à tous ces sentiments qu'elle fait naître en moi. Pour la première fois depuis quelques jours, Peter et ses manigances passent au second plan de mes préoccupations.

Alors que nous nous dirigeons vers Lola, Olivia essaie une nouvelle fois de m'amadouer pour venir avec nous.

– Après-demain, Olie, je t'ai déjà dit que je ne voulais pas que tu viennes les jours d'école.

– Mais je ne suis plus une petite fille !

– Bien essayé, mais non c'est non.

J'ai juste le temps de lui déposer un baiser sur le front qu'elle se recule avec une moue boudeuse et monte dans sa chambre.

– Si j'ai une mauvaise note à mon exposé, ça sera ta faute !

Je soupire alors que Daniel rit de bon cœur, mais ça n'atteint pas ses yeux. Voir mon ami dans cet état m'attriste. Toute la journée il a tenté de donner le change, alors qu'au fond de ses iris je lisais de la tristesse et de la colère.

– Tu sais, tu peux rester avec elle, si tu préfères, le rassuré-je en serrant son épaule.

– Et gamberger tout seul ? Très peu pour moi, merci.

– C'est toi qui vois.

Cassiopée ne se montre pas de la soirée. J'espérais qu'elle reviendrait en dépit de nos différends. L'envie d'achever notre conversation brutalement interrompue ce matin ne quitte pas mes pensées depuis qu'elle m'a claqué la porte au nez, et savoir qu'elle a rejoint sa mère m'inquiète plus que de raison. Après ses confidences, j'ai une idée assez précise de l'emprise que sa génitrice a sur elle. C'est à demi concentré sur mon travail que je fais la maraude. Je n'arrive pas à me sortir la jeune femme de la tête et Daniel est obligé de me reprendre plusieurs fois.

– Tu ne veux pas que je prenne le volant ?

– Non, ça va aller.

– Mon pote, ça fait trois fois que tu te trompes de chemin. Si ça continue on va finir dans un mur, alors concentre-toi un peu.

Je fronce les sourcils et fixe l'asphalte devant moi.

– Appelle-la, excuse-toi pour ton tempérament de bête sauvage, faites l'amour, et passez à autre chose !

Il me connaît trop. Parfois c'en est effrayant.

Avant de rentrer au manoir, nous faisons un saut chez Daniel pour qu'il récupère des affaires de rechange. Je l'accompagne jusqu'à la porte de son appartement et je marque un temps d'arrêt devant la lettre scotchée sur le battant et la boîte de gâteaux sur son paillasson.

– Fais attention, c'est peut-être un colis piégé, le mets-je en garde.

– Tu as vraiment des problèmes de paranoïa !

Il détache l'enveloppe et sourit en la lisant.

– C'est de la part de Cassiopée.

Il fourre le bout de papier dans la veste de son blouson avant que j'aie le temps de lire ce qu'il y est inscrit. Une pointe de jalousie naît dans mon estomac. Je ravale ma mauvaise humeur et jette un coup d'œil au contenu de la boîte. Des biscuits de Noël en forme d'étoiles, de sapins, de bonshommes de neige me narguent. Daniel rit.

– Qu'est-ce qu'il t'arrive ?

– Je comprends mieux son post-scriptum : « Je me suis assurée qu'Elliott ne te vole pas ce remontant spécial cœur brisé ! »

Je me retiens de sourire. Elle a quand même pensé à moi ! Sans réfléchir, j'attrape une des sucreries, me prends en selfie en train de la croquer et l'envoie par message à Cassiopée dans la foulée. Ça lui donnera peut-être envie de me parler.

Daniel m'observe, interdit, alors que je prends conscience en grimaçant de ce que je viens de faire.

– Elliott Knight ! Tu es sûr que tu vas bien ? Tu as de la fièvre ?

– Arrête, Daniel, dis-je en le repoussant alors qu'il essaie de poser sa paume sur mon front.

– Tu viens de te prendre en photo, mangeant un biscuit de Noël, pour l'envoyer à une fille ! Pardonne-moi, mais je suis sur le cul !

J'ignore sa raillerie et son sourire malicieux et le suis à l'intérieur de son appartement. Il ne lui faut pas plus de dix minutes pour préparer un sac, et pourtant j'ai passé mon temps le nez vissé à mon portable en attendant la réponse de Cassiopée.

– Je prends ma voiture, m'indique mon ami en me rejoignant dans son salon. J'en aurai besoin pour aller travailler demain.

– Vivement que tu montes ta propre boîte, que tu puisses travailler d'où tu veux !

CHAPITRE 31

Vendredi 14 décembre

D'un mouvement souple, Cassiopée descend de la voiture et se dirige vers Margaret, Daniel et Olivia sur les talons. Du coin de l'œil, je les observe s'éloigner ensemble. Je serre si fort le volant entre mes doigts qu'ils en deviennent blancs. Un soupir las m'échappe et mon crâne retombe contre l'appui-tête tandis que je ferme les yeux.

Tu n'es qu'un idiot, Elliott Knight ! Oublie cette femme ou fais-toi pardonner, mais tu ne peux pas continuer ainsi !

Par je ne sais quel miracle, Daniel a convaincu Cassie de revenir à l'association. Il semblerait que depuis la livraison personnelle de gâteaux, les deux passent leur temps à s'envoyer des messages et à se raconter des blagues. Naïvement, je pensais que ça me permettrait d'y voir plus clair, que ça me donnerait l'occasion de poursuivre notre conversation, mais Cassie met un point d'honneur à m'ignorer et à ne me répondre que si c'est nécessaire. C'est à son tour de me repousser et de me tenir à l'écart de sa vie et je dois reconnaître que c'est vraiment désagréable.

Depuis qu'elle m'a posé cet ultimatum en partant de chez Daniel, l'autre matin, je passe mon temps à penser à elle. Ses mots m'obsèdent. Elle a raison, je dois faire un choix et m'y tenir. Ces derniers jours, elle me donne un avant-goût de ce que ce serait de ne pas la compter dans ma vie, et je dois avouer que ça ne me plaît pas. C'est encore pire, c'est un supplice de la voir rire avec Daniel, glousser avec Olie, parlementer avec Suzy, et de ne pouvoir participer à aucun de ces moments. Sans parler de cette photo que je lui envoyée et à laquelle elle n'a jamais répondu. Je ne compte plus le nombre de sourires moqueurs de Daniel à chaque notification de mon portable qui me faisait sursauter.

Bien décidé à rester à distance pour ne pas subir l'ignorance de la belle blonde qui me fait tourner en bourrique, je reste dans la voiture. Heureusement, après Margaret, cette torture sera terminée !

Daniel s'amuse de cette situation, je le vois à ses regards malicieux quand il parle avec Cassiopée ou à ses éclats de rire surjoués. Il essaie de me faire réagir, je le sais bien. Et ma nièce n'est pas à la traîne pour entrer dans son jeu. Cette crapule a bien compris qu'il se passait quelque chose entre

Cassie et moi et fait tout pour l'inclure dans toutes nos discussions.

Mais entre ce que me dictent ma raison et mon cœur, je ne sais plus à quel saint me vouer. Jamais je n'ai navigué dans une brume aussi épaisse que celle qui obscurcit mon jugement. Et pourtant, il me faut faire un choix. Je ne peux pas continuer ainsi. L'observer à la dérobée, mémoriser chacune de ses mimiques, tracer la courbe de sa nuque de mon regard, fantasmer sur ses lèvres pulpeuses qu'elle mordille en permanence, retenir mes sourires à ses traits d'humour, contrôler mon inquiétude lorsqu'elle évoque sa mère… c'est trop difficile.

Tu n'es qu'une putain de loque humaine, Elliott ! Bouge-toi et sois un homme, nom de Dieu ! Fais un choix et respecte-le !

Je me secoue et me claque les joues pour me faire revenir à la réalité. Je devrais pourtant savoir depuis le temps qu'aimer n'est pas pour moi. Aimer, c'est perdre, et perdre, c'est souffrir… Olivia est la seule famille qu'il me reste et je me dois d'être là pour elle, qu'importe les circonstances. Être fort, ne pas laisser mes sentiments dominer qui je suis et ce que je fais ! Je ne dois pas oublier la souffrance de chaque abandon, cette sensation que mon cœur s'arrête, que ma poitrine menace d'imploser et que mes poumons s'embrasent à chaque respiration. Cette impression de mourir en même temps que ceux que j'aime.

Alors, pourquoi ignorer Cassiopée est-il plus difficile chaque seconde ?

Parce que je dois être réaliste, ce n'est pas uniquement son lien avec Peter qui me fait hésiter. Tout chez elle retient mon attention. Je me fais l'effet d'un papillon irrémédiablement attiré vers la lumière. Si je ne prends pas garde, je vais me brûler les ailes et je ne sais pas si je serai capable de me relever, cette fois.

Je sursaute, alors que Daniel frappe à ma fenêtre. Sa voix étouffée me parvient de l'extérieur.

– Qu'est-ce que tu fous, mec ? Tu comptes sortir de cette voiture un jour ou pas ? Allez, arrête de jouer au con et viens avec nous !

Pour la première fois, sa présence ne m'apaise pas, ses réflexions ne me font même pas esquisser un sourire. De marbre, je le dévisage. Une colère sourde et froide parcourt mes veines et rend ma respiration saccadée. Le bonnet rose à paillettes qui recouvre sa chevelure de feu m'embrase de l'intérieur. C'est celui de Cassiopée, elle le portait il y a à peine quelques minutes en sortant de la voiture.

Je n'ai pas réagi face à leurs conversations incessantes, lorsqu'ils se trouvaient des points communs, encore moins devant leurs blagues douteuses, ni lorsqu'elle lui a offert ces gâteaux. Mais là, c'en est trop. Je ne peux plus fermer les yeux. Leur proximité me saute à la gorge et mon cœur loupe un battement. Il est son ami. C'est moi qui devrais porter cet infâme bonnet, pas Daniel !

Lui lançant un regard noir, je saute du véhicule en claquant la porte derrière moi.

– Enlève ce couvre-chef ridicule, ce n'est pas protocolaire ! On représente une association respectable, pas un spectacle de cirque ambulant !

Les mains dans les poches, Daniel me dévisage, interdit, avant d'éclater de rire. Son hilarité se propage contre les briques de l'allée, prenant de l'ampleur, et l'écho me percute de plein fouet quand il revient vers nous. J'ai le souffle coupé et c'est comme si Daniel venait de me donner un uppercut dans l'estomac quand son regard entendu croise le mien. Je n'ai pas couru droit dans son piège, j'ai sauté à pieds joints dedans.

– T'es un sacré con quand tu le veux, Elliott ! me nargue-t-il. Mais il semblerait que j'aie enfin réussi à te faire réagir.

– Va te faire voir avec tes théories à deux balles, Daniel.

– Je te jure, mon pote, que quand tu roucouleras de bonheur avec Cassiopée, j'attends un putain de cadeau de ta part parce que tu ne me facilites vraiment pas la vie !

– Ne m'énerve pas ou je te jure, moi, que pote ou pas, je te refais le portrait ! le menacé-je d'une voix blanche.

– Allez, avoue que tu es attiré par elle et je te laisse tranquille… pour ce soir, chuchote-t-il.

L'espoir et la fierté que je décèle dans son regard me rendent fou de rage. C'est hors de question ! Je ne suis pas prêt. Il me faut plus de temps. Beaucoup plus… Accepter que je lutte en vain dans le tourbillon de sentiments créé par Cassie m'est impossible, pour l'instant. Je ne peux pas.

Perdu, je passe nerveusement une main dans mes cheveux désordonnés.

– Ce ne sont que quelques mots, Elliott : « Oui, Daniel, elle me plaît », murmure-t-il pour m'encourager.

– Arrête ! m'époumoné-je pour effacer le sourire niais qu'il affiche sans vergogne. Tu ne peux pas comprendre, alors ne fais pas ton psy avec moi !

Daniel recule d'un pas, surpris par mon accès de colère, et me dévisage avec sévérité.

– Je sais que tu as vécu des choses horribles ces dernières années, mais tu ne pourras pas ignorer tes sentiments toute ta vie, Elliott. Alors, arrête de repousser ceux qui veulent t'aimer. J'en ai fini de fermer les yeux sur ton attitude d'ermite dépressif, je suis ton ami et que tu le veuilles ou non, je me dois de te dire quand tu fais une erreur, et là, mon pote, tu t'apprêtes à faire la plus grosse connerie de ta vie !

Je tremble. Comme à son habitude, il a visé juste. Mais je ne peux pas… pas après ce que j'ai fait, pas après avoir connu la douleur de la perte d'un être cher. Je ne peux pas, je me le suis promis. Et pour une fois, je tiendrai ma promesse.

– Mais bon Dieu, que se passe-t-il, ici ? aboie Margaret en s'approchant avec Cassiopée et Olivia. Vous êtes chez moi, ici, les jeunes, je vous prierais de respecter le voisinage ! Si je me fais virer ou que Mike se pointe par votre faute, vous allez m'entendre, bande d'idiots !

Je baisse les yeux et fourre mes mains tremblantes dans mes poches pour éviter le regard noir de Cassiopée qui m'observe gravement.

– Qu'est-ce qu'il vous arrive ? Vous êtes toujours inséparables en temps normal, reprend la vieille dame. Ne me dites pas que c'est une histoire de femme, sinon je vous tire les oreilles.

– Il est juste question d'enlever les œillères d'Elliott, marmonne Daniel.

– Tais-toi, tranché-je d'un ton sec.

– Daniel, Cassiopée, emmenez la p'tite Olivia dans la voiture, je dois parler avec Elliott, fulmine Margaret.

Je ne relève pas la tête, mais j'entends distinctement les portières claquer et le silence de la rue reprendre ses droits. Mon souffle rauque résonne telle une tempête à mes oreilles et je fixe avec attention le bitume sous mes pieds.

– Marche avec moi, m'ordonne Margaret en m'agrippant le bras.

Contre mon gré, je lui emboîte le pas et l'accompagne jusqu'au fond de l'allée. Dans un mutisme effrayant, elle s'assied sur une pile de palettes et me fait signe de la rejoindre. Le calme avant la tempête.

J'ai la désagréable impression de revenir plusieurs années en arrière quand Maggie me grondait. Exaspéré, je m'installe à ses côtés. Plus vite elle me passe un savon, plus vite je rentre chez moi.

– Vous vous disputiez à propos de Cassiopée, n'est-ce pas ?

Je grogne pour seule réponse.

– L'amour est une des plus belles choses qui nous soit donné de connaître sur cette terre, alors arrête de le repousser sans cesse !

– Tu ne vas pas t'y mettre, Margaret, la rembarré-je en me redressant.

Son regard brisé se plonge dans le mien et je frissonne quand elle pose sa main sur mon avant-bras.

– Écoute-moi ! Je sais ce que tu as vécu, Elliott… (Je la dévisage, surpris.) Ne fais pas cette tête, le monde de la rue est petit et les rumeurs circulent vite. Je sais que tu te sens coupable pour ce qui est arrivé à ta sœur, je sais que la perte de tes parents t'a bien plus affecté que tu ne souhaites le montrer, mais si tu ne veux pas finir ta vie seul, comme moi, apprends à pardonner ! Te pardonner de vivre, pardonner aux autres leurs erreurs, quelles qu'elles soient, pardonner ceux qui sont partis trop tôt en t'abandonnant, pardonner ceux qui se battent pour toi et te confrontent à tes démons ! Tu dois avancer, Elliott, et laisser le passé là où il est ! Tu dois vivre, et arrêter de survivre.

Ma bouche s'assèche à mesure qu'elle me met face à mes peurs les plus sombres. Je cligne des yeux pour refouler les larmes que je sens poindre.

– Ne fais pas les mêmes erreurs que moi, mon p'tit ! Les remords et les regrets sont de piètres compagnons de voyage, crois-en mon expérience.

Je déglutis avec peine et fouille au fond de son regard à la recherche de réponses. J'ai tant de questions à lui poser, mais je ne distingue qu'un voile de tristesse fugace animer ses prunelles.

– Et si je ne sais plus comment faire ?

Les mots sortent malgré moi et je grimace après les avoir prononcés.

– Fais confiance à ceux qui t'aiment, ils sauront te montrer la voie, p'tit. Et puis si j'avais toutes les réponses, je ne serais pas ici, reprend-elle d'un ton plus bourru.

Je pose l'arrière de ma tête contre le mur, relâchant mon souffle.

– Pourquoi tu ne me laisses pas te sortir de la rue, Margaret ?

Elle tapote ma joue en douceur en affichant un sourire triste.

– Chacun sa pénitence, mon p'tit, et pour le moment je ne suis pas prête à aller de l'avant.

– Fais ce que je te dis, mais pas ce que je fais, c'est ça ? grimacé-je.

– Tu as tout compris, ricane-t-elle en sortant une cigarette de son manteau. Si on m'avait dit tout ça quand j'avais ton âge, je ne serais probablement pas ici aujourd'hui, tout est une question de timing. Ne laisse pas passer ta chance et sois heureux. N'aie pas peur de souffrir. Vivre, c'est souffrir, que tu sois seul ou accompagné.

D'un geste lent, elle allume sa cigarette et en aspire une longue bouffée.

– Tu sais qu'un jour je te ferai arrêter ce poison, affirmé-je en lui désignant sa cigarette.

– Avant de songer à ma santé, occupe-toi de mettre de l'ordre dans ta vie, et après, peut-être que je t'écouterai, ricane-t-elle. Bon, allez, tu devrais y aller, je t'ai dit ce que j'avais à dire !

Abruptement, elle redevient la vieille femme bourrue que j'ai toujours connue. Sans lui demander son accord, je me penche vers elle et l'étreins avec force. Son corps frêle enserré entre mes bras, j'essaie de lui communiquer un peu de chaleur humaine, un peu de tendresse, de compassion et de gratitude. Un peu d'amour.

Je ne suis pas encore prêt à prononcer le mot, mais pour la première fois depuis longtemps, je n'ai pas peur de ce sentiment qui fait battre mon cœur et je l'accueille avec reconnaissance.

– Merci, lui soufflé-je à l'oreille.

Je me retiens de l'embarquer sur mon épaule et de la mettre de force dans la voiture, quand je remarque une larme solitaire dévaler les sillons qui creusent son visage. Elle l'a dit elle-même, elle n'est pas prête. Je ne sais pas ce qui la retient ici, quels sont ses démons, mais tant qu'elle n'aura pas la volonté de quitter ce monde, je sais que mes efforts seront vains.

Un silence pesant règne dans l'habitacle quand je rejoins ma nièce, Cassiopée et Daniel. Personne ne fait de réflexion et je m'enfonce dans mon siège alors que Daniel met le contact et démarre. D'un geste nerveux, j'allume la radio et laisse la musique pop combler notre mutisme, le temps de trouver le courage de présenter mes excuses.

– Je suis désolé, bredouillé-je, les yeux rivés vers l'extérieur, alors que la chanson prend fin.

– T'es qu'un petit con, mais je t'aime quand même, me lance Daniel comme si de rien n'était.

– Les gros mots, Daniel, râlé-je en voyant ma nièce ricaner à l'arrière.

– Pardon, tu es un imbécile doublé d'un nigaud, mais je t'aime quand même.

Cassiopée et Olie pouffent en échangeant un regard entendu. Le premier pas est le plus dur et je viens de le franchir sans trop d'encombre. Même la chanson de Noël qui résonne dans les enceintes n'arrive pas à effacer l'espoir qui enfle en moi. Peut-être que j'aurai droit à un peu de magie cette année… C'est en tout cas ce que j'espère en croisant le regard azur de Cassie dans le rétroviseur central.

– Au fait, Olie, tu as tout ce qu'il te faut pour ton exposé ?

– Je pense.

Je lui souris pour la féliciter. Elle s'est beaucoup investie dans ce projet et j'ai vu dans sa chambre qu'elle avait déjà bien avancé. Elisabeth serait fière d'elle.

– J'ai une idée, souffle Cassiopée. Et si, pour donner une autre dimension à ton exposé, tu parlais aussi de ceux que l'association a réussi à aider et à sortir de la rue ?

Je lui lance un regard admiratif. Elle a raison, on ne peut pas ne pas l'évoquer. Et je sais exactement où l'emmener !

– C'est une excellente idée ! Daniel, direction le centre d'hébergement, on va rendre une petite visite à George !

Mon ami approuve de la tête avec un sourire et nous prenons la route. J'explique l'histoire de George en quelques mots et Olie tient déjà son calepin en main, prête à noter tous les détails.

Le bâtiment gris et défraîchi me fait toujours autant grimacer. Je remarque Olie froncer les sourcils.

– C'est là qu'il vit ?

– C'est un centre d'hébergement de long séjour et d'aide à la réinsertion.

– On dirait une prison.

– Je sais, mais c'est plus chaleureux à l'intérieur. Viens, suis-moi.

Notre petite troupe pénètre dans le bâtiment et le bénévole à l'accueil nous lance un regard surpris.

– *Food For Life*, je ne vous attendais pas ce soir. Je n'ai malheureusement pas de place disponible.

– Nous n'amenons personne, nous venons prendre des nouvelles de George, le rassuré-je.

– Ah, eh bien il reprend du poil de la bête ! C'est un sacré humoriste, il met une bonne ambiance dans les locaux ! Attendez, je crois qu'il est encore dans la salle commune, je vais le chercher.

– Merci beaucoup !

Quelques minutes suffisent pour que retentisse le rire tonitruant du vieil homme édenté. Ses cheveux gris ont été coupés et son épaisse barbe taillée. Il fait plus jeune et reposé et son large sourire est contagieux.

– Elliott, Daniel et la jolie miss de la dernière fois ! Quel plaisir de vous voir !

– George, comment vas-tu ? l'interroge Daniel.

– Beaucoup mieux grâce à vous et aux médicaments du docteur.

Il se penche vers nous, lançant un regard suspicieux vers le bénévole derrière le comptoir de l'accueil, et reprend en chuchotant.

– D'ailleurs, j'ai peur qu'ils essaient de me mettre dehors, maintenant.

– Bien sûr que non, George, c'est une structure de long séjour. Tant que tu n'auras pas trouvé un logement viable, tu auras une chambre ici.

– Dans le doute, je lâche quelques quintes de toux de temps en temps. Je suis pas aussi bon acteur que vous, Miss, mais je crois que je suis convaincant !

– Je n'en doute pas, George, sourit Cassiopée.

– D'ailleurs les autres gars ils me croyaient pas, l'autre jour, quand on a regardé un de vos films et que je leur ai dit que c'était vous qui m'aviez aidé ! Ils m'ont traité de menteur, à mon âge, je m'en fous qu'ils me croient pas, mais je peux vous dire qu'ils étaient jaloux !

– Si vous voulez, je peux vous prendre en photo avec Cassiopée et vous l'envoyer, comme ça vous aurez une preuve, intervient Olivia.

– Tu ferais ça, Miss ?

– Bien sûr, si je peux en utiliser une copie pour mon exposé.

– Marché conclu, alors !

Cassiopée se glisse à côté de George et prend la pose pendant qu'Olie les immortalise. Puis George demande une photo avec Daniel et moi, sous prétexte qu'il veut un souvenir de ceux qui l'ont sauvé. L'émotion nous serre la gorge lorsque nous entourons le vieil homme ; la main posée sur ses épaules, nous sourions à l'objectif.

– Je vous ai pas dit, les gars, l'assistante sociale, elle a trouvé dans mon dossier que j'avais pas touché mon chômage quand je me suis fait licencier ! Elle va m'aider à le récupérer et aussi à monter un dossier pour toucher la retraite ! Tous des voleurs, je vous dis ! Mais avec tout ça, elle pense pouvoir me trouver un petit logement.

– C’est une excellente nouvelle, George ! Je suis content pour toi.

Je laisse Olie discuter plusieurs minutes avec lui, puis, l’heure passant, nous lui disons au revoir, en lui faisant promettre de nous donner des nouvelles.

CHAPITRE 32

Samedi 15 décembre

La tête dans ma tasse de café, j'émerge en douceur alors qu'Olivia avale sa deuxième tartine.

– Tonton, est-ce que tu peux m'aider à terminer mon exposé aujourd'hui ?

– Bien sûr, tu as réussi à récupérer toutes les informations qu'il te manquait hier soir ?

– Oui, Suzy m'a donné tous les détails.

À cette réflexion mes poils se hérissent. Toutes les informations ?

– Enfin, sauf pourquoi grand-pa et grand-ma ont créé l'association, précise Olie.

Je réfléchis rapidement. Il faut que je trouve une réponse. Est-ce qu'un mensonge par omission peut être retenu contre moi ?

– C'était à l'époque où ta mère est décédée. Ils avaient besoin de se sentir utiles et d'aider, de penser à autre chose qu'à leur fille disparue si jeune, alors ils ont eu l'idée de créer cette association.

Même si elle fait preuve de beaucoup de maturité, j'estime qu'elle n'est pas prête à entendre la vérité. Je lui dirai, mais dans quelques années, quand elle sera assez grande pour comprendre l'amour que lui portait sa mère. Et puis, il y a des réponses que je n'ai pas moi-même. La raison de la fuite d'Elisabeth en est une. Ça fait presque treize ans que sa disparition reste une énigme douloureuse. Si j'avais pris le temps de l'écouter, ce matin-là, j'aurais peut-être pu l'éviter.

Je remue la cuillère dans ma tasse de café, le regard dans le vide depuis bien cinq minutes. Pour une fois, je profite du calme du manoir. Maggie est sortie, mon père est au travail et ma mère à sa réunion hebdomadaire des bonnes aristocrates qui n'ont rien à se reprocher. Je ne sais juste pas où est Elisabeth. Depuis la fin de l'année scolaire, elle passe son temps dehors, c'est devenu un vrai courant d'air et ça ne semble pas plaire à ma mère, vu les regards noirs qu'elle lui lance dès que ma sœur met un pied dans la maison.

Le bip de mon portable m'arrache à ma contemplation de la cuisinière. Ma tête est prise dans un étau par le manque de sommeil. C'était une très mauvaise idée de passer la nuit à jouer au poker avec Nick et Daniel. Quand je pense que Peter nous a lâchement abandonnés ! D'ailleurs, lui aussi se fait de plus en plus absent depuis la fin des cours. Soi-disant parce qu'il doit s'exercer pour parfaire son book professionnel. Je le soupçonne plutôt de profiter de son temps libre pour flirter avec les mannequins qu'il shoote. C'est le professeur Johns qui va être déçu d'apprendre que son élève le plus assidu arrête son cours pour suivre une carrière de photographe professionnel.

Je ricane en sortant mon téléphone de ma poche. Quand on parle du loup.

Peter : Opportunité de dingue,
les mecs ! Je suis à l'aéroport, je suis
engagé pour faire les photos
d'une tournée européenne d'un groupe
de rock ! Je reviens dans cinq mois,
pas de bêtises en mon absence !

Je relis son message plusieurs fois pour m'assurer que ce n'est pas une blague. C'est typiquement le genre de mon ami de partir du jour au lendemain en envoyant juste quelques mots pour prévenir. Son message groupé a dû être lu par toute notre petite bande parce que je reçois un texto de Nick et un appel entrant de Daniel. Je décroche alors que ma sœur passe le pas de la porte.

– Tu as reçu le message de Peter ?

– Ouais je viens de le lire, faut croire qu'il bossait vraiment, ces dernières semaines, me moqué-je.

– Moi qui croyais qu'il passait son temps à fricoter avec plein de filles, s'amuse Daniel.

Elisabeth se tient devant moi, le visage fermé, et se balance d'un pied sur l'autre. Je lève mon regard vers elle, mon portable toujours greffé à l'oreille. Je couvre le micro de ma main libre.

– Tu veux quelque chose Eli ?

Mon attention est détournée par Daniel qui continue sur sa lancée.

– Hey mec, d'ailleurs, la nana du tournoi de poker, ça s'est fini comment ? Raconte-moi tout !

– Je peux te parler ?

J'entends à peine la demande de ma sœur. Incapable de suivre deux conversations à la fois avec la fatigue, Daniel me hurlant des blagues graveleuses à l'oreille qui me ramènent à la souplesse impressionnante de la rouquine qui a partagé mon lit.

– C'est important ? Parce que je suis occupé, là, Eli. On remet ça à plus tard, OK ?

Je ne prends même pas la peine d'attendre sa réponse et me lève pour rejoindre ma chambre, Daniel toujours en ligne, lui racontant en détail la fin de ma soirée.

Il n'y a jamais eu de plus tard. Lorsque j'ai enfin quitté ma chambre, ce jour-là, ma sœur avait disparu et je ne l'ai jamais revue. J'ai remué ciel et terre pour la retrouver, sans succès. Je ne compte même plus le nombre de fois où je me suis rejoué cette scène au fil des ans. Chaque fois je changeais le cours du temps. Je raccrochais au nez de Daniel, je courais à l'aéroport chercher Peter par la peau des fesses, j'arrêtais mes conneries, et surtout je prenais le temps d'écouter ma sœur. Je cessais d'être un égoïste qui n'avait même pas remarqué la relation qu'entretenait sa cadette avec un de ses meilleurs amis.

Je me souviendrai toujours de cette enveloppe que j'ai reçue cinq mois après le départ d'Elisabeth. Elle contenait juste une photo d'Olivia bébé dans les bras de ma sœur. Une enfant magnifique, aux joues pleines et aux petits poings serrés. Un parfait mélange de ma sœur et de Peter. Une peau caramel, des cheveux sombres. Ça a été une évidence dès que j'ai vu la photo. Et tous ces détails que j'avais omis de prendre au sérieux, les regards entre eux, leurs disparitions simultanées, les sourires en coin, tout m'a éclaté au visage. Ils avaient été plus proches que jamais, et Peter n'avait pas assumé ses actes, poussant Elisabeth à fuir.

Comme cadeau de naissance, Peter a reçu un crochet du droit à la descente de l'avion. Depuis ce jour, je ne lui ai plus adressé la parole et j'ai cherché ma sœur sans relâche. Il reste cependant des zones d'ombre que je n'ai pas réussi à élucider et qui me hantent toujours.

Je sais que les réponses à mes questions sont dans le journal intime de ma sœur, mais je n'ai jamais réussi à mettre la main dessus. Je me souviens très bien que chaque jour elle écrivait au moins une phrase dans son calepin, c'était une habitude qu'elle avait depuis ses dix ans et dont je me moquais. Elle me disait qu'au moins lorsqu'elle serait vieille, si elle perdait la mémoire, elle aurait des souvenirs que jamais elle n'oublierait. La vie a fait qu'elle ne sera jamais assez âgée pour perdre la mémoire, mais ses carnets resteront en effet un précieux souvenir pour nous. Je sais que quand ma mère, deux ans après le décès d'Elisabeth, a enfin accepté de vider sa chambre, elle les a entreposés en sécurité pour les transmettre à Olivia lorsqu'elle aurait l'âge de les lire.

L'image de Peter s'imprime sur mes rétines ; lui aussi fait partie de l'histoire d'Olivia. Que je le veuille ou non, c'est son père. Est-ce qu'un jour elle souhaitera faire sa rencontre et en apprendre plus sur lui ? Serai-je prêt à la laisser s'éloigner ? Qu'aurait souhaité Elisabeth si elle était encore là ? Et que vais-je faire s'il obtient la garde d'Olie ? La réponse me saute aux yeux lorsque mon regard se pose sur ma nièce. Elle est penchée sur son bureau, son petit nez en trompette froncé par la concentration, ses longues boucles tombant en une cascade dans son dos et ses yeux pétillant. Je dois la protéger quoi qu'il m'en coûte. Si Elisabeth s'est tenue éloignée de Peter, de nous, ce n'est pas sans raison.

– Alors, tu en penses quoi ?

– Très réussi ! Et tes photos sont magnifiques.

– Tu crois que je vais avoir une bonne note ?

– J'en suis certain, on ressent bien toute l'énergie et la passion que tu as mise dans ce projet. J'ai hâte de te voir le présenter devant tout le monde.

– Et si j'oublie mon texte ? Tu crois que Cassiopée accepterait de me faire répéter ?

J'avais oublié qu'Olie avait proposé à Cassie de se joindre à nous le jour de sa présentation. Une fois de plus, je n'ai aucun contrôle. Étrangement, cette idée me fait sourire. Je dois me faire une raison, que je le désire ou non, désormais Cassie fait partie de mon entourage, et je ne peux rien y changer. Elle hante déjà mes pensées, alors un peu plus ou un peu moins, ça ne changera pas grand-chose.

– Demande-lui, mais je crois qu'elle t'aime bien et qu'elle ne refusera pas, réponds-je à Olie. Après tout, elle a accepté de venir à ta soirée pyjama.

– Oui, j'ai trop hâte ! Je ne l'ai pas encore dit à mes copines, je veux leur faire la surprise ! Elles ne vont pas en revenir !

– Oui, je l'imagine bien.

Je me renfrogne à l'idée de passer une nuit entière avec des gamines gloussant et courant dans tout le manoir. Mais je n'ai plus le choix et surtout pas le cœur de décevoir Olie. Ma nièce se redresse et prend son air sérieux.

– Dis, tonton, je pourrai venir au bal ?

– Pourquoi ? Tu sais, il n'y aura que des adultes et tu risques de t'ennuyer.

– Je n'ai pas envie d'être toute seule ce soir-là, c'est tout.

Mes doigts caressent sa joue alors qu'elle m'adresse un sourire crispé. Parfois, j'oublie que malgré tout l'amour que je lui porte, elle n'a que moi.

– Si tu te sens capable de tenir toute une soirée avec des pingouins affreusement assommants, alors oui, crapule, tu peux venir.

– Génial, tonton, tu es le meilleur.

Elle noue ses bras autour de mon cou et je la serre contre moi.

– Dans ce cas-là, Miss Olivia Knight, est-ce que tu me ferais l'honneur d'être ma cavalière pour le bal ?

Olie pouffe en se détachant de moi.

– Tu veux pas inviter Cassiopée ? Elle m'a dit qu'elle n'avait pas de cavalier.

Le clin d'œil de ma nièce et sa moue malicieuse me font rire. Une vraie petite entremetteuse, celle-là. Toutefois, savoir que Cassie viendra, et non accompagnée, ne me laisse pas indifférent.

– Finissons ton exposé au lieu de dire des bêtises.

Olie me tire la langue avant de se replonger dans ses notes. Je l'aide pour finaliser ses affiches et son compte qui lui servira de base pour sa présentation orale.

Je suis déconcentré par l'arrivée d'un message sur mon téléphone qui me fait écarquiller les yeux.

Charles : Urgent. Changement
dans le dossier. Il veut vous rencontrer
pour un arrangement à l'amiable.
Nous devons nous voir pour élaborer
une stratégie.

Charles est un très bon avocat, mais il ne met pas les formes pour annoncer les mauvaises nouvelles. Je serre les dents en composant son numéro tout en sortant de la chambre d'Olie pour m'enfermer dans la mienne. Je n'en reviens pas que Peter souhaite une rencontre, il manigance forcément quelque chose. Dire qu'il fait ça avant Noël ! A-t-il pensé une seule seconde à sa fille et à ce que toute cette histoire va créer chez elle ? Au traumatisme que ça va engendrer ?

– Monsieur Knight.

– Charles, qu'est-ce que c'est que cette histoire ?

– Son avocat vient de me contacter, il souhaite un rendez-vous.

– Mais pourquoi ce revirement de situation ? Suis-je obligé d'accepter ? m'agacé-je en faisant les cent pas.

– Non, mais si vous refusez, ce serait un mauvais point dans votre dossier. Vous ne devez pas oublier qu'il est question du bien-être de votre nièce. Si vous faites la sourde oreille à tout compromis, le juge pourra vous en tenir rigueur.

Je grogne. Peter essaie une fois de plus de me discréditer. *Il est fort, ce con !*

– Très bien, mais est-il possible d'organiser ça après Noël ? Je ne souhaite pas que ça gâche les fêtes de ma nièce.

– Je vais essayer de repousser l'entretien autant que possible. Ne vous inquiétez pas, monsieur Knight, je vais tout faire pour qu'on gagne cette affaire ! J'ai déjà réussi une fois, les chances sont de notre côté.

– Merci, Charles.

– Je vous tiens au courant dès que j'ai du nouveau.

Nous raccrochons et je reste plusieurs minutes à parcourir ma chambre. Peter essaie de me faire passer pour le méchant ; je le déteste pour ça. Je souffle un bon coup avant de rejoindre Olivia.

Ignorant tout de mon dilemme, Olie chantonne en collant les photos pour son exposé.

– Olie, crapule, fais-je en m'asseyant en face d'elle et en prenant ses mains.

Elle lève un sourcil interrogateur devant mon attitude. Je cherche mes mots, me racle la gorge et hésite avant de me lancer.

– Dis-moi, si tu en avais la possibilité, est-ce que tu aimerais rencontrer ton père ?

Ma nièce se fige, me dévisage et fronce ses sourcils. Je la vois réfléchir à toute vitesse. Ses lèvres s'entrouvrent à plusieurs reprises avant qu'elle réponde.

– Je ne sais pas.

Son malaise me crève le cœur. Ses yeux se remplissent de larmes.

– Tu penses que lui, il a envie de me voir ?

Sa voix chevrotante me fait frissonner, je serre un peu plus ses mains entre les miennes pour essayer de la réconforter.

– Le plus important, Olie, c'est de savoir si toi tu veux le voir.

– Et si je ne lui plais pas ? Si je ne suis pas assez pour qu'il reste, cette fois ?

– Bien sûr que tu es assez, Olie ! Tu es une fille magnifique, attachante, intelligente, et n'importe qui gagnerait à te connaître ! N'en doute jamais, d'accord ?

– C'est vrai ?

L'incertitude que je décèle dans son regard larmoyant me fait enrager. Tout ça à cause de Peter.

– Évidemment, Olie ! Tu en connais beaucoup des petites crapules qui arrivent à devenir amies avec des stars ?

J'arrive à lui arracher un sourire et j'en profite pour la serrer dans mes bras pour la rassurer.

– Je serai toujours là pour toi, d'accord ?

Elle hoche la tête en essuyant ses larmes du revers de sa main.

– Je sais, tonton. Même si parfois ça me manque de ne pas avoir de vrais parents comme mes amies, au moins je t'ai toi !

– Toujours, crapule, toujours.

Je me sens mal d'avoir abordé le sujet, mais si je dois rencontrer Peter, je devais connaître le point de vue d'Olie.

– Dis, tonton, tu veux bien me parler de maman ?

Je ne sais jamais quoi lui dire. En temps normal, j'évite d'évoquer ma sœur. Même après toutes ces années, je me sens toujours aussi coupable de ne pas avoir su la retenir.

– Qu'est-ce que tu veux savoir ?

– Est-ce qu'elle est morte à cause de moi ?

– Non ! Bien sûr que non, Olie. Qu'est-ce qui a bien pu te faire penser ça ?

– Rien.

Elle se referme et détourne le regard. Depuis quand cette question la hante-t-elle ?

– Olie, tu n'es pas responsable de la mort de ta mère, c'est juste un terrible accident. Alors ôte-toi cette idée de la tête.

– Tu me le jures, tonton ?

– Croix de bois, croix de fer, si je mens, je vais en enfer.

J'attrape son petit doigt avec le mien et je plonge mon regard dans le sien. Je ne mens pas, le seul responsable de la mort de ma sœur, c'est Peter.

– Bon, assez travaillé pour aujourd'hui, suis-moi. On va faire un tour.

Je me redresse en vitesse, attrape la main d'Olie et l'entraîne avec moi jusqu'au rez-de-chaussée. Ma nièce me suit avec un regard ahuri et rit lorsque je fais un dérapage dans le hall, menaçant de m'écraser dans le sapin de Noël.

– On va où ?

– C'est une surprise !

Je me mords la joue, réfléchissant à toute vitesse. Je n'ai aucune idée de ce que je suis en train de faire. Une seule chose m'importe, changer les idées à Olivia et la voir sourire. Je lui enfonce son bonnet sur la tête, enfile mon blouson et lui tends le sien.

– Parée pour l'aventure ?

– Oui, mon commandant !

Je profite qu'elle enfile son manteau pour envoyer un rapide message à Daniel.

Elliott : URGENT : recherche activité
à faire avec Olie !

Nous avons à peine rejoint Lola que mon portable vibre dans ma poche.

Daniel : Et vous osez vous amuser
sans moi ? Traîtres !

Je me marre, alors qu'un deuxième message arrive déjà.

Daniel : Cassiopée me dit de te dire
qu'Olie lui a avoué qu'elle voulait aller
à la patinoire !

Il est encore avec elle. Cette information me fait grimacer. Je sais qu'ils s'entendent bien tous les deux, mais savoir qu'ils se voient en dehors de l'association me rend amer, même si ça ne peut que faire du bien à Daniel qui a encore du mal à se remettre de sa rupture.

Elliott : C'est toi le traître !

Daniel : Un jaloux en patins… Dire que
je loupe ce spectacle, tristesse !

– Alors tonton, on y va ? me rappelle à l'ordre Olie, déjà installée dans la voiture.

– Oui j'arrive, trente secondes !

Elliott : Je ne suis pas jaloux !

CHAPITRE 33

Dimanche 16 décembre

De dos et concentrée sur ses casseroles, Maggie ne me prête pas attention quand je passe le pas de la cuisine. Le vieux poste radio grésille dans un coin de la pièce. Une odeur alléchante m'ouvre l'appétit. Il est encore tôt, mais impossible de dormir davantage. Les confessions de Margaret ont eu le mérite de me faire réfléchir à ce que je souhaitais pour mon avenir. Et elle a raison sur un point, je dois arrêter de survivre et reprendre ma vie en main. Enfin, si je parviens à trouver de quelle manière ! En premier lieu, il s'agit de passer plus de temps avec Olie. Dernièrement, j'avais l'impression de la faire passer au second plan, alors notre sortie à la patinoire nous a fait un bien fou, à tous les deux, si je me fie à son sourire éclatant. Même si j'ai passé plus de temps les fesses sur la glace que sur mes patins, la joie d'Olie m'a fait tout oublier. Ses yeux pétillants m'ont porté tout le long ; je n'ai même presque pas bougonné quand elle a pris une vidéo de moi les quatre fers en l'air pour l'envoyer à Daniel – et peut-être à Cassiopée…

Ce qui m'amène à ma seconde résolution : je dois accepter que Cassie me manque. Elle hante mes pensées comme aucune femme avant elle.

– Elliott ! Vous m'avez fait peur, sacripant ! me gronde Maggie en posant une main sur sa poitrine.

– Pardon, Maggie, je ne voulais pas te déranger.

– Si vous ne voulez pas avoir à engager une nouvelle nanny d'ici peu, faites attention à ne pas vous faufiler trop souvent derrière moi, me rabroue-t-elle.

– Je tâcherai de m'en souvenir, tu nous es trop précieuse pour être remplacée, la rassuré-je d'un sourire chaleureux.

Maggie baisse les yeux vers sa préparation, les joues rougissantes. Elle reprend contenance assez vite, et quand elle relève son regard pour m'observer, toute trace d'embarras a disparu de ses traits.

– Vous êtes d'humeur joviale, ce matin. Auriez-vous fait la paix avec mademoiselle Cassiopée ?

– Comment sais-tu…, m'interrompé-je en remarquant l'air entendu de ma cuisinière.

– Je m'occupe de vous depuis votre plus jeune âge, je connais votre caractère de cochon et je vous rappelle que je sais tout ce qu'il se passe dans cette maison, même quand vous rangez votre bureau après l'avoir mis sens dessus dessous, me dit-elle dans un clin d'œil.

La spatule qu'elle pointe dans ma direction dans un geste faussement menaçant me fait pouffer. Je me sers une tasse de café et m'installe autour de la table en bois en attendant qu'elle finisse de préparer le repas. L'ambiance légère de cette matinée me rappelle mon enfance. Elisabeth et moi, nous nous levions toujours les premiers pour nous faufiler en douce dans la cuisine et chiper des gâteaux à Maggie quand elle avait le dos tourné. C'était la pièce la plus accueillante, on y passait des heures à jouer, grignoter, faire nos devoirs, nous chamailler. Il y avait toujours une douce odeur de pâtisserie qui flottait dans l'air et la chaleur du four donnait à la pièce une atmosphère bien plus agréable qu'à toutes les immenses pièces glaciales du manoir. C'était notre endroit fétiche et je ne compte plus le nombre d'heures qu'on y a passé.

– Mais je suis ravie pour vous, reprend-elle en me sortant de mes souvenirs. Miss Cassiopée me semble être une jeune femme attentionnée et parfaite pour un grognon comme vous.

Je grimace, le nez plongé dans ma tasse de café. Je préfère taire à Maggie les derniers épisodes de notre relation tumultueuse, car même si j'ai plus de trente-deux ans, elle serait capable de me tirer les oreilles. Je le mériterais, probablement.

– Nom de Dieu, jure Maggie, me faisant sursauter.

– Quoi ? Que se passe-t-il ?

Les yeux exorbités, elle me désigne d'une main tremblante la radio qui grésille. Elle ouvre la bouche, mais aucun son n'en sort.

Interloqué, je m'approche du poste et tourne le bouton pour augmenter le volume. La voix de la présentatrice résonne contre la faïence de la cuisine.

– … célèbre famille Knight fait encore parler d'elle, cette semaine. Si vous suivez les actualités, vous n'êtes pas sans savoir que ces dernières années ont été marquées par la disparition de plusieurs membres de la famille. Nos confrères du *Post* ont enquêté sur la mort étrange d'Elisabeth Knight, et si la version officielle donnée à l'époque par la famille fait état d'une agression en pleine rue qui aurait mal tourné, les faits sont bien moins clairs.

La journaliste laisse un silence passer, reprenant sa respiration alors que la mienne se coupe. Ma tête tourne et je suis obligé de m'agripper au plan de travail pour ne pas m'effondrer. C'est un cauchemar.

– Eh oui, très chers auditeurs, le *Post* a enquêté pour découvrir pourquoi une jeune fille de bonne famille se trouvait seule et au milieu de la nuit dans cette rue reculée, bien loin de chez elle. Et tenez-vous bien, toutes les preuves indiquent que la jeune héritière, Miss Elisabeth Knight, était sans domicile depuis plusieurs mois et vivait dans la rue, en tant que SDF. Difficile d'imaginer une si riche famille laisser un de ses enfants vivre dans une telle misère. La raison nous échappe encore ! Mais on comprend mieux ce qui a poussé le couple Knight à créer l'association *Food For Life* il y a dix ans ! Essayaient-ils de se racheter ? La bonne réputation de cette famille en prend un coup, imaginez, avoir tout et laisser votre enfant mourir de fr…

La voix aiguë de la présentatrice s'éteint dans un grésillement plaintif alors que le poste de radio s'écrase au sol. Un cri de fureur mêlé de détresse m'échappe. La rage coule dans mes veines, prenant possession de chaque cellule de mon être.

– Monsieur Elliott, m'interpelle Maggie, qu'allons-nous faire ?

Je reste stoïque devant les restes du poste. Les paroles de Maggie glissent sur moi sans m'atteindre. Les mains tremblantes, j'attrape mon portable dans mon jean et compose le numéro de la seule personne qui pourra m'aider.

– Putain, Elliott, tu as vu l'heure ? bougonne Daniel d'une voix pâteuse.

– Ramène-toi tout de suite ! Ils savent pour Elisabeth, bredouillé-je. La presse, Daniel, ils en parlent à la radio.

Mon meilleur ami lâche un juron dans le combiné et je l'entends s'affairer.

– Ne bouge pas, OK ! J'arrive dès que possible, et garde Olivia à la maison avec toi, aujourd'hui !

Il ne me laisse pas le temps de répliquer que déjà il raccroche.

Olivia !

Je me rue hors de la cuisine comme si j'avais le feu aux trousses et grimpe deux par deux les marches menant à l'étage avant d'entrer sans frapper dans la chambre de ma nièce.

Pourvu qu'elle n'ait pas touché à son maudit portable et à ses sites de potins !

Assise sur le rebord de son lit, son téléphone entre les mains, elle relève le visage quand je passe le pas de la porte. Mon cœur se brise une énième fois devant ses grands yeux emplis de larmes. Ses lèvres tremblent alors que je me jette à genoux devant elle et que je la prends dans mes bras.

– Est-ce que c'est vrai, tonton ? me demande-t-elle entre deux sanglots.

– C'est bien plus compliqué qu'ils ne l'ont laissé entendre, balbutié-je.

Je sens sa respiration s'accélérer contre moi et, d'un geste brusque, elle se dégage de mon étreinte.

– Pourquoi ? crie-t-elle. Pourquoi vous ne me l'avez jamais dit ? Ma mère était une sans-abri ! Comment vous avez pu ne jamais me le dire ? C'est pas un détail qu'on peut oublier !

Sa colère prend le dessus, et devant mon mutisme, elle se redresse et commence à faire les cent pas dans sa chambre.

– Qu'est-ce que vous m'avez caché d'autre ? Mon père aussi est un clochard ? Pourquoi ma mère vivait dans la rue ? On ne manque pourtant pas de place, ici, ironise-t-elle d'un ton froid.

Je me relève et essaie de m'approcher d'elle, mais elle m'évite et me lance un regard glacial.

– Arrête de me prendre pour une gamine, tonton, je veux connaître la vérité, maintenant ! J'ai le droit de savoir.

Sa voix se brise et les larmes dévalent le long de ses joues. Je me sens démuni.

– Écoute Olivia, on ne voulait pas te mentir, mais on a pensé que tu étais trop jeune pour entendre la vérité. Tu ne devais pas l'apprendre de cette manière, ce n'était pas du tout ce qui était prévu, essayé-je de la calmer.

– Arrête de me mentir ! Tu comptais surtout ne jamais me le dire ! Surtout ne pas faire de vagues et toujours sauver les apparences ! Tu es bien comme grand-pa et grand-ma !

– Non ! J'allais tout te révéler, j'attendais juste le bon moment.

Elle se laisse retomber sur le rebord de sa fenêtre et se recroqueville.

– Olie, ma puce, ça ne change rien au fait qu'on t'a toujours aimée à la folie.

– Pas assez, apparemment ! Pourquoi vous l'avez laissée là-bas ? Pourquoi vous aidez tous les autres et vous ne l'avez pas aidée elle ?

– Ce n'est pas aussi simple…

– C'est compliqué, ce n'est pas simple, c'est difficile… Au contraire, c'est très clair, vous l'avez abandonnée !

– Aucun de nous n'avait de ses nouvelles, Olie, nous ne savions pas qu'elle dormait dans la rue ! Jamais je ne l'aurais laissée là-bas si je l'avais su !

– Mais pourquoi tu ne l'as pas cherchée ? Si tu l'avais fait, j'aurais encore une mère !

– J'ai remué ciel et terre pour la retrouver quand elle a disparu, mais ta mère était aussi têtue que toi et elle ne souhaitait pas être retrouvée. Elle a brouillé les pistes jusqu'à ce que je perde sa trace. Je ne sais pas tout non plus, Olivia, mais je te jure que j'ai tout fait pour la retrouver !

– Je ne sais pas, oncle Elliott…, sanglote-t-elle. Tout ce que vous m'avez raconté sur ma mère n'était qu'un mensonge !

– Tout était vrai, Olie, ta mère était une jeune femme forte et tu lui ressembles beaucoup, n'en doute jamais !

– Comment tu veux que je te croie ? Vous m'avez menti pendant plus de dix ans !

– Je suis prêt à répondre à toutes tes questions, laisse-moi une chance de tout t'expliquer…

J'essaie de m'approcher d'elle, mais elle se dérobe et se réfugie à l'autre bout de la pièce.

– Je n'ai pas envie d'en parler ! Surtout si c'est pour entendre d'autres mensonges !

– Olie, je sais que tu souffres, mais…

– Sors de ma chambre !

Je me pince l'arête du nez, partagé entre l'envie de la laisser seule pour digérer toutes ces informations et celle de rester pour m'assurer qu'elle va bien, mais elle ouvre grand la porte et se tient à côté. Le message est clair. Le pas lourd et hésitant, je rejoins le couloir. J'ai à peine passé le seuil qu'elle claque le battant dans mon dos et que j'entends le cliquetis de la clef dans la serrure.

Mortifié, je reste quelques minutes face à cette porte close.

– Je sais que tu n'as pas envie de discuter pour l'instant, mais je serai en bas si tu as besoin de moi…

Elle reste silencieuse, mais je perçois quelques reniflements derrière la cloison. Maggie m'attend au pied de l'escalier, inquiète. Le torchon entortillé entre ses mains est si serré que ses doigts en deviennent blancs.

– Comment va-t-elle ?

– Mal, murmuré-je.

– Voulez-vous que j'aille la voir ?

– Elle veut rester seule pour l'instant, il vaut mieux qu'on la laisse digérer la nouvelle.

Maggie hoche la tête, la mine défaite.

Je la laisse disparaître dans la cuisine. Je me retrouve seul et je ne sais pas quoi faire. Je me masse les tempes, cherchant, comme Maggie, une activité quelconque pour m'occuper l'esprit. Je voudrais fuir le plus loin possible de cette maison, de cette ville, mais je ne le peux pas. Pas avec Olivia. Je dois m'occuper d'elle, et le plus urgent dans l'immédiat, c'est de faire taire les journalistes. Ce n'est pas pour rien que je déteste ces charognards. Même dix ans après, ils se réjouissent du moindre cadavre qui traîne dans nos placards.

D'un pas vif, je rejoins mon bureau et allume mon ordinateur. En quelques secondes, je suis sur le site Internet du *Post* et je grimace devant le bandeau rouge criard sous la photo de ma sœur.

Tous les secrets sur la mort suspecte
d'Elisabeth Knight !

La rage de voir le nom de ma sœur sali de la sorte enfle dans ma poitrine. Ils vont me le payer ! Celui qui a parlé va payer ! Peter… Je compose le numéro de ce traître dans la seconde.

– Allô, décroche-t-il avec une voix pâteuse, encore endormi.

– T'es un sacré con, Peter ! Pourquoi es-tu allé raconter cette histoire à la presse ?

– Elliott ?

– Oui, Elliott ! Jamais je ne te laisserai approcher d'Olivia après ce que tu viens de faire !

– Mais de quoi tu parles ?

– De l'article sur Elisabeth dans le *Post* ! De quoi veux-tu que je parle ? Et après tu oses faire une demande de garde chez la juge ? Tu espères me discréditer avec cette histoire, c'est ça ? Et bien sache que ça ne fonctionnera pas ! Je ne te laisserai pas faire !

– Je t'assure que je ne suis au courant de rien, je ne vois pas de quoi tu parles !

Je l'entends se lever, puis taper sur son clavier.

– Bien sûr, joue l'innocent avec qui tu veux, ça ne prend pas avec moi. Tu n'as vraiment aucune morale !

– Est-ce qu'une fois dans ta vie tu peux m'accorder le bénéfice du doute ? râle-t-il.

– Pas après ce que tu as fait à Elisabeth !

Je suis prêt à raccrocher quand son exclamation m'arrête.

– Elliott ! Est-ce que c'est vrai ?

Sa voix n'est qu'un chuchotement.

– L'ignorance, maintenant. De mieux en mieux, ton jeu d'acteur, Peter. Tu pourrais faire de la concurrence à Cassiopée !

– Arrête de jouer au con, Elliott, je suis sérieux !

Son souffle haché m'interpelle.

– Réponds-moi ! Est-ce qu'Elisabeth vivait dans la rue ?

Sa voix se casse sur la fin de sa phrase et me fait douter.

– Oui.

Un coup violent résonne, comme s'il venait de frapper dans un mur. Le cri de douleur qu'il pousse m'inquiète.

– Peter ?

– Est-ce qu'Olivia vivait avec elle ? reprend-il plus durement.

Sa question et l'inquiétude que je décèle dans sa voix me troublent. Soit il est vraiment très bon acteur, soit il n'était pas au courant. Après tout, mes parents ont tout fait pour étouffer l'affaire à cette époque-là et je ne parlais plus à Peter depuis longtemps. Si aucun de nous ne le lui a dit, alors c'est possible qu'il n'ait jamais su la vérité. Par conséquent, il ne peut pas avoir parlé aux journalistes. Mais plus encore, ça veut dire que mes parents m'ont menti sur les raisons qui ont poussé ma sœur à vivre dans la rue.

– Dis-moi ! s'énerve-t-il devant mon silence.

– Elle était avec Eli tout le temps…

Je me mords les lèvres. À ma plus grande surprise, un sanglot échappe à Peter.

– Pourquoi ? crie-t-il d'une voix cassée. Je croyais qu'elle s'était fait agresser en rentrant chez elle ! Vous nous avez menti pendant dix ans ! C'est votre faute si elle est morte !

– Elle ne nous donnait plus de nouvelles depuis deux ans, jusqu'au jour où la police a frappé chez nous… Mais si elle est partie c'est ta faute et tu le sais très bien ! Si tu ne l'avais pas abandonnée alors qu'elle était enceinte, rien de tout cela ne se serait passé !

– Je n'étais pas au courant !

Je l'entends essayer de reprendre sa respiration à travers ses sanglots.

– Je les ai cherchées partout, Elliott ! Depuis le jour où je suis revenu en Angleterre, je n'ai pas arrêté !

CHAPITRE 34

Le cri déchirant de Peter me fait trembler et se répercute en moi comme un écho de toutes ces heures passées à écumer les hôtels, les hôpitaux, les commissariats et les logements solidaires à la recherche de ma sœur. J'ai toujours pensé qu'il savait pour la grossesse d'Elisabeth et qu'il avait juste préféré vivre sa vie au lieu d'épauler ma sœur, mais toutes mes convictions semblent fondées sur des apparences.

– Il faut qu'on parle, Elliott, ce n'est plus possible tous ces secrets et ces mensonges !

J'ai du mal à le reconnaître, mais il a raison. Je dois tirer cette histoire au clair une bonne fois pour toutes. Pour Olivia.

– Très bien, mais pas aujourd'hui.

– Je n'abandonnerai pas, Elliott ! Tes parents m'ont empêché de voir ma fille pendant dix ans, je ne te laisserai pas faire la même chose !

Je tique à cette remarque, mais la porte de mon bureau s'ouvre avec fracas et Daniel entre à grands pas en brandissant un journal.

– C'est un ramassis de conneries ! Faut pas que tu te laisses faire, mon pote ! fulmine-t-il en me rejoignant.

Je raccroche alors qu'il lance le journal sur mon bureau, recouvrant le clavier de mon ordinateur et la même photo de ma sœur que sur le site s'étale sur la première page.

– Lis le nom de l'auteur, grogne-t-il.

Son regard noir et ses lèvres pincées ne me rassurent pas. Fébrile, j'ouvre le quotidien et pose mes yeux sur le bas de la page.

Clara Edelman.

Je manque de m'étouffer. L'ex de Daniel est journaliste. Comme nous sommes tous bénévoles, nous ne demandons pas plus d'informations que ça à ceux qui viennent se porter volontaires, et à cet instant, je le regrette. Elle était là pour nous espionner, ni plus ni moins.

– Putain ! lâché-je sous le coup de la colère.

– Elle s'est moquée de moi depuis le début ! Elle s'est servie de moi, la garce ! Mais je te promets, Elliott, je n'ai rien dit pour Elisabeth, je ne sais pas comment elle l'a appris !

Il tremble de colère. Ses mains malaxent le journal jusqu'à en faire une boule et à le jeter dans la poubelle.

– J'aurais dû me douter de quelque chose !

Sous son cri de rage, je sais qu'il essaie de cacher sa peine.

Je fais les cent pas, usant le tapis sans remords, alors que Daniel pianote sur son téléphone, assis sur mon bureau. Le soleil a percé les nuages et inonde la pièce de ses rayons. S'il ne faisait pas si froid, il serait difficile d'imaginer que nous sommes en plein mois de décembre. Les heures s'écoulent au compte-gouttes sans que je parvienne à m'expliquer cette catastrophe. J'ai essayé de contacter Charles, mais mes appels restent sans réponse. La situation m'échappe. Je me fais l'effet d'être un lapin au milieu de la route, incapable de bouger alors qu'une voiture lancée à pleine vitesse arrive droit sur moi. Impuissant face à cette tempête qui s'abat sur ma famille.

Je fulmine en repensant à la trahison de Clara quand mon ami relève la tête de son écran avec un sourire éclatant.

– Je sais qui peut nous aider ! s'exclame-t-il.

– Qui ?

– Promets-moi de ne pas t'énerver, commence mon ami.

– Je pourrais difficilement être plus en colère que maintenant ! À qui penses-tu ?

– On est d'accord qu'il nous faut un pro en relation et communication, surtout avec la presse ? Donc, qui mieux qu'une star pour nous aider ?

Bouche bée, je le regarde en silence. J'ai très bien compris à qui il faisait référence. Mon cœur loupe un battement et mes mains deviennent moites. Je suis à la fois terrifié et fébrile à cette idée. Malgré mes doutes, je dois admettre que Daniel n'a pas tort. Cassie est la mieux placée pour nous conseiller. Le seul hic à son plan parfait, c'est qu'elle n'acceptera jamais de nous prêter main-forte. Je l'ai assez tenue à l'écart et accusée de se servir de moi pour la dissuader de s'immiscer dans mes affaires. J'ai tout fait pour la repousser, ignorant mes sentiments et cette attirance entre nous. Je l'ai blessée, alors pourquoi voudrait-elle m'aider ?

– Elle n'acceptera jamais, je réponds dans un souffle.

– Elle est en route ! me surprend mon ami en agitant son portable devant lui. Et puis, peut-être que sa présence fera enfin sortir Olivia de sa chambre…

Je hoche la tête ; la présence de Cassie pourrait peut-être faire du bien à ma nièce. Depuis que je l'ai laissée dans sa chambre, ce matin, elle s'est barricadée et refuse d'ouvrir à quiconque. Même Maggie s'est cassé les dents contre le battant.

Le bruit des gravillons de l'allée crissant sous des pneus me fait sursauter. Déjà ? Je me tourne vers Daniel qui affiche un sourire d'excuse et hausse les épaules devant mon regard noir.

– Je te connais, si je t'avais prévenu plus tôt, tu aurais trouvé un moyen de fuir cette maison avant qu'elle n'arrive, se justifie-t-il.

Il n'a pas tort. Je redoute de voir le jugement qu'elle me réserve. Je ne supporterai pas de lire de la pitié ou du dégoût dans son regard. Je grommelle dans ma barbe avant de rejoindre l'entrée. Une grande inspiration, une main passée dans mes cheveux et je suis presque prêt psychologiquement quand j'ouvre la porte au premier coup de sonnette. Cassiopée se tient sur le perron, réajustant les pans de son manteau, et sursaute en me voyant devant elle. Ses joues prennent une teinte rosée.

– Elliott.

– Cassiopée.

Aussi gênés l'un que l'autre, nous nous dévisageons sans qu'aucun de nous ne sache quoi dire. Ce n'est que l'arrivée tonitruante de Daniel qui me fait réagir.

– Merci d'être venue aussi vite, Cassiopée, la remercie-t-il en l'enlaçant.

Une pointe de jalousie me transperce de les voir si proches, mais je me tais et me décale pour les laisser entrer. Je remarque Trent, toujours assis dans le 4 × 4 devant l'entrée, alors que je m'apprête à refermer la porte. Je lui fais signe de nous rejoindre et il a à peine passé le seuil du manoir que Maggie se rue vers lui et l'entraîne avec elle dans la cuisine.

Je rejoins les deux nouveaux meilleurs amis dans mon bureau. Daniel a repris sa place sur mon bureau et Cassie s'est installée sur mon siège, concentrée sur l'écran de mon ordinateur. Je suis dérouté par ce spectacle. Les yeux vissés sur l'écran, le front légèrement plissé, elle semble avoir la situation en main. Pas le moins du monde intimidée, elle relève à peine la tête lorsque je m'approche d'eux.

– Alors ? lui demandé-je d'une voix rauque.

– Comment va Olivia ?

Je cille, surpris qu'elle ait pensé à ma nièce. Touché, aussi. Son regard quitte l'ordinateur quelques secondes et se tourne vers moi. L'inquiétude qui crispe ses traits devant mon silence me confirme qu'elle est sincère.

– Pas très bien, elle s'est enfermée dans sa chambre depuis ce matin et refuse de parler à qui que ce soit.

– Ce n'est pas très étonnant, ce n'est pas le genre de nouvelle qu'on accepte sans broncher. Il va lui falloir du temps.

– Je sais, mais je déteste la voir souffrir et ne pas savoir quoi faire pour l'aider.

– Je peux essayer de lui parler, si tu veux. Peut-être qu'elle se confiera plus facilement à une personne extérieure…

– Ça ne coûte rien d'essayer, bredouillé-je, perturbé par sa sollicitude.

Elle me surprend une nouvelle fois et je me sens coupable. Malgré tout ce qu'il s'est passé entre nous, elle est là, prête à nous aider et s'inquiète pour Oli. Elle semble remarquer mon changement d'attitude.

– C'est à ça que servent les amis, non ? ajoute-t-elle avec un sourire timide.

Je me mords la joue, mal à l'aise. Après tous mes reproches, elle fait un pas vers moi sans hésiter. Daniel me lance un regard entendu. Cette fois, je dois faire un choix. Je dois mettre mes peurs de côté. Elle le mérite.

– Pourtant, je n'ai pas vraiment agi comme un ami…

– On a tous les deux fait et dit des choses qu'on ne pensait pas. Peut-être serait-il temps de repartir de zéro.

Mes yeux se rivent aux siens et la détermination qu'elle affiche me fait sourire. Elle a raison, une fois de plus. Elle bouscule toutes mes convictions, mais j'aime sa manière de me tenir tête et de ne pas se laisser impressionner par mon mauvais caractère. Sûr de moi, je tends la main vers elle.

– Amis, alors ?

Sans hésiter, sa paume se niche dans la mienne.

– Amis !

Nos doigts restent liés plus longtemps que nécessaire et un frisson remonte le long de mon bras. Seuls les applaudissements de Daniel nous font relâcher notre étreinte.

– Merveilleux ! se réjouit-il. Maintenant que vous avez fait la paix, on peut se remettre aux choses sérieuses ?

– Tout à fait, j'y ai réfléchi sur la route, se secoue Cassiopée. À ce niveau-là, il te reste peu de choix. Tous les médias ont déjà relayé l'information et ce sera impossible de la faire disparaître. Donc, soit tu décides de rester muet sur le sujet en espérant que ça se tasse, soit tu contre-attaques en les poursuivant en justice pour diffamation.

Je me mords les lèvres et Daniel se racle la gorge. Cassiopée nous regarde à tour de rôle, cherchant à comprendre notre malaise.

– Le souci, c'est qu'il n'y a pas diffamation, ma sœur vivait vraiment dans la rue, murmuré-je en baissant les yeux.

Le hoquet de surprise qui échappe à Cassie me fait grimacer. J'imagine sans peine le fil de ses réflexions et je m'attends à la voir partir. C'est bien pour éviter cette honte à notre famille et le jugement des autres que mes parents ont étouffé l'affaire.

– Que s'est-il passé ? nous demande-t-elle. Peter est au courant ?

Je sens le regard de Daniel se poser sur moi. Il sait que je déteste parler de cette période de ma vie. Il ne doit pas comprendre la situation. Je ne lui ai jamais avoué avoir confessé le lien de parenté entre Peter et Olivia à Cassiopée.

– Pour faire simple, Élisabeth s'est enfuie à dix-huit ans quand elle s'est retrouvée enceinte. La suite, personne ne la connaît vraiment, juste qu'un jour elle s'est fait agresser et qu'elle en est morte.

– Et où était ta nièce ?

– Avec une autre sans-abri. De ce que l'on sait, ma sœur lui avait confié Olivia le temps de visiter un logement avec son assistante sociale et elle s'est fait attaquer sur le chemin de retour.

Un silence pesant s'abat sur la pièce. Je fixe mes chaussures avec plus d'intensité dans l'espoir qu'elles creusent un trou dans le sol qui puisse me faire disparaître.

– Je suis désolée, Elliott, ça a dû être une épreuve terrible pour vous. C'est la raison qui a poussé tes parents à fonder l'association ?

– Oui, c'était un moyen pour eux de s'assurer que le décès de ma sœur ne se reproduise pas.

– C'est si triste. Mais pourquoi s'est-elle enfuie ?

– J'ai toujours cru que c'était la faute de Peter, qu'il avait refusé d'assumer sa paternité et qu'Elisabeth avait préféré fuir pour ne pas affronter le regard des autres, mais je commence à avoir des doutes. Il y a des zones d'ombre que j'essaie encore de découvrir.

– Pardon ? Des doutes ? sursaute Daniel.

– Peter n'est pas un lâche, le défend Cassie.

Je leur raconte en vitesse ma conversation avec le père d'Olivia. Plus j'y repense et plus je me dis que sa réaction n'avait rien de factice. Il était vraiment chamboulé d'apprendre qu'Eli avait vécu dans la rue.

– Il m'a aussi affirmé ne pas avoir été au courant pour la grossesse d'Eli lorsqu'il est parti ce jour-là.

Le front de Daniel se plisse.

– Tu le crois ?

– Je ne sais pas, j'ai toujours cru qu'il était responsable de la fuite de ma sœur, mais je serais incapable d'expliquer pourquoi je l'ai cru quand il m'a dit l'avoir cherchée partout. Et il ne l'aurait pas fait s'il ne tenait pas un minimum à elle.

– Je connais Peter depuis des années, ce n'est pas un menteur, ajoute Cassiopée. Et je sais qu'il cherche à récupérer la garde de sa fille depuis longtemps. Il ne m'a jamais donné de détails et je ne savais pas que c'était Olivia, mais je peux vous assurer qu'il n'a jamais cessé de se battre pour elle ! Alors s'il affirme ne pas avoir été au courant pour la grossesse de ta sœur, moi je le crois. Et peut-être que vous aussi vous devriez, c'était votre ami, après tout…

J'échange un regard perdu avec Daniel. Les lèvres pincées de mon meilleur ami me confirment que lui aussi y réfléchit.

– Elle n'a pas tort, Peter a toujours été un beau parleur à la fac, mais ça n'a jamais été un menteur, reprend Daniel en fronçant un peu plus les sourcils.

– Mais alors, pourquoi Elisabeth s'est-elle enfuie ? Nous l'aurions aidée et soutenue ! Je ne comprends pas.

– Le plus important, pour l'instant, c'est de vous sortir de cette histoire avec les journalistes, reprend Cassiopée. Le mieux, ce serait de dire la vérité, sans entrer dans les détails, bien sûr, mais ce serait une manière de contrer l'article assassin de Clara. Il faut retourner l'avis du public en faveur de ta famille. Si tu leur parles de la fugue et du fait que vous n'aviez aucune nouvelle de ta sœur, la balance s'inversera et ça prouvera qu'elle a mal fait son travail d'investigation.

– C’est une bonne idée, marmonne Daniel, pensif.

– Et si Clara décide de creuser plus ? paniqué-je.

– C’est-à-dire ? s’inquiète Cassiopée.

– Je ne sais pas, si elle trouve la raison de sa fugue ? Même moi je n’ai aucune certitude, et si ce que dit Peter est vrai, alors tout est possible et je ne tiens pas à ce qu’une autre révélation éclate.

– Très bien, procédons par élimination. Qui était au courant pour Elisabeth ?

– Jusqu’à aujourd’hui, Peter, Maggie, Suzy, mes parents, Daniel et moi, énuméré-je.

– Sachant que tes parents n’auraient jamais laissé fuiter cette information et que Peter assure ne pas avoir été au courant, il ne reste plus que Maggie, Suzy, toi et moi, conclut Daniel.

Sceptiques tous les deux, nous nous dévisageons. Ça ne peut être aucun d’entre nous. Pourquoi attendre dix ans avant de parler de cette histoire ? Qui a pu parler avec Clara ?

– Il y a quelqu’un d’autre, reprend Daniel d’une voix blanche.

Nous lui lançons un regard surpris.

– Emily, répond mon meilleur ami.

CHAPITRE 35

– La même Emily que nous aidons avec *Food For Life* ? nous interroge Cassiopée avec surprise.

C'est tellement évident que je me fustige de ne pas y avoir pensé plus tôt.

– Oui, la seule et l'unique. Elle vivait avec ma sœur, à l'époque. C'est elle qui gardait Olivia lorsque ma sœur a été attaquée.

– Mais pourquoi parler maintenant, dix ans après ?

– Va savoir ce qu'elle a pu dire devant Clara, et n'oublions pas que c'est une droguée, elle ferait n'importe quoi pour avoir un peu d'argent et se payer sa dose, grogne Daniel.

– Avant toute chose, nous devons nous assurer que c'est bien elle qui a parlé à Clara et ensuite découvrir si elle en sait davantage.

La colère m'empêche de réfléchir correctement. Cette fureur qui me guidait il y a quelques années et qui, depuis ce matin, refait surface.

– Je vais tirer cette histoire au clair tout de suite !

Je me dirige vers la porte de mon bureau, bien décidé à retrouver Emily et à lui tirer les vers du nez, mais Cassie se jette vers moi et me retient par le bras.

– Non, Elliott, il y a plus urgent pour l'instant. Réfléchis, les journalistes n'attendent que ça et si tu les conduis directement à elle, alors tu n'auras plus aucun moyen de les empêcher de fouiller.

Je souffle, agacé. Elle a raison.

– Et puis tu dois rester pour Olivia, elle va avoir besoin de toi. Tu ne peux pas partir maintenant, ajoute-t-elle avec douceur.

Je plaque mes paumes contre mes yeux, dépassé par la situation.

– Je vais demander à Suzy de nous mettre sur le secteur d'Emily ce soir, ça nous donnera l'occasion de la confronter sans éveiller les soupçons, poursuit Daniel.

– Et pour la presse, tu comptes faire quoi ?

La question de Cassie me fait grincer des dents. Je n'en ai aucune idée.

– Tu me conseilles quoi ?

– Je comprendrais que tu veuilles rester silencieux et enterrer cette histoire, mais connaissant les journalistes, ils ne vont pas te lâcher aussi facilement. Le plus judicieux serait de leur couper l'herbe sous le pied en publiant ta version des faits.

Je reste silencieux, pesant le pour et le contre.

– Je te laisse réfléchir, je vais voir Olivia.

Je la retiens lorsqu'elle me dépasse.

– Merci pour tout, Cassiopée. Je ne sais pas comment…

Elle m'interrompt en posant sa paume contre mes lèvres.

– Tu me remercieras plus tard, pour l'instant tu as d'autres préoccupations.

Elle s'échappe du bureau et elle a à peine disparu que je suis sorti de ma torpeur par le ricanement de Daniel.

– Eh bien, il semblerait que la hache de guerre soit bel et bien enterrée.

– Laisse-moi tranquille, grogné-je, mal à l'aise. Allez, au boulot, on a un communiqué à rédiger.

– C'est ça, change de sujet, me taquine mon ami.

Je ne lui réponds pas et regagne ma place derrière mon bureau. Le cuir est encore tiède de la présence de Cassiopée et je sens que je vais avoir du mal à me concentrer. J'ai à peine ouvert mon application de traitement de texte que Cassiopée entre comme une furie dans la pièce.

– El… elle…, bafouille-t-elle, le souffle court. Olivia n'est plus dans sa chambre.

Je me relève et sors en trombe pour grimper jusqu'à l'étage. La porte de ma nièce est grande ouverte, et en effet elle ne s'y trouve plus. La panique me gagne petit à petit alors que j'ouvre une à une toutes les portes de l'étage sans la trouver. Daniel et Cassiopée se ruent au second.

– Maggie ! crié-je depuis le palier.

Notre nanny met une bonne minute à arriver et je vérifie une seconde fois toutes les pièces, sans succès. Daniel et Cassie reviennent bredouilles.

– Que se passe-t-il, monsieur Elliott ? s'inquiète Maggie depuis le hall.

– Est-ce que tu as vu Olivia ? Elle est avec toi dans la cuisine ? lui demandé-je en me penchant par-dessus la rambarde.

– Non, pourquoi ?

La panique s'empare de moi.

– Elle a disparu, m'affolé-je.

– Elle ne peut pas être loin, essaie de me rassurer Daniel, on va la chercher. Maggie, tu restes au manoir au cas où Olivia revienne, Cassiopée et Elliott, fouillez les bois, et avec Trent on va prendre la voiture pour vérifier les alentours de la propriété. Gardez tous vos portables, les premiers qui la trouvent appellent les autres.

Sa tentative de réconfort ne fonctionne pas. Mon cœur bat la chamade à l'idée qu'Olivia déambule toute seule dehors. Sans attendre, je dévale les escaliers, attrape mon blouson et m'élance à l'extérieur.

– Elliott, attends-moi ! s'écrie Cassiopée en se mettant à ma poursuite.

Je ralentis, lui laissant juste le temps de me rattraper, et je prends sa main, liant nos doigts avant de l'entraîner vers les bois derrière le manoir. Je cours sur le chemin escarpé en appelant ma nièce, sans résultat.

– Olivia !

Ma voix tremble sous l'effet de la peur alors que je m'époumone. Mes appels répétés résonnent dans les sous-bois silencieux et me reviennent sans réponse.

Un signal d'alarme résonne dans ma tête. J'ai déjà vécu cette situation.

– Elliott, ralentis, me demande Cassiopée essoufflée, en tirant sur mon bras.

– Non ! Tu ne comprends pas, je dois la retrouver !

Elle me jette un regard de compassion mais continue de me retenir. Devant son insistance, je réduis la cadence. Mon regard balaie les environs en vitesse, passant au crible chaque fourré, chaque arbre, chaque dénivelé. Mais rien. Absolument rien. Et ce froid qui se fait de plus en plus mordant.

– Je… il…, bafouillé-je, l'inquiétude m'empêchant de réfléchir correctement.

– On va la retrouver, Elliott ! Olivia est une fille intelligente et réfléchie, elle ne partirait pas comme ça ! Elle est forcément dans les environs.

Ses paroles ne m'atteignent pas, seule l'angoisse de ne pas retrouver ma nièce me fait encore tenir debout.

– Olie ! Où es-tu ?

Ma voix tremble. Mon regard se perd entre les arbres. Cassiopée attrape mon visage de ses mains et plante son regard dans le mien. Ses doigts gelés me font frissonner.

– Elliott, calme-toi !

– Tu ne comprends pas…

Ma voix se casse sous l'émotion. Les visages d'Olie et d'Elisabeth se superposent dans ma tête et me terrassent. Je dois la retrouver, je n'ai pas le choix ! Je ne pourrai jamais me le pardonner s'il lui arrivait quelque chose.

– On ne va pas foncer tête baissée, elle ne peut pas être loin. Réfléchissons à où elle aurait pu aller. Elle a des amies qui habitent dans les environs ?

Cassie essaie d'attirer mon attention, mais je n'arrive pas à me concentrer.

– Elliott !

Son exclamation me ramène à la raison quelques secondes, le temps d'analyser sa question.

– Le domaine fait plusieurs hectares et les habitations les plus proches sont à plusieurs kilomètres, rejoindre ses amies lui prendrait des heures.

– Et est-ce qu'il y a un endroit sur le domaine où elle aime se rendre ? Une sorte de refuge ?

Ma respiration se coupe et une lueur d'espoir m'envahit.

– La cabane, lâché-je dans un souffle.

– Allons-y, alors !

Il nous faut un temps interminable pour atteindre la cabane tant je fais de détours pour vérifier qu'Olie ne se cache pas ailleurs sur le chemin ou qu'elle n'est pas blessée et perdue dans les bois. Le froid nous fouette les joues et nous rougit le nez. La main de Cassiopée tremble entre mes doigts. Dans une vaine tentative de la réchauffer, je resserre ma prise. Je lui suis reconnaissant de sa présence et du calme dont elle fait preuve. Alors que la peur de ne pas retrouver Olie me tord l'estomac, la présence de Cassie a quelque chose de rassurant.

Nous atteignons enfin la clairière où se situe la maisonnette de mon enfance. Je laisse échapper un soupir soulagé. La porte est entrebâillée. Mon cœur s'emballe et je m'apprête à m'y précipiter quand Cassiopée me retient. Sans un mot, elle pose sa paume libre sur ma poitrine et plonge son regard dans le mien.

– Laisse-moi y aller, murmure-t-elle.

Montant sur la pointe des pieds, elle dépose un baiser furtif sur ma joue puis se glisse à l'intérieur de la cabane. Me rongeant les sangs, je patiente en faisant les cent pas. Un murmure étouffé me parvient de l'intérieur et je dois refréner mon envie de plaquer mon oreille contre les planches de bois pour écouter ce qu'elles se disent.

J'envoie un message à Daniel et à Maggie pour les rassurer avant de me rapprocher de la porte. De plus en plus inquiet, je m'apprête à entrer lorsque Cassiopée ouvre le battant et me fait signe de la rejoindre.

– Elle avait juste besoin de prendre l'air, ne te fâche pas, d'accord ? m'arrête la belle blonde avant que j'entre.

J'acquiesce et me rue dans la cabane, me jetant sur ma nièce, l'étreignant avec force. Je la serre contre moi jusqu'à l'étouffer, plongeant mon nez dans ses yeux. Je l'entends renifler contre mon torse.

– Ne me fais plus jamais ça ! J'étais mort de trouille !

– Tonton, tu m'étouffes, bredouille-t-elle.

Je relâche un peu ma prise, mais je la garde toujours contre moi, terrifié qu'elle en profite pour s'échapper une fois de plus.

– Je suis désolée, je ne voulais pas vous effrayer, j'avais juste besoin de sortir du manoir. J'avais l'impression d'étouffer dans ma chambre !

– Je comprends, Oli, mais tu ne peux pas partir comme ça sans prévenir personne. Nous étions tous très inquiets !

– Je ne le referai plus, promis.

Je suis tellement rassuré de savoir Olivia en vie et en pleine forme que je la serre une fois de plus contre moi.

– Tu es une vraie crapule, quand tu le veux, murmuré-je à l'oreille de ma nièce.

Ma réflexion la fait presque sourire.

– Pourquoi vous ne m'avez jamais dit la vérité ?

Sa voix se casse sur la fin de sa phrase et je caresse son dos pour la rassurer.

– Nous voulions te protéger et préserver ton enfance autant que possible. Mais je te fais une promesse : à partir d'aujourd'hui, il n'y aura plus de secrets entre nous !

On s'écarte et je tends mon petit doigt ; elle enroule le sien autour et dans un silence religieux nous nous promettons d'être toujours honnêtes l'un envers l'autre.

– Est-ce que je suis née dans la rue ? me demande-t-elle d'une petite voix.

– Je ne sais pas, ma puce, mais connaissant ta maman, elle a dû trouver un endroit pour que tu sois en sécurité.

– Pourquoi elle n'est pas restée au manoir avec grand-pa et grand-ma ? Pourquoi mon père n'a jamais voulu s'occuper de moi ?

Ma gorge s'assèche de plus en plus. Je cherche mes mots pour ne pas brusquer ma nièce, mais même de cette manière, ce que je lui révèle sonne toujours aussi violemment à mes oreilles.

– Je ne sais pas non plus. Je crois qu'elle voulait se prouver qu'elle était capable de s'en sortir seule, elle était jeune.

– Elle a préféré vivre dans la rue.

– Non, je pense qu'elle a préféré croire en elle-même. Tu sais, être têtu, c'est un trait de famille.

– Sauf qu'à cause de ça, j'ai dû grandir sans elle, c'était égoïste, sanglote-t-elle.

– Je sais, Olie, mais ta mère était la personne la plus gentille et la plus altruiste que je connaisse. Elle aurait tout fait pour te garder avec elle si elle l'avait pu, n'en doute jamais !

– Et pourquoi mon père ne l'a pas aidée ? C'est qui, d'ailleurs ?

– Ça, c'est une question à laquelle je ne peux pas répondre, mais si tu veux, tu pourras lui demander toi-même.

– Tu le connais ?

– Oui, et je sais comment le joindre. Si tu le souhaites, je pourrai organiser une rencontre quand tu te sentiras prête.

– C'est vrai ?

Sa voix fluette et ses grands yeux pleins de larmes m'attristent. Je resserre mon étreinte autour de ses frêles épaules, et chacun de ses sanglots résonne en moi comme un raz-de-marée. Je lui frotte le dos pour la réconforter. Je la tiens avec force jusqu'à ce qu'enfin elle se calme.

– Ça va mieux, crapule ?

Elle renifle, essuie ses yeux rougis du revers de la main et hoche la tête avec un sourire crispé.

– Oui, même si tu avais promis de ne plus m'appeler comme ça, me blâme-t-elle d'une petite voix.

– C'est une situation exceptionnelle, je ne peux pas m'en empêcher quand tu es aussi triste. C'est mon rôle de tonton poule.

Je lui adresse un clin d'œil complice et l'aide à se relever de l'épais coussin sur lequel elle était assise. Nostalgique, je l'observe évoluer dans ce lieu aménagé par sa mère. J'ai la sensation de faire un bond dans le temps. Je m'apprête à rejoindre Cassiopée à l'extérieur, la main de ma nièce emprisonnée dans la mienne, quand elle m'arrête.

– Pourquoi tu ne me parles jamais de ma mère ?

– Parce que c'est difficile. Elle était la personne qui comptait le plus pour moi et je n'ai pas su la protéger. Évoquer son souvenir me rappelle sans cesse mes erreurs. Mais tu as raison, tu as le droit de savoir qui elle était. Dorénavant, dès que tu souhaiteras parler d'elle, demande-moi ce que tu veux, d'accord ?

Un sourire fugace éclaire son visage et je serre un peu plus sa main dans la mienne.

– Allons-y, Maggie doit se faire un sang d'encre, et puis on sera mieux au chaud pour discuter.

Cassiopée tenant Olie d'une main et moi de l'autre, nous rentrons tous les trois d'un bon pas.

CHAPITRE 36

En fin de journée, après avoir surveillé Olivia de près, Daniel et Cassiopée prennent la direction de Londres, où je les rejoindrai à l'association après le dîner. Mes deux amis ont à peine passé le pas de la porte d'entrée que déjà Olivia se tourne vers moi, se mordillant les lèvres. Le masque de joie qu'elle maintenait devant nos invités a tôt fait de s'effriter et les incertitudes qui traversent son regard me nouent la gorge.

– Est-ce que je peux venir avec vous, ce soir ? Tu sais, j'aimerais…

Elle détourne le regard, suspend sa phrase et cherche ses mots. Dans un geste que je veux rassurant, je pose une main sur son épaule pour lui donner le courage de poursuivre.

– J'ai besoin de comprendre pourquoi elle est restée dans la rue au lieu de revenir au manoir…

– Tu es sûre que ce n'est pas trop tôt ? m'inquiété-je.

– Je ne sais pas, mais cette association a été créée à cause d'elle, hésite-t-elle, j'ai la sensation que c'est là-bas que je me sentirai le plus proche d'elle…

– Ne dis pas ça, Olie, soupiré-je. Ta mère est présente partout autour de toi. Surtout en toi. Tu lui ressembles bien plus que tu ne peux l'imaginer, tu n'as pas à te forcer à aller là-bas pour te sentir à ses côtés.

– Je ne me force pas, j'ai vraiment envie d'y aller…

Ses doutes m'assaillent. Je la serre dans mes bras et je me promets de tout faire pour la protéger, pour qu'elle se sente toujours en sécurité au manoir, et que jamais elle n'ait peur de me parler ou de se confier.

Le regard perdu dans le vague, fixant un point sur l'horizon, Olivia ne me décroche pas un mot de tout le trajet. Elle ne réagit pas plus en présence de Daniel et de Cassiopée, plongée dans un mutisme effrayant. Chaque minute qui passe me fait regretter cette décision hâtive de l'emmener ce soir. C'était trop tôt.

Une atmosphère pesante plane sur les locaux de l'association, ce soir. Les bénévoles me dévisagent sans cesse. Je sais à quoi ils pensent : cet article du *Post*. Cette trahison d'une des nôtres. Je grogne, de plus en plus mal à l'aise, avec l'envie pressante de prendre ma nièce par la main et de rentrer nous terrer au manoir. C'est soulagé que j'aperçois Suzy et son éternelle plaquette en main s'approcher de nous. Elle marque un arrêt quand elle découvre Olivia à mes côtés et me lance un regard sévère.

– Elliott et Olivia, vous restez là ce soir. Les autres, voici vos trajets !

Sa voix claque dans la cuisine aseptisée et son ton froid me dissuade de faire la moindre objection. La feuille de route passe de main en main et quand elle arrive à Daniel et Cassiopée, je les vois s'éloigner sans ma nièce et moi. Avant de partir, Cassie se penche à mon oreille.

– On se voit à mon retour, j'ai eu une idée pour le bal de charité dont je veux te faire part, me murmure-t-elle.

Elle me lance un dernier regard avant de disparaître dans le garage. Étonné, je ne remarque pas les autres binômes partir. Bientôt, l'association retrouve son silence et, sans un mot, Suzy nous fait signe de la suivre dans son bureau. À peine installée, elle attaque, son regard intransigeant vissé sur moi.

– Elliott, je peux savoir à quoi tu pensais en l'amenant, ce soir ?

– C'était idiot, je le reconnais, mais Olivia m'a supplié et je n'ai pas eu le cœur de la laisser à la maison.

– Et rester avec elle, ça ne t'a pas traversé l'esprit ? riposte Suzy.

Ses petites mèches brunes se relèvent sur sa tête et lui donnent un air démoniaque qui est loin de me rassurer. Je la connais depuis assez longtemps pour savoir qu'il vaut mieux ne pas être à l'origine de ses crises de colère. Mais la présence de ma nièce, les yeux rivés sur le tableau de liège, semble calmer momentanément la directrice.

– On en reparlera plus tard, bougonne-t-elle. Tant que tu es là, occupons-nous d'affaires plus urgentes, comme le bal. Olivia, tu veux nous aider ?

Pour la première fois depuis que nous avons quitté le manoir, les yeux de ma nièce s'éclairent et elle tourne son visage vers Suzy.

– Vraiment, je peux ? s'enquiert-elle d'une petite voix.

– Bien sûr, Olie. Ici, tu as ta place autant que n'importe qui, la rassure Suzy. Même si je ne suis pas d'avis qu'une enfant de ton âge y traîne et encore moins y passe ses soirées… surtout avec la presse qui vous court après. Mais cet endroit fait partie de qui tu es aujourd'hui, alors si tu en ressens le besoin, tu peux venir autant que tu le désires à condition que tu restes dans les locaux. Tu pourras m'aider pour l'organisation du bal, mais je refuse que tu ailles en maraude, ça te convient ?

Ma nièce hésite quelques secondes, me lance un regard interrogateur en se mordillant la lèvre.

– C'est ton choix, Olie. Si tu préfères rentrer à la maison, je te ramène tout de suite, confirmé-je d'une voix douce.

– Non, je veux rester.

– Très bien, alors si tu veux bien, tu seras mon second, lui lance Suzy avec un clin d'œil. Pour commencer, est-ce que tu pourrais m'aider à choisir l'affiche ? Il y a plusieurs modèles dans la salle de réunion, va les voir et dis-moi celle que tu préfères.

Ma nièce disparaît dans la seconde et Suzy reprend son air sévère.

– Je ne vais pas revenir sur la présence de ta nièce et à quel point je trouve ça irresponsable, mais on a un autre problème, Elliott. La liste des invités que tu m'as envoyée n'est pas assez fournie. J'ai quand même envoyé les invitations, mais j'ai peur que ce ne soit pas suffisant pour qu'on rentre dans nos frais, donc ne parlons même pas de faire des bénéfices !

– Je sais, Suzy, j'y travaille. J'ai retourné tout le bureau de mon père pour remettre la main sur la liste des donateurs, mais je n'ai rien trouvé pour l'instant.

– Les premiers groupes ont fait une sélection de traiteurs et de salles à louer, mais comme on s'y prend au dernier moment, les prix sont exorbitants et je ne sais pas si on pourra se le permettre sans un minimum de dons. Il nous faut cette liste.

Sa voix tire sur les aigus, signe que le stress la gagne, et ça ne me rassure pas du tout. Cette association, c'est l'œuvre de mes parents, c'est le souvenir d'Elisabeth, elle doit survivre.

– OK, fais faire des devis pour ceux qui ont le meilleur rapport qualité/prix, ça nous laissera un peu de temps et j'espère trouver une solution d'ici là, et sinon j'avancerai les frais. Les statuts ne comprennent pas l'organisation d'événements caritatifs, ça ne devrait pas poser problème. Nous devons continuer à faire tourner l'association, alors si c'est nécessaire d'en arriver là, je le ferai !

– Très bien, et concernant la vente aux enchères ? Ta mère proposait toujours quelques-uns de ses meubles…

– Il va falloir qu'on trouve autre chose cette année.

– Pourquoi pas un père Noël secret ?

Olivia se tient derrière moi, une affiche roulée entre les mains.

– Que veux-tu dire ?

– Chaque invité apporte un cadeau emballé, ils sont les seuls à connaître le contenu et les autres invités doivent enchérir à l'aveugle. On pourrait même faire un concours du plus bel emballage ! Et tu pourrais mener les enchères, déguisé en père Noël…

Je l'arrête d'un geste de la main. L'idée de me déguiser en gros bonhomme rouge me donne de l'urticaire, mais je dois reconnaître que ma nièce n'a pas tort sur toute la ligne. Je lève un sourcil vers Suzy, attendant son avis. Le grand sourire qui illumine son visage me confirme qu'elle adore le concept.

– Et comment on les pousse à enchérir quand ils auront déjà acheté un des lots en compétition ? demandé-je, sceptique.

– Oh, Elliott ! Ne fais pas l'idiot, réplique Suzy. Ces gens ont des millions et ne savent plus quoi en faire. Avec cette vente aux enchères, on leur offre un moyen de faire une bonne action, mais aussi de concourir contre leurs très chers « amis » ! Ils passent leur temps à essayer d'être les meilleurs et on leur donne une occasion de se démarquer, ils vont tout faire pour trouver le lot le plus cher et le plus exubérant pour détrôner leur voisin.

– Quel monde de fous, grogné-je.

– Peut-être, mais c'est comme ça que ça fonctionne et que nous remplirons les caisses de l'association ! Olivia, tu as eu une idée de génie, la félicite Suzy. Maintenant, Elliott, il nous faut vraiment plus de donateurs !

Je me recule au fond de mon siège.

– Je sais, j'essaie !

– Moins de mots, plus d'actes !

Je lève les yeux au ciel devant son ton de commandant-chef. D'une voix doucereuse, elle se tourne vers ma nièce.

– Alors, tu as trouvé l'affiche qu'il nous faut ?

– Oui, lui répond Olivia en dépliant la feuille devant elle.

Je grimace devant les couleurs rouges et dorées qui rappellent un peu trop le thème de Noël à mon goût. Néanmoins, l'image de la main tendue entourée des mots « *Food For Life, l'entraide commence ici* » est bien plus sobre et percutante que je ne l'imaginais. Je suppose que ça fera l'affaire.

– Très bon choix, elle faisait partie de mes favorites, la complimente Suzy.

Nous arrangeons les derniers détails et déjà les premiers véhicules de maraude reviennent. Préoccupé par l'organisation du bal, je n'ai pas vu le temps passer. Heureusement, Suzy a réussi à me rendre le sourire avec la première bonne nouvelle depuis ce début de soirée : elle a enfin retrouvé la trace de Patrick, il loge chez un ami à Bristol. Je suis soulagé qu'il passe l'hiver au chaud et entouré de personnes proches.

À mesure que les bénévoles viennent faire leur compte rendu à Suzy, l'impatience me gagne. Nous n'en avons pas parlé, mais Daniel et Cassie devaient voir Emily ce soir et j'ai hâte de savoir ce qu'elle leur a dit. Et puis il me tarde de savoir ce dont Cassiopée veut me parler. Après l'idée brillante de ma nièce, le défi de me surprendre va être bien difficile.

À travers la vitre du bureau, je guette les binômes, et quand enfin j'aperçois les cheveux roux de Daniel au loin, je souris. Cassiopée et lui se dirigent d'un pas vif jusqu'à nous, et quand ils entrent, je saute sur mes pieds, faisant sursauter Suzy.

– Alors ? demandé-je de but en blanc.

– Laisse-les se poser, Elliott, pas besoin de leur sauter dessus de cette manière.

Suzy a raison, mais les questions se bousculent dans mon esprit et je dois me mordre la langue pour juguler ma curiosité. Avec un sourire, Cassiopée me tend un téléphone portable. J'attrape l'appareil et le fais tourner entre mes doigts, le détaillant sans comprendre où elle veut en venir. Je lève un sourcil dans sa direction dans l'attente de ses explications. Un sourire en coin, elle me fait languir en échangeant des banalités avec notre directrice.

– Je ne comprends pas, tu m'offres un téléphone ?

– Non, je t'offre ce qu'il y a à l'intérieur.

– C'est-à-dire ?

– Daniel m'a fait part de cette liste de donateurs qui a disparu…

– Et quel est le rapport ?

Je suis de plus en plus perdu.

– Elliott, je t'offre mon répertoire ! Tous mes contacts dans le monde du show-business qui ont une bonne conscience à acheter et qui n'ont pas peur d'y mettre le prix !

Un silence accueille son intervention. Le temps pour chacun d'entre nous de réaliser ce que cela signifie.

– Et pourquoi tu ferais ça ? ne puis-je m'empêcher de lui demander.

– Pour te prouver que cette association compte vraiment pour moi ! Je veux m'investir autant que les autres, si mes contacts peuvent vous aider, alors pourquoi hésiter ?

– Je savais que tu étais la meilleure ! l'encense Olivia en se jetant sur elle.

– Cassiopée, tu es notre sauveuse, s'extasie Suzy en applaudissant.

– Non, c'est notre marraine la bonne fée ! reprend ma nièce.

– Une marraine, mais c'est une idée de génie ! Imaginez si Cassiopée devient la marraine de l'association et qu'elle fait la promotion du bal, les retombées médiatiques seront énormes !

Surexcitée par cette idée, Suzy tourne en rond dans son bureau en se parlant à elle-même sans plus nous prêter attention. Je me rends à peine compte de ce qu'il se joue à mes côtés, encore trop estomaqué par l'offre de la jeune femme. Mon cœur s'accélère sous le poids de son regard. L'envie subite de la prendre dans mes bras pour la remercier me fait vaciller. La présence de Daniel, d'Olivia et de Suzy m'en empêche, mais je suis incapable de la quitter des yeux.

– Merci, la remercié-je dans un souffle.

Je cherche une excuse pour ignorer mes sentiments, mais le sourire éclatant et si sincère de Cassie me fait oublier toutes mes résolutions. Je l'observe comme si je la voyais pour la première fois. Ses cheveux si clairs qu'ils semblent briller sous les rayons du soleil, ce regard envoûtant dans lequel je pourrais me noyer jusqu'à oublier tous mes problèmes et enfin me sentir vivant. Ou encore ces lèvres pulpeuses qu'elle mordille d'un geste si sensuel et que je rêve de croquer. Elle me rend fou. Ses joues rougissent alors que je ne la quitte pas du regard. J'aime qu'elle ne soit pas insensible à mon attention.

Daniel se racle la gorge et je retrouve la réalité avec brutalité. Nos trois spectateurs nous dévisagent avec un sourire en coin. Me massant la nuque, j'essaie de retrouver contenance et je relance la conversation sur le bal. Personne n'est dupe. Moi non plus. Mais nous faisons tous comme si de rien n'était.

Au terme de plusieurs heures de discussion, Olivia s'endort sur le canapé au fond du bureau tandis que Daniel, Cassiopée, Suzy et moi sommes encore en plein conseil de guerre pour préparer le bal. J'ai dû faire plusieurs compromis sur la décoration et la chorale de Noël, mais j'arrive quand même à imposer certaines de mes conditions, dont le non catégorique au costume du gros bonhomme rouge.

– Quel est l'intérêt d'organiser cette soirée si on n'y fait pas participer les principaux intéressés, râlé-je en me passant une main dans les cheveux.

Depuis plusieurs minutes, le sujet délicat d'inviter nos sans-abri à la soirée nous divise.

– Sur le fond, je suis d'accord avec toi, Elliott, me répond Daniel, mais tu ne peux pas fermer les yeux sur la difficulté que ce sera à mettre en œuvre.

– Sans parler des donateurs, ajoute Suzy. Ils sont prêts à donner leur argent à condition de ne pas être confrontés à cette misère qu'ils évitent par tous les moyens. Et puis, pense un peu à ce que ça fera à nos protégés de passer une soirée entourés de strass et de paillettes et de devoir retourner sous leur carton après. C'est cruel, tout simplement.

– Je ne suis pas d'accord ! m'emporté-je. Au contraire, les sortir de l'ombre et les mettre sous les feux des projecteurs est le meilleur moyen pour leur donner de la visibilité et sensibiliser les gens !

– Elliott n'a pas tort, ajoute Cassiopée.

– Merci, Cassie !

Un silence interdit nous enveloppe et je me mords la langue. Ce surnom que je lui donne seulement dans mon esprit depuis quelque temps est sorti tout seul et je sens le regard surpris de la jeune femme posé sur moi. Suzy et Daniel échangent une œillade amusée et je rentre la tête dans les épaules, mal à l'aise.

– Hum, désolé, bredouillé-je.

– Pas de problème, dit la jeune femme en rougissant, tout aussi gênée que moi, avant de se replonger dans les dossiers qui parsèment le bureau de Suzy.

– Il est tard, laissons-nous la nuit pour y réfléchir posément, nous reprendrons ça demain à tête reposée.

Avec délicatesse, j'attrape le petit corps de ma nièce entre mes bras et la porte contre mon torse. Encore bouleversé par l'éclat qui a traversé les yeux de Cassiopée, je ne m'attarde pas. Suzy m'arrête avant que je passe la porte.

– Elliott, ce serait bien qu'avec Cassiopée vous établissiez la liste des invités supplémentaires le plus vite possible. Si vous pouviez faire ça demain pour qu'on envoie les invitations, ce serait génial.

Je n'ai pas le temps de répondre que déjà la principale intéressée le fait pour moi.

– Je pourrais être à quatorze heures demain au manoir, ça te va ?

– OK, accepté-je, la voix rauque.

Je fuis presque la pièce et m'empresse d'installer ma nièce sur le siège passager de Lola avant de prendre la route pour rentrer au manoir. Nous n'avons pas eu le temps de parler d'Emily, mais ce n'est que partie remise.

Olivia ouvre un œil quand je la dépose sur son lit et que je lui enlève ses chaussures, mais elle referme les paupières lorsque je rabats la couette sur son corps. Elle a eu suffisamment d'émotions pour aujourd'hui.

CHAPITRE 37

Lundi 17 décembre

Assise dans le fauteuil en cuir de mon bureau, Cassiopée fait défiler la liste de ses contacts du bout des doigts, tandis que je note au fur et à mesure les noms des invités qu'elle me dicte. J'en connais certains, d'autres me rappellent de vagues souvenirs, mais la plupart me sont totalement inconnus. Je me rends compte que, sans son aide, cette soirée aurait probablement été une catastrophe.

– Dan MacLeod, ajoute Cassie.

– Un Écossais ?

– Oui, un vrai ogre irascible et effrayant, mais beau comme un dieu. Toutes les femmes se l'arrachent. Dommage que son cœur soit déjà pris ! ajoute-t-elle dans un soupir.

Je déglutis, la jalousie comprimant ma trachée. J'ai tendance à oublier que, contrairement à moi, elle a une vie en dehors de l'association. Jeune, belle, célèbre et réclamée de tous. Un avenir brillant devant elle.

Elle relève la tête de son portable et m'adresse un petit sourire malicieux. Elle se moque de moi ! Je ravale ma fierté et note le nom du Highlander entre parenthèses sur ma liste…

Je ne peux plus ignorer ces frissons qui me parcourent quand on se frôle, nos yeux qui se cherchent, mon cœur qui s'accélère quand elle se mordille la lèvre, le désir qui m'envahit lorsque je suis en sa présence. Toutes ces questions que je voudrais lui poser, ces détails de sa vie que j'aimerais connaître, et mes lèvres qui restent désespérément soudées. Serais-je capable de lui offrir ce qu'elle désire ? D'être cet homme prêt à tout pour la protéger, pour l'aimer ? Arriverais-je à oublier l'angoisse de la perte et à lui faire une place dans ma vie ? Et pourtant, je ne peux pas m'empêcher de penser à elle. Maintenant que j'ai osé me les avouer, mes sentiments pour Cassie prennent tout l'espace et je n'arrive plus à les mettre de côté.

Je secoue la tête, déconcentrant Cassiopée par la même occasion. Elle me lance un regard intrigué, mais je lui fais signe de continuer.

Tu n'es qu'un froussard, Elliott. C'est pourtant simple, comme question : « Est-ce que tu veux sortir avec moi ? »

L'après-midi se poursuit et je me contente de l'observer à la dérobée. Ses sourcils froncés alors qu'elle se concentre, ses dents blanches qui mordillent sa lèvre inférieure quand elle hésite, ses yeux qui s'illuminent à mesure que la liste se remplit, sa fossette qui se creuse en même temps que son sourire s'agrandit, tout me déconcentre chez elle. Je lutte pour décrocher mon regard de son corps quand elle tourne la tête vers moi.

– Quelque chose ne va pas ? s'inquiète-t-elle.

– Non, je suis juste impressionné par la manière dont tu t'impliques dans ce projet, la rassuré-je.

– J'en fais trop, c'est ça ?

– Bien sûr que non, au contraire ! C'était un compliment.

Son sourire s'éclaire, ses joues se teintent de rouge et mon cœur rate un battement.

– Est-ce que ça te dirait d'aller boire un verre, après ? lancé-je sans réfléchir.

Elle se redresse et me dévisage, stupéfaite.

– En tout bien, tout honneur, pour te remercier de ton aide, ajouté-je précipitamment.

J'ai l'impression que pendant une seconde son regard se voile et que son sourire se fane, mais ce n'est peut-être qu'une illusion…

– Bien sûr, avec plaisir. On a bien besoin de se détendre un peu après ces derniers jours !

Sans s'attarder, elle reprend son énumération. Sa voix me semble plus fébrile, et je me sermonne à la pensée d'imaginer qu'elle soit aussi impatiente que moi de passer un peu de temps en ma compagnie. Sans Daniel. Sans Olivia. Sans l'association. Juste elle et moi, ensemble.

J'ai du mal à retenir mon sourire niais quand elle repose son téléphone sur mon bureau.

– Fini ! lance-t-elle toute guillerette. Alors, tu m'emmènes où, monsieur le comte ?

Je cille devant sa question. Je n'en ai aucune idée. Surtout que depuis que nous avons rédigé le communiqué concernant la disparition de ma sœur et que Suzy s'est occupée de le diffuser, mon téléphone n'arrête pas de sonner et les journalistes ne me suivent plus seulement pour avoir des nouvelles de ma relation avec Cassiopée. Sortir en sa compagnie dans un lieu public va être difficile à cacher.

– Où tu veux. Après tout c'est pour te remercier, alors choisis, réponds-je en espérant qu'elle ne comprenne pas ma diversion.

– Je connais un endroit parfait où personne ne viendra nous déranger !

Elle saute sur ses pieds et je lui emboîte le pas sans attendre. Je suis ravi que Daniel ait proposé de s'occuper d'Olivia cet après-midi, ça me laisse quelques heures de libres avec la petite blonde. Connaissant l'intrigant, je suis certain qu'il l'a fait exprès, mais pour une fois je ne lui en veux pas de cette intrusion dans ma vie personnelle. Au contraire ! Et puis Olivia était enchantée à l'idée de passer un peu plus de temps en sa compagnie.

Cassie monte à mes côtés dans Lola et je m'amuse de la voir prendre ses aises contre le siège en cuir.

– C'est définitif, j'adore cette voiture ! soupire-t-elle alors que le moteur vrombit.

– Pas touche, Lola est à moi.

– Je suis sûr qu'on peut s'arranger, badine-t-elle avec une moue attendrissante.

– Tu peux toujours essayer, mais je te préviens, Daniel essaie depuis plusieurs années et il n'a encore jamais réussi.

– Heureusement pour moi, je ne suis pas Daniel…, murmure-t-elle, insolente.

Ça, c'est clair !

Jamais la vision de mon ami assis dans cette voiture ne m'a fait autant d'effet ! Cassiopée n'a rien de Daniel et je sens que la lutte va être bien plus difficile avec elle. Je lui souris et lance le bolide sur la route. À l'approche de Londres, elle me guide jusqu'à une rue discrète. Je stationne Lola devant la devanture du bar et observe les environs. Personne en vue. Je tique devant le nom du lieu : *Private Room*. Pendant un instant, je doute de ce que je vais découvrir en passant la porte.

– Ce bar mise tout sur le respect de la vie privée de ses clients. Aucun portable ni aucun appareil photo n'est admis à l'intérieur, ce qui en fait un lieu très recherché, comme tu peux l'imaginer… Et non, en dépit du nom, ce n'est pas un club libertin, plaisante-t-elle en me voyant pincer les lèvres et froncer les sourcils.

– Voilà qui me rassure.

– Je ne t'imaginais pas aussi coincé, me taquine-t-elle.

– Je ne suis pas coincé ! Juste surpris. Tu ne le serais pas, toi, si je t'emmenais dans un endroit avec un nom pareil ?

Son rire cristallin résonne dans l'habitacle et mes épaules se relâchent.

– C'est ça, moque-toi. Ma vengeance sera terrible !

Mon regard noir qui accompagne ma menace ne semble pas du tout l'effrayer, bien au contraire. Son rire s'amplifie et elle se tient le ventre.

– Non mais vraiment, tu aurais dû voir ta tête quand tu t'es arrêté, pouffe-t-elle, incapable de se contenir. C'était mythique, j'ai cru que tes yeux allaient sortir de leur orbite.

Son hilarité est communicative et je n'arrive pas à garder mon sérieux plus longtemps.

– Très bien, je reconnais que tu m'as bien eu, gloussé-je. Cassiopée 1, Elliott 0. Ça te va, comme ça ?

– Parfait, monsieur le comte !

– Et arrête de m'appeler comme ça, grogné-je en lui emboîtant le pas alors qu'elle sort de la voiture.

Ses épaules tressautent encore quand nous entrons dans le bar. Je m'amuse de la voir si insouciante, si libre. Elle m'emmène dans le fond de la pièce et s'installe à une des seules tables libres. Quelques têtes se retournent sur notre passage, mais personne ne nous arrête ni ne semble nous reconnaître.

– Que veux-tu ? Je vais aller commander.

– Un mojito, s'il te plaît.

J'acquiesce et vais passer commande de ma bière et de son cocktail. Lorsque je reviens à la table avec nos boissons, elle me lance un regard surpris.

– Je pensais que tu prendrais un whisky, me lance-t-elle avec un petit sourire espiègle.

– Non, j'ai une vieille dame à ramener, après…

Je fais exprès de laisser ma phrase en suspens et je la vois écarquiller les yeux. Ses sourcils se froncent et son sourire tremble un peu.

– Oui, Lola n'a pas encore le pilote automatique, malheureusement, finis-je en riant.

Elle comprend d'un sourire que je me suis à mon tour moqué d'elle.

– Je crois que ça fait un partout, non ? ajouté-je en fanfaronnant.

– Très bien, monsieur le comte, je reconnais qu'elle était bien trouvée. Égalité, balle au centre !

Moi qui déteste entendre mon titre et le voir brandi en toute occasion, je frissonne chaque fois qu'elle le prononce. Le désir de la faire taire d'un baiser est de plus en plus pressant, mais j'ai aussi envie de l'entendre encore et encore me le susurrer comme si c'était un secret entre nous. Je me mords la langue pour ne pas montrer mon trouble et plonge mon nez dans mon verre. Elle lève le sien et tend le bras vers moi.

– À l'association et à ce bal ! trinque-t-elle.

Je fais résonner ma bière contre son cocktail.

– Merci encore pour ton aide, sans toi, nous n'aurions pas avancé d'un pouce !

– Si je peux être utile, c'est un plaisir. Jusqu'à aujourd'hui, tous ces contacts prestigieux n'avaient servi qu'à des futilités…

– Cassiopée, tu es une belle personne. Regarde tout ce que tu as fait pour nous alors que j'ai été un vrai con avec toi, essayé-je de la rassurer.

– Je ne t'ai pas toujours facilité la tâche non plus, reconnaît-elle.

– Peut-être, mais tu es restée malgré tout, et ça, ça fait de toi quelqu'un de bien !

Elle relève le visage et ses prunelles azur s'accrochent aux miennes. J'y lis tous ses doutes et un remerciement silencieux. J'en tressaille.

– Je paie la seconde tournée, dit-elle en se levant. Tu veux quoi ? Un whisky ?

– Non, un verre sans alcool, comme une eau pétillante.

– Oh allez, Elliott, ce soir, détends-toi un peu, on prendra un taxi pour rentrer !

Je secoue la tête, un léger sourire aux lèvres devant son insistance.

– Essaierais-tu de me saouler, Cassie ?

– Non, juste de te faire profiter de la vie ! Tu es encore jeune, c'est le moment ou jamais pour en profiter !

– Merci de m'apprendre que je ne suis pas encore un vieux croûton à remiser au placard, ajouté-je en riant.

– Donc ?

– Donc une eau pétillante, s'il te plaît.

Elle s'éloigne en bougonnant et je me marre devant sa moue de gamine renfrognée. Je profite de son absence pour finir ma bière et je l'observe de loin se faufiler entre les badauds attroupés devant le comptoir. Elle disparaît, cachée par un autre homme, et je retourne à la contemplation des lieux. Je ne la remarque pas revenir et c'est le tintement des glaçons dans le verre qui me fait poser les yeux sur elle. Un éclat de malice traverse son regard quand elle pose ma boisson devant moi, et je comprends vite pourquoi en reconnaissant le liquide ambré au fond du verre.

– C'est un cadeau, tu ne peux pas le refuser.

Je m'amuse de la voir reprendre le ton badin de notre arrivée.

– Et en quel honneur ?

– Il faut une raison pour faire des cadeaux à ses amis ? me répond-elle. Et puis ne t'inquiète pas pour Lola, je demanderai à Trent de la ramener, ça te va ?

– Très bien, je m'avoue vaincu pour cette fois. Mais il n'a pas intérêt à l'abîmer !

Elle s'esclaffe et porte son verre à ses lèvres sans lâcher mon regard des yeux.

– Chers amis, notre tournoi hebdomadaire de billard et de fléchettes va bientôt débuter, n'hésitez pas à venir vous inscrire au bar si vous voulez participer, dit le barman, dont la voix retentit dans toute la pièce.

Cassiopée sort de son sac un morceau de papier qu'elle pose au centre de la table.

– J'espère que tu es prêt à perdre ! s'exclame-t-elle, joueuse.

Je relève un sourcil interrogateur.

– Je nous ai inscrits au tournoi de billard et je te préviens, je vais te plumer !

– Tu rêves, princesse !

J'avale mon whisky cul sec alors qu'elle trempe à peine les lèvres dans le sien et je me lève en direction de la table de billard. Elle me suit avec un petit sourire amusé. Les joueurs sont déjà autour et forment les équipes, et je me retrouve avec un mec assez grand aux yeux perçants.

– Je te préviens, mec, je n'aime pas perdre, alors tu as intérêt à être bon, me prévient-il d'emblée.

– C'est noté, je ferai de mon mieux.

Je me retiens de rire devant son air concentré et observe Cassie de l'autre côté de la table avec son partenaire. Un jeune blanc-bec qui la dévore des yeux… que j'ai déjà envie de crever avec la queue de billard que je serre entre mes doigts. Elle sent mon regard appuyé et relève son visage malicieux vers moi. Ses lèvres bougent sans qu'aucun son n'en sorte, mais j'y lis clairement son message. « Tu vas perdre. » Je secoue la tête, amusé. Elle n'a peur de rien.

L'arbitre nous fait tirer sur la boule blanche pour savoir laquelle de nos deux équipes va commencer et mon partenaire, Marc, remporte le premier coup. Sans attendre, il casse le jeu et empoche une première, rouge. Il loupe son second tour et c'est à Cassiopée de jouer. Elle tourne autour de la table avec lenteur, les yeux fixés sur le jeu, se mordillant la lèvre, et s'arrête dos à moi. Elle se penche en avant, sa queue entre les mains, et se met en position pour tirer.

La bouche sèche, je déglutis avec difficulté. Je fais tout pour ne pas fixer son postérieur à quelques centimètres, mais mes yeux reviennent sans cesse s'y poser. Je remarque à peine qu'elle empoche la première boule jaune de son équipe. Elle se redresse et me lance un clin d'œil en recommençant son manège. Tour de table, sourcils froncés, lèvres mordillées, moue concentrée et cambrure exagérée quand elle se penche sur le tapis.

Elle joue avec moi, mais aussi avec tous les mecs autour. Langue pendante et yeux exorbités, nous sommes à l'affût du moindre de ses gestes, pas le moins du monde concentrés sur ce foutu tournoi.

Quand vient mon tour, je baisse les yeux sur la table, évitant autant que possible de m'attarder sur la présence de la jeune femme. Son ombre de l'autre côté me perturbe et je préfère changer de place pour ne pas la laisser gagner. Je vois clair dans son jeu, et même si ça me fait rire, je n'ai pas envie de la laisser remporter la partie aussi facilement. Lui tournant le dos, je me replace et m'apprête à tirer quand son parfum floral et sucré envahit mon espace vital et me fait tourner la tête. Ma queue glisse entre mes doigts et loupe la boule blanche avant de s'enfoncer dans le tissu.

Je me relève, furieux de m'être laissé si facilement déconcentrer, et mon partenaire me lance un regard noir. Derrière moi, Cassiopée affiche un petit sourire en coin qui me rend fou.

– Je te l'avais dit, tu vas perdre, me murmure-t-elle en passant à mes côtés.

J'attrape son bras, l'arrête et plonge mon regard dans le sien, le corps tendu à l'extrême, fou de désir.

– Tu ne sais pas à quoi tu t'exposes, grondé-je.

– Peut-être que si, me renvoie-t-elle amusée, avant de s'éloigner vers son coéquipier qui lui tape dans la main quand il empoche une autre boule jaune.

Je rate tous mes coups. Il ne reste plus qu'une bille jaune et trois rouges. Je n'ai pas intérêt à louper cette occasion si je veux avoir encore une chance de gagner. Penché sur la table, je vise mon objectif quand Cassie se penche à mon oreille.

– Tu es trop tendu, tu n'arriveras à rien dans cette position.

Ses mains légères se posent sur ma taille et je frissonne à ce contact.

– Recule un peu, me dit-elle en accentuant sa prise sur mes hanches. Écarte les jambes, inspire doucement, et tire quand tu expires.

Son souffle s'écrase contre la peau de ma nuque, ses mains se font plus pressantes, sa voix plus sensuelle. Ou alors je suis en pleine hallucination… J'essaie de me détacher le plus possible de la sensation de son corps collé au mien. Mission impossible.

Je tire et loupe ma cible, empoche la noire et sursaute au cri de rage de Marc et de joie de Cassie. J'ai perdu ! Sans attendre, j'attrape la main de la jeune femme et l'entraîne derrière moi. Je me faufile entre les joueurs et les spectateurs et m'arrête dans un coin reculé du bar. Emportée par notre élan, Cassie s'écrase contre mon torse. Nos respirations saccadées se mêlent et je dois faire appel à tout mon sang-froid pour ne pas plonger sur ses lèvres entrouvertes.

Elle en décide autrement et plaque sa bouche contre la mienne. Je grogne sous la sensation exaltante de ses lèvres douces et de son goût sucré et légèrement alcoolisé. Je la goûte avec envie et je me laisse emporter par ce baiser libérateur. Une de mes mains se glisse dans le creux de ses reins et je la serre plus fort contre moi, comme pour l'empêcher de s'éloigner. Que jamais cet instant ne s'arrête. Je frissonne quand sa main passe dans ma nuque et s'égare dans mes cheveux. Aucun de nous ne reprend son souffle. Je l'embrasse comme si c'était la dernière fois, je me noie en elle, laissant le courant m'emporter, savourant chaque centimètre de sa peau d'ivoire. Essoufflé et rendu pantelant par ce baiser irréel, je me détache à contrecœur de ses lèvres.

– Je crois que j'ai gagné, murmure-t-elle.

Je la serre plus fort. Je ne sais pas lequel de nous deux a gagné, mais si j'ai perdu au billard, la récompense que je tiens entre mes bras vaut bien toutes les défaites du monde. Je plonge mon nez dans son cou, ses cheveux me caressent le visage, son parfum m'enivre et la douceur de sa peau m'ensorcelle. Je suis au Paradis !

CHAPITRE 38

Je suis dans un état second quand je franchis l'entrée du manoir, Cassiopée sur les talons. Je n'ai pas lâché sa main depuis qu'on a quitté le bar avec précipitation et que Trent nous a récupérés devant. Sans un mot, le taciturne garde du corps a pris la direction du manoir et, tel un assoiffé, je me suis jeté sur la bouche de la jeune femme, ne la lâchant pas de tout le trajet. Je sens encore sa peau frissonner sous la mienne. Les lèvres gonflées et à bout de souffle, je serre sa main avec force pour la conduire jusqu'au salon. L'euphorie et l'exaltation de ce moment nous font sourire.

– Je t'offre un dernier verre ? lui demandé-je, taquin.

J'agite la bouteille de whisky devant elle en relevant un sourcil interrogateur.

– Avec plaisir, monsieur le comte, mais je vais finir par croire que c'est toi qui veux me saouler, ce soir.

Sans relever son énième sourire espiègle, je lui désigne le canapé, le temps pour moi de nous servir deux verres et d'attiser les braises dans la cheminée pour raviver le feu. Je tremble sous l'effet de son regard quand je m'approche d'elle. Elle me fixe en se mordillant la lèvre inférieure. Il n'y a aucun doute, c'est le geste le plus sensuel que j'aie jamais vu ! Ma gorge s'assèche alors que je m'assieds à côté d'elle en lui tendant son verre. Ses doigts frôlent les miens et une décharge électrique me parcourt le bras.

– Santé ! Et que les dieux du billard ne t'en veuillent pas trop pour ta piètre performance, ironise-t-elle.

Je souris et avale la première gorgée sans la quitter des yeux. Enveloppés par le silence apaisant du manoir, nous nous dévisageons en souriant. Les minutes s'égrènent sans qu'aucun de nous ne prenne la parole. C'est un dialogue muet qui se joue entre nos corps, nos gestes, nos sourires et nos regards. On se dit tant et si peu à la fois.

La sonnerie de son téléphone nous sort de notre bulle et nous fait sursauter. Avec une moue désolée, elle sort l'objet de malheur et, en fronçant les sourcils, rejette l'appel. Le silence reprend à peine ses droits que déjà la sonnerie recommence. Elle laisse échapper un soupir désabusé et répète la manœuvre.

– C'est peut-être important, tu devrais décrocher, suggéré-je.

– Non, c'est juste Tanguy.

« Juste Tanguy »… Je me tends et me redresse. Ce crétin vient une fois de plus de tout gâcher. Mais après ce qu'il vient de se passer entre nous, je dois être fixé.

– Il y a encore quelque chose entre vous ?

Elle cligne des yeux et se passe une main lasse sur le visage.

– Non, nous sommes juste amis.

Je déglutis avec peine. Un ami qui est quand même toujours proche d'elle.

– Tu es sûre qu'il n'essaie pas de te récupérer ?

– C'est mon ami, Elliott, rien de plus.

– Un ami qui a quand même essayé de te passer la bague au doigt…

– Un ami qui s'est fait manipuler par ma mère et par l'image du couple parfait que les autres nous renvoyaient. J'ai été très claire avec lui, et même si nous avons eu des sentiments l'un pour l'autre à une époque, ils ont depuis longtemps disparu de mon côté.

– Et tu restes proche de tous tes ex ?

– Serait-ce de la jalousie ?

– Non. Oui.

Ma voix claque dans l'air chargé en électricité. L'ambiance détendue et sensuelle de notre arrivée a depuis longtemps disparu.

– Elliott, dit-elle d'une voix douce, je n'ai pas prémédité tout ce qu'il s'est passé ces dernières semaines. Je n'aurais pas imaginé rencontrer une personne comme toi. Je ne sais pas ce qui nous lie ni pourquoi je suis tant attirée par toi, mais une chose est certaine, j'ai envie d'essayer. De nous laisser une chance. D'être enfin moi-même. Alors je t'en prie, ne me rejette pas.

Le poids sur ma poitrine réapparaît et ma gorge se serre. Ce n'est pas tant Tanguy qui me perturbe que tout ce qu'il représente et que j'ai désespérément tenté d'oublier. Toutes les questions que je me posais me reviennent avec force, sauf que je ne peux plus les mettre de côté, et ça me tue.

– Et comment je suis censé faire ? Nos mondes sont à l'opposé. Qui me dit qu'un jour toutes les responsabilités que j'ai ne te feront pas fuir ? Olivia est ma priorité, que je le veuille ou non. Je ne pourrai pas cavaler autour du monde pour te suivre, et je ne suis pas le genre d'homme à apprécier voir ma vie privée s'étaler dans les journaux.

Je me lève d'un geste brusque et m'approche du feu, lui tournant le dos. Le moment que je redoutais approche et l'impression de ne plus rien contrôler me fait trembler de rage. Je prends appui sur le rebord de la cheminée et souffle. Le tapis bruisse sous les pas de Cassiopée.

– Nous sommes si différents, Cassie. Tu vis sous le feu des projecteurs, je les évite autant que possible. Tu n'as pas d'attaches, et je dois m'occuper d'une enfant de douze ans, d'une entreprise et d'une association. Même avec la meilleure volonté du monde, je ne sais pas si nous serons capables de surmonter tous ces obstacles.

Je tressaille quand ses bras s'enroulent autour de ma taille, que ses mains se lient sur mon abdomen et qu'elle pose sa tête sur mon dos. Son souffle traverse la laine de mon pull et réchauffe ma peau glacée par la peur.

– Je ne sais pas de quoi demain sera fait, Elliott, je ne peux pas prévoir l'avenir. Je peux juste t'assurer que cette connexion qui existe entre nous est bien réelle. Alors laisse-nous une chance d'apprendre à nous connaître et de vivre sans avoir de regrets.

Sa chaleur et sa tendresse sont un réel réconfort. Mes doigts se posent sur ses mains enlacées. Il faut que j'arrive à dire ce qui me ronge, mais sa réponse me fait peur. Je prends une grande inspiration et me lance :

– Et si mon passé m'empêchait de te faire une place dans mon avenir ? Je ne sais pas si je serai capable de tout te donner, Cassie, pas après tous ceux que j'ai perdus. Et si tu perdais ton temps avec moi ?

Ma voix se brise sur ces derniers mots. Elle attrape mes poignets et me retourne. Face à face, il m'est difficile d'éviter son regard et de lutter contre cette envie de prendre possession de ses lèvres.

– Ne prends pas de décisions pour moi, ne fais pas comme ceux qui ont passé leur vie à décider à ma place ! Laisse-moi faire mes propres choix !

Ce soir, laisse-moi te choisir ! Laisse-moi prendre soin de toi, de nous…

Je suis déboussolé. Tout se mélange dans ma tête et je ne sais plus quoi penser, croire ou désirer. Elle met un terme à mes tergiversations en attrapant mon visage entre ses mains et en posant avec douceur ses lèvres sur les miennes. Ma respiration se bloque sous la sensation de légèreté que son baiser crée en moi. J'ai l'impression de croquer une friandise défendue. Ses lèvres ont le goût sucré et amer du whisky. Emporté par un tourbillon d'émotions, j'entrouvre les lèvres quand sa langue en demande le passage. Une de ses mains se glisse dans mes cheveux, un délicieux frisson serpente le long de mon échine lorsqu'elle colle son bassin au mien, et je perds la raison. Envoûté, je la fais lentement reculer vers le canapé.

La fièvre s'empare de mon corps, et les mains tremblantes, je glisse mes doigts sous son pull, tous mes sens en ébullition, alors que la pulpe de mes doigts effleure sa peau veloutée. Je me détache de sa bouche pour reprendre ma respiration et me jette sur la peau parfumée de son cou pour y déposer une nuée de baisers papillon. Elle se tortille entre mes bras et murmure mon prénom. Les yeux clos, les lèvres entrouvertes, elle est plus belle que jamais. Empressé de découvrir le reste de son corps, de la goûter tout entière, je la précipite vers le sofa.

Nos pieds s'emmêlent, se prennent dans un pli du tapis et nous perdons l'équilibre. J'ai juste le temps de la serrer contre moi pour la protéger de mon corps que nous échouons avec vacarme sur le sol du salon. Nous restons interdits quelques secondes avant de laisser notre hilarité éclater. À moitié allongée sur moi, son souffle s'écrasant sur la peau de mon cou, elle prend appui sur mon torse et se redresse, plaçant ses jambes autour de mes hanches. Cette vision me fait frémir d'anticipation. Ses cheveux ne sont plus qu'un champ de bataille, ses joues sont rougies et ses yeux pétillent de malice, sa poitrine s'élevant sous son pull au rythme de sa respiration saccadée. Elle ressemble à un ange.

Avec un sourire mutin, elle se penche vers moi et dépose un chaste baiser sur mes lèvres, faisant courir ses doigts sur mon ventre, remontant avec lenteur jusqu'à mon visage. Douce torture. Je referme mes mains sur ses fesses en grognant. Elle pouffe mais ne flanche pas et couvre ma peau de ses attentions dans un rythme languissant qui me rend fou de désir.

– Monsieur Elliott ! Mais que se passe-t-il ici ? s'écrie la voix aiguë de Maggie.

Je fais un bond, éjectant Cassie de mon bassin sans aucune élégance, et je me redresse en vitesse pour faire face à ma nanny qui, en robe de chambre et les bras croisés, me lance un regard noir.

– Maggie, ce n'est pas ce que tu crois, m'empressé-je de répliquer.

– Oh que si, c'est exactement ce que je crois !

– Oui, bon, peut-être, bougonné-je. Mais on ne fait rien de mal !

– Vous avez bien le droit de faire ce que bon vous semble, mais n'oubliez pas que vous n'êtes pas seuls dans cette maison. Imaginez si Olivia vous avait trouvés dans cette position !

J'ai l'impression d'être un gamin qui se fait réprimander par sa mère et ça me met en rogne. J'ai trente-deux ans, j'ai passé l'âge de me faire gronder, mais je dois reconnaître que Maggie a raison. Si Olivia nous était tombée dessus, je n'ose imaginer sa réaction.

– Miss Cassiopée, ne le prenez pas pour vous, je suis ravie de vous revoir, reprend ma cuisinière d'un ton plus doux. Je suppose que je ne vous prépare pas la chambre d'amis, pouffe-t-elle amusée.

Cassie rougit d'embarras et je lève les yeux au ciel.

– Merci, Maggie, tu peux aller te recoucher, maintenant.

– Pas de bêtises, monsieur Elliott, me rappelle-t-elle à l'ordre en sortant. Et protégez-vous !

Je m'étrangle avec ma salive et c'est à mon tour de rougir alors que Cassie s'esclaffe à mes côtés. J'attrape sa taille et la colle contre moi pour la faire taire d'un baiser. Impatient. Elle gémit contre mes lèvres et je grogne avec plus d'ardeur. Sans attendre, j'attrape sa main et l'entraîne avec moi dans le hall, l'immense sapin de ma nièce nous éclairant le temps de monter l'imposant escalier jusqu'à ma chambre. Le souffle court, j'ouvre la porte et plaque son corps frêle contre le battant en le refermant.

Elle frissonne alors que mon corps se serre contre le sien et que je plonge vers sa bouche. Mes mains glissent sous son pull et remontent vers ses seins. Je la picore, la découvre, m'attaque à ses courbes. Elle passe ses mains dans mon dos, relevant mon pull, et s'aventure sur ma peau. La pulpe de ses doigts m'électrise. Je gémis et resserre mon étreinte.

Elle halète quand je m'écarte pour faire passer son haut par-dessus sa tête. La lune se reflète sur sa peau blanche, je me mords les lèvres pour ne pas arracher son soutien-gorge en dentelle noire. Simple, mais si sexy sur elle. Je plonge dans son cou, inspire son parfum, embrasse sa clavicule, mordille le haut de son sein et tremble quand elle murmure mon prénom. Les doigts fébriles, je dégrafe le bout de tissu et m'attaque à sa poitrine. Ma main prend un de ses seins en main, et mes lèvres glissent jusqu'à l'autre. Je lèche, mordille, pince, caresse sous ses murmures de plaisir. Elle se cambre, gémit, et je perds pied. Je me redresse, l'attrape par les hanches, la soulève et la porte jusqu'à mon lit. Ses fines jambes enroulées autour de ma taille, sa poitrine collée à mon torse et ses lèvres contre les miennes, je deviens dingue.

Je l'ai à peine allongée sur le lit qu'elle se redresse, m'enlève mon pull et s'en prend à mes boutons de chemise. Lentement, un par un. Dans la pénombre, ses yeux pétillent d'envie. Ses mains glissent sur mon torse, me faisant trembler de désir. Ses deux index, aventuriers, flirtent avec mes flancs, descendent simultanément le long de mes aines et finissent à la lisière de mon jean. Je la discerne se mordant la lèvre, geste ultime qui brise toutes mes barrières. Je fonds sur elle. L'urgence de la posséder, de la faire mienne rend mes gestes nerveux.

Je fais glisser son pantalon le long de ses jambes, laissant courir mes doigts sur sa peau. Elle frémit à chaque centimètre que je gagne. Le vêtement lancé à travers la pièce, je prends quelques secondes pour l'admirer. Allongée sur mes draps en bataille, ses cheveux blonds formant une auréole désordonnée autour de sa tête, les mouvements saccadés de sa poitrine dénudée, son boxer en dentelle noire, ses jambes fines et musclées. Belle. Libre.

À mon tour, je fais glisser mon pantalon et je l'entends glousser quand je me retrouve en caleçon.

– Il y a eu une erreur avec le nom Middlesex, s'amuse-t-elle en pointant la proéminence qui déforme le dernier rempart entre nous.

– Parce que tu en doutais, peut-être, dis-je en riant avant de l'embrasser, l'empêchant de répliquer.

Son gémissement étouffé résonne en moi quand ma main s'aventure sous la dentelle de son boxer. Mes doigts jouent avec son clitoris et elle se tend sous moi, plaquant sa poitrine à mon torse, haletant contre mes lèvres. Je me contracte au contact de ses doigts sur moi : s'infiltrant sous mon caleçon, elle attrape mon sexe palpitant d'une main ferme. Je grogne, envahi par le plaisir. Elle tremble contre moi, se tortille et accentue sa prise autour de mon membre.

– Elliott…, lâche-t-elle dans un râle.

Ses paupières s'ouvrent et elle plonge ses yeux azur emplis de désir dans les miens. Je frissonne et me retiens de lui arracher sa culotte sur-le-champ.

Elle se colle à moi, emprisonne mes lèvres entre les siennes, me mordille et, d'un mouvement de bassin, inverse nos positions. À califourchon sur moi, elle glisse ses mains sur mon torse, lèche mon cou et dessine mes abdos du bout des doigts. Je frémis et je me tends un peu plus. À tâtons, je cherche ma table de nuit pour en sortir un préservatif. Cassie s'empare du sachet argenté et, sans cérémonie, fait glisser mon sous-vêtement puis le sien. Nos boxers volent dans la pièce et elle se réinstalle au-dessus de moi. D'une main ferme mais douce, elle fait glisser la protection sur mon membre tendu et palpitant et m'arrache un gémissement de plaisir.

Je mets tout mon sang-froid à la laisser mener la danse, mais ses gestes langoureux et sensuels me rendent un peu plus fou chaque minute. Je ne rêve plus que d'une chose, me perdre en elle et la faire mienne. La posséder et ne plus jamais la laisser m'échapper. Alors qu'elle se penche vers moi et scelle nos lèvres dans un baiser passionné, elle glisse mon sexe en elle. Aucun de nous deux ne retient son gémissement de plaisir qui se perd dans la bouche de l'autre. J'attrape sa nuque pour la garder près de moi alors qu'elle commence de lents va-et-vient.

Nos poitrines se frôlent, s'électrisent, se couvrent de frissons de plaisir et de sueur. Je m'égare dans ce trop-plein de sensations.

Un de ses seins dans chacune de mes paumes, je joue avec ses tétons et j'observe son visage se tordre de plaisir. La tête en arrière, s'appuyant de ses bras sur mon torse, ses mouvements sont lascifs, son corps tremble contre le mien. Je me redresse, attrape un de ses mamelons entre mes dents, la faisant crier. Elle se venge en me tirant les cheveux, je grogne contre sa peau et c'est la goutte de trop, je perds le contrôle.

J'empoigne ses hanches, malaxant la peau douce entre mes doigts, et j'accélère la cadence. Nos corps claquent l'un contre l'autre, nos râles se font plus puissants, nos souffles erratiques, et je la sens palpiter autour de moi. Ses cuisses se contractent, puis dans un cri son corps se raidit contre le mien. Son visage déformé par le plaisir me fait perdre pied et je ne tarde pas à mon tour à être parcouru par une vague de jouissance. Elle retombe molle et pantelante contre moi et je la serre entre mes bras.

Plusieurs minutes nous sont nécessaires pour retrouver notre souffle. Mon cœur bat la chamade dans ma poitrine. Je l'aide à descendre de moi et vais jeter la protection en latex avant de me rallonger à ses côtés. Je colle mon torse au sien. Je laisse ma main courir le long de son corps nu, prenant à peine conscience de ce moment d'allégresse que nous venons de partager. Ses yeux papillonnent et un bâillement lui échappe.

– Promets-moi que tu ne t'enfuiras pas au milieu de la nuit, lui murmuré-je.

Ses paupières s'ouvrent et elle me regarde intensément. Une de ses mains vient caresser ma joue.

– Je te le jure, Elliott, je serai encore là demain matin.

La douceur dans sa voix me rassure, mais pour plus de sécurité, j'enroule mes bras autour de son corps et je la plaque contre moi, plongeant mon nez dans son cou.

Faites que je ne me réveille pas tout de suite de ce rêve.

CHAPITRE 39

Mardi 18 décembre

Je frissonne de froid en ouvrant les yeux. Il me faut quelques secondes pour comprendre que je suis seul dans le lit. Je me redresse d'un bond et balaie ma chambre du regard. Le jour s'est levé et perce à travers les rideaux à peine fermés. Les souvenirs de cette nuit me reviennent avec force. Pourquoi n'est-elle plus là ?

– Cassie ? l'appelé-je, inquiet.

Personne ne me répond et mon cœur s'emballe. Je me lève, enfile un caleçon en vitesse et m'apprête à sortir quand un morceau de papier attire mon attention sur ma table de nuit. Cette situation me rappelle trop le premier soir que nous avons passé ensemble. Les doigts tremblants, j'attrape la note et la déplie.

Bonjour, monsieur le comte,
Tu dormais si profondément que
je n'ai pas eu le cœur de te réveiller.

Je t'attends en bas
pour le petit déjeuner.
Cassie, la princesse du billard.

Je soupire, soulagé. J'enfile un pantalon, un tee-shirt et je dévale les escaliers. Des rires me parviennent de la cuisine et je suis attendri en poussant la porte. Cassiopée et Olivia, assises devant un petit déjeuner gargantuesque, rient à gorge déployée. Je reste quelques minutes à les observer avant que la jeune femme ne tourne la tête dans ma direction. Mon cœur rate un battement devant le sourire tendre qu'elle m'adresse. Je m'approche d'elles et plaque un baiser sur le haut de la tête de ma nièce.

– Bien dormi, Olie ?

– Comme un bébé, me sourit-elle.

J'échange un regard avec Cassie et acquiesce en silence.

– Est-ce que la présence de Cassiopée au petit déjeuner veut dire que ça ne pose plus de soucis qu'elle vienne à ma soirée ?

– Peut-être bien, la taquiné-je.

– Trop bien !

Olie se lève d'un bond en attrapant une viennoiserie et s'enfuit de la cuisine sans plus attendre. Cassie s'esclaffe alors que je regarde, médusé, ma nièce disparaître.

– Qu'est-ce que j'ai fait…, me lamenté-je.

– Ne t'inquiète pas, tout va bien se passer.

En quelques pas, Cassie vient se placer en face de moi. Pendant un instant, je suis ébloui par son sourire et ses yeux pétillants, avant de remarquer qu'elle porte ma chemise par-dessus son jean. Cette vision finit de me réveiller.

– Bonjour, monsieur le comte, susurre-t-elle contre mes lèvres en se mettant sur la pointe des pieds.

J'attrape ses hanches et la plaque contre mon corps désormais bien en forme.

– Bonjour, princesse du billard, murmuré-je à mon tour.

Je l'embrasse et la serre plus fort contre moi. Je retrouve avec délectation la douceur de sa peau, la délicatesse de ses formes et je me laisse enivrer par le jeu de nos langues. Nous nous détachons à contrecœur quand la porte de la cuisine claque derrière nous.

– Bonjour, monsieur Elliott, Miss Cassiopée, dit Maggie.

Comme deux lycéens pris sur le fait, nous pouffons tout en la saluant. Ma nanny lève les yeux au ciel, mais j'ai le temps de capter son regard attendri.

– Miss Cassiopée, votre garde du corps vous attend dans le salon.

– Merci, Maggie, je vais voir ce qu'il veut, je reviens dans une minute.

Sans que je puisse la retenir, elle m'embrasse puis s'échappe de mon étreinte. La curiosité me dévore, mais je m'astreins à lui laisser son intimité.

Je me sers une tasse de café et m'installe à la table. La minute se transforme en deux, puis dix, et l'inquiétude me ronge de plus en plus. D'un geste nerveux, mes doigts pianotent sur la surface en bois. L'oreille tendue, j'essaie de capter des bruits provenant du salon, sans succès. En désespoir de cause, je porte ma tasse à mes lèvres. Je grimace en avalant le liquide devenu froid.

Quinze minutes.

C'est bon, je lui ai laissé assez de temps, je vais voir ce qu'il se passe !

Je fronce les sourcils en entrant dans le salon. Cassie tourne autour de son garde du corps, la mine soucieuse et l'air renfrogné.

– Il y a un souci ?

Elle sursaute et plaque un sourire faux sur ses lèvres en me voyant. Je remarque qu'elle cache son portable derrière son dos. Mes sourcils se froncent.

– Ma mère souhaite me voir.

– Maintenant ? Tu es obligée de t'y rendre ?

– Je n'ai pas le choix…

Son regard évite le mien, mais je perçois tout de même les larmes qui perlent au bord de ses yeux. Je m'avance en douceur et la prends dans mes bras. Je déteste la voir dans cet état.

– Je croyais que tu ne voulais plus que les gens contrôlent ta vie ? Que tu souhaitais être libre ?

Elle frissonne et je resserre ma prise autour de son corps, caressant son dos avec lenteur, essayant de la réconforter.

– C'est ma mère, Elliott, je ne peux pas refuser.

Sa voix se casse et elle plonge le nez dans mon polo. La voir si perdue me rend fou.

– Donc elle te convoque et tu es obligée d'y aller ?

– Tu ne sais pas de quoi elle est capable.

– Dis-moi, peut-être que je pourrais t'aider.

– Non, c'est à moi de régler ça.

Je dois lui faire confiance, mais une sensation d'urgence me comprime la gorge. Je la serre un peu plus contre moi. Le souvenir de la nuit de notre rencontre s'imprime dans mon esprit. Son regard fuyant, son attitude distante, son visage marqué par les pleurs. A posteriori, je comprends mieux cette volonté de fuir. Cassie souhaitait juste échapper à cette vie régentée par les tabloïds et sa mère. Elle n'a pas hésité à mettre sa vie en danger pour s'éloigner de leur emprise, et je suis terrifié que ça se reproduise.

– Tu sais que tu peux compter sur moi si tu as besoin.

– Oui, dit-elle en déposant un baiser sur mes lèvres. Je ne vais pas pouvoir lui échapper, mais on se retrouve plus tard pour finir d'organiser le bal, d'accord ?

– OK, appelle-moi quand tu as fini. Ou même avant si tu as besoin.

– Bien sûr.

Je l'enlace et l'embrasse. Elle gémit contre mes lèvres et je n'ai plus qu'une envie, la porter jusqu'à ma chambre et la garder à mes côtés toute la journée.

– Je reviens le plus vite possible, me rassure-t-elle en caressant ma joue.

– J'espère bien, grogné-je en l'étreignant une dernière fois.

Je la laisse partir à contrecœur. Même le fait de la voir monter en voiture avec mes vêtements toujours sur le dos ne me rassure pas. Un mauvais pressentiment m'enserre la gorge.

Je dépose Olivia à l'école et je me dépêche de rentrer au manoir. L'absence de Cassiopée et de ma nièce me laisse du temps pour me rendre à Londres. Ce que m'ont rapporté Cassie et Daniel de leur entrevue avec Emily ne m'a pas convaincu et j'ai besoin de lui parler de vive voix pour tirer toute cette histoire au clair. L'impatience rend ma conduite saccadée et je râle lorsque je me retrouve bloqué dans les bouchons. Quand enfin je trouve une place pour me garer dans le quartier d'Emily, plus d'une heure et demie s'est écoulée. Je peste en verrouillant la portière avant de me faufiler dans l'allée où se cache la jeune femme.

Elle m'entend arriver et se redresse tant bien que mal. Ses cheveux semblent encore plus ébouriffés que d'habitude et ses yeux se plissent quand elle me reconnaît.

– Elliooott.

Sa voix pâteuse et le rire qui lui échappe ne me laissent aucun doute sur son état. Elle est encore sous l'emprise d'une drogue, j'en mettrais ma main à couper. Mais peut-être que son état second me permettra d'obtenir plus de réponses que mes amis, qui ont dû se contenter d'une vague explication.

– Emily.

Ma voix claque contre les briques froides.

– Que me vaut l'honneur de ta visite, glousse-t-elle.

– Je dois te parler.

– Oh, laisse-moi deviner, tu viens parler d'Elisabeth.

– Est-ce que c'est toi qui as tout révélé à Clara ?

Elle hausse les sourcils, complètement perdue. Elle a l'air d'avoir du mal à se concentrer.

– Qui ça ?

– La journaliste ! Celle qui se faisait passer pour une bénévole.

– Ah, la grande blonde qui me posait plein de questions ? Ouais, elle m'a filé du fric contre quelques infos.

– Pourquoi lui as-tu révélé que ma sœur avait vécu dans la rue ?

– Qu'est-ce que ça peut me faire, à moi ? Ta sœur est morte il y a dix ans, qui ça peut intéresser ? Au moins, j'ai pu tenir quelques jours avec ces billets. T'es bien comme tes parents, finalement, tu ne penses qu'à toi !

– Olivia était bouleversée et la vie de ma famille ne regarde en rien les journalistes !

– Peut-être bien, mais si ça me permet d'éviter d'aller chercher du pognon ailleurs, je ne vais pas cracher dessus.

– Tu n'as vraiment aucune morale !

Un rire hystérique lui échappe qui me fait froid dans le dos.

– Ça, c'est la meilleure ! Ce sont quand même tes parents qui m'ont payée pendant dix ans pour que je taise leur petit secret, alors ne viens pas me parler de morale !

Je me fige. Ma surprise la fait rire.

– Ne me fais pas croire que tu n'étais pas au courant, ça serait le comble.

– De quoi parles-tu ?

– De l'argent que me versaient tes parents.

Non, c'est impossible. Elle doit être en plein délire. Je ne peux pas croire que mes parents aient fait une telle chose.

– Jamais ils n'auraient fait ça !

– Tu ne t'es jamais demandé comment je faisais pour me procurer aussi facilement de quoi oublier ? Enfin, moins facilement depuis quelque temps.

– Tu mens !

– Si tu préfères te voiler la face, c'est ton affaire, Elliott.

– C'est dégueulasse, ce que tu fais. Accuser mes parents alors qu'ils ne sont même plus là pour se défendre !

– Ah, et ils auraient de quoi répondre ! Tu aurais dû demander à ta sœur ce qu'elle en pensait.

Son insinuation me fait frissonner. Quel est le rapport avec Elisabeth ?

– Arrête avec tes énigmes, si tu as quelque chose à me dire, dis-le !

– C'est très simple, Elliott. Si ta sœur a fui, c'est à cause de tes parents. De ce que j'ai compris, quand elle leur a dit pour sa grossesse, ils ont tout fait pour protéger la réputation de votre famille. Ta sœur n'a pas eu d'autre choix que de partir.

– Tu mens !

Elle hausse les épaules et s'adosse contre son abri de fortune.

– Je ne fais que répéter ce que m'a raconté ta sœur.

J'appuie mes paumes contre mes paupières, perdu. Je ne comprends plus rien. Ça me fait mal de l'admettre, mais Emily n'a pas de raisons de me mentir. Et après ma conversation avec Peter, je ne peux plus m'appuyer sur ce que je croyais. Mes parents sont-ils responsables de la fuite d'Eli ?

– Explique-toi !

– Tout ce que je peux te dire, c'est qu'après la mort de ta sœur, j'ai essayé de prendre des nouvelles d'Olivia – après tout, c'est moi qui m'occupais d'elle quand Eli devait s'absenter, je l'aimais bien cette petite. Quand tes parents ont compris qui j'étais, ils m'ont payée pour que je garde tout ça secret. Ces chacals m'ont donné assez pour que je m'achète une bonne dose et ils m'ont laissée croupir dans ma ruelle. J'ai essayé de mettre l'argent de côté, mais tu sais ce que c'est, les addictions… Quand je me suis retrouvée à sec, j'ai repris contact avec eux. Ils ne voulaient pas que je parle d'eux, ça arrangeait tout le monde. Et puis au bout de quelques mois, ils en ont eu marre de venir jusqu'à moi, et j'ai trouvé mon argent dans un plateau repas livré par une nouvelle association.

Ce n'est pas possible. Elle raconte n'importe quoi ! Pourtant… « *Ils m'ont payée pour que je garde tout ça secret.* » Sa phrase tourne en boucle dans mon esprit. Depuis que j'ai repris la gestion des comptes, je sais que mes parents ne lésinaient pas sur les moyens de pression pour faire taire ceux qui les importunaient. Ce que vient de me raconter Emily n'est finalement peut-être pas si délirant que ça.

– Très bien, imaginons que je croie ce que tu viens de me raconter. Pourquoi Elisabeth refusait-elle de rentrer à la maison ?

– Mais parce qu'ils voulaient lui enlever Olivia, bien sûr !

– Je ne te crois pas, ils ont toujours pris soin de ma nièce comme si c'était leur propre fille !

– Peut-être après la mort de ta sœur, mais ça n'a pas toujours été le cas. C'était même plutôt l'inverse…

Qu'est-ce qu'elle veut dire par là ? Toutes les informations se bousculent. Je crains de plus en plus qu'elle ne raconte que la vérité. L'amertume au bord des lèvres, j'ai l'impression que mes parents m'ont menti depuis le début. J'ai le souffle court. Il devient urgent que je mette la main sur le journal de ma sœur ! Tant que je ne l'aurai pas, je ne condamnerai pas mes parents. Je ne peux pas.

Je regagne le manoir aussi vite que la circulation me le permet. Lorsque je gare Lola, ma décision est prise : je dois voir Peter et trouver le journal d'Elisabeth. J'envoie un message à mon ancien ami en entrant dans la maison.

Bien décidé à tirer un trait sur le passé, je monte quatre à quatre les marches jusqu'au second étage et entre dans la chambre de mes parents. J'abaisse la poignée avec lenteur en retenant ma respiration et entre.

La pièce est plongée dans la pénombre. Je tâtonne pour trouver l'interrupteur et je plisse les yeux quand la lumière apparaît. Tout est à la même place que la nuit de leur mort. La cravate de mon père abandonnée sur le fauteuil près de la fenêtre, le parfum de ma mère sur la commode, leurs robes de chambre au pied du lit… Tout y est. Même l'attaché-case de mon père. Celui dont il ne se séparait jamais, celui qui contenait tous ses petits secrets, tous ces dossiers qui le gardaient éveillé jusqu'à pas d'heure. Cette mallette qui l'a tenu éloigné de sa famille toute sa vie. Sur la table de nuit de ma mère, je repère un coffret en bois entrouvert dans lequel j'entrevois la couverture délavée du journal de ma sœur.

Je récupère la mallette et la boîte et redescends dans mon bureau. J'hésite quelques secondes, mais la curiosité l'emporte, et d'un geste fébrile j'ouvre le coffret renfermant les affaires d'Elisabeth. Mon souffle se coupe quand je vois son visage souriant apparaître, portant dans ses bras Olivia, encore bébé. Avec délicatesse, j'attrape la photo et l'approche de mon visage. Je grave chaque détail de ce cliché dans ma mémoire. Les yeux pétillants de ma sœur, son sourire, l'éclat de rire d'Olie figé à jamais… Cette photo respire le bonheur et la joie. Mon cœur se serre. Nerveux, je replonge la main dans le coffret et en ressors un carnet que je reconnais immédiatement. Le journal intime de ma sœur. Les pages sont jaunies et gondolées par l'humidité, les coins sont cornés, la couverture est délavée, mais l'écriture ronde et travaillée est toujours lisible. Au fond de la boîte, je trouve deux petits chaussons en tricot et le médaillon d'Elisabeth.

J'ouvre l'attaché-case et en sors les dossiers, que je pose sur mon bureau. Dans les poches intérieures, je découvre avec émotion une photo de famille datant de mon enfance. Mes parents, Elisabeth et moi devant l'arbre de Noël, les papiers cadeaux déchirés et les présents à nos pieds, des sourires joyeux sur nos lèvres. Je devais avoir l'âge d'Olie sur ce cliché, et si ma mémoire est bonne, c'est le dernier Noël que mon père a passé à la maison sans travailler. Celui où nous avions joué toute la journée à des jeux de société.

Tous ces souvenirs me font trembler. Aujourd'hui, j'en ai la certitude, je vais enfin apprendre la vérité sur ce qui est arrivé à ma sœur. Ma bouche s'assèche et l'appréhension me tord l'estomac.

La sonnette de la porte d'entrée me tire de mes réflexions. Rapidement, je sors de mon bureau et vais ouvrir. Sur le seuil, Peter m'attend.

CHAPITRE 40

Je redoute cette discussion, pourtant je n'ai plus le choix, je dois connaître la vérité sur la disparition de ma sœur. Je lui fais signe de me suivre et je le vois marquer un temps d'arrêt devant le sapin.

– C'est l'œuvre d'Olivia.

Je ne sais pas pourquoi je lui confie cette information, mais je ressens ce besoin de protéger Olie et de la mettre en avant. De montrer à Peter à quel point c'est une enfant douée et intelligente.

– Il est magnifique, elle a du goût, murmure-t-il, le regard vissé à l'arbre.

J'acquiesce en silence et lui indique l'entrée du bureau. Il me précède, je referme la porte derrière nous.

– Peter, merci d'être venu, commencé-je en m'installant sur mon fauteuil.

– Je n'allais pas laisser passer cette occasion d'avoir des réponses, crache-t-il avec un ricanement désabusé. Ça fait des années que j'essaie de comprendre, et je découvre ça par des journalistes, tu te rends compte ? J'ai besoin de savoir, Elliott, cette situation n'est plus possible.

Je laisse échapper un soupir. Si c'est vrai, il l'a appris de la pire manière qui soit.

– Tu n'étais vraiment pas au courant ?

– Bien sûr que non ! Depuis ton appel, je n'arrive plus à me sortir cette image d'Eli et Olivia dormant dans la rue ! Tu imagines comment je me sens ? Je veux comprendre comment ça a pu arriver…

La grimace de douleur qui déforme son visage n'est pas feinte, il semble réellement tourmenté.

– Nous sommes d'accord que ce qui se dira dans ce bureau ne sera pas utilisé devant le juge ?

– Je m'en fous du juge, Elliott ! Je veux savoir ce qui est arrivé à ma famille.

– Mais alors pourquoi faire une demande de garde ?

– Tu me poses vraiment la question ? Tu ne vois pas dans quelle situation tes parents m'ont mis ? C'était la seule possibilité que j'avais d'enfin rencontrer ma fille et de passer un peu de temps avec elle ! Ils m'ont tenu loin d'Olivia pendant douze ans, est-ce que tu as seulement une idée de ce que ça fait de savoir qu'elle est si proche et si inaccessible à la fois ? Je suis son père, mais elle ignore tout de moi. Je n'aurai jamais l'occasion de la voir faire ses premiers pas, de l'entendre dire ses premiers mots… Toutes ces années perdues, je ne pourrai jamais les rattraper.

Sa voix se casse sur la fin et nous nous observons en silence, nos peines s'entrechoquant avec fracas.

– Écoute, j'ai compris que tu me tenais responsable de la disparition d'Elisabeth, reprend-il, mais je n'y suis pour rien. Je n'étais pas au courant de sa grossesse lorsque je suis parti cet été-là. Je l'aimais, Elliott…

Je le vois se tendre, prêt à m'affronter. Il doit se dire que je ne vais pas le croire, mais il essaie quand même, fait le premier pas.

– Mais alors pourquoi s'est-elle enfuie ? tenté-je. Pourquoi ne t'a-t-elle rien dit ?

Il ouvre de grands yeux, abasourdi.

– Elle était terrifiée par vos parents. Je n'en reviens pas que tu ne t'en sois jamais rendu compte. Ce n'est pas moi qui l'ai fait fuir, Elliott, ce sont eux.

– C'est-à-dire ?

Il secoue la tête puis me tend une enveloppe jaunie par le temps.

– Lis ça, tu comprendras mieux. Je l'aimais, Elliott. C'est peut-être dur à croire, mais Eli est la plus belle chose qui me soit arrivée et je regretterai toute ma vie de ne pas avoir été là pour la protéger.

La main tremblante, j'attrape le pli et en sors une feuille tout aussi abîmée. Comme si elle avait été lue des centaines de fois.

Peter,

Pardonne-moi. Quand tu auras lu cette lettre, tu me haïras probablement, mais je n'ai pas eu le courage

de t'avouer ce secret avant ton départ. Notre dernière nuit ensemble était si belle et si pleine de promesses que je n'avais pas le cœur à t'annoncer cette nouvelle qui va tout changer. Je te connais assez pour savoir que tu aurais refusé de partir et de vivre ces aventures dont tu me parles depuis des mois. Ce contrat, tu en rêvais et c'est une occasion qui ne se représentera peut-être jamais... Je n'avais pas le droit de t'empêcher de vivre ton rêve, alors j'ai préféré me taire.
Quand je t'imagine ton appareil à la main, photographiant tout ce qui passe à ta portée, je sais que j'ai fait le bon choix. Tu as un talent que peu de gens possèdent et c'est une des raisons qui me font t'aimer encore plus.
Sache que ce que je vais te dire ne t'engage à rien, c'est ma décision et je suis prête à en assumer les conséquences, mais je dois être honnête avec toi, tu as le droit de savoir. Je suis enceinte.
Je ne l'ai appris que quelques jours avant ton départ et malgré les mois qui s'écoulent, j'ai encore du mal à me rendre compte que nous avons créé une petite vie, pourtant les coups de pied qu'elle me donne sont bien réels ! Je l'aime un peu plus chaque minute. Cette preuve de notre amour me permet d'avancer jour après jour.
J'ai dû quitter le manoir. Comme tu dois l'imaginer, cette annonce n'a pas fait bondir mes parents de joie. Les très vénérés comte et comtesse du Middlesex ne peuvent se permettre d'avoir une mère célibataire comme fille ! Encore moins une petite-fille métisse,

née hors mariage... Ils ne m'ont pas laissé d'autre choix que de fuir aussi loin d'eux que possible. Ils voulaient que j'interrompe ma grossesse, mais j'en suis incapable. La situation n'est pas idéale, pourtant je ne me suis jamais sentie aussi sûre de moi.
J'ai essayé de discuter avec Elliott, mais le temps jouait contre moi et j'ai peur qu'il n'accepte pas la nouvelle... Tu le connais, quand il se sent trahi, il est incapable de prendre du recul. Alors lui apprendre que nous avons eu une relation sous son nez sans le mettre au courant et que je suis enceinte n'est pas le meilleur moyen pour le mettre de notre côté...
Ne t'inquiète pas, je suis dans un endroit sûr et je ne manque de rien. Profite de tes aventures, de ta vie, et quand tu auras fini de parcourir le monde, je serai ravie de te présenter notre fille si tu le souhaites.
Je t'embrasse affectueusement,
Ta Eli.

Ma gorge se serre. Il n'y a aucun doute, c'est bien elle qui a écrit cette lettre. Peter et Emily ont raison, mes parents m'ont menti pendant toutes ces années ! Ils savaient pertinemment pourquoi Elisabeth s'était enfuie et ils ne m'ont rien dit. Si j'avais pris le temps de l'écouter ce matin-là, si j'avais été moins centré sur moi, j'aurais été capable de protéger ma petite sœur. La culpabilité comprime ma gorge alors qu'un goût amer m'emplit la bouche.

Livide, je laisse retomber ma main.

– Je l'ai cherchée partout, Elliott ! Dès que je suis rentré à Londres et que j'ai découvert cette lettre, je me suis mis à leur recherche, mais je n'ai jamais réussi à les trouver. C'était une période vraiment difficile : tu m'ignorais, tes parents me tenaient à l'écart et Elisabeth ne donnait plus signe de vie, comme si elle s'était évaporée dans la nature. Quand j'ai appris sa mort, j'ai cru que j'allais devenir fou, mais c'était avant que tes parents engagent une armada d'avocats pour récupérer la garde d'Olivia et me tenir à l'écart de sa vie. Je me suis battu autant que je le pouvais, mais ils m'ont arraché la garde de ma propre fille.

Sa voix se brise sur ses derniers mots. Les agissements de mes parents me rendent fou de colère. À cause d'eux, Olivia a dû grandir sans sa mère et son père. Tout est leur faute ! Toute cette douleur, toute cette souffrance, tout ça pour quoi ? *La réputation de la famille !* Ils étaient prêts à la forcer à avorter pour sauver les apparences ! Ils ont obligé ma sœur à fuir le seul foyer qu'elle avait jamais connu, à me fuir, moi.

– Je t'en prie Elliott, laisse-moi une chance de connaître ma fille, c'est ce qu'Eli aurait voulu. Je ne t'ai jamais reproché de ne pas avoir su la protéger de vos parents, moi, alors laisse-moi une chance !

Son exclamation me sort de ma torpeur. Tout se bouscule dans mon esprit. La vérité est pire que tout ce que j'avais imaginé. Comment ai-je fait pour ne rien voir ?

– Peter, je suis vraiment désolé, balbutié-je. Je n'étais au courant de rien.

– Jamais je n'aurais laissé ma fille avec vous si j'avais su qu'Eli et elle avaient vécu dans la rue. Je la pensais en sécurité, mais tes parents n'étaient que des menteurs.

– Personne ne savait qu'elles vivaient là-bas, Peter, me défends-je. Tu ne nous penses quand même pas capables d'une telle monstruosité ?

– Je ne sais pas, franchement. Tes parents étaient prêts à tout pour qu'Elisabeth rentre dans le moule. Peut-être qu'ils se sont dit que quelques mois à vivre comme une moins que rien lui remettraient les idées en place.

Il ferme les yeux de dégoût, et je tremble de rage à cette idée. Après ce que je viens d'apprendre, qui sait ce que mes parents ont pu faire ? Ils ont détruit notre famille avec leurs préjugés et leurs convenances. Je n'ai jamais eu aussi honte du nom que je porte. Dire qu'Eli est morte par la faute de leur étroitesse d'esprit me retourne l'estomac. Comment ai-je pu être aussi aveugle à ce qui se jouait sous mes yeux ?

Je plaque mes paumes contre mes paupières, refoulant les larmes qui embuent mon regard. Mon cœur bat la chamade au même rythme que cette pensée lancinante qui ne me quitte plus.

Égocentrique ! Tu es aussi coupable qu'eux !

Ma gorge se serre à mesure que cette idée s'implante dans mon esprit. Je déglutis avec peine quand Peter m'interpelle.

– Elliott.

J'ouvre les yeux et le visage défait de mon ancien ami me peine encore plus. Je ne lui ai même pas laissé l'occasion de s'expliquer. Malgré moi, j'ai joué un rôle dans cette tragédie qu'ont orchestrée mes parents. Je les déteste pour cela. Je me déteste.

– Je ne souhaite plus me battre contre toi, reprend-il, hésitant.

J'ai tenu un père et sa fille éloignés pendant plus de dix ans par obstination, il est temps de baisser les armes. Peter m'a trahi en entretenant une relation secrète avec ma sœur, et peut-être que si je l'avais su, les choses se seraient passées différemment, mais je ne vaudrais pas mieux que mes parents si je n'essayais pas d'arranger la situation. Olivia est la première concernée dans cette histoire. Je dois penser à elle avant tout. Il est de mon devoir de réparer les torts de mes parents.

– Je ne me mettrai plus en travers de ton chemin, Peter. Olivia a besoin de nous. C'est une petite fille intelligente et sensible. Et même si je fais tout mon possible pour lui donner tout l'amour dont je suis capable, je ne suis pas sa mère, et encore moins son père…

Je marque une pause, réfléchissant à la portée des mots que je m'apprête à prononcer. Il s'agit de l'avenir d'Olie, de son bonheur, je n'ai plus le droit d'hésiter.

– Elle va avoir besoin de toi, Peter, lâché-je dans un souffle. Besoin de son père.

Seule sa respiration saccadée me répond. Il semble aussi surpris que moi par mes mots.

– Je ne dis pas qu'il faut que tu deviennes son père dans la journée, au contraire, je pense qu'elle a eu assez de révélations ces derniers temps. Mais entrer dans sa vie et apprendre à la connaître serait déjà un premier pas.

– Pourquoi tu m'accorderais ce que tes parents m'ont toujours refusé ?

– Je ne suis pas comme eux. Je ne suis pas un monstre.

– Tu es en train de me dire que tu me laisserais la rencontrer ?

Les yeux écarquillés, Peter semble pris de court par mon changement d'attitude. Je le suis aussi.

– Elisabeth souhaitait que tu fasses partie de leur vie, et Olie ne demande qu'à être une petite fille comme les autres. Pour cela, avoir un père est une bonne étape, tu ne crois pas ?

Peter acquiesce en silence alors que mes yeux parcourent une nouvelle fois la lettre de ma sœur. L'amour et l'espoir que j'y discerne me broient le cœur. Si seulement j'avais été moins aveugle ! En mémoire de ma sœur, je me promets de tout faire pour réunir la famille qu'il me reste.

– Je ne veux pas que ma relation avec ma fille commence sur un mensonge. Je suis son père et j'en suis fier, je ne veux pas lui mentir. Si je dois attendre encore pour qu'elle soit prête à me rencontrer, je le ferai, mais hors de question de tricher !

L'attitude de Peter me soulage, nous sommes sur la même longueur d'onde : le bonheur d'Olie avant tout.

– Très bien, je vais en parler avec elle et je te contacte quand elle se sent prête.

Peter hoche la tête, puis, dans un soupir, récupère la lettre de ma sœur et la glisse dans la poche de sa veste. Il se lève, prêt à partir, mais s'arrête et me fixe avec sérieux.

– Je vais appeler mon avocat pour arrêter la procédure.

Je reste figé quelques secondes pendant lesquelles il en profite pour sortir. Il a raison, nous devons mettre nos querelles de côté. Être plus intelligents que mes parents. Ne plus faire preuve d'égoïsme !

Une fois Peter parti, le silence du manoir m'angoisse, me ramenant sans cesse à mes souvenirs et à cette culpabilité que je n'arrive pas à juguler. Je voulais des réponses, je dois désormais apprendre à vivre avec la vérité. Aussi dure soit-elle.

J'ai besoin de partager ces émotions qui m'assaillent. J'attrape mon portable. Mes doigts hésitent en faisant défiler mon répertoire. Mon premier choix s'arrête sur Cassiopée. Elle mérite que je lui demande de pardonner mon attitude envers Peter et leur amitié, mais elle ne m'a toujours pas contacté et je ne veux pas la déranger si elle est encore avec sa mère. Même si son silence m'inquiète de plus en plus.

J'appelle Daniel. Il a à peine décroché que déjà je sens poindre l'interrogatoire en bonne et due forme.

– J'espère que tu m'appelles pour me raconter ta soirée avec la belle Cassie, s'amuse mon ami, mais je suppose que c'était bien, vu que tu n'étais pas encore rentré quand j'ai déposé Olivia en début de soirée.

Mon Dieu, j'ai l'impression que c'était il y a déjà des jours, alors que ça ne fait que quelques heures.

– Oui, mais je ne t'appelle pas pour ça. Daniel, j'ai vu Peter et Emily ce matin. C'est encore pire que ce que j'imaginais.

– Qu'est-ce qu'il s'est passé ?

– Je n'en reviens pas moi-même, mais mes parents sont responsables de la fugue de ma sœur.

Mon ami reste silencieux et je reprends.

– J'ai haï Peter pendant douze ans pour quelque chose dont il n'était pas responsable, je l'ai ignoré et repoussé en pensant qu'il avait rejeté ma sœur et brisé ma famille alors qu'il était aussi victime des manigances de mes parents. Je l'ai jugé sans écouter ses explications, et à cause de ça, Olie a dû grandir sans père. J'ai joué le jeu de mes parents, en leur accordant une confiance aveugle alors qu'ils m'ont menti !

Je lui raconte tout, comment les deux amants nous ont caché leur liaison, comment ma sœur a cru préférable de quitter sa famille au lieu de se reposer sur moi, comment Emily a gardé malgré elle ce secret pendant si longtemps, comment Peter s'est retrouvé isolé au cours de ces années qui allaient bouleverser toute sa vie.

– Tu ne pouvais pas savoir, Elliott, toi aussi tu étais une victime, souffle Daniel quand je termine.

– Mais j'aurais dû me poser des questions ! Je connaissais assez bien ma sœur pour savoir que son attitude ce jour-là cachait quelque chose. Elle a essayé de me parler et je l'ai repoussée sans même me demander pour quelle raison. Sans compter Peter qui était mon ami et que j'ai chassé de ma vie sans une hésitation. Si je ne m'étais pas arrêté aux apparences, j'aurais pu comprendre la situation, peut-être même raisonner mes parents et éviter cette tragédie…

– Moi non plus je ne me suis douté de rien, me réconforte Daniel, et pourtant Peter était aussi mon ami.

Je sais que Daniel essaie de me rassurer, mais je suis encore trop en colère contre mes parents et moi-même pour l'entendre.

– J'espère juste qu'Olivia me le pardonnera, soupiré-je.

L'heure qui suit, je m'attaque à la lecture du journal de ma sœur. Ma gorge se serre à chaque page. Je n'en reviens pas de ne pas avoir vu ce qui se jouait sous mes yeux. Le refus de mes parents d'accepter sa relation avec Peter, leur volonté de la remettre sur le droit chemin et de ne surtout pas poursuivre cette grossesse. Je savais mes parents vieux jeu, mais pas racistes et réactionnaires à ce point.

Février 2008

Aujourd'hui, alors que nous nous promenions dans les rues de Londres avec Peter, j'ai croisé ma mère à la sortie de son énième club d'aristocrates. Je me souviendrai toujours de sa grimace de dégoût lorsqu'elle a vu mes doigts liés à ceux de l'homme que j'aime. Sa désapprobation était évidente. Mais je ne m'attendais pas à ces mots cruels et injustes lorsque je suis rentrée à la maison. Elle m'a interdit de le revoir et d'entretenir une quelconque relation avec lui sous prétexte qu'il n'est pas du même milieu que nous et que je ne dois pas me rabaisser à sortir avec un homme de ce genre-là. Qu'est-ce que ça veut dire, ça ? J'ai eu beau nous défendre, vanter le talent de Peter, elle ne m'a pas écoutée.

Plus j'avance dans ma lecture, plus je me rends compte à quel point Eli aimait Peter. Je me sens ridicule de ne pas avoir remarqué leur liaison. À ma décharge, ils savaient très bien se cacher, et d'après le journal de ma sœur, ça les faisait beaucoup rire de se jouer de moi. Les souvenirs d'Elisabeth me font sourire. Apprendre qu'ils se cachaient pour s'embrasser et que j'ai failli les surprendre plusieurs fois m'amuse tout en ravivant ma culpabilité. Si j'avais prêté plus d'attention aux signes, j'aurais été capable de les protéger et de les défendre contre mes parents et nous aurions évité toute cette tragédie.

Je referme le journal de ma sœur avec la certitude que mes parents ont tout fait pour les séparer. Ils ont tout manigancé et ça me fait froid dans le dos. Même s'ils ont offert toute leur attention à Olie lorsqu'ils ont eu sa garde, ça n'efface pas tout le mal qu'ils ont causé. Je suis perdu. Ils restent mes parents et leur disparition m'attriste toujours, mais je ne peux pas faire abstraction du fait qu'ils sont la raison de la fuite de ma sœur. Est-ce que j'ai encore le droit de les aimer après tout cela ? Est-ce que je le veux ?

J'ai besoin de mettre des mots sur ces sentiments qui m'envahissent. Cette fois, je n'hésite pas et, en attrapant mon portable, je compose le numéro de Cassie. La sonnerie s'égrène sans qu'elle me réponde. Toujours aucune nouvelle, je suis de plus en plus préoccupé. Elle avait promis de me tenir au courant de la tournure de sa rencontre avec sa mère. Ne pas savoir m'angoisse, j'espère qu'elle va bien.

Quelques minutes plus tard, mon bureau en acajou vibre sous mon portable. D'une main fébrile, je me précipite pour décrocher. J'expire l'air de mes poumons en lisant le prénom de Cassie sur l'écran.

– Elliott, tout va bien ?

Sa voix chevrotante ravive mon inquiétude et j'en oublie le but de mon appel.

– Cassie, que se passe-t-il ?

– Rien, rien du tout.

Je sais qu'elle me ment et ça me rend fou. Je serre mon poing libre pour contrôler la peur et la colère qui s'emparent de moi.

– Parle-moi, Cassie, murmuré-je. C'est moi qui dois fuir, pas toi, essayé-je de plaisanter.

Je lui arrache un reniflement, entre rire et pleur, qui me fait grimacer. Je me sens désarmé et je déteste ça.

– Tu veux que je passe te chercher ?

Elle reste silencieuse, mais je l'entends se mettre en mouvement. Le bruit d'une porte qui se ferme, son souffle saccadé alors qu'elle marche, le tintement de clefs.

– Où es-tu ? Tu es toujours avec ta mère ?

Cassiopée n'a pas le temps de me répondre qu'une voix dure et sèche l'interpelle. Sa respiration se coupe l'espace d'une seconde et je redoute qu'elle ait raccroché.

– Où vas-tu comme ça ? Nous n'avons pas fini notre conversation. N'espère pas te défiler une fois de plus ! entends-je.

Sa mère. La colère enfle en moi. Je me lève, mon téléphone toujours collé à l'oreille, et traverse le hall à grands pas. Le besoin de soutenir Cassie et de l'éloigner de sa génitrice m'accompagne jusqu'à Lola.

– Cassie, tu m'entends ? tenté-je. J'arrive, dis-moi où tu es.

Aucune réponse, elle a dû éloigner le téléphone de son oreille. Bien que le son soit étouffé, j'assiste impuissant à leur échange.

– Tu vas le rejoindre, c'est ça ?

Le dédain de cette voix éraillée me fait trembler de colère.

– Ce ne sont pas tes affaires, réplique Cassiopée d'une voix faible.

– Si ! Ce comte de pacotille va ruiner ta carrière et tous mes sacrifices. Il est hors de question que je te laisse tout gâcher !

Les pleurs de Cassiopée redoublent et ma gorge se serre. Je suis si fébrile que je dois m'y reprendre à plusieurs fois pour arriver à mettre la clef dans le contact.

– Cassie, ne l'écoute pas, dis-moi où tu es, je viens te chercher tout de suite !

Mon intervention tombe à l'eau.

– Ne me tourne pas le dos ! Tu avais tout pour faire rêver, la beauté, la jeunesse, la carrière et le parfait petit ami, et tu envoies tout balader pour un type qui dilapide son argent pour des moins que rien ? Pourquoi est-ce que tu me fais ça ? Je t'ai tout donné et c'est comme ça que tu me remercies ? Franchement, je te pensais plus intelligente que ça… Maintenant tu vas me faire le plaisir d'arrêter ta petite crise et de t'excuser auprès de Tanguy ! Votre couple fait parler de lui et c'est le meilleur moyen pour que ton nom soit dans toutes les bouches, que les réalisateurs et les marques se battent pour t'avoir comme égérie ! Réfléchis bien à ton avenir, Cassiopée, ce n'est pas avec cette attitude que tu survivras dans ce milieu. La gloire est éphémère, mais l'amour aussi. Ton comte n'est rien, personne ne le connaît, et personne ne *veut* le connaître. Si tu t'obstines dans cette voie et avec cet homme qui ne fera que te tenir dans l'ombre, alors tu n'es qu'une idiote !

Le silence de Cassiopée est aussi douloureux que la violence de sa mère. Je suis bien conscient de nos différences et de la difficulté de les conjuguer, je n'ai pas besoin que sa mère enfonce un peu plus le clou.

– Ne l'écoute pas ! crié-je dans mon téléphone, dans l'espoir qu'elle m'entende. Rappelle-toi ce que tu m'as dit, toi seule peux choisir ton avenir, tu es libre. Ne la laisse pas te dicter tes choix !

Son souffle s'accélère, et je l'entends s'affairer. Je sursaute sur mon siège au bruit d'une porte qui claque dans le combiné.

– Cass…

La conversation s'interrompt.

CHAPITRE 41

J'essaie en vain de rappeler Cassiopée, mais je tombe systématiquement sur son répondeur. D'un coup de poing rageur, je frappe le volant de Lola avant de laisser ma tête retomber contre l'appui-tête dans un soupir. J'imagine qu'elle a besoin de temps pour elle, mais je déteste la savoir seule après une telle confrontation. Et si elle fuyait encore ? Que cette fois je n'arrivais pas à la retrouver ? Et si elle décidait d'écouter sa mère et de prendre ses distances ?

Mon cœur s'accélère dans ma poitrine et mes mains deviennent moites. Je déglutis avec difficulté.

Quelle journée de merde !

Je sors de Lola d'un pas raide tout en essayant de joindre Cassie une nouvelle fois. L'angoisse de ne pas avoir de ses nouvelles, mêlée à la colère que sa mère m'inspire, me fait trembler jusqu'à mon bureau. Je n'arrive pas à me sortir de l'esprit les mots de sa génitrice, ma discussion avec Peter, l'image d'Elisabeth fuyant la maison. Tout s'entrechoque dans ma tête. Je tourne en rond dans la pièce en jetant des coups d'œil réguliers à mon téléphone. Les minutes s'écoulent sans que j'arrive à me calmer.

Le carillon de l'horloge du salon sonne les douze coups de midi et je suis toujours enfermé dans mon bureau. J'ai entendu Maggie revenir des courses, mais je n'ai pas eu la force de sortir de ma tanière et de tout lui raconter. Moi-même, je n'arrive pas à y croire.

Quand enfin, vers treize heures, la sonnerie de mon téléphone résonne dans le silence de la pièce, je me jette sur mon portable pour décrocher.

– Cassie ?

– Non, pardonnez-moi, vous êtes monsieur Knight ? me répond une voix fluette que je ne connais pas.

– Oui, c'est moi, qui est-ce ?

– Bonjour, excusez-moi de vous déranger, je suis infirmière à l'hôpital St-Mary, vous êtes la personne à prévenir en cas d'urgence concernant madame Lewis.

Mon cœur s'emballe. Un mauvais pressentiment enfle en moi.

– Pardon, mais je ne vois pas de qui vous voulez parler, lui réponds-je, surpris.

– Vous ne connaissez pas Margaret Lewis ?

L'inquiétude me gagne à l'entente de ce prénom et un frisson glacé me parcourt.

– Margaret ? Qu'est-ce qu'il s'est passé ? Elle va bien ?

– Elle a été blessée à la suite d'une altercation…

– J'arrive tout de suite ! la coupé-je sans la laisser terminer.

Je raccroche et me précipite hors de mon bureau.

Je déboule dans le hall d'accueil des urgences, complètement paniqué, et je me précipite vers l'infirmière derrière le bureau des admissions.

– Je cherche Margaret Lewis, on m'a prévenu qu'elle était ici !

– Bonjour, vous êtes ?

– Elliott Knight, on m'a prévenu par téléphone. Je peux la voir ?

La jeune femme pianote sur son ordinateur et reste bien trop longtemps silencieuse à mon goût. Mon stress augmente de seconde en seconde.

– Elle est prise en charge en chirurgie pour le moment, je ne peux pas vous en dire plus, vous devez attendre le médecin.

– En chirurgie ? Mais que s'est-il passé ?

– Je regrette, monsieur, je ne peux pas vous en dire plus pour le moment. Vous pouvez attendre le médecin dans la salle d'attente, il viendra vous voir quand l'intervention sera terminée.

Sonné par ces informations, je reste quelques secondes les bras ballants, le cœur battant à tout rompre. C'est à peine si je prête attention aux gens qui m'entourent, aux gémissements de douleur, aux pleurs et aux visages inquiets. D'un pas raide, je cherche une place libre pour m'asseoir. Tout est flou dans mon esprit, je ne comprends pas ce qu'il se passe. Enfin si, je vis la troisième pire journée de ma vie. L'inquiétude m'anesthésie, mes membres me paraissent lourds et j'ai la sensation qu'il me faut un temps fou pour traverser la salle d'attente.

– Elliott ?

Une voix tremblante, que je reconnaîtrais entre toutes, m'interpelle et me fait frissonner. Cassiopée. Je tourne la tête vers le fond de la pièce. Cachée derrière une plante verte, Trent à ses côtés, d'épaisses lunettes de soleil sur le nez et un bonnet sur la tête, elle me fait signe de la rejoindre. Le soulagement se mêle à l'incompréhension. Pourquoi est-elle là ? Je trottine jusqu'à elle quand je remarque son bras en écharpe.

– Cassie ! Mais que fais-tu là ? Tu vas bien ?

J'enroule mes bras autour de ses épaules sans lui laisser le temps de répondre et je lui caresse le dos quand je la sens sangloter contre mon torse.

– Calme-toi, Cassie, et raconte-moi ce qu'il s'est passé.

– Tout… tout est… ma… faute, reprend-elle en pleurant. Ma mère a raison, je ne suis qu'une idiote !

– Ne dis pas ça, explique-moi.

Les larmes dévalent le long de ses joues sans qu'elle me réponde. Je lance un regard interrogateur au garde du corps qui serre un peu plus les mâchoires comme unique réponse.

– Elliott, c'était horrible, il y avait du sang partout, j'avais beau appuyer sur la plaie, ça n'arrêtait pas de saigner !

Ses mains tremblent alors qu'elle les regarde sans ciller comme si elles étaient encore couvertes du sang de Margaret. Je noue mes doigts aux siens et caresse sa peau pour la calmer, mais sa respiration est saccadée et elle tremble alors que son regard parcourt la salle d'attente. Sa terreur me fait frissonner.

– Tu es en sécurité, Cassie.

J'attrape son menton pour visser mon regard au sien. Ses yeux pleins de larmes me retournent l'estomac.

– Je suis là, d'accord ? Tu ne risques plus rien, tout est fini.

Elle ne répond rien et ses yeux se remplissent une nouvelle fois de larmes. Je n'insiste pas, elle n'est pas encore prête à me raconter tout ce qu'il s'est passé. Je passe mon bras autour de ses épaules et la serre contre moi, tout en nouant nos doigts de mon autre main. Il n'est plus question que je la lâche. Pas après ce qu'il s'est passé.

J'envoie un message à Daniel et à Suzy pour les avertir et demander à mon ami de s'occuper d'Olivia pour la fin de la journée. Sous l'effet du contrecoup, Cassie finit par s'assoupir, la tête posée sur mon épaule. Son sommeil est agité, elle se réveille plusieurs fois en sursaut, le corps parcouru de tremblements et les larmes aux yeux. Chaque fois je resserre mon étreinte. Le taciturne garde du corps devient de plus en plus sombre à mesure que les heures s'écoulent dans un silence angoissant et les mouvements saccadés de ses jambes trahissent la nervosité qui le gagne.

Je me tends dès qu'un médecin passe les portes battantes, mais chaque fois c'est un autre nom qu'ils appellent. Je désespère d'avoir des nouvelles. C'est une torture de ne pas savoir ce qui lui est arrivé, mais je n'ai pas d'autre choix que d'attendre que Cassiopée me parle. Je m'accroche au peu d'espoir qu'il me reste. Il n'y a pas d'horloge dans la salle d'attente, mais à l'extérieur, la nuit est tombée et je redoute de plus en plus le diagnostic final.

– La famille de Mme Lewis ?

Je ne réagis pas tout de suite et ce n'est qu'au second appel du médecin que je me redresse en vitesse, réveillant Cassiopée par la même occasion. Je saute sur mes pieds et m'approche de lui. Les yeux cernés, une blouse trop grande sur le dos, tenant un dossier entre les mains, il arbore un visage neutre. Je suis terrifié par ce qu'il va m'annoncer. L'image du chirurgien qui a pris mes parents en charge après leur accident de voiture se superpose à celui qui me fait face. Il avait la même expression.

Sans m'en rendre compte, je ralentis le pas, et c'est la main de Cassie qui serre la mienne avec douceur qui me fait revenir à la réalité.

– Vous êtes la famille de Mme Lewis ?

– Oui, réponds-je, la gorge sèche.

– Venez, allons dans mon bureau, ce sera plus calme.

Nous le suivons derrière les portes battantes. Mon cœur tambourine dans mes oreilles, et j'entends à peine qu'il nous propose de prendre place.

– Mme Lewis a perdu beaucoup de sang et la plaie n'était pas belle à voir, mais on a réussi à la suturer et à endiguer le saignement. Par chance, aucun organe vital n'a été touché, il va lui falloir beaucoup de repos, mais elle s'en remettra. Il faudra tout de même la surveiller avec attention et vérifier que la plaie ne s'infecte pas.

– Elle va s'en sortir, alors ?

– Oui, s'il n'y a pas de complications.

– On peut lui rendre visite ?

– Elle est en salle de réveil pour l'instant, mais l'un d'entre vous peut aller la voir quelques minutes. Il faudra attendre qu'elle soit transférée dans une chambre pour les visites traditionnelles, et la police passera prendre sa déposition plus tard.

J'échange un regard avec Cassiopée. Mon inquiétude doit se voir, mais elle me fait comprendre d'y aller d'un signe de tête. Je suis le chirurgien à travers le dédale de couloirs de l'hôpital et marque un temps d'arrêt devant la salle de réveil. L'odeur de désinfectant est plus forte ici, et les bips des machines ont quelque chose d'effrayant.

– Elle est sur votre gauche. Cinq minutes, pas plus, elle a besoin de repos.

Je hoche la tête et m'approche avec lenteur du lit de Margaret. Elle semble encore plus pâle et petite avec tous ces fils et la perfusion. J'ose à peine lui toucher la main de peur de lui faire mal.

– Fais pas cette tête, p'tit, il m'en faut plus pour passer l'arme à gauche !

La voix pâteuse et le visage grimaçant de Margaret me font lever les yeux au ciel.

– C'est tout ce que tu trouves à dire ? Tu m'as fait une peur bleue, Margaret ! Je ne sais pas ce qu'il s'est passé, mais je te préviens, quand tu sortiras d'ici, il est hors de question que je te laisse retourner dans ta ruelle ! S'il faut que je t'enferme chez moi pour ton propre bien, je le ferai ! C'est clair ?

Je la vois se tendre, mais elle n'a pas son énergie habituelle pour riposter.

– On en reparlera, p'tit.

– C'est tout vu ! Tu viendras chez moi, c'est un ordre du docteur, il faut surveiller que tu guérisses correctement. Pour l'instant repose-toi, je repasserai demain.

Je dépose un baiser sur son front et déjà l'infirmière me fait signe de la laisser. Un dernier regard vers ma tête de mule préférée qui a déjà refermé les yeux et je rejoins Cassiopée et Trent à l'accueil des urgences. Je lui décris rapidement l'état de notre protégée, et elle acquiesce mais ne commente pas. Soulagé de savoir Margaret tirée d'affaire et de les voir toutes les deux saines et sauves, je serre Cassie dans mes bras et plaque mes lèvres sur les siennes dans un baiser désespéré, possessif et profond. Je laisse s'échapper toutes les peurs et les frustrations qui ont peuplé ma journée dans cette étreinte. Elle me répond avec la même ferveur. Pour la première fois depuis ce matin, je me sens enfin moi-même. Nos fronts se collent et nos respirations heurtées se mêlent.

– Rentre avec moi, tu ne peux pas rester seule ce soir.

Toujours sans un mot, elle hoche légèrement la tête.

Durant tout le trajet, le regard rivé vers la fenêtre, elle ne décroche pas un mot. Je ne sais toujours pas ce qui leur est arrivé exactement, mais je me doute de ce qui se joue dans son esprit en ce moment. Probablement les mêmes pensées que les miennes lorsque j'ai appris le décès d'Elisabeth. La peur, la culpabilité. Je connais trop bien ce cercle vicieux pour la laisser s'y engouffrer. Avec douceur, je pose une main sur son genou.

– Cassie, parle-moi.

– Je ne préfère pas.

Je retiens un soupir soulagé. Au moins, elle a prononcé quelques mots.

– Tu as besoin d'en parler, d'extérioriser tout ce qu'il s'est passé.

– C'est trop dur, Elliott, tout est ma faute.

Elle ferme les yeux.

– J'ai été égoïste et à cause de moi Margaret a failli mourir !

– Tu sais comme moi que c'est faux ! Elle a été poignardée, Cassie ! Et ce n'est pas toi qui tenais le couteau !

– C'est tout comme. Si j'avais donné mon sac et mes bijoux, rien de tout cela ne se serait passé. Il n'aurait pas sorti son arme et…

– Oh, mon Dieu, c'était Mike, c'est ça ? Tu ne pouvais pas savoir qu'il était armé ! Et qui te dit qu'il ne vous aurait pas quand même agressées, que tu lui donnes tes affaires ou non ? Depuis le temps qu'il traîne dans le coin, je peux te dire que même si tu avais agi différemment, il vous serait quand même tombé dessus !

– Si Trent n'était pas intervenu, je ne sais pas comment j'aurais fait.

Elle se remet à sangloter et une fois de plus je me sens démuni. Je ne sais pas comment la rassurer.

– Si tu n'avais pas été là, qui sait si Margaret aurait survécu ? Tu as prévenu les secours, tu lui as probablement sauvé la vie ! D'ailleurs, que faisais-tu avec elle ? Je m'inquiétais après la confrontation avec ta mère.

Elle prend une grande inspiration et rive son regard sur l'extérieur. Pendant un instant, j'ai l'impression qu'elle va esquiver la conversation, mais elle relâche son souffle et commence d'une petite voix :

– J'avais besoin de réfléchir et j'ai marché sans m'en rendre compte jusqu'à Margaret.

Cassie s'arrête et passe un mouchoir sous ses yeux pour essuyer ses larmes. Je la laisse reprendre son souffle et chercher ses mots.

– Je savais que c'était une mauvaise idée de rejoindre ma mère, elle est incapable de me comprendre.

– Raconte-moi.

– Lorsque je suis arrivée chez elle, j'ai tout de suite su que quelque chose n'allait pas. Elle avait sorti tous les cartons des décorations de Noël et semblait surexcitée. Elle s'agitait en me disant qu'elle était désolée, que j'étais sa fille, que nous devions faire un effort toutes les deux pour nous entendre. Que pour commencer nous devions passer Noël ensemble comme quand j'étais petite, que je n'avais pas le droit de l'abandonner après tout ce qu'elle avait fait pour moi.

Je me tends.

– Et puis elle s'est mise à recenser toutes les fois où je ne l'avais pas écoutée, où j'avais fait des erreurs. Ma carrière, ma vie personnelle, mes choix, mes envies, tout y est passé. Elle ne s'arrêtait plus. C'était comme si elle voulait me prouver que je n'étais capable de rien sans elle. Le pire, c'est que je n'arrivais pas à répliquer, je restais plantée au milieu du salon sans pouvoir me défendre.

– J'en ai entendu une partie…

Elle garde le visage baissé et m'évite. D'un geste doux, j'attrape son menton et je visse son regard au mien alors qu'on s'arrête à un feu.

– Tu sais que c'est faux, tu as pris soin d'Olivia sans jamais rien demander en retour, et puis regarde tout ce que tu as accompli à l'association ! Sans toi, nous n'aurions pas été capables d'organiser un semblant de bal. Pourquoi tu ne m'as pas rappelé ?

– J'étais dans un état second, je ne voulais plus penser à rien. Et puis quand je suis passée devant la ruelle de Margaret je n'ai pas réfléchi. Je ne sais toujours pas pourquoi, peut-être que c'était un besoin égoïste de m'assurer que je n'étais pas à plaindre.

Ses sanglots reprennent de plus belle et elle tremble contre le siège de la voiture. J'ai beau caresser sa cuisse pour la rassurer et lui chuchoter des paroles réconfortantes, je n'arrive pas à endiguer sa crise. Plus d'un quart d'heure s'écoule avant qu'elle n'arrive à se calmer.

– C'est ma faute si on s'est fait agresser…

– Arrête de dire ça !

– Mais si… Margaret a tout de suite remarqué que je n'allais pas bien. Elle m'a permis de prendre du recul sur ce que m'a dit ma mère. Tout était calme, et puis un homme est arrivé. Il avait un regard fou, ses mains tremblaient comme s'il était en manque. Il a commencé à agresser verbalement Margaret, et puis quand il m'a remarquée, il a voulu que je lui donne mon sac et mes bijoux. Je ne sais pas pourquoi, j'ai eu un accès de fierté et j'ai refusé, il a sorti un couteau et m'a menacée. Tout ce que j'ai réussi à faire c'est crier, alors Margaret s'est jetée devant moi pour me protéger. Tout s'est passé si vite que je ne sais plus trop dans quel ordre ça s'est déroulé. Je me souviens juste être tombée et que Margaret et l'homme se sont battus. C'est là qu'elle a reçu un coup de couteau et Trent est arrivé quelques secondes après.

Cassie s'arrête, les yeux embués de larmes, tremblante. Elle se mordille la lèvre et détourne une fois de plus le regard.

– Il a été arrêté, mais si je lui avais donné mon sac…

– Ne dis pas ce genre de chose, tu ne sais absolument pas comment il aurait réagi ! Margaret va bien, les médecins s'occupent d'elle, donc ça ne sert à rien de te torturer, d'accord ?

Elle hoche la tête et replonge dans son mutisme. Je suis rassuré qu'elle ait réussi à me raconter ce qu'il s'était passé, mais j'ai peur qu'elle ne ressasse cette histoire. Il faudra que je la surveille. Peut-être qu'en discuter avec un spécialiste des stress post-traumatiques lui ferait du bien. Je devrai aussi vérifier que sa mère n'essaie pas d'entrer en contact avec elle. Cette femme est malveillante. Cette fois, je ne fermerai pas les yeux !

CHAPITRE 42

Mercredi 19 décembre

Il est plus de deux heures du matin quand on passe les portes du manoir. Daniel nous attend dans le salon, inquiet.

– Alors, comment va Margaret ?

– Bien, vu les circonstances. Elle va se remettre.

– C'est une bonne nouvelle, alors. Et toi, Cassiopée, comment tu vas ?

– Ça va.

Daniel me lance un regard surpris devant le ton monocorde de la jeune femme.

– Une bonne nuit de sommeil et ça ira mieux demain, reprend-elle comme pour nous rassurer.

Le sourire qu'elle affiche est forcé et n'atteint pas son regard, mais c'est déjà mieux que rien.

– Tu devrais aller te coucher, je vais raccompagner Daniel.

Je dépose un baiser sur sa tempe et d'une main dans le creux des reins, je la pousse vers le hall.

Je la regarde monter à l'étage avant de rejoindre Daniel dans le salon.

– Merci de t'être occupé d'Olivia, lui lancé-je en m'asseyant dans mon fauteuil.

– Pas de souci, j'adore cette gamine. Tu me racontes ce qu'il s'est passé avec Margaret et Cassiopée ?

En quelques phrases, je lui résume les derniers événements. Il se tend à mesure que je lui donne les détails.

– Tu penses que c'était Mike ? me demande-t-il, inquiet.

– Probablement. J'en saurai plus en accompagnant Cassie porter plainte demain. En tout cas, je suis rassuré que ce fou soit derrière les barreaux.

– Oui, je suis bien d'accord avec toi. Au fait, j'allais oublier de te dire, j'ai eu Suzy, elle ne voulait pas te déranger, mais je dois te transmettre que déjà une quinzaine de personnes ont répondu positivement pour le bal.

– Super, enfin une bonne nouvelle ! Je devrais aller voir comment va Cassie, mais tu peux rester là cette nuit, il est tard et ce n'est pas comme si on manquait de place.

– Je ne dis pas non, merci.

Nous échangeons une accolade et montons au premier étage. Il prend le couloir de droite, vers les chambres d'amis, et je rejoins celui de gauche. J'entrouvre la porte et observe ma nièce dormir paisiblement pendant quelques minutes. J'entre sur la pointe des pieds pour déposer un baiser sur son front avant de replacer la couette sur son corps. Je marque un temps d'arrêt quand je remarque sa chaussette de Noël accrochée sur le bord de la fenêtre. Une pointe de honte me serre la gorge. Je vais finir par lui gâcher son Noël si je ne fais pas plus d'efforts. Bien décidé à me rattraper, j'attrape sa chaussette avec discrétion et redescends au salon pour la mettre sur le rebord de la cheminée. Je chercherai la mienne demain pour que celle d'Olie ne soit pas toute seule. J'ai hâte de voir la réaction de ma crapule demain matin.

Je me dirige vers ma chambre. La pièce est plongée dans la pénombre, mais je discerne le corps de Cassie, emmitouflée sous ma couette. Je me déshabille en vitesse pour la rejoindre. Elle semble déjà dormir, mais je sens son corps frissonner quand je me colle à elle pour la prendre entre mes bras.

J'ai passé la majeure partie de la nuit à veiller sur Cassiopée, à caresser ses cheveux dans un geste réconfortant quand les cauchemars peuplaient ses rêves, à la serrer contre moi quand son visage se crispait de peur. J'ai dû finir par m'endormir, car lorsque j'ouvre les yeux je tombe directement dans son regard bleu. Une main posée sur ma joue, elle joue avec la pointe de mes cheveux et me fixe en silence. Il fait encore nuit noire dehors et les chiffres de mon réveil affichent à peine six heures du matin. La nuit a été courte.

– Bonjour, toi, la salué-je d'une voix rauque.

– Bonjour, monsieur le comte, me répond-elle avec un faible sourire.

Qu'elle utilise ce surnom me rassure un peu. Je passe une main dans le creux de ses reins et approche son corps du mien. Avec délicatesse, je dépose mes lèvres au coin des siennes.

– Comment vas-tu ?

Elle reste silencieuse quelques secondes. Semblant hésiter.

– J'ai un peu moins mal à l'épaule, mais je n'arrête pas de repenser à l'agression.

– C'est normal, il te faudra du temps.

– Je ne sais pas si je vais y arriver, Elliott…

– Bien sûr que si, tu es forte et nous serons tous là pour te soutenir !

Elle plaque ses lèvres contre les miennes. Ce baiser a un goût de désespoir, de peur et de culpabilité. Des saveurs que je ne connais que trop bien, avec lesquelles je vis depuis bien trop longtemps pour ne pas connaître l'effet néfaste qu'elles suscitent… Je lui réponds avec douceur, caressant ses lèvres du bout de la langue, effleurant ses joues de mes mains. Avec cette étreinte, j'essaie de lui communiquer toute la paix intérieure qu'elle m'a apportée ces derniers jours.

Nous avons dû nous rendormir, car ce sont des coups à la porte qui me font ouvrir les yeux. Cassiopée dort toujours entre mes bras, je me décale avec délicatesse pour ne pas la réveiller, enfile mon boxer et me faufile jusqu'à la porte. Je l'entrebâille pour sortir. Daniel, les poings sur les hanches et un sourire malicieux aux lèvres, me fait face.

– J'ai préféré frapper, je ne voulais pas vous déranger en pleins ébats, pouffe-t-il.

– Trop aimable…

– Je voulais juste t'avertir que je vais y aller. Je passe voir Margaret et je file à l'association pour avancer sur l'organisation du bal. On se retrouve là-bas ?

– Oui, je vais accompagner Olie à l'école. Je laisse Cassiopée dormir encore un peu, puis je l'emmène porter plainte, on passe à l'hôpital et on te rejoint.

– Parfait, à tout à l'heure, alors.

J'acquiesce, l'observe s'éloigner dans le couloir avant de rejoindre ma chambre. Cassie est assise sur le lit, la couette remontée sur sa poitrine dénudée. Elle est belle, les cheveux en bataille et le visage encore marqué par le sommeil. Je m'approche d'elle et dépose un tendre baiser sur ses lèvres.

– Comment vas-tu ?

– Beaucoup mieux, grâce à toi.

– Tant mieux, alors.

On échange un autre baiser langoureux et elle glisse ses mains derrière ma tête, m'attirant vers elle dans le lit. Je ris en me détachant d'elle à contrecœur.

– Essayeriez-vous de me pervertir, Miss Montrouge ?

– Peut-être, monsieur le comte, me répond-elle, malicieuse. Je trouve votre lit particulièrement confortable, je me disais que peut-être nous pourrions en profiter encore un peu.

Je m'esclaffe en nouant nos doigts entre eux pour l'attirer vers moi. Elle se redresse sur ses genoux. La couette tombe le long de son corps et me laisse apprécier sa nudité. Nos lèvres se scellent et ses bras s'enroulent autour de mon cou. Mes mains parcourent son dos et s'arrêtent sur ses fesses.

– Il n'y a pas que mon lit de confortable, tu n'as pas encore testé ma douche.

Elle glousse alors que je soulève son corps nu contre moi. Elle enroule ses jambes autour de mes hanches et je la transporte jusqu'à la salle de bain. Toujours en la maintenant dans mes bras, je plaque son corps contre la faïence de la douche et tâtonne pour trouver le mitigeur. Le pommeau déverse une eau glacée sur nos têtes, la faisant crier de surprise. Je la repose au sol, le temps de régler la température et d'enlever mon boxer trempé. Quand l'eau est enfin chaude, je verse du savon entre mes mains et entreprends de la savonner, massant son corps en même temps. À intervalles réguliers, j'embrasse un endroit de son corps, ses épaules, sa nuque, un de ses seins, sa hanche, son nombril, le haut de sa cuisse, le creux de son genou, le lobe de son oreille… Je me délecte de chacun de ses gémissements. Son corps se détend sous l'action de mes doigts et de l'eau chaude.

Lorsque je pose mes lèvres sur les siennes, elle plaque mon corps contre la paroi et entreprend de me rendre la pareille. Elle prend un malin plaisir à coller son corps luisant au mien, en se mettant sur la pointe des pieds pour m'embrasser, à frotter ses cuisses contre mon entrejambe et à effleurer ma poitrine. Je grogne contre ses lèvres, et avant de la laisser gagner, je la fais sortir de la douche en l'enroulant dans une épaisse serviette, puis je tourne le robinet vers l'eau froide pour calmer mes ardeurs. La morsure glacée sur ma peau tempère à peine mon excitation.

– Tu veux un coup de main, peut-être ?

Elle me fixe à l'entrée de la douche en se mordillant la lèvre avec un air rieur. Ses cheveux humides retombent sur ses épaules, et la serviette dans laquelle elle est enroulée cache à peine ses formes.

– C'est très aimable, mais si je te laisse entrer de nouveau dans cette douche, on ne sortira jamais de la chambre et je dois accompagner Olie à l'école.

Je m'esclaffe devant son air boudeur et éteins l'eau avant d'attacher une serviette sur mes hanches.

– De toute façon, je n'ai rien à me mettre.

– Prends ce que tu veux dans mon armoire.

– Elliott, tu fais deux têtes de plus que moi, même ton boxer sera trop grand, s'amuse-t-elle.

– Ça ne t'a pas dérangée, hier matin. D'ailleurs, je crois me souvenir que tu as une chemise à moi en otage.

– C'est différent de prendre tes affaires pour un petit déjeuner et pour sortir dans la rue.

– Tu es une reine de la mode, non ? Je suis certain que tu vas trouver quelque chose à te mettre.

D'un geste théâtral, je lui ouvre les deux battants de ma penderie et la laisse fureter à travers mes vêtements pendant que je m'habille en vitesse. Je fais un saut dans la salle de bain pour me coiffer et lorsque je ressors, ma respiration se bloque.

Un de mes jeans retroussés sur les mollets, mon pull en cachemire beige sur les épaules, elle est tout simplement à croquer. Mes habits sont trop grands pour elle, mais ça lui donne un air adorable. Elle me lance un regard interrogateur.

– Tu es bien trop mignonne !

– Tu te rends compte que si on me voit en ta compagnie avec ces vêtements sur le dos, tout le monde va savoir que j'ai passé la nuit avec toi et les journalistes ne vont plus nous lâcher ?

Je sais qu'elle a raison, surtout après les révélations sur Elisabeth.

– Eh bien tâchons de les éviter le plus possible.

Olie boude, le nez dans son bol de céréales, lorsque nous passons la porte de la cuisine. Je lance un regard surpris à Maggie qui me répond par un haussement d'épaules.

– Bonjour, crapule, tout va bien ?

Elle marmonne sans que je comprenne un mot.

– Articule, Olie, je ne comprends rien, m'amusé-je.

Cassie embrasse ma nièce sur le front et s'assied à ses côtés.

– Alors, Olivia, qu'est-ce qui t'arrive ? Tu stresses pour ta présentation ?

– Non, j'ai perdu ma chaussette de Noël et je n'arrive pas à la retrouver. C'était grand-ma qui l'avait tricotée pour moi et ça m'énerve de l'avoir égarée !

Je comprends immédiatement qu'elle n'a pas encore vu ma surprise.

– Non, c'est moi qui l'ai déplacée. Tu devrais aller voir dans le salon.

Je lui lance un clin d'œil lorsqu'elle lève la tête de son bol. Un éclat de surprise passe dans son regard et il ne faut pas plus de trois secondes pour qu'elle saute sur ses pieds et se précipite dans le salon. Je rigole alors que Maggie et Cassie me dévisagent.

– J'ai accroché sa chaussette à la cheminée, je pensais que ça lui rappellerait de bons souvenirs et que ça lui ferait plaisir.

– C'est très prévenant, monsieur Elliott. Vos parents seraient fiers de vous.

Je me crispe. Je n'ai toujours pas digéré qu'ils soient responsables de la disparition de ma sœur et qu'ils aient privé Olie de son père aussi longtemps juste pour sauver les apparences. Cassiopée sent mon changement d'humeur et noue ses doigts aux miens en m'adressant un regard réconfortant. Je serre sa main et change de sujet. Je lui ai raconté ma discussion avec Peter et ce que j'avais découvert sur mes parents ce matin, et elle a semblé aussi surprise que moi par l'attitude de mes géniteurs.

– Au fait, Maggie, ces derniers mois, tu m'as été d'une grande aide, mais tu n'as pas compté tes heures et tu as à peine pris tes jours de congés, donc tu as obligation de te reposer dès les vacances de Noël. Prends du temps pour toi, pour une fois.

Ma nanny m'observe la bouche entrouverte et serre ses doigts autour de son tablier.

– Vous n'avez plus besoin de moi ? Vous voulez me remplacer ?

– Bien sûr que non ! Tu es un membre de cette famille à part entière, je veux juste que tu te reposes.

– Mais qui va s'occuper de vous et de Miss Olivia lorsque je ne serai pas là ?

– Nous devrions arriver à nous débrouiller tout seuls quelque temps, Maggie, ne t'inquiète pas.

– Est-ce que je peux rester jusqu'au repas de Noël ? J'ai déjà prévu tout le menu !

– Bien entendu, c'est toi qui décides des dates qui t'arrangent le plus, tu es libre de partir quand tu le veux.

– Vous me promettez de m'appeler tout de suite s'il y a le moindre problème ? Et de ne pas mettre le feu à ma cuisine ?

– Oui, si tu me promets de te détendre et de te reposer.

– Très bien, alors, si je n'ai pas le choix !

Je m'esclaffe. Olie profite de cet instant pour revenir du salon. Son large sourire éclaire son visage et elle semble rayonner de bonheur.

– Merci, tonton !

– De rien, crapule. D'ailleurs, si tu retrouves la mienne et que tu veux l'accrocher, n'hésite pas.

– Vraiment ?

– Oui.

– On va finir par faire de toi un vrai amateur de Noël, s'amuse Cassie.

– Est-ce que je peux accrocher des branches de gui et de sapin dans la maison ? Mettre quelques décorations dans le salon ? demande Olie, surexcitée.

– Tu pourrais aussi ajouter des poinsettias et une couronne sur la porte d'entrée, ajoute Cassiopée.

– Oulà, doucement, les mères Noël. Je veux bien faire quelques concessions, mais hors de question de transformer le manoir en succursale des ateliers du père Noël !

– Ne t'inquiète pas, tonton, je gère ! D'ailleurs je vais tout de suite ajouter ta chaussette, je sais où elle est rangée.

Olivia avale la fin de son bol de céréales en quelques minutes et sort en courant de la cuisine. Je l'entends monter les escaliers et je soupire. Vivement que ces fêtes de fin d'année soient terminées.

CHAPITRE 43

Nous sommes au commissariat depuis plusieurs heures pour enregistrer la plainte de Cassiopée et ça fait déjà deux fois qu'elle raconte ce qu'il s'est passé à l'inspecteur. Je la sens qui recommence à se crisper. Tous mes efforts pour la détendre ce matin ne sont plus qu'un vague souvenir et déjà son regard se fait de plus en plus lointain. Je me raidis sur mon siège et fusille le policier du regard quand il pose pour la troisième fois la même question. Je glisse ma paume dans celle de Cassie et caresse le dos de sa main de mon pouce pour la réconforter. L'officier semble se rendre compte de la situation, car il referme le dossier.

– Merci pour votre témoignage, Miss Montrouge, nous allons porter ces nouveaux éléments au dossier et nous passerons interroger madame Lewis quand elle se sera remise de son intervention. Avec le témoignage de votre garde du corps déposé plus tôt dans la matinée, nous avons de quoi garder monsieur Spencer enfermé pendant longtemps. En attendant, soyez rassurée, il y a assez de charges retenues contre lui pour qu'il reste en prison jusqu'à son procès.

Cassie hoche la tête avec douceur et serre ma main. Je n'attends pas plus longtemps pour me redresser et l'entraîner avec moi. Un rapide merci à l'officier et nous sortons du bâtiment. L'air frais nous accueille, nous nous arrêtons quelques secondes. Elle serre son sac à main contre elle puis me suit jusqu'à Lola en silence. Sans un mot, nous prenons la direction de l'hôpital. À l'accueil, on nous informe que Margaret a été transférée dans le service de chirurgie. Je souris quand, en arrivant devant sa porte entrebâillée, je l'entends râler.

– Je suis pas encore à l'article de la mort, je peux me lever pour aller pisser, nom de Dieu !

– Non, madame, le temps que vos points cicatrisent, il vous faut éviter de trop forcer.

– J'ai le double de votre âge, mon p'tit, alors si je pense être capable d'aller aux chiottes toute seule, c'est que je peux !

Amusé en dépit de la situation, je vole au secours de la pauvre infirmière en entrant dans la chambre.

– Qu'est-ce que j'entends là, Margaret ? Tu ne veux pas écouter les directives des médecins ?

La vieille femme s'enfonce dans son oreiller et croise les bras en marmonnant.

– Elliott, dis-lui, toi, que je peux aller aux toilettes toute seule !

– Margaret ! grondé-je, faussement menaçant. Quand les médecins disent repos, c'est repos ! Tu ne voudrais pas qu'on t'attache au lit, n'est-ce pas ?

– Tout de suite les menaces…

– Moins tu feras ce qu'on te demande et plus tu risques de devoir rester longtemps ici, tu t'en rends bien compte ?

Elle s'arrête, me dévisage, fronce les sourcils et s'assagit d'un coup.

– Bon, très bien, ramenez-moi votre bassin, crache-t-elle à l'infirmière.

La soignante me lance un regard plein de gratitude et s'empresse d'aller chercher ce dont elle a besoin.

– On va attendre dans le couloir, et sois un peu aimable, elle ne fait que son travail.

Dix minutes plus tard, l'infirmière nous invite à entrer.

– Je lui ai donné ses soins, vous pouvez y aller, mais elle a encore besoin de repos, donc ne restez pas trop longtemps.

– Très bien, merci beaucoup.

Cassie entre en vitesse dans la chambre et s'approche de Margaret.

– Je suis tellement désolée, tout est ma faute !

– Mais non, p'tite, Mike est un malade, que tu sois là ou pas il m'aurait quand même emmerdée.

Cassie s'assied sur le bord du lit en posant sa main sur celle de la vieille femme tandis que je m'installe dans le fauteuil de la chambre.

– Je voulais te le donner depuis quelque temps, continue Cassie en sortant un livre de son sac. Tu m'as dit que tu adorais lire, alors quand je suis tombée dessus je me suis dit que j'allais te l'offrir. Je ne pensais pas que ce serait dans de telles circonstances…

– *Orgueil et Préjugés*, tu t'en es souvenue, p'tite.

La voix de Margaret tremble sous l'émotion et elle pose une main attendrie sur le livre.

– Merci pour ce très beau cadeau.

Je suis touché par son geste. Encore une preuve que sa mère a tort et qu'elle s'intéresse vraiment à ceux qui l'entourent.

Nous restons une vingtaine de minutes, mais déjà Margaret lutte pour garder les yeux ouverts, alors nous décidons de la laisser se reposer. Chacun notre tour, nous déposons un baiser sur son front, puis nous sortons de la pièce. Cassie ne dit pas un mot et j'attrape sa main entre mes doigts pour lui faire face.

– Elle va bien, ne t'inquiète pas.

– Je sais, Elliott, c'est juste que parfois les coïncidences sont étranges…

– Que veux-tu dire ?

– *Orgueil et Préjugés* est aussi mon livre préféré. Tu te rends compte que j'ai plus de points communs avec Margaret qu'avec ma propre mère ?

Sa voix se fait plus faible et éraillée. Je me sens impuissant face à sa tristesse, alors je la serre avec tendresse entre mes bras et dépose un baiser sur ses lèvres.

– Ta mère ne te connaît pas, c'est tout.

– Elle voudrait que je sois une parfaite copie d'elle et elle refuse tout ce qui fait de moi une autre…

– Tu l'as dit toi-même, elle est malade, Cassie…

– Elle a un besoin de contrôle pathologique ! Des fois je me demande même si elle m'aime un tant soit peu !

Je me tais à son ton sec et à son mouvement de recul. Je caresse sa joue et, sans un mot de plus, je la conduis jusqu'à Lola.

Comme il est presque l'heure de déjeuner, je m'arrête devant chez Al. Cassie me lance un regard interrogateur.

– On ne devait pas aller à l'association ?

– Si, mais je vais nous commander à manger et je veux vérifier comment va Ahmed.

Aussitôt, un sourire éclaire son visage et elle sort en vitesse de la voiture. Je la suis à l'intérieur du restaurant et marque un temps d'arrêt. La pièce est bondée et bientôt les clients reconnaissent Cassie en la pointant du doigt. Habituée, elle ne semble pas y prêter attention et marche d'un pas rapide jusqu'au comptoir.

– Cassie, Elliott, comment allez-vous ? nous salue Al en nous prenant dans ses bras.

– Très bien, lui réponds-je en souriant.

– Vous venez voir votre protégé ? Il est à l'arrière avec Martha. Il apprend vite, le petit, c'est le moins qu'on puisse dire.

– Tu penses qu'on peut le voir ?

– Bien sûr, attendez. Ahmed ! s'époumone le quinquagénaire bedonnant. Tu as de la visite.

– Au fait, je vais prendre aussi quatre classiques à emporter, lui lancé-je en attendant l'arrivée du jeune homme.

– OK, je te fais ça tout de suite.

Al note ma commande et déjà Ahmed, un filet sur la tête et un tablier autour du cou, débarque derrière son patron. Son air inquiet disparaît quand il nous reconnaît.

– Alors Ahmed, tout se passe bien ? lui demandé-je en lui serrant la main.

– Monsieur Elliott, Miss Cassiopée, quel plaisir de vous voir ! Ce travail est génial, Al et Martha sont adorables avec nous !

– Je suis très heureux si on a pu t'aider !

– Vous avez fait bien plus, vous m'avez donné un avenir. Je ne pourrai jamais assez vous remercier pour ça !

– Bien sûr que si, le rassuré-je. Vis une vie décente, c'est tout ce qui nous importe.

– Si vous avez besoin de quoi que ce soit, n'hésitez pas, je vous serai toujours redevable.

Je vais pour secouer la tête, mais quelque chose fait tilt dans mon esprit.

– Maintenant que tu en parles, j'aurais bien besoin de ton aide. Je ne sais pas si tu es au courant, mais l'association organise un bal de charité le vingt-quatre décembre pour récolter des fonds, et cette année j'ai envie de montrer à quoi sert l'argent qu'on nous donne avec les témoignages de personnes qu'on a aidées. Est-ce que tu serais intéressé pour raconter ton histoire ?

Il hésite quelques secondes puis tend sa main vers moi, un air grave plaqué sur le visage.

– Ce sera avec grand plaisir ! Si ça permet d'aider d'autres personnes dans ma situation, c'est le moins que je puisse faire.

– Très bien, merci beaucoup pour ton aide, Ahmed !

On échange une poignée de main puissante alors qu'Al dépose deux sachets kraft sur le comptoir.

– Voici ta commande, Elliott.

– Merci, Al, je vous envoie des invitations pour le bal cette semaine, il va sans dire que vous êtes aussi invités !

– C'est très généreux de ta part, Martha va être ravie !

Cassie attrape un sachet de nourriture et je prends l'autre. On a à peine fait un pas à l'extérieur du restaurant que déjà un flash m'éblouit. J'échange un regard inquiet avec Cassie et on se met à courir jusqu'à la voiture.

– Cassiopée, c'est votre nouveau compagnon ?

– Vous sortez ensemble depuis combien de temps ?

– C'est sérieux entre vous ?

– Que devient Tanguy ? Vous avez refusé sa proposition ?

– Comte Elliott, un commentaire ?

Les questions fusent sans qu'on y réponde. Mes mains tremblent et je dois m'y reprendre à plusieurs fois avant d'arriver à déverrouiller les portières de la voiture. Nous nous engouffrons dans l'habitacle et, à l'unisson, nous poussons un soupir soulagé en refermant les portes derrière nous. Nos regards s'accrochent et un rire nerveux nous échappe.

– Je suis désolée, je crois que c'est loupé pour la discrétion, constate Cassie.

– Espérons qu'ils ne se mettent pas à nous suivre en permanence…, soupiré-je.

– Nous allons devoir être vigilants, mais je suis certaine qu'on peut surmonter ça. Remarque, je suis déçue, ça ne me déplaisait pas de vivre cachée, réplique-t-elle d'un air mutin. La clandestinité avait quelque chose de très excitant…

Je m'esclaffe en mettant le moteur en route.

– Si ce n'est que ça, je peux t'assurer que j'ai plein d'autres idées pour t'exciter…

– Attention, monsieur le comte, ne fais pas des promesses en l'air.

Je ricane, me penche vers elle pour lui voler un baiser, et avant qu'elle ne réagisse, j'enclenche la première et démarre Lola. À l'extérieur les journalistes nous mitraillent et se lancent à notre poursuite, mais j'ai un temps d'avance et j'arrive à les semer quelques rues plus loin. L'adrénaline de la course-poursuite coule encore dans nos veines quand nous arrivons à l'association, et c'est hilares que nous pénétrons dans les locaux.

Nous nous arrêtons dès que nous apercevons le visage grave de Suzy.

– On a un problème, nous annonce-t-elle de but en blanc, le groupe qu'on avait réservé vient de se décommander et aucun autre n'est disponible !

Je grince des dents. Décidément, ça ne s'arrête jamais.

CHAPITRE 44

Nous avons passé la journée à écouter des démos de groupes tous plus ringards les uns que les autres et j'ai les oreilles qui saignent à force d'entendre les airs de Noël lorsque je pars chercher Olie à l'école. J'ai laissé Cassie et Daniel faire le choix final. Je dois parler avec ma nièce de Peter. J'ai bien remarqué que depuis l'annonce du *Post*, elle est bien moins joyeuse que d'ordinaire. Elle ne m'a presque pas parlé de sa soirée pyjama tant elle est dans la lune.

J'ai eu beau en discuter avec mes amis, je n'ai toujours pas trouvé le bon moyen de le lui annoncer. Comment lui dire après toutes ces années que son père a toujours voulu la rencontrer ?

Je lance de rapides et réguliers coups d'œil à ma nièce tout le long du trajet. Son exposé est demain et elle stresse de plus en plus à l'idée de parler devant tout le monde.

– Tu pourras me faire répéter encore une fois ce soir, tonton ?

– Bien sûr, mais avant ça, je dois te parler.

– De quoi ?

Je me mords la joue, hésitant une énième fois. Pour son bien, je me dois d'être honnête. Ne serait-ce que pour rattraper les erreurs de mes parents.

– De ton père.

Je sens son regard perplexe sur moi et, heureusement, j'aperçois l'entrée du domaine.

– Pourquoi tu veux me parler de lui ?

– Parce que je l'ai vu et que nous avons discuté de toi.

Elle se fige et je vois ses mains trembler sur ses genoux.

Je stationne Lola dans la cour, et Olie descend en vitesse de la voiture.

– Il t'a dit quoi ?

La peur que je perçois dans sa voix me fait de la peine. Elle a grandi en étant persuadée que son père ne voulait pas d'elle alors que c'est tout l'inverse. Il est temps de corriger cette injustice.

– On a beaucoup parlé de toi et de ta maman, du passé, et surtout de l'avenir.

– Et ça change quoi ? Je vais devoir vivre avec lui ? Maintenant que tu es avec Cassiopée, tu veux te débarrasser de moi ?

Quoi ? Son sentiment d'insécurité est encore plus prégnant que je ne le pensais. Ça me fend le cœur.

– Mais non, Olie, bien sûr que non ! Tu es ma petite crapule et tu le resteras toujours ! Mais ton père, Peter, n'a jamais voulu que tu grandisses loin de lui, et si tu le souhaites, il aimerait vraiment te rencontrer et apprendre à te connaître.

– Pourquoi maintenant ?

– C'est compliqué. Disons que depuis le début tout le monde pensait faire les meilleurs choix pour toi, mais que grand-ma et grand-pa n'ont pas été très gentils avec lui. Et maintenant… il aimerait te voir, si tu es d'accord.

– Pourquoi ils ont fait ça ?

– Ils ne le connaissaient pas et ils avaient peur pour toi. Comme ils t'aimaient beaucoup, ils ont préféré te garder avec eux pour te protéger, mais tu es assez grande pour faire tes propres choix, désormais.

– Il est dangereux ? C'est un bandit ?

– Non, pas du tout, c'est un photographe qui est plutôt célèbre, d'ailleurs. Cassiopée le connaît bien, c'est un de ses amis.

– C'est vrai ?

– Oui, Olie, j'ai promis de ne plus te mentir.

Je la vois hésiter.

– Et si je ne lui plais pas ?

– Ne dis pas de bêtises, crapule, c'est sûr qu'il va t'adorer. Tu sais, il t'aime déjà beaucoup ! Donc je veux juste que tu saches que dès que tu es prête, je peux organiser une rencontre, d'accord ? Il pourra te donner des réponses sur ta maman que je serais incapable de te fournir.

Olie hoche la tête, le regard rivé sur un point invisible, plongée dans ses pensées. Son nez se retrousse et ses sourcils se froncent, signe qu'elle est en pleine réflexion.

– Tu crois qu'on pourrait fêter Noël tous ensemble ?

L'espoir enfantin que je discerne dans son regard m'attendrit.

– Peut-être, Olie, on fera comme tu le souhaites.

– Mais Noël est dans quelques jours, bredouille-t-elle. Tu crois que je pourrais le rencontrer avant ?

– Il n'attend que ton consentement, c'est quand et où tu voudras.

– Ce soir ?

Je sursaute devant sa proposition. Je ne m'attendais pas à ce qu'elle prenne une décision aussi vite.

– Tu es certaine, Olie ? Tu peux prendre quelques jours pour y réfléchir calmement.

– J'attends d'avoir des parents depuis toujours. Si c'est possible, je voudrais que ce soit ce soir.

– Très bien, crapule, mais tu as le droit de changer d'avis à n'importe quel moment, ne te force pas.

– Je sais, tonton, mais j'en ai envie.

Elle s'éclipse et je reste quelques minutes stupéfait par le courage de ma nièce. Puis je contacte Peter qui, lui aussi, semble surpris, et tout à coup stressé par cette rencontre imminente.

L'angoisse me gagne petit à petit et je ne suis plus qu'une boule de nerfs lorsque Peter sonne à la porte, deux heures plus tard. Je saute de mon fauteuil pour aller lui ouvrir et le conduis dans le salon. Je lui propose de s'asseoir, mais il préfère faire les cent pas. Il a les traits tirés et ne cesse de nouer ses doigts entre eux. Il est aussi anxieux que moi. Je m'apprête à aller chercher ma nièce quand elle apparaît devant la porte du salon.

Olivia marque un temps d'arrêt avant d'entrer dans la pièce. Elle dévisage Peter avec attention et se montre bien moins sûre d'elle que quelques heures plus tôt. De les voir ainsi l'un en face de l'autre, je remarque ces points communs qu'ils partagent. Olie tire sa peau caramel de son père, mais elle a aussi hérité de ses traits fins, de son nez en trompette et de la fossette de sa joue droite. Ce sont des détails, mais quand on connaît leur lien de parenté, ils sautent aux yeux. Je ne sais comment réagir, ni comment le présenter à ma nièce. Peter paraît lui aussi dépassé.

– Olie, je te présente Peter.

– Bonjour, Olivia. Je… je suis très heureux de pouvoir enfin faire ta connaissance, bredouille Peter.

– M… moi aussi, bafouille ma nièce.

Heureusement, Maggie fait irruption dans la pièce, sortant de la cuisine avec un lourd plateau recouvert de victuailles.

– Ne restez pas debout et venez prendre une collation ! Un bon thé devrait vous réchauffer.

Une fois de plus, Maggie et son thé magique nous sauvent. Gauches et empruntés, nous nous installons tous les trois autour de la table basse du salon. Je me racle la gorge, mal à l'aise.

– Eh bien, Peter, je ne pensais pas te revoir un jour dans cette maison, lance Maggie en lui servant une tasse du breuvage fumant.

– Moi non plus, Maggie…

– Mais c'est bien que tu sois là, ajoute-t-elle avec un sourire rassurant.

– Vous vous connaissez ? intervient Olivia, surprise.

Peter hoche la tête et la fixe avec intensité. L'attitude de mon ancien ami me chamboule. Sa joie et sa peine se mélangent.

– Tu as les yeux de ta mère, commence-t-il, un léger sanglot dans la voix. De ce même vert intense et brillant qui m'hypnotisait chaque fois que je croisais son regard.

Il essaie de se reprendre, puis continue :

– Tu lui ressembles tellement, Olivia, je n'en reviens pas à quel point tu es magnifique.

– C'est… c'est vrai ? Je lui ressemble ?

– Oh oui, énormément ! J'aurais tellement aimé te voir grandir et te montrer à quel point je la vois en toi… À quel point je l'aimais, et à quel point je t'aime, toi…

– Tu m'aimes ? Mais alors pourquoi tu n'as pas essayé de me voir avant ?

– Bien sûr, Olivia ! J'ai essayé, tu ne sais pas le nombre de fois où j'ai tenté de te rencontrer, mais on m'en a empêché. Je suis tellement désolé de ne pas avoir pu être là pour toi, si tu savais comme je regrette de ne pas avoir su te protéger et veiller sur toi et ta mère ! Tu es tellement grande aujourd'hui et nous avons perdu tant d'années, mais je te promets qu'à partir d'aujourd'hui plus rien ne m'éloignera de toi… Si tu veux bien de moi.

Les hésitations d'Olie et de Peter me bouleversent. La tendresse que dégage Peter envers sa fille attise ma culpabilité. Si seulement je lui avais laissé une chance de s'expliquer à l'époque, tout aurait pu être différent.

Les yeux d'Olie se remplissent de larmes et elle baisse la tête. Je la vois prendre une grande inspiration, relever les yeux et tendre le bras vers Peter.

– Si on reprenait depuis le début, pour apprendre à se connaître ?

Elle laisse quelques secondes s'écouler, puis fait un grand sourire :

– Je suis Olivia Knight, ta fille.

Peter me lance un regard surpris mais n'hésite qu'une fraction de seconde. Il avance vers elle et lui serre la main.

– Et moi Peter Chase, ton père. Enchanté, Olivia.

Lorsqu'Olivia enroule ses bras autour du cou de son père, laissant libre cours à ses larmes, je me mords l'intérieur de la joue et détourne le regard pour ne pas craquer aussi. Ma gorge se serre à la pensée qu'Elisabeth n'est pas là pour assister à cette scène, mais mon cœur s'allège de voir enfin Olie et son père réunis.

Maggie me fait signe de la suivre. Je me lève en silence, leur laissant un peu d'intimité, et la rejoins dans le hall. Son regard est embué quand elle pose sa main sur mon bras avec émotion.

– Vous lui avez offert le plus beau cadeau de Noël qu'elle pouvait avoir !

– J'espère ! Elle mérite d'être heureuse !

Nous reniflons en silence, puis elle me tapote gentiment la joue et s'éclipse.

CHAPITRE 45

Jeudi 20 décembre

La salle de spectacle se remplit petit à petit. Cassiopée, Daniel et Peter sont assis à mes côtés. Peter s'agite sur son siège, sa jambe tressaute sans cesse et me rend nerveux.

– Tu peux te calmer, s'il te plaît ? Tout va bien se passer !

– Je n'y peux rien, savoir qu'elle va prendre la parole devant autant de gens me rend fébrile !

– Moi, c'est toi qui me rends fébrile, grommelé-je.

Cassie me donne une tape sur l'épaule, mais je remarque son sourire en coin.

– Un vrai papa poule, lui chuchoté-je à l'oreille en riant.

– Tu es pire que lui, tonton poule, alors ne fais pas trop le fanfaron.

Et elle a raison. Quand Olivia a proposé à Peter de se joindre à nous pour assister à son exposé, j'ai été ravi, même si j'ai ressenti un léger picotement.

Peter doit penser la même chose. Jusqu'à présent, c'est moi qui ai été présent à tous les événements importants de sa vie, et il va falloir que nous nous ajustions tous les deux à la nouvelle donne.

Lorsque les portes se ferment, que les lumières se tamisent et que la directrice de l'école monte sur scène, mon cœur s'emballe et mes mains deviennent moites. Cassie pose sa main sur ma cuisse et la serre dans un geste rassurant. J'entrelace nos doigts. Dans le silence le plus complet, j'observe tour à tour les différentes présentations. Olivia avait raison, la plupart de ses camarades de classe ont pris comme sujet un de leurs parents et sa réussite professionnelle.

Au bout d'un temps interminable, c'est au tour d'Olie. Ses planches d'exposé sous le bras, dans sa nouvelle robe, elle affiche un grand sourire et un petit air fier.

Je serre la main de Cassiopée plus fort et prends une grande inspiration en même temps que ma nièce.

– Bonjour à tous, je m'appelle Olivia Knight et aujourd'hui je vais vous parler de mon oncle, Elliott Knight, et de l'association d'aide alimentaire pour les sans-abri qu'il dirige : *Food For Life*.

Je retiens mon souffle presque tout le temps de sa prestation, ému par cette flamme de défi que je lis dans son regard. Peter aussi semble transporté par les paroles de sa fille. Je perds le fil, impressionné par la prestance d'Olie sur scène. Cette aisance qu'elle tient de sa mère, sa voix claire qui porte jusqu'au fond de la pièce. Elle brille.

– Elle s'en sort à merveille, me glisse Cassiopée à l'oreille.

– Elle a ça dans le sang.

– C'est la digne fille de sa mère, ajoute Peter, la voix cassée par l'émotion.

Olivia s'incline alors que, derrière elle, une image de tous les bénévoles s'affiche sur l'écran. Je saute sur mes pieds pour l'applaudir et Daniel, Cassie et Peter m'accompagnent, bien vite suivis par d'autres dans la pièce.

Olie lance un sourire éclatant dans notre direction et agite la main pour saluer son public avant de quitter la scène. Je n'ai qu'une envie, courir dans les coulisses pour la féliciter, mais il reste encore d'autres enfants avant que la présentation s'achève.

Après le passage d'Olivia, je n'arrive plus à me concentrer. Peter semble tout aussi impatient que moi et, dès que les lumières se rallument, nous nous levons d'un même mouvement. Daniel et Cassie plaisantent :

– Faites attention, à force de stresser autant, vous allez finir par pondre sur vos sièges, nous raille Daniel.

– C'est quand même toi qui as tenu à filmer tout son passage, me moqué-je à mon tour.

– Pour la postérité, ses premiers pas sur scène ! Il fallait bien que quelqu'un immortalise ça !

– Il n’y en a pas un pour rattraper l’autre, si vous voulez mon avis, nous lance Cassie en riant.

Nos doigts toujours liés, je lui souris et nous nous dirigeons vers les coulisses. Tous les parents semblent avoir eu la même idée, nous nous retrouvons donc très vite bloqués. Plusieurs personnes lancent des regards intrigués à notre petite équipe, mais aucun de nous ne leur prête attention et nous trépignons de voir sortir Olivia pour la féliciter.

Enfin, ma nièce arrive à notre hauteur. Peter se précipite vers elle.

– Bravo, Olivia, c’était génial ! Ton exposé était vraiment parfait !

– Merci, Peter, répond Olie en rougissant.

– Une vraie artiste, tu vas bientôt me faire de l’ombre, la félicite Cassie en la serrant dans ses bras.

– Tu crois ?

– Oh oui, j’en suis sûre !

– Oui, enfin, même si tu étais spectaculaire, tu as encore le temps avant de monter sur les planches, tempéré-je en la serrant à mon tour dans mes bras.

Occupé par les préparatifs du bal, par les visites quotidiennes à Margaret, par Olivia, Peter, Cassie et les courses-poursuites avec les journalistes, j’ai à peine vu la fin de la semaine arriver. La trahison de mes parents m’obsède toujours autant et ma colère ne s’apaise pas. J’aimerais être assez fort pour leur pardonner, mais je ne sais pas si j’en serai capable un jour.

Ce sont enfin les vacances scolaires. La terrible date ! Le décompte de la soirée pyjama arrive presque à son terme. D'ici quelques minutes, le manoir se transformera en aire de jeu pour gamines turbulentes. Heureusement, Cassiopée m'a promis de s'occuper de ces monstres en devenir.

Chaque jour en sa compagnie, chaque détail que j'apprends sur elle, chaque conversation que nous avons me fait l'apprécier un peu plus. Sans parler de l'effet positif que sa présence a sur Olivia. Elles s'entendent si bien toutes les deux qu'elles se sont liguées contre moi, ajoutant de nouvelles décorations de Noël dans le manoir dès que j'ai le dos tourné. Au sapin monstrueux dans l'entrée et aux chaussettes sur le rebord de la cheminée, elles ont ajouté la couronne sur la porte d'entrée, les branches de sapin sur la rambarde de l'escalier, des gros nœuds rouges et du gui… J'ai râlé, grogné, mais je n'ai pas pu le leur refuser. Voir leurs visages réjouis et leurs sourires rayonnants m'a petit à petit fait oublier à quel point j'ai tous ces détails en horreur.

J'essaie de mettre à jour les comptes de l'entreprise quand je suis interrompu par des coups à la porte. Cassiopée entre avant que je réponde. Magnifique, comme à son habitude. La voir aussi joyeuse et pleine de vie me fait sourire. Elle semble se remettre petit à petit de l'agression, même si parfois son regard se voile et qu'elle se perd dans ses pensées.

– Monsieur le comte, arrêtez de vous cacher dans votre bureau, me taquine-t-elle en approchant.

Elle dépose un baiser tendre sur mes lèvres et avant qu'elle ne puisse s'échapper, je l'attrape par les hanches et l'attire sur mes genoux, plongeant mon nez dans son cou. Elle se tortille sur moi, mon souffle chatouillant sa peau nue.

– Elliott, arrête, glousse-t-elle. On a des invités, je te rappelle.

Je grogne et embrasse la naissance de sa nuque dans l'espoir vain de la garder près de moi, mais des rires aigus me parviennent du couloir, aussi je me détache de ma jolie blonde.

– Rappelle-moi pourquoi j'ai accepté une telle soirée, déjà ?

– Parce que tu adores ta nièce et que tu ne peux rien lui refuser, s'amuse Cassie.

Elle me vole un autre baiser. Je glisse une de mes mains dans son cou et approfondis notre étreinte, glissant ma langue entre ses lèvres. Mes gestes se font plus empressés et je me faufile sous son pull, caressant sa taille et remontant vers sa poitrine. Haletante, elle s'écarte en riant.

– Non, non, monsieur le comte, votre présence est requise pour un atelier de sablés de Noël.

Je m'étrangle.

– Jamais de la vie !

– Allez, Elliott, ça ferait plaisir à Olivia que tu te joignes à nous, dit-elle en tentant de m'amadouer. Et puis je peux te promettre une récompense que tu ne regretteras pas, si tu viens, me murmure-t-elle au creux de l'oreille.

– Essaierais-tu de m'acheter ?

– Peut-être…

Elle se relève d'un bond et rejoint la porte d'une démarche chaloupée. Je n'ai qu'une envie, lui courir après et l'enfermer avec moi dans ma chambre jusqu'au petit matin.

– Allez, fais-moi confiance, Elliott, je te promets que ça va bien se passer.

– Comment peux-tu m'assurer une chose pareille ? Je te rappelle que mon manoir est envahi d'une dizaine de gamines de douze ans !

– Ce ne sont pas des monstres, rigole Cassiopée. Si tu es capable de gérer une horde de journalistes, tu peux survivre à une soirée entre filles.

– Je crois que je préférerais encore me jeter de Big Ben, marmonné-je.

– Ne fais pas ton ronchon. De toute façon, tu n'as pas le choix, elles ont décidé de ne pas se coucher tant qu'elles ne t'auront pas vu !

Désespéré, je la rattrape sur le pas de la porte. Si je tiens à avoir un peu d'intimité ce soir, je n'ai plus le choix !

– J'espère que tu as conscience des efforts que je fais pour vous, susurré-je contre ses lèvres.

– Vos efforts seront récompensés à leur juste mesure, monsieur le comte, n'ayez crainte, dit-elle, mutine, en m'attrapant la main pour me conduire jusqu'à la cuisine.

Maggie me lance un regard accablé quand j'entre dans la pièce et je comprends vite pourquoi. Autour de la table en bois, Olivia et ses amies mettent un joyeux bazar. De la farine vole tout autour de nous, les saladiers sales traînent sur le plan de travail et des traces de glaçage coloré tachent le sol. Des piaillements s'élèvent du groupe et, pendant une seconde, j'hésite à m'enfuir en courant. Je ne suis pas préparé à ça.

Cassiopée resserre sa prise sur ma main.

– Tout va bien se passer, me murmure-t-elle avant de me tirer vers la table.

– Tonton ! se réjouit Olivia quand elle me remarque.

Je réponds avec un sourire crispé et m'assieds à ses côtés. Ses amies me dévisagent avec attention et murmurent entre elles. Je lance un regard apeuré à Cassie qui s'esclaffe.

– Tiens, occupe-toi de la décoration des étoiles, m'ordonne ma nièce en me passant une poche à douille. Moi, je m'occupe des sapins.

– Très bien, mon commandant.

– Cassiopée, toi, tu peux t'occuper des bonshommes de neige, continue Olivia, imperturbable.

Je m'attelle à la décoration des sablés avec autant d'application que possible, mais très vite, ma patience atteint ses limites. Le glaçage ne fait que des pâtés informes et pas du tout élégants, ce qui fait beaucoup rire les filles autour de moi. Je soupire de soulagement quand la dernière plaque de gâteaux est finie. J'ai mal à la tête à cause des bavardages des gamines et je n'ai qu'une hâte, les voir se coucher. Sauf qu'elles ne semblent pas du tout fatiguées, et alors que j'espère les voir monter à l'étage, Olivia les emmène dans le salon pour regarder un film. Je lance un regard désespéré à Cassie.

– Je croyais qu'elles devaient aller se coucher après m'avoir vu ?

– Elliott, il n'est que vingt et une heures trente, tu ne croyais tout de même pas qu'elles allaient s'endormir tout de suite ?

– Si, je l'espérais… Tu crois que je peux retourner me cacher maintenant qu'elles m'ont vu ? demandé-je, plein d'espoir.

Cassie s'esclaffe, passe son index sur ma joue et le porte doucement à ses lèvres. Je déglutis.

– Tu avais un peu de glaçage, se justifie-t-elle amusée. Mais oui, je pense que maintenant, tu peux t'échapper. De toute façon, elles vont regarder un film de Noël, donc il vaut mieux pour elles que tu ne sois pas présent, tes commentaires sarcastiques leur gâcheraient tout le plaisir.

– Merci, je ne sais pas comment j'aurais fait pour survivre à cette soirée sans toi.

Je l'embrasse avec passion, nos langues s'entremêlent et nos corps s'électrisent. J'ai envie d'elle. Je n'ai jamais autant désiré une femme ni autant lutté pour contrôler mes pulsions. Elle m'attire sans que je puisse me l'expliquer.

– Viens te coucher avec moi, la supplié-je en mordillant ses lèvres.

– Et qui s'occupera des filles, si je viens avec toi ?

Je grommelle contre sa bouche.

– Promets-moi de les mettre au lit dès que possible, moi aussi, j'ai besoin d'attention !

Elle s'attendrit devant mon ton enfantin et m'embrasse une énième fois.

– Promis, je te rejoins vite, me rassure-t-elle en caressant ma joue.

Je la laisse s'éloigner, et après avoir aidé Maggie à nettoyer la scène de crime qu'est devenue la cuisine, je rejoins ma chambre.

CHAPITRE 46

Samedi 22 décembre

Les doigts de Cassie caressant l'angle de ma mâchoire me tirent du sommeil. J'ouvre les paupières et plonge mon regard dans un océan de bleu. Je souris en coin alors qu'elle glisse sa main dans mes cheveux en bataille.

– C'est le genre de réveil auquel je pourrais m'habituer, lui murmuré-je avant de l'attirer vers moi.

Nos lèvres se lient dans un doux baiser vite interrompu par le bruit d'une cavalcade dans le couloir qui me fait sursauter. Je me détache en grimaçant sous le rire de Cassiopée.

– J'avais oublié les petits monstres qui ont élu domicile sous mon toit.

– Ne t'inquiète pas, elles vont bientôt rentrer chez elles.

– J'ai hâte ! ricané-je. Au fait, tu as prévu quelque chose aujourd'hui ?

Je joue avec une mèche de ses boucles blondes, l'enroulant autour de mon index.

– Non, pourquoi, tu as une idée en tête ?

– Avec tous les préparatifs pour le bal et la situation avec Peter, aucun de nous ne s'est vraiment détendu ces dernières semaines. Je me disais que ça pourrait être sympa de se faire une sortie tous ensemble aujourd'hui.

– Tous ensemble ?

– Oui. Olie, toi, Peter, Daniel et moi.

– Tu vois, quand tu veux, tu as l'esprit de Noël, me taquine-t-elle.

Je grogne par principe, mais j'enfouis mon nez dans sa nuque et y dépose un baiser.

– C'est ta faute ! Il t'est donc interdit de décliner cette sortie.

Elle rit et se tortille entre mes bras quand mon souffle chatouille la peau fine de son cou. Une nouvelle chevauchée sauvage faisant trembler les murs du manoir nous interrompt. Je lève les yeux au ciel.

– Allons-y avant qu'elles ne détruisent plus de cent ans d'histoire.

En riant, nous rejoignons la cuisine, où Maggie nous lance un regard désespéré.

Heureusement, les parents de ces adorables monstres ne tardent pas à venir les chercher et le manoir retrouve enfin son calme. Olivia attrape la main de Cassiopée et la conduit en courant jusqu'à sa chambre. Que manigance encore ma nièce ? Je profite de leur absence pour envoyer un message à Peter et Daniel pour les inviter à un brunch. Cette envie de passer du temps ensemble ne me quitte pas depuis le réveil.

Mon meilleur ami est le premier arrivé et je ne comprends pas le regard qu'il me lance en entrant. Il me détaille avec attention et je fronce les sourcils.

– Quoi ? J'ai un troisième œil qui a poussé dans la nuit ?

– Tu vas bien ?

– Hormis le fait que j'ai dû faire des sablés de Noël avec une bande de gamines pires que des furies, oui. Pourquoi ?

– Tu sais quel jour on est ?

Sa question me surprend et je réfléchis. Lundi, nous serons le vingt-quatre, c'est le soir du bal. Donc, aujourd'hui… À la seconde où je prends conscience de la date, mon souffle se coupe et j'ai un mouvement de recul. Aujourd'hui, ça fait exactement un an que mes parents sont décédés. Ces derniers jours, j'ai tellement été occupé et bien décidé à ne pas penser à eux et à ce qu'ils avaient fait à Elisabeth que j'en ai oublié l'anniversaire de leur mort. La culpabilité me fait trembler. Comment ai-je pu oublier une telle date ? Je me mords l'intérieur de la joue et essaie de reprendre mon sang-froid.

– J'avais oublié.

– C'est une preuve que tu as plus pensé aux vivants qu'aux fantômes, c'est une bonne chose.

– Je suis surtout perdu… Je les déteste pour tout le mal qu'ils ont fait à ma sœur, pourtant ils restent mes parents, et leur mort m'attriste toujours autant quand j'y pense.

– C'est normal, et même s'ils ont pris de mauvaises décisions, ils vous aimaient. Tu ne peux pas leur enlever ça.

– Je sais bien, mais ça ne rend pas la situation plus simple pour autant, soufflé-je.

Mon ami pose sa main sur mon épaule et la serre.

– Quoi que tu décides, sache que je serai là.

– Merci.

L'arrivée de Peter nous interrompt et j'ouvre au père de ma nièce, soulagé de changer de sujet.

– Merci de m'avoir invité, me salue Peter en me serrant la main.

– Tu es le père d'Olivia, ma famille vous a bien assez éloignés pour que j'essaie de rectifier nos erreurs. Vous avez besoin de passer du temps ensemble et de vous créer des souvenirs.

Peter resserre un peu plus sa poignée de main, touché.

– C'est pour ça que je vous ai invités aujourd'hui, je souhaitais qu'on fasse une activité en famille. Je pensais emmener Olivia à Hyde Park pour aller à la fête foraine.

– C'est une excellente idée ! approuve Peter.

– Parfait. On mange, et on y va.

J'appelle les filles, qui descendent les escaliers en riant quelques minutes plus tard. Olivia serre

Peter dans ses bras avec un grand sourire. Cassie se place à mes côtés et me chuchote avec discrétion :

– Qu'est-ce que tu nous prépares comme surprise ?

Je lui lance un clin d'œil avant de l'embrasser.

Le repas se déroule dans une ambiance bon enfant. Les rires résonnent entre les murs de la salle à manger et je regarde avec émotion cette famille recomposée qui m'entoure. Je comprends que je ne suis pas aussi seul que je le croyais toutes ces années ; les liens du sang ne sont pas les seuls à avoir de l'importance. Il est temps de tourner une page, d'aller de l'avant.

Alors je prends ma décision. Il est temps de pardonner.

– J'ai une autre surprise pour vous, mais d'abord nous devons passer voir quelqu'un, Olivia.

Ma nièce tourne son regard vers moi, un éclair de compréhension passe dans ses prunelles vertes.

– Grand-pa et grand-ma ?

– Oui, sauf si tu n'en as pas envie.

– Si, je veux y aller.

Sous la table, Cassie noue ses doigts aux miens et Daniel me lance un regard d'encouragement. Seul Peter reste sur la réserve et je le comprends. Après tout, lui plus que nous tous est en droit d'en vouloir à mes parents.

Quinze minutes plus tard, nous sommes tous en voiture. Hector, le monospace familial, n'a jamais été aussi utile. Daniel est à l'avant avec moi alors qu'Olivia est installée à l'arrière entre Cassiopée et Peter. Dans le rétroviseur central, je remarque Trent qui nous suit dans sa propre voiture. Depuis que les journalistes nous ont surpris la semaine dernière chez Al, il ne nous quitte plus d'une semelle, et même si jusqu'à aujourd'hui nous avons réussi à éviter autant que possible leurs appareils photo, savoir qu'il couvre nos arrières me rassure.

Le trajet jusqu'au cimetière se fait dans un silence pesant. Nous nous arrêtons quelques minutes pour acheter des fleurs lorsqu'Olie en fait la demande, et nous reprenons la route. Déjà les grilles apparaissent, et je me gare. Daniel et Cassie sont les premiers à sortir de la voiture, Olivia les suit et je reste seul avec Peter.

– Tu peux nous attendre ici, je suis conscient que tu n'as pas forcément envie de venir avec nous.

– Non, je vais venir, je veux être là pour Olivia.

Je hoche la tête. Je n'imagine pas les efforts que ça doit lui demander.

Il nous faut une dizaine de minutes pour rejoindre l'emplacement de la sépulture de mes parents. Olivia dépose le bouquet dans un vase sur le marbre et nous restons silencieux. Elle serre une de mes mains, et celle de son père de l'autre côté, Daniel et Cassiopée restent en retrait.

– Ils me manquent, j'aurais aimé qu'ils nous voient tous ensemble, souffle ma nièce d'une petite voix.

– Je suis certain qu'ils prennent soin de nous là où ils sont, ma puce, essayé-je de la réconforter en m'accroupissant à sa hauteur.

Elle pointe le nez vers le ciel nuageux et plisse les yeux. Je suis son regard et cherche aussi un signe de mes parents ou de ma sœur. Olivia baisse les yeux vers le bouquet qu'elle a posé quelques minutes plus tôt et avance pour récupérer une des fleurs.

– Est-ce qu'on peut aussi passer sur la tombe de ma mère ?

– Bien sûr.

Je l'entraîne quelques mètres plus loin. Le marbre est recouvert d'une jardinière où des pensées multicolores égaient la tombe. Je sens que Peter se tend et je devine que c'est lui qui a déposé les fleurs. Olivia pose la sienne à côté des autres et laisse sa main reposer quelques secondes sur la surface froide.

– Tu me manques, maman, j'aurais voulu que tu sois là avec nous.

Ma gorge se serre. Eli aurait dû être avec nous.

Nous restons immobiles, perdus dans nos pensées, jusqu'à ce qu'Olivia se redresse.

– On peut partir ?

Nous hochons tous la tête, bien conscients que cette visite a été aussi difficile pour elle que pour nous. Une fois bien au chaud dans la voiture, j'hésite. Est-ce vraiment une bonne idée d'aller à la fête foraine maintenant ? Daniel, qui comme à son habitude lit dans mes pensées, me coupe l'herbe sous le pied.

– Bon, qui est prêt pour aller au *Winter Wonderland ?* s'exclame-t-il.

– Vraiment ? s'extasie Olivia. J'ai toujours voulu y aller, mais tonton et mes grands-parents refusaient tous les ans.

– J'ai changé d'avis. Alors, tu es partante ?

– Bien sûr !

Comme par magie, l'ambiance devient plus douce lorsque je nous engage dans la circulation en direction de Hyde Park. Olivia fait une liste de tous les manèges qu'elle veut tester. Je secoue la tête, amusé par son enthousiasme.

– Je veux faire la grande roue et les montagnes russes ! Et on pourra passer au marché de Noël et à la patinoire aussi !

Cassie et Daniel rient de bon cœur alors que je me renfrogne à l'idée de remettre un patin à glace.

– Peut-être que tu pourrais montrer tes talents de patineuse à Peter, lancé-je, l'air de rien.

– Mais tonton, si tu veux progresser, il faut que tu t'entraînes !

– Je ne me débrouille pas trop mal, je t'aiderai, me rassure Cassie en me lançant un clin d'œil à travers le rétroviseur.

Je me gare devant le parc. Il fait encore jour, les manèges ne sont pas encore illuminés, mais même sans ça, une atmosphère particulière y règne. Des gens par centaines se baladent à travers les allées et je redoute que quelqu'un ne nous reconnaisse. Cassie attache ses cheveux en un chignon qu'elle recouvre de son bonnet et glisse une paire de lunettes de vue sur son nez. Je fronce les sourcils et elle me répond par un sourire en coin.

– Je brouille les pistes, c'est ma tenue de camouflage.

– Très convaincant, me moqué-je.

– Tu verras, ça fonctionne plutôt bien.

Elle sort de la voiture et nous la suivons. Son stratagème semble effectivement fonctionner car personne ne nous prête attention. Trent nous suit tout de même à quelques mètres et surveille les alentours. Olie se dirige en trottinant jusqu'au premier manège, elle trépigne sur place en nous attendant. Peter s'installe à côté d'elle dans la nacelle et nous montons dans les wagons suivants. Le gérant vérifie que la sécurité est bien enclenchée avant de lancer l'attraction. Mon estomac fait un looping lorsque nous nous retrouvons à plusieurs mètres au-dessus du sol, la tête en bas. Cassie rit à gorge déployée alors que je serre les dents.

Après bien trop de loopings pour que mon cerveau et mon estomac s'en sortent sans séquelles, je descends en titubant de cette machine de l'enfer. Quelle idée j'ai eue de venir ici ! Moi qui pensais qu'Olie se contenterait d'une pêche aux canards, grave erreur ! Daniel et Peter se moquent de moi alors que je me soutiens tant bien que mal à une rambarde.

– Allez, tonton, dépêche-toi, je veux faire les montagnes russes !

Je pâlis à cette idée et Cassie doit voir mon malaise car elle vole à mon secours.

– Vas-y avec Peter et Daniel, je crois que ton oncle a besoin de faire une pause.

– Mais ne t'inquiète pas, je vous regarderai d'en bas.

Il n'en faut pas plus pour qu'Olie se faufile dans la file d'attente. Son père et mon meilleur ami la rejoignent en vitesse.

Je profite de l'absence de la petite bande pour prendre la main de Cassie et la rapprocher de moi.

– Merci d'être venue à mon secours, je n'aurais pas survécu à une autre de ces attractions.

– Je ne te pensais pas si sensible, s'amuse-t-elle. Toi, l'ours grognon, qui ne supporte pas quelques loopings.

Je ris avec elle.

– En revanche, je suis imbattable aux autos-tamponneuses !

– On en revient toujours aux voitures, se moque-t-elle.

Son sourire malicieux me fait craquer et je me penche vers elle pour lui voler un baiser. Je dois admettre que j'apprécie de plus en plus celui que je suis en sa présence. Ce qu'elle me fait ressentir.

Notre lien est brisé par le retour de nos trois mousquetaires qui s'extasient encore de leur tour.

– C'était génial ! s'exclame Olivia en sautillant devant nous.

Je souris devant sa joie communicative.

– Qui veut une gaufre ou une crêpe ? lance Daniel en se frottant le ventre.

– Bonne idée ! Et après nous pourrions aller aux autos-tamponneuses, ajoute Cassiopée malicieusement.

La fin de l'après-midi passe à une vitesse folle et nous pouvons même profiter de l'illumination des attractions. Olivia demande une dernière revanche aux autos-tamponneuses et cette fois je la laisse gagner. Puis Cassiopée nous éblouit au stand de tir et gagne une énorme peluche qu'elle offre à ma nièce. Près de la sortie, Olivia et Peter s'arrêtent devant un Photomaton qui propose des tirages sur le thème de Noël. Ils prennent la pose dans la petite cabine en faisant des grimaces et le rendu final est hilarant. Je remarque avec émotion que ma nièce glisse ses précieuses photos dans la poche de son manteau après les avoir regardées une bonne minute.

– Et si nous en faisions une tous ensemble ? propose Daniel.

– On ne va jamais tous rentrer.

– Bien sûr que si, on va se tasser !

Sous les ordres de Daniel, je m'assieds à côté de Peter sur le banc, puis il installe Cassie sur mes genoux et Olivia sur ceux de son père et s'accroupit juste devant nous. Nos cinq têtes apparaissent sur l'écran, même si on dirait que Daniel a une tête sans corps.

Le flash du déclencheur nous immortalise alors que nous nous moquons encore de mon ami.

CHAPITRE 47

Lundi 24 décembre

– Allez, monsieur le comte, il est l'heure de se lever, on a beaucoup à faire aujourd'hui, me murmure Cassie à l'oreille, en se penchant pour déposer un baiser sur l'angle de ma mâchoire.

Ses cheveux encore humides tombent sur ma joue et me font frissonner. En bon ours mal léché, je grogne et enfouis ma tête sous l'oreiller. J'entends son éclat de rire cristallin résonner dans ma chambre alors qu'elle m'arrache le coussin.

– Allez, Elliott, c'est le grand jour !

– Et si, pour une fois, on restait au lit et on laissait les autres s'occuper de tout ? lui demandé-je d'une voix pâteuse.

– Promis, demain on passera toute la journée au lit, si tu veux. Mais tu sais aussi bien que moi que si on est en retard pour aller chercher Margaret à l'hôpital, elle va mettre tout le service à feu et à sang ! Sans parler de Suzy qui va nous arracher les yeux si on ne vient pas l'aider pour les derniers préparatifs du bal…

– Très bien, je m'avoue vaincu pour aujourd'hui. En revanche, je te promets que demain, je te garde prisonnière de cette chambre jusqu'au soir.

– Rien ne me ferait plus plaisir. Allez, maintenant, debout ! m'ordonne-t-elle en me claquant la cuisse.

– Tu sais que tu deviens pire que le commandant Olivia, à me donner des ordres tout le temps, je marmonne en mettant un pied hors du lit.

– Reconnais que tu adores ça, me taquine-t-elle.

– Tu n'imagines pas à quel point tu m'excites, surtout…, lâché-je d'un ton suave qui la fait immédiatement rougir.

J'adore ses réactions, cette manière qu'a sa peau laiteuse de se parer de rouge quand le désir prend possession d'elle. Son corps est si expressif que c'en est parfois indécent tant elle est séduisante. Je me lève d'un bond, la rejoins devant la penderie et laisse glisser mes mains sur ses hanches avant de les faire remonter vers sa poitrine et de détacher sa serviette d'un geste vif. Dans un bruit mat, le drap de bain tombe au sol.

– Elliott, on n'a pas le temps ! me gronde-t-elle en riant.

– Je veux un bonjour en bonne et due forme, sinon je retourne me coucher…

Je plaque mon corps contre le sien, effleurant sa peau soyeuse tout en capturant ses lèvres entre mes dents. Il n'en faut pas plus pour qu'un gémissement nous échappe et que mon corps finisse de se réveiller. Sa poitrine se colle à mon torse, nos peaux frottent l'une contre l'autre et nous électrisent.

– Tonton, tu es prêt ?

Derrière la porte fermée à double tour, ma nièce tambourine contre le battant et je me détache de Cassie à contrecœur.

– Faites des gosses, grommelé-je. On arrive, Olie, continué-je plus fort.

– Je vous attends en bas, dépêchez-vous !

Après une douche rapide, je m'habille en vitesse et rejoins les deux femmes dans la cuisine, où elles sont déjà attablées devant le petit déjeuner.

Quelques minutes plus tard, nous sommes prêts à prendre la route et à aller chercher Margaret à l'hôpital. Sa blessure a bien cicatrisé et elle est apte à reprendre une vie normale. Maggie a déjà aménagé une des chambres d'amis pour qu'elle finisse sa convalescence et j'espère la convaincre de rester avec nous par la suite.

Margaret nous attend sur le parvis de l'hôpital, un sac en plastique à la main contenant toutes ses affaires. La mine renfrognée, les yeux plissés, elle grimpe à bord de la voiture en râlant.

– Vous êtes en retard, j'ai failli partir sans vous !

– Bonjour à toi aussi, Margaret.

– C'est trop bien que le docteur t'ait laissée sortir aujourd'hui ! enchaîne Olivia, surexcitée. Tu vas voir, la salle du bal est magnifique !

– Tu trouves que j'ai une tête à aller danser, p'tite ?

– Ne fais pas ta tête de mule, je suis certain que tu vas adorer torturer tous les invités, lui lancé-je avec un sourire.

– Ne t'inquiète pas, Margaret, intervient Cassie. Si tu te sens trop fatiguée, je demanderai à Trent de te raccompagner au manoir.

– Merci, p'tite, au moins une avec la tête sur les épaules ! Tu peux me rappeler pourquoi tu veux que je sois présente, Elliott ?

– Quoi de mieux pour sensibiliser les donateurs que de rencontrer des personnes aidées par l'association ?

– En gros, tu veux que je leur fasse pitié pour récolter du fric, c'est ça ?

– Mais non, je veux juste leur montrer qu'avec assez de moyens on peut vous aider à sortir de la rue et vous redonner une vie décente !

Margaret fait une moue dubitative, croise les bras contre sa poitrine et devient mutique. Heureusement, il ne nous reste plus que quelques minutes de trajet jusqu'à l'hôtel où nous avons réservé la salle de bal. Depuis hier, une équipe entière de bénévoles décore la pièce et met en place les tables et la scène. Seules Cassie et Suzy ont vu les transformations, hier soir, et j'ai peur des surprises qu'elles me réservent.

Une fois la voiture garée dans le parking souterrain, nous prenons l'ascenseur jusqu'au deuxième étage, où se situe la salle de réception. J'écarquille les yeux devant les décorations or et rouge vermillon qui parsèment la pièce. J'ai beau détester Noël, je dois reconnaître que c'est pensé avec goût et sobriété. C'est presque féerique et poétique. Cassie me lance un regard inquiet.

– Alors, tu en penses quoi ?

– C'est très beau, vous avez fait un super travail !

– Vraiment, tu aimes bien ?

– Ça reste un thème de Noël, mais oui, la décoration me plaît beaucoup.

Je l'embrasse pour la rassurer et elle m'attire par la main jusqu'au centre de la pièce pour me montrer en détail tous les arrangements qu'ils ont faits. Des chemins de table aux branches de pin, en passant par les bougies, j'ai le droit à une visite complète. Elle me montre ensuite l'estrade installée au fond de la pièce sur laquelle des bénévoles sont en train d'installer des instruments de musique.

– Tu crois que le groupe que vous avez engagé accepterait de partager la tête d'affiche ? J'ai une surprise, me dit-elle, nerveuse, en se mordant la lèvre inférieure.

– Tant qu'ils sont payés, je ne pense pas que ça les dérange. Mais qu'est-ce que tu nous prépares encore ?

– Je te l'ai dit, c'est une surprise !

Je secoue la tête en soupirant avant de rejoindre Daniel et Suzy qui installent les derniers éléments de décoration derrière le bar. Du coin de l'œil, j'aperçois ma nièce en compagnie de Margaret en train de retoucher les centres de table – des bouquets de poinsettias – avec concentration. La voir aussi impliquée dans l'organisation du bal est touchant.

Les heures défilent et bientôt il est temps pour nous d'aller nous préparer avant l'arrivée des invités. Dans une loge, derrière la salle, j'enfile mon costume en vitesse. J'abandonne toute idée de me coiffer et passe juste une main dans mes mèches rebelles pour les ébouriffer un peu plus. À mes côtés, Cassie applique avec attention une touche de rouge à lèvres carmin sur ses lèvres pulpeuses. Elle est à tomber dans sa robe dorée pailletée et je rêve déjà de la lui enlever à la fin de la soirée.

Olie, habillée d'une jolie robe rouge qu'elle a achetée avec Cassie cette semaine, nous attend à côté de la porte en nous observant.

– Cette robe est vraiment trop belle, Cassie, n'est-ce pas, tonton ?

– Vous êtes splendides toutes les deux, c'est un honneur pour moi de vous avoir comme cavalières.

– Merci beaucoup, monsieur le comte, vous n'êtes pas mal non plus, sourit Cassie en se retournant vers moi.

Daniel passe la tête par la porte et lance un sifflement admiratif.

– Vous êtes prêts ? Les invités commencent à arriver.

– Allez, allons-y.

– Je vais chercher Peter, je veux lui montrer tout ce que j'ai fait ! s'exclame Olivia en partant devant nous.

La salle se remplit petit à petit et je suis impressionné par le nombre de personnes qui ont répondu à l'invitation. Cassie m'encourage en serrant ma main avec tendresse. Je m'approche des invités et commence à les saluer un par un. Je perds rapidement le compte et mélange les visages, mais j'arrive à garder le sourire. Je me tends légèrement quand je remarque la présence de Tanguy, mais Cassie caresse ma main pour me rassurer.

– Il est juste là en tant qu'ami, rien de plus.

Je hoche la tête et serre les dents. *C'est juste un ami, c'est à ton bras qu'elle est, pas au sien !*

Une petite demi-heure plus tard, notre attention est attirée par l'entrée de la pièce, où plusieurs dizaines de journalistes viennent d'apparaître et mitraillent les invités. Trent et le service de sécurité que nous avons engagé se ruent vers la porte pour fluidifier le passage.

J'échange un regard surpris avec Cassiopée. Nous avons prévenu la presse de l'événement et deux reporters couvrent la soirée, mais il était normalement impossible pour les paparazzi de passer le hall de l'hôtel.

– Je ne comprends pas ce qu'ils font là, s'inquiète Cassiopée.

Je n'ai pas le temps de passer le pas de la porte qu'une femme âgée d'une cinquantaine d'années me bloque le passage.

Les cheveux tirés dans un chignon sophistiqué, en robe de cocktail et le visage fermé, elle me lance un regard noir. Je fronce les sourcils.

– Mère ? se crispe Cassiopée derrière moi. J'aurais dû me douter que la présence des journalistes était de ton fait ! Que viens-tu faire ici ?

Je me tends. Alors c'est elle, la mère de Cassiopée ? Elle est bien moins effrayante que je l'imaginais. Comme quoi, la beauté de la plastique peut parfaitement cacher la laideur intérieure.

– Depuis quand ai-je besoin d'une raison pour voir ma fille ?

La savoir ici m'agace. Depuis leur dispute, je fais tout pour que Cassie oublie les mots durs de sa mère et cette harpie se permet de pointer son nez sans y être invitée. Après avoir dénigré l'association et mon travail, elle vient y fanfaronner. *Hypocrite !*

Je serre les dents quand en ricanant elle attrape une coupe de champagne, comme si elle était la bienvenue. Cassie tique aussi.

– Tu as toujours une idée en tête, alors épargne-nous une nouvelle tragédie et dis-moi ce que tu fais ici.

– Tout de suite les grands mots. Tu es d'un tel dramatisme, ma fille, plaisante la mégère.

Je serre les poings à m'en faire mal, mais je reste en retrait. C'est le combat de Cassie, et même si je me tiens prêt à intervenir, c'est à elle de remettre sa mère à sa place et d'enfin lui dire ce qu'elle a sur le cœur. Sauf que rester impassible me demande bien plus d'efforts que de la jeter dehors, alors je m'accorde au moins de lui serrer la main avec force.

– Mère, arrête ton petit jeu, cette fois je ne te laisserai pas tout gâcher, cette soirée est importante pour moi.

– Mais enfin, ma chérie, je ne veux que ton bien.

Cassiopée plisse le nez et croise les bras, absolument pas convaincue.

– Non, tu ne veux que ce que tu penses être bien pour moi. Il y a une différence.

– Pas du tout, c'est la même chose, je suis la mieux placée pour savoir ce qui te convient. Je veux te faire profiter de mon expérience.

D'un œil attentif, elle parcourt la salle du regard derrière nous. Ses sourcils se froncent dans une moue dédaigneuse. J'observe furtivement la direction qu'elle fixe. Mes dents grincent. Margaret et Al discutent à quelques pas de nous. Ma petite vieille préférée porte une robe prêtée par Maggie : le tissu fleuri est trop ample pour son corps amaigri et laisse apparaître les marques de ses années passées dans la rue. Elle est plus belle que jamais, mais son apparence ne laisse aucun doute sur les années difficiles qu'elle a vécues et cette forte tête l'affiche sans honte. Je suis si fier d'elle, ce soir, si heureux de la voir enfin accepter mon aide, que la réaction de la mère de Cassie exacerbe ma colère.

Ma compagne remarque aussi le coup d'œil appuyé de sa mégère de génitrice et se décale de manière à cacher Margaret à sa vue.

– Vraiment, ma chérie, je m'inquiète pour toi. Cette décision de t'impliquer dans une telle soirée ne te ressemble pas. Ça ne correspond pas à ton image. Tu devrais réfléchir à ton prochain film au lieu de perdre ton temps.

Cassie frémit de colère et je laisse échapper un grondement.

– J'aide des gens dans le besoin, ce n'est pas une perte de temps ! se défend Cassiopée. Et puis ne t'inquiète pas pour ma réputation, je suis la marraine de cette soirée.

Sa mère se tend et plisse les yeux, pinçant les lèvres. Son attitude change du tout au tout et je sens venir la confrontation. Il n'a pas fallu longtemps pour que son petit numéro de mère parfaite fonde comme neige au soleil.

À mes côtés, Cassiopée sent venir le coup et se crispe. Je serre ses doigts plus fort pour lui insuffler un peu de réconfort, me mordant la langue pour me retenir d'intervenir.

– Une fois de plus, tu me prouves que j'ai raison. Qu'est-ce que c'est que cette histoire de marraine ? Tu te fais payer au moins, j'espère ?

– Bien sûr que non, jette Cassie avec dédain. Tous ces gens sont bénévoles, jamais je ne leur demanderais de l'argent.

– Tu es bien idiote de penser ça ! Ils se servent de toi !

Là, c'en est trop ! Je fais un pas en avant, fusillant la mégère du regard.

– Je ne vous permets pas.

– Vous, le bellâtre, vous avez bien assez ruiné la vie sentimentale de ma fille, je ne vous autorise pas à vous mêler de nos affaires.

Ma colère atteint son paroxysme. Cette femme n'a pas d'âme, et je ne supporte pas la manière dont elle parle à Cassiopée, comme si elle lui appartenait.

– Je pense que votre fille est bien assez grande pour prendre ses propres décisions, grondé-je.

D'un geste de la main, elle balaie ma réplique et rive son regard à celui de Cassie.

– Tu sais que tu n'es capable de rien sans moi. Tu as besoin de mes conseils et de mon aide pour gérer ta carrière, Cassiopée. Rappelle-toi ce qu'il s'est passé la dernière fois que tu as voulu gérer ta vie seule, il a suffi de quelques jours pour que tu perdes ta place d'égérie chez *Guirlani*. Heureusement que j'ai pu rattraper le coup ! Alors tu vas me faire le plaisir d'arrêter cette rébellion ridicule et rentrer avec moi à Paris. Tu as reçu des tonnes de propositions pour des premiers rôles et j'ai déjà fait un tri de ce qui pourrait être intéressant pour ta carrière. Alors fais un coucou de la main et viens avec moi, j'ai déjà récupéré tes affaires à ton hôtel.

Je reste estomaqué devant la confiance de cette femme. Elle est tellement habituée à tout diriger qu'elle ne se rend même plus compte que son attitude est anormale. Elle est allée jusqu'à préparer les bagages de sa fille sans son accord ! Elle est malade. Je serre la main de Cassie avec douceur pour lui donner du courage. Elle tremble entre mes doigts et ses joues rougissent de colère.

– Non, répond-elle d'une voix dure.

– Pardon ?

Si la situation n'était pas si tendue, je m'amuserais de la moue choquée de sa mère.

– Tu as très bien entendu, j'ai dit non, répète ma compagne avec force. Je ne rentrerai pas avec toi, ma place est ici. C'est le soir du réveillon de Noël, j'ai envie de le passer avec des gens que j'apprécie et de me sentir utile. Alors tu peux rentrer à Paris sans moi.

– Tu n'es vraiment qu'une idiote ! Tu vas le regretter ! Ne compte plus sur moi pour faire jouer mes relations et t'aider à obtenir ces rôles que tout le monde s'arrache !

– Je ne crois pas, non ! Ce que tu ne comprends pas, Mère, c'est que je n'en veux pas, de ces rôles ! Pour une fois dans ma vie, je veux jouer ma propre scène, apprendre à me connaître et faire quelque chose qui m'intéresse vraiment ! Tu as fait de moi ton pantin, mais tu ne t'es jamais demandé si ça me plaisait d'être actrice. Si pour ça je dois faire des erreurs comme n'importe quel être humain, eh bien allons-y ! Je veux être libre de faire mes propres choix. Tu m'as retenue prisonnière de tes envies, me rendant dépendante et m'empêchant de m'émanciper, mais aujourd'hui je suis prête. Prête à te dire stop. J'aimerais que pour une fois tu réagisses comme ma mère et non comme mon manager. Que pour une fois tu m'écoutes et que tu me soutiennes !

Le souffle saccadé, Cassiopée tremble contre moi. Je suis fier d'elle. Elle a enfin eu le courage de tenir tête à sa mère. Même si le visage tiré de celle-ci indique qu'elle est insensible à la colère de sa fille.

– Tu n'es vraiment qu'une ingrate et une incapable ! Sans moi, ta carrière serait au point mort ! Après tout ce que j'ai fait pour toi, tu vas tout gâcher pour quelques miséreux dans le besoin ? Je vais finir par penser que tu es aussi idiote que ton père. Tu veux profiter des avantages sans jamais rien sacrifier ! Mais désolée de te l'apprendre, ce n'est pas comme ça que notre monde fonctionne. Tu veux vivre comme une moins que rien ? Très bien, mais ne viens pas ramper à ma porte dans quelques mois.

Je reste figé devant cette crise surréaliste. Je n'avais pas une relation simple avec mon père, mais nous nous respections, et jamais il ne m'aurait parlé de cette manière. Cette femme est un monstre de cruauté et je ne comprends pas comment un être aussi incroyable que Cassie a pu voir le jour en restant aux côtés d'une personne aussi détestable que sa mère. C'est presque un miracle.

Je sens la blonde trembler de rage à mes côtés. Je me retiens de dire le fond de ma pensée à la vipère en face de moi, ce n'est pas nécessaire d'envenimer la situation et de se donner en spectacle. Certains curieux se sont déjà approchés pour assister à la dispute. Cassie le remarque aussi et fait un pas en arrière.

– Je crois que tu as assez craché ton venin pour ce soir, Mère, tu peux partir, maintenant !

Sasha Montrouge affiche une moue méprisante. Je fais un signe de tête discret aux vigiles et à Trent, pour qu'ils se tiennent prêts.

– Tu penses pouvoir te débarrasser de moi aussi facilement ? s'énerve-t-elle.

Cassie regarde son garde du corps, qui attrape le bras de sa mère et l'éloigne vers la sortie. Elle se débat et jure, mais elle ne peut rien contre la force du molosse.

– Tu as bien assez dirigé ma vie comme ça, c'est fini ! À partir d'aujourd'hui, considère que tes conseils et tes ordres ne m'intéressent plus ! lui lance Cassiopée d'un ton froid.

Trent refoule sa mère derrière les portes de la salle et fait signe aux vigiles à l'entrée de la faire sortir du bâtiment. À mes côtés, Cassie tremble sans lâcher l'entrée des yeux, comme si elle attendait que sa mère revienne. Je m'empresse de glisser mes bras autour de sa taille et de la serrer contre moi.

J'ai besoin de la calmer, de m'assurer qu'elle va bien, de la consoler.

– Elle est partie, elle ne reviendra pas, la réconforté-je.

– Merci, murmure-t-elle contre mon torse.

Sa voix se casse à la fin de sa phrase et je l'entends renifler contre ma veste. Mes mains caressent son dos tendrement. Je serre un peu plus ma prise autour de son corps et pose mon menton sur le haut de sa tête.

– Je… je suis… désolée, bégaie-t-elle entre deux pleurs.

– Calme-toi, c'est moi qui suis désolé qu'elle ait réussi à entrer, j'aurais dû être plus vigilant. Mais je te promets qu'elle ne t'approchera plus tant que je serai avec toi.

À mesure que les minutes s'écoulent, son corps se relâche et ses sanglots diminuent. Autour de nous, les invités se sont dispersés. À quelques mètres, Margaret nous lance un regard inquiet. Quand Cassie pousse de ses mains sur mon torse pour se détacher de mon étreinte, un frisson glacé me parcourt. J'ai peur qu'une fois de plus elle ne s'échappe. Elle plonge son regard dans le mien et me lance un sourire timide qui me réchauffe immédiatement. Accalmie de courte durée car un raclement de gorge nous fait nous retourner. Tanguy, accompagné d'une jolie métisse, se balance d'un pied sur l'autre devant nous.

– Je suis désolé, Cassiopée, je ne pensais pas qu'elle viendrait. Je n'étais au courant de rien, se justifie-t-il, mal à l'aise.

– Je m'en doute, Tanguy, je sais comment peut être ma mère.

Il se tourne vers moi et pince les lèvres. Je le sens hésitant.

– Et je tiens à te présenter mes excuses pour la soirée au *Mist*. J'ai dépassé les bornes. Je ne me mettrai plus entre vous, je vois bien à quel point elle est heureuse avec toi. C'est la première fois que je la vois tenir tête à sa mère de cette manière.

Il semble sincère, et même si je ne suis pas prêt à lui accorder ma confiance, j'accepte tout de même ses excuses. Si Cassiopée souhaite rester amie avec lui, il vaut mieux que je fasse un effort pour le tolérer.

– Merci.

Nous échangeons une poignée de main qui réussit à rendre le sourire à Cassie.

CHAPITRE 48

Quand enfin tous les invités sont arrivés et installés à une table, Suzy me fait signe de la rejoindre sur scène et je sens le trac me gagner. Je déteste prendre la parole en public. Les mains tremblantes, je vérifie que les fiches pour mon discours sont bien dans ma poche, et d'un pas raide, je monte sur scène. Mon petit lutin, coiffée d'un bonnet de père Noël et habillée d'une robe à sequins argentés, attrape le micro et tapote dessus trois fois pour attirer l'attention.

– Mesdames, messieurs, veuillez accueillir le président de notre association, Elliott Knight.

Elle me tend le micro alors qu'une salve d'applaudissements retentit dans la pièce et fait gonfler la boule de nervosité coincée dans ma gorge.

– Bonsoir à toutes et à tous, commencé-je d'une voix faible.

Je sens les regards posés sur moi, mais le mien se fixe sur des prunelles azur et je suis incapable de m'en détacher.

– Merci à vous tous d'avoir répondu présent en cette veille de Noël, poursuis-je d'une voix plus forte, sans jamais lâcher Cassie des yeux. Cette année, nous fêtons les dix ans de l'association et c'est avec émotion que nous avons organisé cette soirée. Mes parents ont fondé *Food For Life* à la suite de la disparition de ma sœur, pour que plus jamais aucune famille n'ait à affronter la perte d'un proche à cause de la rue. Ils se sont consacrés à cette mission jusqu'à leur mort, et aujourd'hui, force est de constater que notre présence est toujours nécessaire auprès de ceux qui sont abandonnés par le système. Vous avez dû le remarquer, de nouveaux visages ont fait leur apparition ce soir. Je trouvais important de tous vous réunir pour vous remercier et vous présenter les uns aux autres. Regardez bien à votre droite et à votre gauche, vos voisins de table sont tous des acteurs de cette grande famille qu'est *Food For Life*. Donateurs, bénévoles, anciens sans-abri, nous vous avons tous réunis ce soir pour vous remercier et vous féliciter. Sans vous, notre travail n'aurait pas de sens. Merci à tous les donateurs, qui chaque année nous permettent de préparer toujours plus de plats chauds et d'aider ceux qui n'en ont pas les moyens. Merci aux bénévoles pour leur dévouement et les nombreuses nuits qu'ils passent dans le froid à sillonner les rues. Merci, Suzy, de si bien diriger l'association. Merci à tous nos anciens sans-abri d'être présents ce soir et de nous rappeler que l'espoir existe encore et que tous peuvent s'en sortir. Merci à notre merveilleuse marraine, Cassiopée Montrouge, sans qui cette soirée n'aurait pas eu lieu. Et merci à ma fabuleuse nièce de me rappeler chaque jour pourquoi je me bats. Sur ce, je vous souhaite un très bon appétit et j'espère que vous passerez une bonne soirée.

Les serveurs apportent les entrées alors que je retourne m'asseoir et que j'observe les différentes tables autour de moi. J'ai fait un pari risqué : mélanger donateurs, bénévoles et anciens sans-abri. Casser les codes. À mon plus grand soulagement, ce choc culturel semble fonctionner et plusieurs discussions s'élèvent dans la pièce pour vite devenir un joyeux brouhaha.

Cassiopée pose sa main sur mon genou et le serre avec affection.

– Tu avais raison, forcer la mixité sociale était une très bonne idée, me souffle-t-elle à l'oreille.

– Je n'y serais jamais arrivé sans toi.

– Et je serais encore en train de chercher un but à mon existence sans toi, alors comme ça, on est quittes.

Je dépose un léger baiser derrière son oreille et me reconcentre sur ce qui se passe autour de nous. À la table sur ma droite, je remarque en souriant Ahmed en pleine conversation avec Tanguy et sa compagne. À ma gauche, George et Abigaïl se sont lancés dans un débat animé qui fait lever les yeux au ciel à Martha. Plus loin, je remarque le duo hétéroclite formé par Margaret et Olivia qui passent de table en table. Le rire de ma nièce me parvient malgré le brouhaha. Elle semble s'amuser comme une petite folle, même Margaret affiche un sourire en coin. Elles ont l'air heureuses, et cette constatation me remplit de joie.

Tous semblent bien s'entendre et pendant un instant je regrette que mes parents ne soient pas là pour voir ça. Malgré tout ce dont ils se sont rendus coupables, cette association et ce qu'elle est devenue est de leur fait. Même s'ils l'ont créée pour de mauvaises raisons, ils ont apporté de l'aide à tous ces gens et je ne peux pas leur enlever ça.

Notre repas est interrompu par la voix de Daniel qui résonne dans toute la salle. Dans un costume de père Noël, il est tout simplement ridicule. Je ne peux pas me retenir de rire en le voyant déambuler dans cet accoutrement grotesque jusqu'à la scène. Cassie me pince la cuisse.

– Ne te moque pas, me sermonne-t-elle tout en cachant avec difficulté son propre sourire.

Nous échangeons un clin d'œil complice alors que je sors mon portable pour immortaliser cet instant.

– Bonsoir à toutes et à tous. Je me présente, Daniel Green. Veuillez excuser ma tenue, mais j'ai perdu un pari avec notre très cher président Elliott…

L'assemblée s'esclaffe et Daniel fait une révérence, alors que les serveurs commencent à débarrasser les assiettes.

– Merci à tous les donateurs qui ont joué le jeu et qui ont apporté un cadeau mystère pour la vente aux enchères. Je tiens d'ailleurs à vous féliciter, certains d'entre vous ont un véritable talent pour l'emballage des paquets, ils sont tellement beaux que ça ne donne pas envie de les ouvrir ! Cette année, on a eu envie d'innover et les enchères se feront donc à l'aveugle. Pour m'aider, faites un tonnerre d'applaudissements à ma superbe assistante, Olivia Knight.

Je ris en voyant ma nièce le rejoindre et déambuler sur la scène en présentant les paquets telle une présentatrice de télé-achat. Les donateurs semblent apprécier le spectacle, les enchères débutent, les prix s'envolent, et les différents lots partent très vite. Suzy, à ma droite, note au fur et à mesure les sommes et mon stress retombe quand je vois le palier des vingt mille livres franchi. L'association pourra encore au moins fonctionner une année avec ce budget.

Quand les desserts sont servis, il ne reste plus que deux paquets colorés sur la scène.

– Merci à tous pour votre participation ! reprend Daniel. Il reste encore deux paquets, alors je demande à Suzy et Elliott de venir me rejoindre sur scène.

Je lance un regard surpris à ma directrice qui, aussi étonnée que moi, hausse les épaules. Une fois sur scène, Olivia nous tend à chacun un des paquets et nous adresse un clin d'œil.

– Bon, même si de mon point de vue, Elliott ne le mérite pas vraiment vu qu'il me fait porter ce costume ridicule, ricane Daniel dans le micro, tous les bénévoles et moi-même nous tenions à vous remercier pour tout ce que vous faites pour l'association, pour votre dévouement, les heures que vous passez à tout organiser et le temps que vous accordez à ceux qui en ont besoin, alors ces cadeaux sont pour vous.

Suzy a les larmes aux yeux quand elle remarque tous les bénévoles qui se sont levés et nous applaudissent avec force. Daniel lui tend le micro et sa voix tremble quand elle prend la parole.

– Comme le soulignait Elliott tout à l'heure, cette association ne fonctionne que grâce au travail d'équipe. Sans vous, je ne serais rien d'autre qu'une directrice avec personne à diriger, alors vous méritez tout autant des félicitations que nous ! À *Food For Life*, nous sommes une grande famille et j'espère qu'avec votre aide nous arriverons à atteindre nos objectifs et à enfin enrayer cette crise ! Il n'y a qu'ensemble qu'on réussira !

Les convives se lèvent en applaudissant et mon cœur se serre devant cette énergie et cet espoir qu'ils nous transmettent. Ému, je serre mon meilleur ami dans mes bras en riant. Touché lui aussi, il me donne une grande tape dans le dos.

– Tu vois, Elliott, tu n'es pas seul.

– C'est grâce à toi, tu es toujours là pour me faire voir le côté positif. Je sais que je ne suis pas toujours facile à vivre, mais merci de ne pas m'avoir laissé tomber toutes ces années.

– Tu aurais fait pareil ! Même si je te préviens, je vais me venger pour ce costume de père Noël !

– Râle pas, il semble au goût d'Abigaïl, elle n'a pas cessé de te dévorer du regard tout le temps que tu as passé sur scène.

Immédiatement, Daniel tourne la tête en direction de la plantureuse brune et un sourire enjôleur apparaît sur ses lèvres. Je me mords la langue, sentant une vague de culpabilité enfler en moi. Qu'ai-je fait ? Abigaïl n'est pas du genre à faire dans la dentelle… J'ai peur que la femme médecin brise une fois de plus le cœur de mon meilleur ami. Daniel sent mon hésitation et me rassure d'un clin d'œil.

– Tu m'excuses, mon pote, mais j'ai un cadeau spécial à livrer !

Il se dégage de mon étreinte et dévale la scène jusqu'à la table d'Abigaïl. Malgré mes doutes, je m'amuse devant leurs regards équivoques. Après tout, ils sont bien assez grands pour savoir dans quoi ils s'engagent. À mon tour je rejoins notre table, où Peter félicite sa fille, heureux de partager un moment si important avec elle. Et moi aussi.

La soirée se passe à merveille, le groupe que nous avons engagé ne fait pas trop de fausses notes et les convives semblent s'amuser. Je suis toujours curieux de découvrir la surprise que nous réserve Cassiopée, mais j'ai beau la questionner, elle refuse de me donner le moindre indice. D'ordinaire je ne supporterais pas d'être tenu dans l'ignorance de cette manière, mais ce soir ça m'est égal de ne pas posséder le plein contrôle de la situation. Je lui fais confiance.

Assez vite, Cassie s'éclipse, et déjà les tables sont débarrassées et alignées le long du mur de manière à former une piste de danse. Les invités s'approchent du bar alors que j'essaie de suivre la conversation entre Cyrielle, la compagne de Tanguy, et Al. Ils débattent de l'intérêt des notes accordées aux restaurants mais je peine à rester concentré. Je porte mon verre à mes lèvres en assistant à leur échange avec un sourire en coin.

– Pourrais-je avoir votre attention, s'il vous plaît ?

La voix chantante de Cassie me sort de mes pensées et je rive mon regard sur sa silhouette. Elle paraît toute petite sur cette scène et pas très à l'aise non plus.

– Pour ceux qui ne me connaissent pas, je suis Cassiopée Montrouge, et cette année je suis la marraine de ce bal. Avant de vous présenter le groupe qui animera le reste de la soirée, je tenais à vous dire quelques mots. Pour beaucoup d'entre vous, je ne suis qu'une actrice de cinéma. C'était peut-être vrai jusqu'à il y a quelques semaines. Mais depuis que j'ai rencontré les bénévoles de *Food For Life* et que j'ai pu participer à leurs actions, j'ai enfin compris ce que voulait dire le mot aider. Aider, ce n'est pas juste apporter à manger, c'est accompagner les gens, savoir les écouter, leur tendre la main, c'est faire passer les besoins des autres avant les siens. Alors merci à tous ceux qui m'ont montré le chemin et m'ont appris qu'un simple sourire ou une poignée de main étaient tout aussi importants et utiles qu'un gros chèque. À l'heure où les réseaux sociaux ont envahi nos vies, n'oublions pas que ce qui nous rend humains, c'est notre capacité à interagir les uns avec les autres. Je vous souhaite à tous un très bon Noël et j'espère que vous le partagerez avec des personnes qui vous sont chères. Sans plus attendre, voici une surprise : le goupe Nevermind !

Je sursaute au nom du groupe de son père. Je pensais qu'ils ne se parlaient plus depuis des années, et pourtant un cinquantenaire aux cheveux longs et aux yeux bleus aussi perçants que ceux de Cassiopée monte sur scène et embrasse la joue de la petite blonde.

Margaret s'est faufilée à mes côtés pendant le discours de Cassie et me sort de ma torpeur en enroulant son bras autour du mien.

– C'est grâce à toi.

– Pardon ?

– Tu lui as donné le courage de reprendre contact avec lui. Elle savait que, même si ça tournait mal, elle ne serait quand même pas seule pour les fêtes… que tu serais présent pour elle !

Lorsque Cassie nous rejoint avec un sourire hésitant, une vague de passion me traverse.

Je m'empresse de lui prendre les mains et de la plaquer contre moi. Un éclat de rire lui échappe que j'étouffe en collant mes lèvres aux siennes. Notre baiser est enflammé. Nos lèvres se cherchent, se picorent, se joignent et s'éloignent en nous laissant alanguis. C'est à peine si j'entends le compte à rebours autour de nous. La belle blonde se détache de ma bouche et je grogne de mécontentement.

– Joyeux Noël, Elliott, me murmure-t-elle à l'oreille.

Un sentiment de bonheur se propage dans ma poitrine, et pour la première fois depuis longtemps, je n'ai plus peur de l'avenir. Je sais que, quoi qu'il se passe, je serai toujours entouré de cette famille que je me suis construite. Olivia, Cassie, Daniel, Suzy, Margaret, Al, Maggie, et même Peter… Ils ne sont peut-être pas de mon sang, mais ils sont les piliers de mon foyer, ils font battre mon cœur et me donnent une raison d'avancer !

ÉPILOGUE

Mardi 25 décembre

Assise sur l'épais tapis du salon d'Elliott, Cassiopée embrasse du regard la joyeuse assemblée qui l'entoure. Elliott, Olivia, Maggie, Daniel, Margaret, Peter et même Trent sont installés à même le sol et s'échangent les cadeaux de Noël. Tous en pyjama et dans une ambiance festive, ils s'amusent à arracher le papier enveloppant leurs présents. Elle se rend à peine compte qu'il n'y a même pas un mois, elle ne connaissait aucun d'entre eux en dehors de son garde du corps et que sa vie se résumait à une mère manipulatrice, un père absent, un petit ami qu'elle n'aimait pas et un jeu de cache-cache perpétuel avec les journalistes.

Mais ça, c'était avant. Avant de rencontrer Elliott. Avant que ce British, mystérieux et sombre, ne l'entraîne dans son monde et ne lui apprenne ce que voulait dire avoir une famille. Pour la première fois depuis son enfance, elle ne se sent plus seule. Elle frissonne au souvenir du souffle rauque d'Elliott lui murmurant au creux de l'oreille ce surnom qu'il lui a donné et qu'elle adore tant : Cassie.

Ses yeux se rivent à ceux de l'homme qui fait battre son cœur à quelques mètres d'elle. Un sourire complice éclaire son visage, comme s'il devinait ses pensées. Elle sent ses joues devenir rouges et chaudes sous le poids de son regard. D'un geste souple, il lui tend un paquet coloré et lui lance un clin d'œil.

Fébrile, elle attrape le cadeau et déchire le papier. Un éclat de rire cristallin lui échappe quand elle ouvre la boîte. À l'intérieur se trouve un bonnet aux couleurs de l'association.

– Ce n'est pas que je n'aime pas ton bonnet rose à paillettes, mais il n'est pas très réglementaire, et maintenant que tu es notre marraine, il faut que tu aies la tenue complète.

– Merci beaucoup, c'est adorable, se réjouit-elle.

Ce bonnet représente tant de choses qu'elle en a les larmes aux yeux. Dorénavant, elle fait partie d'une famille et ce bout de laine en est la preuve.

– Tiens, il y a ça aussi. Tu n'es pas obligée d'accepter, mais je me suis dit que ça pourrait t'intéresser.

Elliott lui tend une épaisse enveloppe kraft qu'elle décachette avec surprise. L'en-tête du dépliant la laisse bouche bée.

Université de Cambridge :
programme du cursus en histoire de l'art.

– Ils ont un programme d'été sur les meubles anciens, explique Elliott.

Cassie se lève d'un bond et se jette dans ses bras, plaquant ses lèvres contre la bouche de cet homme qui ne cesse de la surprendre.

– Merci ! Mon cadeau me semble nul à côté…

– Tu rigoles ? C'était une merveilleuse idée de faire agrandir cette photo et de l'encadrer ! la rassure-t-il en la serrant contre lui.

Il jette un regard attendri à la photo de son enfance, celle qui était dans la mallette de son père. Il lui a dit qu'il savait déjà où il allait l'accrocher : au-dessus de son bureau.

– Bon, les amoureux, si vous avez fini de vous bécoter comme des lycéens, on peut peut-être continuer la distribution des cadeaux ? se moque Daniel.

Tout en resserrant sa prise sur les hanches de la jeune femme, Elliott se redresse en souriant et tend un petit paquet à sa nièce. Olivia s'empresse de déchirer l'emballage et s'arrête en découvrant la boîte à bijoux qu'elle avait repérée sur le marché de Noël.

– Tonton, elle est superbe, merci beaucoup !

– Ouvre-la.

Cassie prend sa main. Elle sait ce que contient le coffret et ce que cela représente pour lui, alors elle lui transmet toute la tendresse qu'elle peut et observe la jeune fille ouvrir la boîte et en retirer ce qu'il y a à l'intérieur. Silencieuse, Olivia approche la photo de son visage pour la détailler.

– C'est une photo de ma mère et moi ? demande-t-elle, la voix tremblante.

– Oui, c'est pour te rappeler que ta mère t'aimait plus que tout et qu'elle sera toujours avec toi… Il y a aussi son médaillon, je sais qu'elle aurait voulu que tu l'aies en ta possession. Joyeux Noël, crapule.

Des larmes de joie dévalent le long des joues de la jeune fille alors qu'elle attache le pendentif autour de son cou. Tous l'observent, attendris. Cassie, Peter et Elliott échangent un regard entendu, ils savent qu'un jour il faudra aussi lui donner le journal d'Elisabeth, mais il est encore trop tôt, elle est trop jeune.

Cassie se pelotonne contre le torse ferme et chaud d'Elliott et laisse les rires réchauffer son cœur.

Elle est enfin à sa place !

REMERCIEMENTS

Presque deux ans après avoir débuté cette histoire, une finale Fyctia, un wordcamp Stories et plus de quatre versions différentes, je ne pensais pas un jour écrire ces mots ! Et pourtant grâce à une multitude de petites mains et de cerveaux foisonnants d'idées, *Les Oubliés de Noël* est enfin entre vos mains. J'espère qu'Elliott et Cassiopée ont su vous toucher autant que moi pendant l'écriture ! Mais leur histoire serait encore au fond de mon tiroir sans toutes ces personnes que je vais citer :

Avant toute chose merci à Marie, mon éditrice pour cette extraordinaire opportunité ! Merci d'avoir su conjuguer avec mon rythme d'escargot paraplégique et de m'avoir accompagnée en douceur pour ajouter de la romance entre ces deux-là… ça a été un réel plaisir de travailler avec toi !

Bien sûr merci à Fyctia et Hugo pour m'avoir poussée à écrire cette histoire avec vos idées toujours plus inspirantes et la communauté bienveillante de la plateforme.

Merci à Flora pour la bêta lecture et les conseils toujours judicieux !

Merci aux *Bambams* pour la motivation, l'oreille attentive, les coups de gueule, les fous rires et la bonne ambiance. Flora pour ta folie, Malo et Marjy les jumelles bienveillantes, Myja pour la poésie de tes textes, Camille pour les punchlines et ton humour, Émilie pour avoir partagé le stress du concours romance de Noël avec moi, Luna pour la motivation à coups de pelle, Émilie pour la bonne humeur perpétuelle et Alexia la force tranquille qui a toujours le mot juste !

Merci à Claire et Charlotte pour votre présence, vos encouragements et votre enthousiasme face à cette nouvelle aventure !

Merci à Thuy vi, Aude et Caro, les best co-internes pour le soutien lors de cette période complexe de réécriture en plein plan blanc. Les *4 filles et un Covid* ont tenu !

Merci à Nardjis, Numa, Agathe, Val et les autres teuteus, Solène, Valérie Chesnay, Alexiane, Laureline, Caro, et tant d'autres que j'oublie qui m'ont témoigné leur soutien et leur enthousiasme !

Et surtout merci à ma famille de m'avoir communiqué leur passion pour la lecture et de m'avoir toujours motivée et poussée à suivre mes rêves !

À très vite pour de nouvelles aventures !

Composition et mise en pages
Nord Compo à Villeneuve-d'Ascq